KB237685

HEAD HUNTER

HEAD HUNTER

HODEJEGERNE by Jo Nesbø
Copyright ⓒ Jo Nesbø 2008
Korean Translation Copyright ⓒ 2011 SALLIM Publishing Co., Ltd.
All rights reserved.

The Korean Language edition is published by arrangement with
Harry Hole Stiftelsen c/o Salomonsson Agency through MOMO Agency, Seoul

이 책의 한국어판 저작권은 모모 에이전시를 통해
Harry Hole Stiftelsen c/o Salomonsson Agency사와의
독점 계약으로 '㈜살림출판사'에 있습니다.
저작권법에 의해 한국 내에서 보호를 받는 저작물이므로
무단전재와 무단복제를 금합니다.

헤드헌터

요 네스뵈 지음 | 구세희 옮김

살림

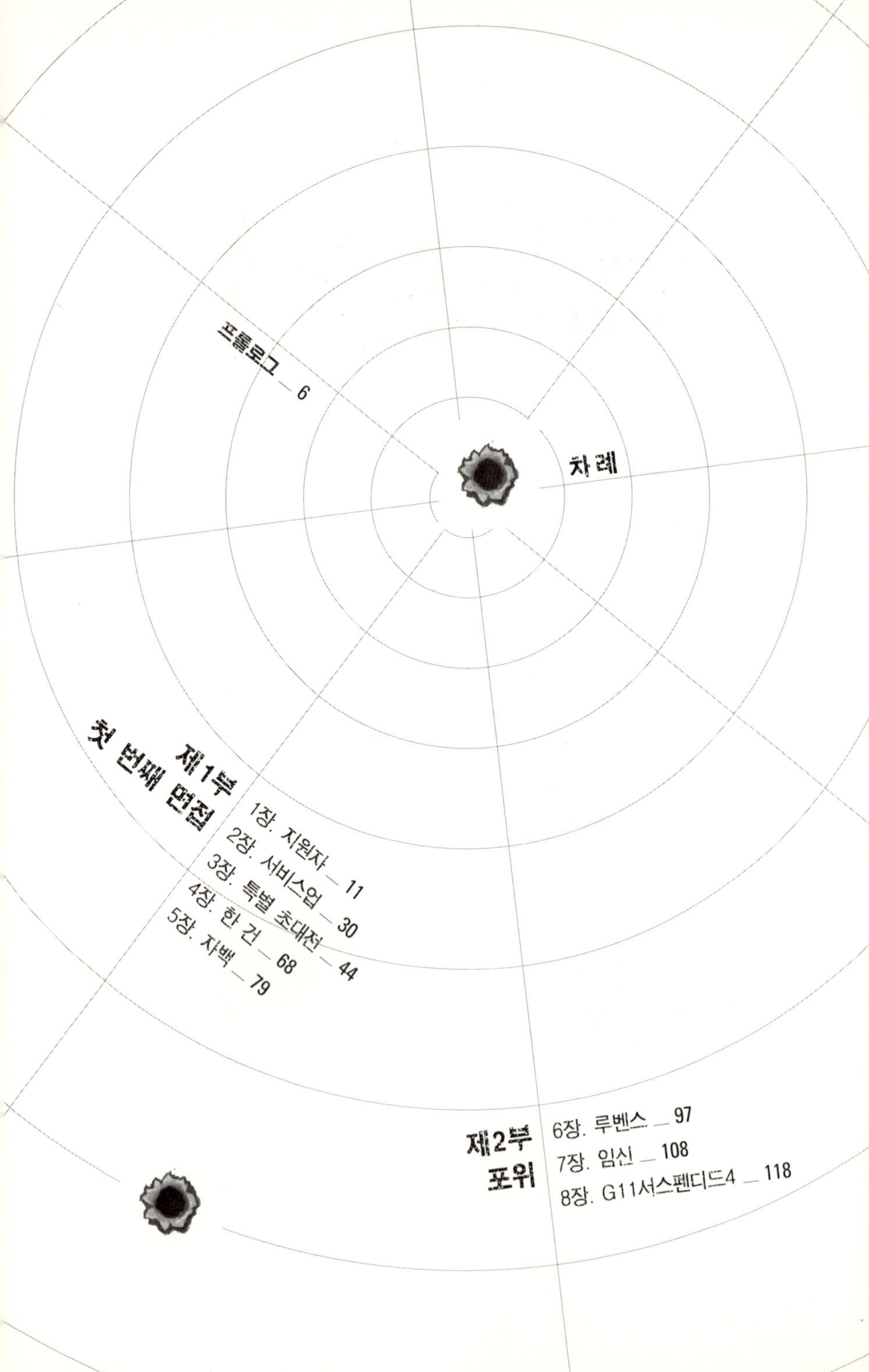

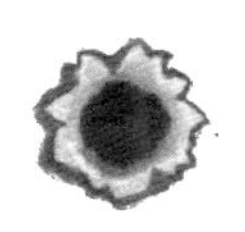

프롤로그

두 자동차의 충돌은 기본적인 물리학 법칙으로 설명된다. 모든 것이 결국 운에 달려 있긴 하지만 이렇게 발생하는 현상은 '에너지×시간 = 질량×속도 차이'라는 등식으로도 표현될 수 있다. 운이라는 변수에 값을 넣으면 곧 단순하면서도 진실하지만 동시에 냉혹할 정도로 무자비한 결과가 나온다. 예를 들어 시속 80킬로미터로 달리고 있던 짐을 가득 실은 25톤 트럭과, 같은 속도로 달리던 무게 1,800킬로그램의 세단이 충돌하면 어떤 일이 벌어질까. 충돌 지점, 차체 구조, 사람의 앉은 각도 같은 요소를 고려할 때 나타날 수 있는 결과의 경우의 수는 그야말로 어마어마하다. 그러나 거기에는 두 가지 공통점이 있을 것이다. 하나, 결과는 비극이라는 것 그리고 둘, 큰일 난 쪽은 세단이라는 것.

기이할 정도로 조용하다. 나무 사이로 스치는 바람소리와 굽이치는 강물소리 모두 또렷이 들린다. 팔에는 감각이 없고 나는 사람과 금속 사이에 끼여 거꾸로 매달려 있다. 내 위로 차 바닥에서 피와 기름이 뚝뚝 떨어져 내린다. 아래로는 체스 판처럼 생긴 차 천장이 보이고 손톱 가위 하나, 잘려 나간 팔, 죽은 두 남자와 헤 벌어진 뷰티 파우치가 나뒹군다. 세상엔 아름다움이 없다. 오직 뷰티만 있을 뿐. 화이트 퀸은 부러졌다. 나는 킬러며, 차 안에 숨 쉬는 사람이라곤 없다. 심지어 나조차도. 나도 곧 숨을 거둘 것이다. 눈을 감고 모든 것을 포기한다. 이렇게 모든 것을 놓아 버리다니, 정말 행복하다. 이제 더 이상 기다리고 싶지 않다. 그러니 서둘러야겠다. 이 이야기, 여러 사람의 앉은 각도에 따라 결과가 달라지는 이 이야기를 끝까지 들려 주려면.

제1부

첫 번째 면접

제1장

지원자

지원자는 완전히 겁에 질려 있었다.

그는 머리부터 발끝까지 군나르 외이에에서 쫙 빼입은 모습이었다. 회색 에르메네질도 제냐 수트에 핸드메이드 보렐리 셔츠 그리고 정자같이 생긴 무늬가 있는 적포도주 색 넥타이. 추측컨대 체루티 1881 제품일 것이다. 신발은 어디 것인지 확실했다. 핸드메이드 페라가모. 나 역시 같은 신발이 있으니까.

이력서는 그가 베르겐에 있는 노르웨이 경제경영대학원을 우수한 성적으로 졸업했고, 보수당 소속으로 의회에서 잠시 일했으며, 중견기업 수준의 노르웨이 제조업체에서 영업 이사로 4년간 성공가도를 달렸다는 사실을 알려 주었다.

그런데도 지원자 예레미아스 란데르는 겁에 질려 있었다. 그의 윗입술이 땀으로 번들거렸다.

그는 내 비서가 우리 사이에 있는 낮은 테이블에 올려놓은 물잔을 집어 들었다.

"우선은……."

나는 미소를 지으며 입을 열었다. 낯선 사람의 긴장을 풀어 주는 개방적이고 순수한 미소, 소위 말하는 '천박한' 미소가 아니었다. 나의 미소는 정중하지만 온기가 반밖에 없는, 그러니까 면접 기술을 다루는 전문 서적에서 일명 '면접관의 전문성과 객관성 그리고 분석적 접근'을 보여 주는 미소다. 그렇다. 이렇게 감정 표출을 자제하는 것이야말로 지원자들이 면접관의 실력을 믿게 만드는 비결이다. 면접관이 이렇게 나오면 면접자는 더욱 진실하고 객관적인 정보를 내놓게 되어 있다. 없는 것을 지어내면 상대가 금방 꿰뚫어볼 것이고, 과장하면 금세 들통 날 것이며, 꼼수를 쓰면 곧 응징이 뒤따를 것임을 깨닫기 때문이다. 이것 또한 앞에서 이야기한 전문 서적에 잘 나와 있다. 그렇다고 책 때문에 이런 미소를 짓는 것은 아니다. 사실 난 그런 책에 관심이 없다. 그런 건 해당 분야의 전문가입네 헛소리를 늘어놓는 수많은 사람들과 그들이 지어낸 이론들로 가득할 뿐이니까. 내게 필요한 것은 '아인바우, 리드, 버클리의 9단계 심문 모델'이 전부다. 이런 미소를 짓는 것은 내가 정말로 전문가에, 분석적이며, 감정에 치우치지 않는 사람이기 때문이다. 나는 헤드헌터다. 그리 힘든 일은 아니지만 난 그중에서도 최고다.

"우선은 자신의 삶, 그러니까 업무 외의 생활에 대해서 조금 이야기해 주시죠."

내가 물었다.

"일 말고 딱히 생활이랄 게 있나요?"

그렇게 대답하며 그가 가볍게 웃었다. 그런데 웃음소리가 불안한 듯 조금 높다. 그것 말고도 잘못된 것이 하나 더 있다. 구직 면접에서 소위 '무미건조한' 농담을 할 때는 말해 놓고 스스로 웃거나 상대가 재미있어 하는지 반응을 보면 안 되는 법인데.

"당연히 그러셔야죠."

내가 대꾸하자 그의 웃음소리가 어느새 멋쩍은 헛기침 소리로 바뀌었다.

"이 기업의 경영진이라면 분명 새로 영입한 임원이 균형 잡힌 삶을 사는지 눈여겨볼 겁니다. 앞으로 꽤 오랫동안 함께할 사람, 그러니까 스스로 페이스 조절을 할 줄 아는 장거리 주자 같은 유형을 찾고 있거든요. 겨우 4년 만에 에너지가 모조리 빠져 버릴 사람 말고."

예레미아스 란데르가 물을 한 모금 더 삼키며 고개를 끄덕였다.

그는 나보다 대략 14센티미터 크고 세 살 더 많다. 그럼 서른여덟, 이 일을 맡기엔 조금 어리다. 그도 그걸 알고 있다. 관자놀이 주변 머리를 눈에 띌 듯 말 듯 희끗희끗하게 염색한 것도 그 때문이다. 이런 수를 쓰는 사람을 전에도 본 적이 있다. 아니, 솔직히 내가 못 본 게 어디 있나. 긴장하면 손에 땀이 나는 지원자들이 상의 오른쪽 주머니에 분필 가루를 담아 가지고 오는 것도 보았다. 그 결과 악수를 나눌 때 축축하지는 않지만 상대의 손을 온통 허옇게 만들어 버리기도 했다. 란데르의 목구멍에서 작게 컥, 하는 소리가 올라왔다. 나는 면접관 의견란에 이렇게 적었다. **동기 충만. 문제 해결 지향.**

"오슬로에 사시는군요."

내가 말했다.

그가 고개를 끄덕였다.

"스쾨엔에 삽니다."

"그리고 배우자는……."

그러면서 그의 이력서를 뒤적거렸다. 상대가 자발적으로 답을 하고 나서기를 기대하고 있다는 조금 신경질적인 표정을 지으면서.

"카밀라라고 합니다. 결혼 10년째죠. 학교 다니는 아이가 둘 있습니다."

"결혼생활을 어떻게 묘사하시겠어요?"

나는 올려다보지 않고 그에게 물었다. 2초라는 긴 시간을 준 다음 그가 생각을 가다듬기도 전에 다시 덧붙였다.

"깨어 있는 시간 중 3분의 2를 직장에서 보내면서 앞으로 6년 뒤에도 가정을 지킬 수 있으리라고 생각하십니까?"

이번에는 물끄러미 그를 올려다보았다. 아니나 다를까, 혼란스러워하는 표정이 역력하다. 나의 말은 앞뒤가 안 맞았다. 균형 잡힌 삶을 살라더니 이제는 회사 일에 전념하라? 말이 안 되지 않는가. 그가 입을 열기까지 4초가 흘렀다. 침묵이 너무 길다.

"당연히 그래야겠죠."

그가 대답했다.

연습을 거친 안정적인 미소. 하지만 연습이 부족했다. 적어도 날 상대하기엔. 그는 내가 조금 전에 한 말을 그대로 이용했다. 그것이 의도적인 빈정거림 같은 것이었다면 오히려 점수를 주었을 것이다. 하지만 불행히도 이 경우에는 우월한 위치에 있는 사람이 쓴 말을 무의식적으로 흉내 낸 것에 불과했다. 나는 다시 적었다. **빈약한 자아상.** 그는 '그래야겠죠'라고 말했다. '그럴 겁니다'라는 확신도 없고, 앞을 내다보는, 즉 수정 구슬을 읽을 줄 아는 듯한 인상도 풍기지 못했다. 그것이 오늘날의 관리자라면 최소한으로 갖추어야 하는 자질이라는 걸 모르나? 남들 눈에 천리안처럼 보여야만 한다는 것 말이다. **임기응변 부족. 혼란을 헤쳐 나갈 능력 부족.**

"아내 분도 일을 하십니까?"

"예. 시내의 변호사 사무실에서요."

"매일 9시부터 4시까지요?"

"예."

"그럼 아이들이 아프기라도 하면 누가 집에 남습니까?"

"아내가요. 하지만 다행히 니클라스와 안데르스가 그러는 경우는 거의……."

"그러니까 낮 시간에 집안일을 도와주는 사람은 없군요?"

뭐라고 대답을 해야 가장 좋게 들릴지 마음을 정할 수 없을 때 지원자들이 흔히 그러는 것처럼 그는 잠시 망설였다. 아무래도 좋다. 거짓말을 하는 사람은 시시할 정도로 드무니까. 그가 없다는 표시로 고개를 저었다.

"건강에 신경을 쓰시는 것 같군요, 란데르 씨."

"예, 규칙적으로 운동합니다."

이번에는 머뭇거리지 않는다. 첫 번째 난관에 부딪치자마자 심장 마비 따위로 쓰러지는 임원을 원하는 회사는 없다. 누구나 아는 사실이다.

"혹시 조깅? 아니면 크로스컨트리 스키 같은 걸 하시나요?"

"예, 가족 모두가 야외 활동을 좋아합니다. 노레피엘에 산장도 하나 가지고 있지요."

"그래요? 개도 키우십니까?"

그가 고개를 저었다.

"왜요? 알레르기라도?"

그가 힘껏 도리질을 한다. 나는 또 적는다. **유머 감각 결여?**

그런 다음 나는 의자에 한껏 기대어 손가락 끝을 만지작거렸다. 물론 말할 필요도 없이 과장되고 오만한 몸짓이다. 하지만 어쩌겠는가. 내가 본래 이런 식인 것을.

"자신에 대한 평판의 가치가 얼마나 된다고 생각하십니까, 란데르 씨? 그리고 그걸 어떻게 지키고 계시죠?"

그가 이미 땀이 흥건한 눈썹을 찌푸리며 머리를 쥐어짠다. 2초 후, 그가 포기했다는 듯 묻는다.

"그게 무슨 뜻입니까?"

나는 너무나도 명백한 것 아니냐는 투로 한숨을 쉬었다. 이미 써먹은 적이 없는 시청각 자료를 찾는 것처럼 방 안 여기저기를 둘러보았다. 그리고 언제나 그렇듯 벽에서 그것을 찾아냈다.

"예술에 관심이 있습니까, 란데르 씨?"

"조금요. 제 아내가 그렇습니다."

"제 아내도 그렇죠. 저기 저 그림이 보이시나요?"

나는 벽에 걸린 그림, '새라, 옷을 벗다'를 가리켰다. 높이가 2미터 넘고 비닐 수지로 된 이 그림은 녹색 치마를 입은 여자가 양팔을 교차하여 붉은색 스웨터를 머리 위로 벗어 올리려는 동작을 표현하고 있다.

"아내가 준 선물이죠. 화가의 이름은 줄리안 오피, 작품의 가치는 25만 크로네(약 5천만 원) 정도입니다. 혹시 그 정도 수준의 예술 작품을 소유하고 계신가요?"

"사실은 하나 있습니다."

"그거 축하드립니다. 그럼 그 가치가 얼마나 되는지 알 수 있겠군요."

"알고 보면 보이죠."

"그렇죠. 알고 보면 보이는 법입니다. 저기 걸린 그림은 선 몇 개만으로 되어 있습니다. 여자의 머리는 원, 그러니까 얼굴도 없는 O자일 뿐이고 채색도 단순하고, 질감도 표현되어 있지 않죠. 게다가 컴퓨터로 작업한 것이라 키 하나만 누르면 수백만 장이 찍혀 나올 수도 있습니다."

"그렇군요."

"저 그림의 가치를 25만 크로네로 만들어 주는 유일한, 강조하겠습니다, 유일한 요인은 화가의 명성, 그러니까 평판입니다. 그가 훌륭한 화가라는 소문이 자자하고, 시장에서는 그가 천재라는 사실을 굳게 믿는 거죠. 하지만 천재를 만드는 요소가 무엇인지 정확히 짚어내기는 어렵고, 확실히 단언하기는 거의 불가능합니다. 그건 고위 임원들도 마찬가지입니다. 란데르 씨."

"저도 이해합니다. 평판. 그건 곧 그 사람이 내뿜는 자신감 같은 거죠."

나는 슬쩍 적는다. **바보는 아님.**

"바로 그겁니다. 중요한 건 평판이죠. 단순히 임원으로서 연봉이 얼마나 되느냐가 아니라 그 회사의 가치가 주식 시장에서 얼마나 높게 매겨지느냐도 중요합니다. 그럼 가지고 있다는 그 작품 말인데, 현재 시장 가치가 얼마나 되죠?"

"에드바르 뭉크의 석판화입니다. '브로치'죠. 정확한 가치는 모르는데……."

나는 '그러지 말고 한번 말해 보라'는 듯 손을 휘휘 저었다.

"마지막으로 경매에 붙여졌을 때 입찰가가 35만 크로네(약 7천만 원) 정도였습니다."

"그러면 이 귀중한 작품의 도난을 방지하기 위해 무슨 조치를 취하셨죠?"

"집에 괜찮은 경보 시스템을 쓰고 있습니다. 트리폴리스, 저희 동네는 거의 모두 그걸 쓰죠."

그가 말했다.

"트리폴리스, 비싼 편이긴 하지만 좋죠. 저도 쓰고 있습니다. 일년에 8천 정도? 그럼 자신의 개인적 가치를 보호하는 데는 얼마나 투자하십니까?"

"무슨 말씀이신지……?"

"2만? 만? 그보다 적나요?"

그가 어깨를 으쓱였다.

"1센트도 안 쓰시는군요. 여기 있는 당신의 이력서와 경력의 가치는 말씀하신 석판화보다 열 배는 더 높습니다. 그것도 1년 연봉만요. 그런데도 불구하고 그것을 지킬 사람도, 관리해 줄 사람도 없군요. 그런 게 불필요하다고 생각하시기 때문입니다. 자신이 관리하는 기업의 성공 여부가 모든 걸 말해 준다고 생각하시는 거죠? 맞습니까?”

란데르는 대답하지 않았다.

나는 마치 매우 귀한 비밀을 알려 주는 것처럼 몸을 앞으로 숙이고 목소리를 낮췄다.

“자, 그게 아니죠. 성공은 오피의 그림 같습니다. 선 몇 개에 O 몇 개, 얼굴은 없죠. 그림은 아무것도 아닙니다. 평판과 명성이 전부죠. 그리고 그것이 바로 우리가 제공할 수 있는 겁니다.”

“평판이요?”

“지금 당신은 이 이사라는 자리를 노리고 있는 여섯 명의 훌륭한 지원자 가운데 한 명으로 여기 앉아 계신 겁니다. 전 당신이 합격하리라 생각지 않습니다. 이런 일에 필요한 바로 그 가치가 부족하기 때문이죠.”

항의라도 하려는 것처럼 그의 입이 벌어졌다. 하지만 그 입에서는 아무런 말도 나오지 않았다. 나는 등으로 높다란 의자 등받이를 힘껏 밀어 몸을 기댔다. 삐걱 소리가 났다.

“맙소사, 당신은 이 일에 직접 ‘지원’한 거라고요! 그러면 안 되죠. 그 대신 은밀하게 사람을 하나 세워 우리한테 당신의 존재를 슬쩍 알린 다음에 우리가 당신한테 연락을 취하면 이 일에 대해 금시초문인 것처럼 굴어야 했습니다. 높으신 분들은 헤드헌팅을 당해야죠. 이미 요리되어 살까지 잘 발린 채 ‘날 잡아 잡수세요!’ 하고 나타나는 게 아니라!"

이 말은 원하는 효과를 나타냈다. 그는 놀라고 당황한 기색이 역력했다. 이것은 일반적인 면접 형태가 아니었다. 이것은 흔히 쓰는 큐테Cute도, 디스크DISC도, 그 밖의 수많은 심리학자와 무능력한 인사 전문가들이 내놓는 바보 같고 쓸모도 없는 질문지 같은 데 나온 것이 아니었다. 나는 다시 목소리를 낮췄다.

"이따가 이 소식을 듣고 아내 분께서 크게 실망하지 않으면 좋겠군요. 꿈에도 그리던 이 자리를 따내지 못했다고 말입니다. 란데르 씨의 경력을 놓고 볼 때는 올해도 또 기다리셔야겠어요. 작년처럼 말입니다……."

그는 전기 충격을 받은 것처럼 앉은 자리에서 몸을 움찔했다. 역시 명중이다. 뭐, 당연한 일이지만. 지금 헤드헌팅이라는 우주에서 가장 밝게 빛나는 별인 로게르 브론께서 작업 중 아닌가.

"작년…… 작년이라뇨?"

"예, 그렇지 않습니까? 데냐의 최고 임원 자리에 지원하셨잖아요. 마요네즈와 으깬 간 제품 쪽. 란데르 씨 맞죠?"

"그런 정보는 기밀인 줄 알았는데요."

그가 힘없이 말했다.

"물론 그렇지요. 하지만 인재들의 현 위치를 파악하는 것이 제가 하는 일입니다. 그래서 그렇게 하고 있고요. 제가 쓸 수 있는 모든 방법을 동원해서 말입니다. 얻지도 못할 자리에 지원하는 건 어리석은 짓이죠. 특히 당신의 지금 위치에서는요, 란데르 씨."

"제 위치요?"

"당신의 이력서, 지금까지 경력, 테스트 결과 그리고 제가 개인적으로 받은 인상을 종합해 보면 당신에게는 충분한 능력이 있어요. 부족한 것이 한 가지 있다면 바로 평판이죠. 그리고 평판이라는 것을 세우는 데 있어 가장 기본이 되는 기둥은 바로 독점적 전문성입니다. 아무 일이나 걸리는 대로 지원하는 건 이러한 전문성을 깎아 먹을 뿐입니다. 당신은 아무 일에나 도전하는 것이 아니라 도전할 가치가 있는 바로 '그것'에 도전해야 하는 최고 임원입니다. 바로 딱 한 가지. 당신은 그걸 제안받게 될 겁니다. 그것도 은쟁반에 올려진 채로 말이죠."

"정말 그럴까요?"

그는 또 한 번 대담하면서도 냉소적으로 보일 수 있는 미소를 지으려 했다. 하지만 더 이상 그런 작전은 먹히지 않는다.

"당신을 우리 회사에서 키워드리고 싶군요. 이제 더 이상 어떤 곳에도 지원해선 안 됩니다. 다른 헤드헌터가 그럴듯해 보이는 것을 제안해 와도 절대로 받아들여선 안 됩니다. 우리와 함께 가세요. 독점적인 전문성을 키우는 겁니다. 우리가 당신의 평판을 쌓아드리겠습니다. 그리고 관리해 드리죠. 트리폴리스가 당신의 집을 지켜주는 것처럼 우리가 당신의 평판을 위해 그런 역할을 하겠습니다. 단 2년 안에 지금 나온 자리보다 더 나은 곳, 더 좋은 소식을 가지고 아내 분께 돌아갈 수 있게 해 드리죠. 약속합니다."

예레미아스 란데르는 엄지와 검지로 꼼꼼하게 면도된 턱을 쓰다듬었다.

"음, 이번 면접은 제 예상과 전혀 다른 방향으로 흘러갔군요."

일단 패배를 인정하니 그도 더욱 침착해졌다. 나는 앞으로 몸을 기울이고, 양팔을 벌린 뒤, 양손바닥을 내보이고, 그와 눈을 맞췄다. 면접에서 첫인상을 결정하는 것은 78퍼센트가 바디 랭귀지고, 실제로 말하는 것은 겨우 8퍼센트에 그친다는 연구 결과가 있다. 나머지는 옷차림, 입 냄새나 체취, 벽에 걸린 사진이나 그림 등으로 결정된다. 나의 바디 랭귀지는 끝내 준다. 그리고 지금은 열린 마음과 신뢰를 표현하고 있다. 마지막으로 나는 한 손을 뻗어 혹독한 추위에 떠는 그를 따뜻한 곳으로 맞아들인다.

"잘 들으세요, 란데르 씨. 그쪽 회장님과 재무이사님이 지원자 가운데 한 명을 만나러 내일 이리로 옵니다. 한 번 만나시면 좋을 것 같은데 12시 어떠세요?"

"좋습니다."

일정 같은 건 확인하지도 않고 즉각 대답한다. 아까보다 그가 점점 마음에 들기 시작한다.

"그 분들의 말을 잘 들은 다음 정중하게 이 일을 거절하고 그 이유를 설명하세요. 이건 당신이 찾는 도전 대상이 아니라고 말하고, 좋은 사람을 찾으라고 행운을 빌어 주시는 겁니다."

란데르가 고개를 갸우뚱거렸다.

"그런 식으로 발을 빼면 경박해 보이지 않을까요?"

"아니, 오히려 야심 있는 사람처럼 보일 겁니다. 자신의 가치를 아는 사람, 독점적인 전문성을 제공할 수 있는 사람처럼 보일 겁니다. 그리고 그게 바로 지금까지 말씀드린 것의 시작점이 되겠지요. 그건 바로……?"

나는 마술사가 모자에서 토끼를 꺼내 보이는 것처럼 한 손을 휘저었다.

"평판?"

그가 미소 지었다.

"그렇죠. 평판. 그럼 제 말에 동의하시는 겁니다?"

"2년 안이라고 하셨죠?"

"보증하죠."

"어떻게 보증하실 건데요?"

이 말을 들은 나는 재빨리 머릿속으로 메모를 했다.

반격으로 전환 속도 빠름.

"제가 이야기한 그런 자리에 당신을 추천할 겁니다."

"그래서요? 합격 여부를 판단하는 건 당신이 아니잖습니까."

나는 눈을 반쯤 감았다. 이 표정에 대해 아내인 디아나는 한껏 게으름을 피우고 있는 사자, 그러니까 만족하여 휴식을 취하고 있는 맹수의 제왕 같다고 말했다. 난 그 말이 마음에 들었다.

"저의 추천이 곧 제 고객의 결정입니다, 란데르 씨."

"무슨 뜻이죠?"

"당신이 합격할 자신이 없는 자리에는 절대로 지원하지 않을 것처럼 저 역시 고객이 받아들이지 않을 제안은 한 번도 한 적이 없습니다."

"정말인가요? 한 번도?"

"그런 기억이 없네요. 고객이 저의 제안을 따를 것이라 100퍼센트 확신이 들지 않으면 하지 않습니다. 누군가를 추천했다가 그 사람이 그 자리를 얻지 못해 결국 경쟁 회사에서 가로채 가는 건 전혀 취미가 없어서 말이죠. 훌륭한 지원자가 세 명이나 있고 90퍼센트 확신이 든다고 해도 말입니다."

"왜죠?"

나는 미소를 지었다.

"대답은 '프'자로 시작합니다. 헤드헌터로서 저의 이력 전체가 모두 그것 덕분이죠."

란데르가 웃음을 터뜨리며 고개를 흔들었다.

"무서운 분이란 소문은 들었습니다만, 브론 씨. 이제 무슨 뜻인지 알겠군요."

나 역시 미소 지으며 자리에서 일어섰다.

"자, 그럼 이제 댁으로 돌아가셔서 아름다운 아내 분께 이 일은 거절할 것이라고 말씀하세요. 더 높은 곳을 목표로 하기 때문이라고 말입니다. 기분 좋은 저녁을 보내실 수 있을 겁니다."

"왜 저를 위해 이렇게까지 하시는 거죠?"

"란데르 씨를 고용할 회사가 수수료로 저희에게 란데르 씨의 첫해 연봉 총액의 3분의 1을 지불할 것이기 때문입니다. 렘브란트가 자신의 그림이 경매에 붙여질 때마다 직접 참가해 가격을 높였다는 사실을 알고 계셨나요? 평판을 조금만 쌓으면 연봉 5백만을 받을 수 있는데 왜 지금 2백만에 넘겨 버리겠습니까? 제가 부탁드리는 건 저희와 함께하자는 것뿐입니다. 그럼 그렇게 하시는 겁니다."

나는 말을 마치며 한 손을 내밀었다.

그가 열정적으로 내 손을 붙잡고 흔들었다.

"참 유익한 대화를 나누었다는 생각이 드는군요, 브론 씨."

"동감입니다."

내가 대답했다. 동시에 다른 면접을 보기 전에 그에게 올바른 악수 테크닉 몇 가지를 알려 줘야겠다고 생각했다.

예레미아스 란데르가 떠나자 곧 페르디난드가 사무실로 들어왔다.

"으, 지독한 카무플라주의 향기."

그가 얼굴을 찌푸리며 부채질 하듯 한 손을 흔들었다.

나는 고개를 끄덕이며 창문을 열어 환기를 시켰다. 페르디난드의 말은 긴장해 땀을 많이 흘려 땀 냄새가 날까 걱정이 된 지원자가 향수를 너무 많이 뿌렸다는 뜻이다.

"그나마 클라이브 크리스천 향수라 다행이지. 수트, 신발, 셔츠, 넥타이처럼 그의 아내가 골라 준 거고. 관자놀이 머리칼을 회색으로 염색한 것도 그의 아내 생각이야."

내가 말했다.

"어떻게 알아?"

란데르가 방금까지 앉아 있던 의자에 페르디난드가 엉덩이를 붙였다가 역겹다는 듯 벌떡 일어났다. 의자에 아직도 남아 있는 축축한 체온 때문이었다.

"아내 공격 카드를 쓰니까 바로 백지장처럼 변하더라고. 이 자리를 놓쳤다고 하면 아내가 얼마나 실망하겠느냐고 했지."

"아내 공격? 그런 건 도대체 어디서 배우는 거야, 로게르?"

페르디난드가 다른 의자에 앉더니 탁자에 발을 올렸다. 노구치 커피 테이블의 A급 복제품인데. 그는 오렌지를 하나 집어 들더니 까기 시작했다. 거의 눈에 보이지 않는 오렌지 색 액체가 미세하게 분무되어 말끔히 다려진 그의 셔츠를 뒤덮었다. 그는 게이치고 놀라울 정도로 칠칠치 못했다. 헤드헌터치고 지나치게 게이스럽기도 했지만.

"아인바우, 리드, 버클리."

내가 대답했다.

"그 방식 전에도 이야기한 적 있지. 그런데 그게 정확히 뭐야? 큐테보다 나아?"

이 말을 들은 나는 웃음을 터뜨렸다.

"그건 FBI에서 쓰는 9단계 심문 모델이라고. 장난감 총이 난무하는 세상 속의 기관총이랄까. 두터운 짚더미에 거대한 구멍을 뚫고, 타협의 여지없이 신속하게 가시적인 결과물을 내놓는단 말이야."

"그래서 그 결과물이 뭔데, 로게르?"

나는 페르디난드가 무얼 노리고 있는지 알고 있었다. 그리고 난 개의치 않았다. 그는 무엇이 내게 경쟁 우위를 제공하는지, 무엇이 나를 최고로 만들고, 무엇 때문에 그는 현재 최고가 되지 못하고 있는지 알아내고 싶어 했다. 그래서 나는 그가 찾는 것을 알려 주었다. 정보란 공유하라고 있는 것이니까. 그리고 그는 무슨 수를 써도 나보다 나아질 수 없을 테니까. 그는 언제나 오렌지 냄새가 진동하는 셔츠를 입고, 누군가 자기보다 더 나은 모델, 방법, 혹은 비밀 같은 것을 가지고 있는 건 아닐까 전전긍긍할 테니까.

"복종, 자백. 진실. 이 모두 매우 단순한 원칙을 기반으로 하고 있지."

내가 말했다.

"예를 들어?"

"예를 들어 가족에 대한 질문으로 용의자 심문을 시작한다."

"흥, 나도 그렇게 하는걸. 자신이 잘 아는 것, 가까운 것에 대해 이야기를 하면 편안한 기분이 들거든. 마음을 터놓게 할 수도 있고."

"바로 그거야. 하지만 동시에 그들의 약점을 파고들 수도 있게 되지. 그들의 아킬레스 건 말이야. 그걸 알면 향후 심문에서도 이용할 수 있고."

"이봐, 용어가 너무 심한 거 아냐?"

"그리고 향후 심문에서 무엇이 우리 용의자를 괴롭히는지, 무슨 일이 벌어졌는지, 그가 혐의를 받고 있는 살인이 어땠는지, 무엇이 그를 외롭게, 모두에게 버려졌다고 느끼게 만드는지 그리고 무엇이 그를 숨게 만드는지 이야기할 때는 반드시 화장지가 탁자 위에 올려져 있어야 해. 용의자가 손을 뻗어 잡을 수 있는 곳에서 아주 조금 멀리 말이야."

"왜?"

"심문이 점점 강해지면 감정 공격을 시작해야 할 때가 된 거거든. 아버지가 살인자라는 사실을 알면 아이들이 어떻게 생각할 거 같냐고 묻는 거지. 그의 눈에 눈물이 가득 고이면 화장지를 건네는 거야. 내가 바로 모든 걸 이해해 줄 사람, 기꺼이 도와줄 사람이 되어야 하거든. 혹시라도 그가 저지른 나쁜 짓을 모두 고백하고 싶어 하거든 말이야. 마치 발이라도 달린 것처럼 자기도 모르는 사이에 저절로 일어나 버린 그 바보 같은 살인 사건에 대해서 말이지."

"살인? 도대체 무슨 소리 하는 거야? 우린 사람을 뽑는 일을 하는 거라고. 그들을 살인죄로 기소하려는 게 아니라!"

"아니, 난 기소하려는 거야. 그게 바로 내가 오슬로에서 최고의 헤드헌터인 이유지."

이 말을 하며 의자에 걸려 있던 내 윗옷을 집어 들었다.

"아, 그건 그렇고. 내일 12시, 자네를 위해 란데르와 고객 약속을 잡아 놨어."

"나?"

나는 밖으로 나가 복도를 걷기 시작했다. 다른 25개 사무실이 즐비한 복도를 따라 페르디난드가 종종걸음을 치며 따라왔다. 이 건물에는 이 사무실들을 포함해 지금까지 15년을 버틴 중간 규모의 헤드헌팅 기업 알파가 입주해 있었다. 알파의 연간 수익 1500만~2,000만 크로네(약 30~40억 원)에서 최고의 헤드헌터들에게 지급되는 쥐꼬리만 한 보너스를 빼면 나머지는 모두 스톡홀름에 있는 기업주 주머니로 들어갔다.

"누워서 떡 먹기야. 자세한 내용은 모두 서류에 있고. 됐지?"

내가 말했다.

"알겠어. 단, 조건이 하나 있어."

페르디난드가 말했다.

"조건? 내가 호의를 베푸는 건데?"

"오늘 저녁 자네 아내가 화랑에서 여는 특별 초대전 말인데……."

"그게 뭐?"

"나도 가도 될까?"

"자네도 초대받았나?"

"바로 그거지. 나 초대해 줄 거야?"

"안 될걸."

페르디난드가 우뚝 멈춰 서더니 순간적으로 내 시야에서 사라졌다. 나는 걸음을 멈추지 않았다. 그는 아마 양 옆으로 팔을 늘어뜨리고 거기 서서 내 뒷모습을 보고 있을 것이다. 그리고 또 한 번 오슬로의 최상류층과 밤의 여왕들, 유명인들, 부자들과 함께 샴페인 잔을 기울일 기회를 놓쳤다고, 디아나의 특별 초대전을 둘러싼 화려함의 일부가 되지 못할 거라고 그리고 면접이나, 침대, 아니면 다른 달콤하고도 위험한 장소에서 만나게 될 누군가와 눈도장을 찍지 못하게 되었다고 슬퍼하고 있을 것이다. 불쌍한 친구.

"로게르? 전화가 두 통 왔었는데요. 하나는……."

리셉션에서 근무하는 여자다.

"지금은 안 돼. 오다. 45분 정도 나가 있을 거니까 아무 메시지도 받지 말아요."

나는 걸음을 멈추지 않은 채 대답했다.

"하지만……."

"중요한 일이면 다시 걸겠지."

생긴 건 괜찮은데 아직도 배울 게 많다. 오다라는 저 여직원. 아니, 오다가 아니라 이다였나?

제2장

서비스업

　매캐하면서도 짭짤한 가을 공기 속 매연의 향이 어우러져 바다
와 석유 시추, GNP를 떠올리게 한다. 눈부신 햇살이 사무실 건물
의 창문에 비스듬히 반사되어 한때 공업 지구였던 곳에 날카로운
직사각형 모양의 그림자를 드리웠다. 이제 그곳은 지나치게 비싼 상
점들과 지나치게 비싼 아파트, 지나치게 비싼 컨설턴트들이 근무하
는 지나치게 비싼 사무실로 가득한 도심지가 되었다. 내가 선 곳에
서는 세 군데의 헬스클럽이 보인다. 세 군데 모두 아침부터 저녁까
지 쉴 틈 없이 예약이 꽉 차 있다. 코르넬리아니 수트를 입고 모범생
같으면서도 동시에 쿨해 보이는 안경을 쓴 젊은 남자가 날 지나치며
공손하게 인사를 한다. 나 역시 우아하게 고개를 까닥여 그에게 화
답한다. 난 그 남자가 누구인지 모른다. 다만 다른 헤드헌팅 회사에
서 일하고 있는 누군가일 거라 추측할 뿐이다. 혹시 에드워드 W. 켈
리 쪽 사람? 다른 헤드헌터에게 경의를 표하는 사람은 그 자신 역

시 헤드헌터가 분명하다. 아니, 엄밀히 말하자면 헤드헌터 말고 내게 인사를 할 사람은 없다. 날 아는 사람이 거의 없으니까. 일단 나는 아내 디아나가 없는 곳에서는 사교 범위가 다소 좁은 편이다. 그리고 둘째, 에드워드 W. 켈리처럼 우리 회사 역시 사회 최고위층 인사가 소유주다. 그런 회사는 대체로 언론의 관심을 피하는 경향이 있다. 이 나라 최고의 일자리 가운데 하나를 맡을 자격을 갖춘 사람이 되기 전에는 대부분은 이름조차 들어보지 못한다. 그런 경지에 이르고 나서야 우리로부터 전화를 받고, 그러면 그때부터 슬슬 회사 이름을 어디선가 들어본 것 같다는 생각이 들게 되어 있다. '알파라……. 그 이름을 어디서 들어봤지? 임원 회의에서 새 지부장 영입 거론할 때 나왔었나?' 그러니까 우리 회사 이름을 들어보긴 했을 것이다. 하지만 아는 것은 하나도 없다. 비밀 유지야말로 우리의 가장 훌륭한 덕목이니까. 아니, 우리가 가진 유일한 덕목이다. 물론 우리가 하는 일 대부분은 처음부터 끝까지 거짓말이다. 그것도 아주 치사한. 예를 들어 나는 2차 면접은 항상 다음과 같은 말로 끝낸다. '당신이야말로 내가 이 자리에 원하는 인재입니다. 당신이야말로 적격이라고 생각, 아니 그렇다고 확신합니다. 그 말은 곧 이 자리 역시 당신에게 적격이라는 뜻이죠. 제 말 믿으세요.'

음, 좋다. 하지만 내 말 믿으면 안 된다.

그래, 아마 저 사람은 켈리에서 일할 것이다. 아니면 암롭일 수도……. 저런 수트를 걸친 걸 보면 맨파워나 아데코처럼 쿨하지도 않고 독점적 전문성도 없이 덩치만 큰 회사는 분명 아닐 것이다. 호프랜드처럼 규모가 아주 작고 쿨한 회사도 아닐 것이다. 그렇다면 내가 그를 모를 리 없으니까. 물론 규모가 크고 그럭저럭 쿨한 머큐리 어벌이나 델파이, 혹은 중간 관리자들이나 다루는 작고 쿨하지 못한, 그래서 잘나가는 우리 같은 회사들과 경쟁할 기회가 거의 없는 이름 모를 회사에 다닐 수도 있다. 어쩌다 우리와 한 판 붙게 되어도 늘 지고는 결국 점포 관리자나 재무 이사 같은 사람이나 뽑는 일로 되돌아가고 마는 그런 회사 말이다. 그런 경우라면 내가 얼굴을 기억하고 언젠가 일자리를 제안할지도 모른다는 희망을 품고 공손히 인사할 법도 하지.

헤드헌터의 세계에는 공식적 랭킹 같은 것이 없다. 주식 브로커 업계에서 하듯 현재 상태를 정기적으로 조사해 발표하지도, 텔레비전이나 광고업계에서 하듯 올해의 스타 같은 것을 선정해 상을 주지도 않는다. 하지만 우리는 알고 있다. 누가 그중의 왕인지, 누가 그 자리를 빼앗기 위해 호시탐탐 기회를 노리는 도전자인지, 누가 내리막을 걷고 있는지, 우리는 알고 있다. 승리는 고요한 곳에서 벌어지고 장례식은 쥐죽은 듯한 침묵 속에서 치러진다. 하지만 방금 내게 인사한 남자는 내가 로게르 브론이라는 걸 알고 있다. 내가 추천한 지원자라면 반드시 그 자리를 따낸다는 걸, 필요하다면 지원자를 조종하고, 압박하고, 움직이고, 쑤셔 넣는 헤드헌터라는 걸, 절대적으로 내 판단을 믿고, 한 치의 망설임도 없이 내 손에, 오직 내 손에 회사의 운명을 맡길 고객들을 거느리고 있는 사람이라는 걸 말이다. 달리 말해 볼까? 작년에 새로 채용한 교통 관리 이사를 고른 건 오슬로 항만국이 아니었고, 새 스칸디나비아 반도 관리 이사를 뽑은 건 에이비스가 아니었으며, 시르달의 발전소장을 임명한 건 그 지역

자치단체가 아니었다는 말이다. 그건 모두 나였다.

나는 이 사내를 기억해 두기로 했다. **옷차림 좋음. 존경을 표할 상대가 누군지 잘 알고 있음.**

나는 휴대전화를 확인하면서 나르베센 편의점 옆의 공중전화로 우베에게 전화를 걸었다. 메시지가 여덟 개나 와 있었다. 모두 삭제했다.

우베가 전화를 받았다.

"건수가 생겼어요. 예레미아스 란데르, 위치는 모놀리트바이엔."

내가 말했다.

"우리 고객인지 확인할까?"

"아니, 할 필요 없어요. 확실하니까. 내일 2차 면접이 잡혀 있어요. 12시부터 2시. 그러니까 12시 정각. 한 시간만 줘요. 알았죠?"

"좋아. 다른 건?"

"열쇠. 20분 있다가 스시 앤드 커피?"

"30분으로 하지."

나는 자갈 깔린 길을 걸어 스시 앤드 커피로 향했다. 보통의 아스팔트보다 걷는 소리가 시끄럽고, 오염도 심하면서, 비용까지 더 드는 돌길을 택한 이유가 있다면 아마도 전원 같은 풍경, 뭔가 전통적이고, 오래가고, 진품 같은 분위기를 내기 위해서였을 것이다. 세상 어떤 것이든 이곳보다는 진품 같겠지. 한때 노동자들이 흘린 땀방울로 무언가가 만들어지던 이곳, 쉭쉭거리며 불꽃과 연기가 피어오르고, 육중한 망치 두들기는 소리와 함께 제품이 생산되던 이곳도 이제는 단조롭게 에스프레소 기계가 윙윙대는 소리와 헬스클럽에서 운동기구가 철컹거리는 소리만 가득하다. 이것이야말로 산업 노동자들을 짓누른 서비스업의 승리, 주택 부족 현상을 덮어 버린 디자인의 승리 그리고 현실을 가린 허구의 승리가 아닌가. 마음에 든다.

나는 스시 앤드 커피 맞은편 보석상에 걸린 다이아몬드 귀걸이를 물끄러미 쳐다보았다. 얼마 전 내 눈길을 사로잡은 그 귀걸이는 디아나에게 완벽히 어울릴 것이다. 그리고 내 재정 상태에는 재앙이 되겠지. 나는 그 생각을 애써 떨쳐 내고 길을 건너 명목상으로는 초밥을 만들어 판다지만 실상은 죽은 생선이나 내놓는 곳으로 들어갔다. 하지만 거기서 파는 커피만큼은 흠잡을 데가 없었다. 안은 반쯤 차 있었다. 막 운동을 마치고 나온 늘씬한 은발 미녀들이 보인다. 아직도 운동복 차림이다. 다른 이들에게 알몸을 자랑할 수 있는 헬스클럽 샤워실에서 씻을 생각은 하지 못하는가 보다. 어떤 면에서는 조금 이상하지 않은가? 허구의 승리를 대표하는 그 몸매에 엄청난 돈을 쏟아 부으면서 애써 그걸 감추려 하다니. 이들은 또한 서비스 분야에 속해 있기도 하다. 조금 더 정확히 말하면 각자의 부유한 남편의 욕구를 충족시키기 위해 노력하는 서비스 직원. 이 여자들이 지적인 면에서 어딘가 부족하다면 차라리 말이 될 것이다. 하지만 그들은 아름다워지기 위한 노력의 일환으로 법률, IT, 예술사 같은 것을 공부한다. 노르웨이 국민이 낸 혈세로 대학에서 몇 년을 보내고 고작 필요 이상의 고등교육을 받은 전업주부가 된 그들은 여기 이렇게 앉아 어떻게 하면 나이 많고 돈 많은 남편들을 적당히 행복하게, 적당히 질투하게 하는지 그리고 적당히 긴장하게 만들 수 있는지와 같은 것들의 비결을 공유하고 있다. 하지만 그것도 아이들을 낳아 남편을 옭아매기 전까지의 이야기다. 아이가 태어나고 나면 물론 모든 게 변한다. 힘의 균형이 완전히 뒤바뀌고, 남자는 거세되어 사방으로 포위된다. 아이란 그런 것이다.

"더블 코르타도 주세요."

나는 바 의자에 엉덩이를 걸치며 커피를 주문했다.

만족감을 느끼며 거울에 비친 그녀들의 모습을 지켜보았다. 나는 행운의 사나이다. 디아나는 이렇게 교활하고 머리가 텅 빈 기생 인간들과 차원이 다르다. 그녀는 내게 없는 모든 것을 갖추고 있다. 상냥하고, 이해심 있고, 헌신적이고, 키 크고. 한마디로 아내는 아름다운 몸에 깃든 아름다운 영혼이다. 하지만 그녀의 아름다움은 흔히들 말하는 완벽함과는 다른 종류의 것이다. 그녀의 얼굴은 그렇게 분류해 버리기엔 너무 특별하니까. 디아나는 마치 일본 만화 속 인형 캐릭터처럼 생겼다. 작은 얼굴에 아주 작고 얇은 입, 작은 코 그리고 늘 호기심으로 가득하고 피곤할 때면 조금 불거져 나오기도 하는 커다란 눈. 하지만 내가 보기에 그녀의 아름다움을 유독 두드러져 보이게 만드는 것이 바로 이렇게 고전적인 아름다움과 조금은 다른 모습이다. 그렇다면 그녀는 왜 날 선택한 것일까? 운전사의 아들, 평균을 조금 넘는 성적의 경제학 전공자, 평균보다 조금 떨어지는 전망에, 키는 중간에도 훨씬 못 미치는 나를. 50년 전이라면 키 168센티미터에 '작다'는 표현을 쓰지는 않았을 것이다. 최소한 유럽 대부분의 지역에서는. 그리고 인체 측정의 역사를 통틀어 보면 168센티미터도 백 년 전에는 노르웨이 남성의 평균키라는 것을 알 수 있을 것이다. 하지만 그 이후로 상황은 내게 불리하게 돌아갔다.

그녀가 한 순간 정신이 어떻게 된 상태에서 나를 택했다고 볼 수도 있을 것이다. 하지만 진실은 그것이 아니었다. 어떻게 디아나 같은 여자가, 원한다면 누구든 가질 수 있는 여자가 매일 아침 깨어나 나와 하루를 더 함께하고 싶어 하는지 나는 도저히 이해할 수 없다. 도대체 어떤 의문의 시각 장애가 나의 비열함과 불성실함, 연약함, 사악함을 못 보게 만드는 것일까? 다만 보고 싶어 하지 않는 것일까? 아니면 나의 음흉한 책략과 기술 덕분에 진정한 내 모습이 사랑이라는 맹점에 놓이기라도 한 걸까? 물론 지금까지 아이를 갖고 싶다는 그녀의 바람을 들어주지 않았기 때문일 수도 있다. 인간의 형상을 한 이 천사에게 내가 무슨 힘을 발휘하고 있는 것일까? 디아나의 말을 빌리면 나는 오만함과 자기 비하라는 상반된 매력의 결합으로 처음 만난 그 순간부터 그녀를 사로잡았다고 한다.

때는 런던에서 열린 스칸디나비아 반도 유학생 모임, 디아나의 첫인상은 지금 여기 앉아 있는 여자들과 다를 바가 없었다. 국제적 대도시에서 예술사를 공부하고 있는 오슬로 출신 북유럽 미인, 아르바이트 삼아 모델 일을 한 적도 있고, 전쟁과 빈곤에 반대하며, 파티와 재미있는 일들을 즐기는 그런 흔하디흔한 여자 말이다. 하지만 세 시간 후 기네스 흑맥주 여섯 잔이 바닥날 무렵 나의 생각이 완전히 틀렸다는 것을 깨닫게 되었다. 첫째, 그녀는 거의 예술밖에 모를 정도로 진심으로 예술을 사랑했다. 둘째, 그녀는 서방 자본주의의 일부가 되고 싶어 하지 않는 사람들과 전쟁을 벌이는 지배 체제에 대해 자신의 불만을 매우 논리적으로 표현하는 능력이 있었다.

제3세계 국가들에 아무리 큰돈을 원조해도 소위 서방 선진국들이 그들을 착취해 벌어들이는 돈을 감안하면 언제나 선진국에게는 남는 장사라는 사실을 설명해 준 것도 그녀였다. 셋째, 그녀에게는 유머 감각이 있었다. 유머 감각은 오히려 나 같은 남자가 키 170센티미터 이상의 여자를 사로잡으려면 반드시 필요한 조건인데 말이다. 그리고 넷째, 사실 이것이야말로 나를 완전히 넘어가게 만든 것이라 할 수 있다. 디아나는 언어 감각이 형편없었고 대신 논리적 사고력이 뛰어났다. 그녀는 자신의 영어 실력은 좋게 말해 서투른 편이고, 프랑스어나 스페인어 같은 것은 배워 볼 생각조차 해 본 적 없다고 수줍게 웃으며 말했었다. 그래서 내가 물었다. 그러면 남성적 두뇌를 가지고 있느냐고, 혹시 수학을 좋아하느냐고 말이다. 그녀는 잘 모르겠다고 어깨를 으쓱였지만 나는 끝까지 고집을 부려 마이크로소프트사에서 채용 면접 때 제시하는 논리 문제를 들려 주었다.

"이건 지원자들이 그 문제를 풀 수 있는지를 알아보기 위한 것이기도 하지만 동시에 그들이 어려움에 직면했을 때 어떻게 반응하는지 보려는 목적도 있죠."

"그럼 어디 내봐요."

그녀가 말했다.

"소수가 있죠……."

"잠깐! 소수가 뭐였죠?"

"1과 자기 자신으로만 나누어지는 숫자요."

"오, 맞아요."

그녀는 대화에 숫자가 등장했을 때 여자들이 보통 보이는 그런

명한 표정을 아직 짓지 않고 있었다. 그래서 나는 말을 이었다.

"소수는 연속하는 두 개의 홀수일 경우가 많죠. 11과 13, 29와 31처럼. 여기까지 이해할 수 있죠?"

"그래요."

"그렇다면 세 개 연속으로 홀수인 소수가 있을까요?"

"당연히 없죠."

그녀가 맥주잔을 입으로 가져다 대며 대답했다.

"오, 그래요? 그 이유는?"

"내가 바본 줄 알아요? 연속하는 다섯 개의 수가 있을 때 홀수 중 하나는 무조건 3으로 나눠지게 되어 있으니까요. 그래서요?"

"그래서요?"

"그래요, 그래서 내려는 논리 문제가 뭔데요?"

그녀는 맥주를 한 모금 꿀꺽 넘기더니 기대와 호기심으로 눈을 반짝이며 나를 쳐다보았다. 마이크로소프트에서는 이 문제를 낼 때 보통 증명할 시간을 3분 준다. 그런데 그녀는 단 3초 만에 정답을 내놓은 것이 아닌가. 평균적으로 백 명 가운데 단 다섯 명만이 그렇게 할 수 있다고 들었다. 아마 그 순간이 정확히 그녀와 사랑에 빠진 시점이었을 것이다. 최소한 가지고 있던 냅킨에 이렇게 적었던 것은 기억난다. **합격.**

난 거기 앉아 있는 동안 그녀도 나와 사랑에 빠지게 만들어야 한다는 걸 알고 있었다. 내가 자리에서 일어서는 순간 마법은 깨어지고 말 테니까. 그래서 나는 말을 멈추지 않았다. 내 키가 185센티미터가 될 때까지 멈추지 않았다. 말이라면 자신 있었다. 그런데 한창

발동이 걸렸을 때 그녀가 말을 막고 나섰다.

"축구 좋아해요?"

"음…… 당신은요?"

난 놀라서 물었다.

"QPR이 내일 아스날을 상대로 경기를 해요. 관심 있어요?"

"물론이죠."

내가 대답했다. 물론 내 관심의 대상은 그녀였다. 그 순간만큼은 축구에 눈곱만큼의 관심도, 흥미도 없었다.

런던의 가을 안개비가 흩날리는 로프터스 로드 스타디움에서 그녀는 푸른색과 흰색 줄무늬 목도리를 두르고 목이 쉬어라 소리를 질렀다. 하지만 그러한 보람도 없이 그녀가 응원하는 불쌍한 팀 퀸스 파크 레인저스, 그러니까 QPR은 큰 형님 아스날에게 인정사정없이 박살나고 말았다. 그녀에게 푹 빠진 나는 잔뜩 흥분한 그녀의 얼굴을 쳐다보느라 경기는 거의 보지 못했다. 다만 기억나는 것이 있다면 아스날 선수들은 붉은색과 흰색으로 된 멋진 유니폼을 입은 반면 흰색 바탕에 푸른색 대각선 줄무늬 유니폼을 입은 QPR 선수들은 마치 움직이는 막대사탕처럼 보였다는 것뿐이다.

하프 타임 무렵 나는 그녀에게 왜 아스날처럼 막강하고 규모도 큰 팀이 아니라 우스꽝스럽기까지 한 형편없는 실력의 QPR을 응원하는지 물었다.

"그들은 날 필요로 하니까요."

그녀가 대답했다. 너무하지 않은가? '그들은 날 필요로 하니까요'라니! 그 말에서 나는 차마 헤아릴 수도 없는 지혜를 엿보았다. 그때 그녀가 왈칵 호탕한 웃음을 쏟아내더니 플라스틱 컵에 담긴 맥주를 한 번에 들이켰다. 그러고는 말했다.

"이 팀은 마치 혼자서는 아무것도 못하는 아기 같잖아요. 한번 봐요. 너무 귀엽지 않아요?"

"아기 옷을 입긴 했죠. 그러니까 길 잃은 어린 양이여 내게로 오라, 뭐 이런 게 좌우명인가요?"

"음……. 그럴 수도 있겠네요."

그녀가 활짝 웃으며 나를 내려다보고 말했다.

우리는 웃음을 터뜨렸다. 남들을 개의치 않는, 커다란 웃음이었다.

그 경기의 결과는 기억나지 않는다. 아니, 기억난다. 셰퍼즈 부시의 한 여학교 기숙사 벽돌담 아래에서 그녀와 나눈 키스. 그리고 그날 밤 잠 못 들고 외롭게 뒤척이다 꾸었던 야릇한 꿈들.

열흘 뒤, 그녀의 침대 옆 작은 탁자 위 와인 병에 끼워 놓은 촛불이 흔들리는 가운데 나는 그녀의 얼굴을 내려다보고 있었다. 그날 우리는 처음으로 사랑을 나누었다. 그녀는 지그시 눈을 감고 내리누르는 나의 몸 아래에서 격렬히 골반을 뒤틀었다. 그녀의 이마에 한 가닥 핏줄이 서고 표정은 흥분과 고통 사이를 왔다 갔다 했다. QPR이 리그 우승 경쟁에서 완전히 떨어져 나가는 것을 지켜보던 때와 똑같은 열정이었다. 잠시 후 그녀는 내 머리칼이 마음이 든다고 말했다. 신물이 나도록 들었던 말이었지만 그 순간만큼은 그 칭찬을 태어나 처음 듣는 것만 같았다.

아버지가 외교 서비스에 몸담고 있긴 하지만 외교관은 아니라는 사실을 그녀한테 털어놓는 데는 그로부터 6개월이 걸렸다.

“운전사……. 그러면 교회에서 식을 마치고 나갈 때 대사가 타는 리무진을 빌릴 수 있는 거야?”

그녀가 내 얼굴을 잡아당겨 입 맞추며 말했다.

나는 아무 대답도 하지 않았다. 하지만 그해 봄 우리는 해머스미스의 성 패트릭 교회에서 조촐한 결혼식을 올렸다. 식이 간소했던 것은 내가 친구나 친지 없이 결혼식을 올리자고 디아나를 꼬드겼기 때문이다. 우리 단둘이, 순수하고 깔끔하게. 그건 곧 아버지 없이 하자는 뜻이었다. 디아나는 그렇게 단출한 결혼식도 환하게 밝혀 주었다. 그녀는 두 개의 태양과 하나의 달처럼 빛났다. 공교롭게도 그날 오후 QPR이 승리를 거두었고, 우리를 태우고 세퍼즈 부시에 있는 그녀의 코딱지만 한 아파트로 돌아가는 택시는 막대사탕 색깔의 깃발이 펄럭이는 가운데 흥분한 QPR 팬들의 행렬을 뚫고 달렸다. 사방에 기쁨과 행복이 넘쳐났다. 나중에 오슬로로 이사 온 후에야 디아나는 처음으로 아기를 갖고 싶다는 바람을 입 밖에 꺼냈다.

시계를 보았다. 우베가 올 시간이 되었다. 나는 바 너머에 걸린 거울을 쳐다보았다가 은발 여자들 중 하나와 눈이 마주쳤다. 눈을 맞춘 시간은 매우 짧았다. 서로가 무엇을 원하는지, 무슨 생각을 하는지 오해가 생길 수 있을 만큼만. 포르노 배우 같은 매력과 훌륭한 성형수술의 결과물. 난 그녀에게 원하는 게 없었다. 그래서 나의 시선은 다른 곳을 향했다. 사실 수치스러운 단 한 번의 불륜이 시작되었던 것도 정확히 이런 식이었다. 너무 길었던 눈 맞춤. 첫 번째 만남은 화랑에서였다. 두 번째는 여기 스시 앤드 커피. 그리고 세 번째는 일러르트 순츠 가테에 있는 작은 아파트에서였다. 하지만 로테는 이

제 내게 과거일 뿐, 다시는 그런 일이 일어나지 않을 것이다. 나의 시
선은 가게 안을 돌다가 한 곳에 멈췄다.

우베가 문가에 있는 테이블에 앉아 있었다.

다른 사람이 보기에 그는 영락없이 경제 신문 「다겐스 나링슬리
브」를 읽고 있었다. 우스운 생각이 아닐 수 없다. 우베 세케루드는
주식의 움직임이라든가, 소위 사회라는 데서 무슨 일이 일어나는지
아무런 관심도 없을 뿐만 아니라 글을 거의 읽을 줄도 모른다. 쓰는
건 두말 할 나위 없다. 경비회사 소장 자리에 지원했을 당시 그의 이
력서를 아직도 기억하고 있다. 철자를 틀린 것이 너무나도 많아서
읽자마자 웃음을 터뜨렸었다.

나는 슬그머니 의자에서 내려가 그의 테이블로 다가갔다. 신문이
접혀 테이블에 올려져 있기에 나는 그것을 향해 고개를 끄덕였다.
그는 다 읽었으니 가져가도 좋다는 식으로 살짝 미소를 지었다. 나
는 아무 말 없이 신문을 집어 바의 내 자리로 돌아왔다. 1분 뒤 문
이 닫히는 소리가 들리자 다시 거울을 올려다보았다. 우베가 사라지
고 없었다. 나는 신문을 한 장씩 넘겨 주식 섹션을 펼쳤고, 거기에
끼워져 있던 열쇠를 슬그머니 집어 윗옷 주머니에 집어넣었다.

사무실로 돌아가 휴대전화를 여니 여섯 개의 문자메시지가 와
있었다. 그중 다섯 개는 읽지도 않고 지워 버리고 디아나로부터 온
한 개를 열었다.

오늘 초대전 잊지 마. 당신은 내 행운의 마스코트니까.

선글라스를 긴 스마일 이모티콘이 끝에 붙어 있었다. 올 여름 아
내의 서른두 번째 생일을 맞아 내가 선물한 프라다폰의 최신 기능

중 하나였다.

"내가 가장 갖고 싶어 하던 거야!"

아내는 선물을 열면서 이렇게 말했었다. 하지만 그녀가 무얼 가장 갖고 싶어 하는지는 우리 둘 다 잘 알고 있다. 그리고 난 그건 절대로 줄 생각이 없다. 그래도 아내는 그게 가장 갖고 싶었다며 거짓말을 하고 내게 키스했다. 여자에게 이 이상 뭘 더 바랄 수 있을까?

제3장

특별 초대전

키 168센티미터. 고리타분한 심리학 같은 것을 들먹일 필요도 없다. 몸집이 작은 사람에게 무언가 커다란 업적을 이루고자 하는 일종의 보상심리 같은 것이 있다는 것은 익히 알고 있으니까. 세계에서 가장 위대한 예술 작품 중 놀라울 만큼 많은 수가 몸집이 작은 남자들의 손에서 탄생했다. 제국을 정복하고, 가장 똑똑한 생각을 해내고, 은막의 역사상 가장 아름다운 여배우들을 손에 넣은 것도 바로 나 같은 사람이다. 한마디로 우리는 늘 최고만을 호시탐탐 노리고 있었다는 말이다. 시각장애인들이 훌륭한 음악을 연주하고, 일부 자폐아들이 머릿속으로 여러 자리 수의 제곱근을 구할 수 있다는 이유로 마치 장애가 일종의 축복이라는 결론을 내리는 바보들이 있다. 첫째, 그건 말도 안 되는 소리다. 둘째, 아무리 그래도 난 난쟁이가 아니다. 다만 평균 키에 아주 조금 못 미칠 뿐. 그리고 셋째, 전 세계 기업 최고위직에 있는 사람 중 70퍼센트 이상이 각 나라 별 평균 신장보다 큰 편이다. 신장은 또한 지능, 수입, 인기도와도 연관성을 보인다. 고위 임원 자리에 누군가를 추천할 때 신장은 내가 가장 중요하게 여기는 기준 가운데 한 가지다. 큰 키는 존경심과 신뢰, 권위를 불러일으킨다. 키가 큰 사람들은 눈에 잘 띄고, 숨을 수 없고, 남을 지배하고, 자신감과 자기주장이 넘친다. 나쁜 기운조차 그들로부터 물러난다. 반대로 작은 사람들은 바닥에 붙어 움직이고, 꿍꿍이가 있으며, 이것은 언제나 자신이 키가 작다는 자괴감과 관련이 되어 있다.

물론 이런 말은 모두 헛소리다. 그래도 내가 특정 자리에 누군가를 추천하기로 결정했다면 그것은 그 사람이 최고의 성과를 올릴 거라고 생각하기 때문이 아니다. 그 사람이라면 고객이 선뜻 채용할 거라 믿기 때문이다. 내가 그들에게 제공하는 것은 그들이 원하는 몸 위에 얹힌 그럭저럭 괜찮은 머리다. 어차피 지원자의 머리가 얼마나 훌륭한지 판단할 자격은 그들에게 없다. 다만 눈으로 몸을 볼 뿐이다. 디아나의 초대전에 참석하는 소위 예술애호가라는 부자들도 마찬가지다. 그림 자체에 대해 논할 자격은 없지만 그 작품을 그린 예술가의 서명은 읽을 줄 아는 것이 바로 그들이다. 훌륭한 화가들이 그린 형편없는 작품에 기꺼이 엄청난 돈을 지불하는 사람이 세상에는 차고 넘친다. 그런 게 바로 키 큰 몸에 붙은 이류의 머리 같은 거니까.

나는 새로 뽑은 볼보 S80을 타고 구불구불한 모퉁이를 돌아 보크센콜렌에 자리한 우리의 아름답고도 터무니없이 비싼 새집으로 향했다. 그 집을 산 이유는 단 하나였다. 집을 보러 다니던 도중 그 집을 보았을 때 디아나의 얼굴에 나타난 그 마음 아파하는 표정 때문이었다. 사랑을 나눌 때마다 그녀의 이마에 불거지곤 하던 푸르스름한 핏줄이 그 순간 푸르게 변하더니 아몬드 모양 눈 위에서 가느다랗게 떨렸었다. 아내는 마치 더 잘 듣기 위한 것처럼 오른손으로 가는 금발 머리를 귀 뒤로 넘기고는 자신의 눈을 믿지 못하겠으니 듣기라도 잘해야겠다는 표정으로 귀를 기울였다. 그 집이야말로 그녀가 찾던 것이었다. 그런 말은 입 밖에 꺼낼 필요도 없었다. 아내의 표정만으로도 알 수 있었으니까. 이미 집주인이 원하는 가격보다 150만 크로네를 더 내놓겠다고 한 사람도 있다는 중개업자의 말을 듣고 그녀의 눈에서 흥분의 빛이 사라졌을 때에도 나는 아내를 위해 그 집을 사야 한다는 것을 알고 있었다. 이것이야말로 그녀가 그토록 원하던 아이를 낳지 못하게 한 것에 대해 내가 할 수 있는 유일한 보상이었다. 중절 수술을 하자며 내가 일일이 늘어놓은 수많은 핑계들이 무엇이었는지 이제는 기억조차 나지 않는다. 다만 그중에 진실은 하나도 없었다는 것만 기억날 뿐이다. 320평방미터라는 두 사람이 쓰기에는 과하게 커다란 집에 아이를 위한 공간이 없다니. 아니, 조금 더 정확히 말하자면 '나와 아이'를 위한 공간이 없었다. 나는 디아나를 알고 있었다. 아내는 나와는 정반대로 철저히 가정적인 사람이었다. 나라면 아이가 태어난 첫날부터 그 애를 미워했을 것이다. 그래서 나는 아내에게 새로운 출발을 선물해야 했다. 집. 그리고 화랑.

진입로로 들어섰다. 내 차가 들어오는 것을 미리 감지한 차고 문이 자동으로 열렸다. 차가운 어둠 속으로 볼보가 미끄러져 들어가고 엔진이 조용히 마지막 숨을 내쉬자 뒤로 문이 닫혔다. 나는 차고 옆 문을 통과해 집으로 이어지는 판석 깔린 길로 들어섰다. 1937년에 지은 이 집은 매우 훌륭하다. 비용 같은 것은 미학에 비하면 중요치 않다고 여기는, 그러니까 디아나의 소울메이트와도 같은 기능주의 자 우베 방의 솜씨였다.

전에는 이 집을 팔아 조금 작고, 조금 더 평범하고, 조금 더 실용 적인 곳으로 이사 가고 싶다는 생각을 자주 했었다. 하지만 집에 돌 아올 때마다, 이렇게 낮게 걸린 오후 해가 건물 윤곽을 선명히 드러 내고, 빛과 그림자가 소묘처럼 아름답게 조화를 이루며, 뒤로 펼쳐 진 가을 숲이 마치 붉은 금처럼 빛나는 것을 볼 때마다 이사는 불 가능한 일이라는 걸 새삼 깨닫는다. 그 이유는 꽤 단순하다. 나는 아내를 사랑하고 따라서 그녀를 슬프게 하는 일은 할 수 없기 때문 이다. 하지만 이로 인해 자연스레 나머지 문제들이 생겨난다. 이 집, 깨진 독처럼 돈이 펑펑 빠져나가고 있는 화랑, 아내에게 필요치도 않은 값비싼 나의 사랑의 표현 그리고 우리 힘으로는 유지해 나갈 수 없는 사치스러운 생활방식. 이 모두 아이를 향한 그녀의 갈망을 덜기 위한 것이다.

나는 잠긴 문을 열고 신발을 벗은 다음, 트리폴리스에 알람이 울 리기 전까지 주어진 20초 내에 비밀번호를 입력했다. 비밀번호를 정 하느라 디아나와 한참 실랑이를 했었다. 아내는 자신이 가장 좋아하 는 예술가 데미언 허스트를 따 DAMIEN으로 하고 싶어 했다. 하지 만 나는 알고 있었다. 그것이 지워 버린 아기에게 붙이려고 했던 이름이었음을. 그래서 나는 아무도 알아낼 수 없는 임의의 글자와 숫자의 조합으로 하자고 고집을 부렸다. 결국 그녀가 지고 말았다. 그녀의 의견에 맞설 때마다 그렇듯 나는 강하게 나갔다. 부드러운 그녀를 강하게 누른 나. 디아나는 부드러웠다. 약한 것은 아니다. 다만 부드럽고 유연하달까. 아주 살짝만 눌러도 자국이 남는 점토처럼. 이상한 것은 양보하면 할수록 그녀는 점점 더 커지고 강해졌다는 것이다. 그리고 나는 점점 더 약해졌다. 그녀가 죄책감과 마음의 빚, 양심의 가책이라는 창공에 우뚝 서서 거대한 천사처럼 나를 굽어볼 때까지. 얼마나 열심히 돈을 긁어모으든, 얼마나 많은 채용을 성사시키든, 스톡홀름의 본사에 얼마나 큰돈을 벌어다 주든, 나의 죄를 사하는 데는 부족했다.

나는 거실과 부엌이 있는 위층으로 올라가 넥타이를 풀고 서브제로 냉장고를 열어 산 미구엘 맥주 한 병을 꺼냈다. 평소 마시던 에스페셜이 아니라 1516년 순수 맥주 제조법에 따라 만들어져 특별히 부드러운 맛을 낸다는 1516, 디아나가 좋아하는 것이었다. 거실 창문으로 정원과 차고 그리고 이웃집을 내려다보았다. 오슬로, 피요르드, 북해 해협, 독일 그리고 바깥세상. 어느새 맥주 한 병을 말끔히 비웠다.

나는 한 병을 더 꺼낸 다음 특별 초대전에 가기 위해 옷을 갈아입으러 아래층으로 내려갔다.

평소에 잘 출입하지 않는 방을 지나는데 문이 살짝 열려 있었다. 문을 열어 보니 아내가 창문 아래 마치 제단처럼 세워 놓은 낮은 탁자 위 작은 석상 앞에 새로 꽃을 가져다 놓은 것을 알 수 있었다.

그 탁자는 방 안에 있는 유일한 가구였고, 석상은 만족스러운 부처의 미소를 짓고 있는 동자승처럼 생겼다. 꽃 옆에는 아기 신발 한 켤레와 노란색 딸랑이가 놓여 있었다.

나는 방 안으로 들어가 맥주를 한 모금 들이켠 뒤 쭈그리고 앉아 석상의 매끈한 민머리를 손가락으로 쓰다듬었다. 그것은 미즈코 지조, 일본 전통에 따르면 임신 중절된 태아, 즉 물의 아이라는 뜻의 미즈코를 보호하는 석상이었다. 채용 일로 도쿄에 갔다가 허탕을 친 적이 있는데 당시 중절 수술 이후 몇 달이 지나지 않은 터라 디아나는 크게 상심하고 있었다. 나는 그 석상을 가지고 가면 그녀에게 위로가 될지도 모른다고 생각했다. 그것을 팔던 사내의 영어 실력이 엉망이라 자세한 내용은 거의 이해하지 못했지만 일본인들은 태아가 죽으면 그 아이의 영혼이 본래의 물 상태로 돌아가 물의 아이가 된다고 믿는다고 했다. 거기에 일본식 불교 사상이 약간 가미되어 그 아이는 환생하기를 기다린다는 것이다. 그러는 동안 부모는 그 아이의 영혼을 보호하기 위해 미즈코 쿠요, 즉 추모하는 의식과 약간의 공양을 하는데, 이것은 동시에 물의 아이의 복수로부터 부모를 보호하는 역할을 하기도 한다. 물론 복수 부분은 디아나로부터 철저히 숨겼다. 그렇게 하니 일단 기분이 나아졌고 디아나 역시 그 석상에서 위안을 찾는 것 같았다. 하지만 석상에 대한 그녀의 집착이 점점 강해져 그것을 침실에 두고 싶어 하는 데까지 이르자 어쩔 수 없이 단호한 태도를 취해야 했다. 그래서 그러면 그 순간부터 더 이상 기도를 하거나 그 석상에 공양을 해선 안 된다고 했다. 하지만 너무 강경하게 나가진 않았다. 그렇게 되면 디아나를 영영 잃을 것만 같았고 무슨 일이 있어도 그것만은 막아야 했으니까.

　나는 서재로 들어가 컴퓨터를 켜고 인터넷 검색을 시작했다. 그러다가 에드바르 뭉크의 '브로치', 다른 이름으로 '에바 무도치'라고도 불리는 그림의 고해상도 사진을 찾아냈다. 그 그림은 현재 시장에서 35만 크로네에 거래되고 있었다. 그러면 암시장에서는 27만이 채 안 되니 내 그림보다 겨우 2만 비싸군. 장물아비에게 50퍼센트, 우베에게 20퍼센트 떼어 주고 나면 내겐 8만 크로네가 남는다. 늘 그런 식으로 배분해 왔는데 사실 그림을 훔치느라 겪는 고생은 고사하고 그 위험부담을 감수할 값어치도 되지 않는다. 그림은 흑백에 크기는 58 × 45센티미터였다. A2 용지에 딱 맞는 크기다. 8만이라. 다음 분기 주택 융자금을 갚기에는 턱없이 부족한 금액이다. 화랑의 지난해 결손액, 11월 중에 꼭 채워 넣겠다고 회계사에게 약속한 그 금액에 비교해도 새 발의 피다. 이유는 알 수 없지만 그럭저럭 괜찮은 그림들이 나타나는 주기도 점점 길어지고 있다. 쇠렌 온사게르의 그림 '하이힐을 신은 모델'을 훔친 것도 벌써 3개월이 훌쩍 지났고 그걸로는 6만도 채 벌지 못했었다. 조만간 무슨 일이든 일어나야 한다. 빗맞은 크로스를 골로 연결시켜 QPR이 결승에 진출하는 그런 일이 벌어져야 한다. 그런 일이 전혀 없는 것도 아니지 않은가. 나는 한숨을 쉬며 에바 무도치를 인쇄하는 버튼을 눌렀다.

　샴페인을 마시게 될 터라 택시를 불렀다. 차에 오른 나는 평소처럼 화랑의 이름만을 댔다. 그것은 우리가 마케팅을 얼마나 잘하고 있는지 보기 위한 일종의 테스트였는데 역시 평소처럼 택시기사는 룸미러로 내 얼굴을 멀뚱멀뚱 쳐다보기만 했다.

"아를링 샤르손스 가테로 가주세요."

나는 한숨을 쉬며 말했다.

화랑을 열 자리를 고르기 한참 전부터 디아나와 나는 위치 때문에 고심했었다. 나는 화랑이 실레베크와 프로그네르가 만나는 곳에 있어야만 한다고 고집했다. 그곳이야말로 재력이 있는 고객들과 어느 정도 수준을 갖춘 다른 화랑들이 모여 있는 곳이기 때문이다. 그런 밀집지역을 벗어난다는 것은 갓 문을 연 화랑에게는 사형 선고나 다름없었다. 디아나가 이상형으로 삼은 화랑은 런던 하이드 파크 옆에 있는 서펀타인 갤러리였고, 그녀는 화랑이 빅데이 알레나 가믈레 드라멘스바이 같은 번잡한 도로를 향하지 않고 조용히 생각에 잠길 수 있는 한적한 거리에 있어야 한다고 했다. 게다가 한 걸음 뒤로 물러나 있는 듯한 위치 선정은 아무나 쉽게 드나들 수 없고 다른 이들로부터 정보를 얻은 사람이나 예술 애호가들을 위한 것이라는 인상을 줄 것이다.

나도 선뜻 그녀의 의견에 동의했다. 그런 위치라면 임대료가 터무니없이 비싸지는 않을 것이라는 생각에서였다.

하지만 그것도 잠시, 그녀는 그렇게 절약한 돈으로 임대 면적을 넓혀 작품 전시 공간 말고도 리셉션을 열 수 있는 공간을 확보하겠다고 나섰다. 실은 아를링 샤르손스 가테에 있는 빈 건물을 이미 봐둔 상태였다. 물론 이곳은 완벽한, 최고 중의 최고였다. 화랑 이름을 생각해 낸 건 나였다. 갤러리 E. 아를링 샤르손스 가테의 첫 글자 E를 딴 것이다. 그리고 그것은 그 지역에서 가장 잘나가는 화랑인 갤러리 K를 본뜬 것으로, 생각대로라면 우리가 부유하고, 훌륭한 품질을 지향하며, 쿨한 사람들을 주 고객으로 한다는 것을 잘 드러내 줄 것이다.

나는 그것이 노르웨이어로 '더 갤러리 The Gallery'가 된다는 사실을 지적하지 않았다. 디아나는 그런 식의 값싼 상술을 좋아하지 않았다.

임대 계약서가 완성되고 대대적인 실내 공사가 착수되자 우리의 재정적 위기도 서서히 시작되었다.

화랑 바깥에 택시가 섰다. 도로 가에 평소보다 재규어나 렉서스가 더 많이 서 있는 것이 보였다. 좋은 징조였다. 물론 주변의 대사관에서 리셉션을 열었다거나, 셀리나 미델파르트인지 뭔지 하는 여자가 파티를 벌이는 중일 수도 있었다.

건물 안으로 들어서자 베이스 음색이 짙은 1980년대 풍 음악이 은은하게 들려오고 있었다. 바흐의 골드베르크 변주곡이 곧 이어질 것이다. 그건 내가 디아나를 위해 구워 준 CD였다.

아직 8시 반밖에 안 됐는데 화랑은 이미 반쯤 차 있었다. 역시 좋은 징조였다. 갤러리 E의 고객들은 보통 9시 반이 되도록 나타나지 않으니까. 디아나는 꽉 들어찬 특별 초대전은 천박해 보이고, 반쯤 찬 것이야말로 아무나 드나들 수 없는 곳임을 더욱 돋보이게 해준다고 누누이 말했었다. 하지만 나의 경험으로 미루어 보면 사람이 많을수록 그림이 더 많이 팔리는 법이었다. 아무도 응답하지 않았지만 일단 좌우로 고개를 까닥인 다음 차려진 바로 다가갔다. 이런 일이 있을 때마다 디아나가 부르는 바텐더 닉이 내게 샴페인 한 잔을 건넸다.

"비싼 건가?"

나는 쌉쌀한 샴페인을 맛보며 물었다.

"600이요."

닉이 대답했다.

"그림깨나 팔아야겠군. 화가는 누군데?"

내가 물었다.

"아틀레 뇌룸."

"닉, 나도 이름은 안다고. 어떻게 생겼는지를 모를 뿐이지."

"저기, 저쪽에. 디아나 옆에요."

닉이 흑단처럼 검은 머리를 오른쪽으로 까닥였다.

그쪽을 쳐다본 나는 그가 턱수염이 난 덩치 큰 남자라는 것을 알았다. 하지만 그게 전부였다. 그녀가 거기 있었으니까.

길고 늘씬한 다리에 착 달라붙는 흰색 가죽 바지 덕분에 그녀는 원래보다 키가 더 커 보였다. 일자로 자른 앞머리 양옆으로 그녀의 긴 머리가 내려왔다. 이렇게 직각을 이루는 모양새 때문에 일본 만화 같은 이미지가 더 강해 보였다. 스포트라이트 아래에서 그녀의 좁고 근육 잡힌 어깨와 가슴 위로 덮인 헐렁한 실크 블라우스는 거의 푸르스름한 흰색으로 빛나는 완벽한 물결처럼 보였다. 세상에, 저 귀에 다이아몬드 귀걸이가 달리면 정말 그녀를 돋보이게 할 텐데.

내키지는 않았지만 나는 억지로 시선을 옮겨 화랑 내부를 둘러보았다. 초대받은 손님들이 그림 앞에 서서 다른 이들과 예의바르게 대화를 나누고 있었다. 그들은 모두 이런 데 나타날 법한 사람들이었다. 성공한 금융전문가들(수트에 넥타이 차림)이나 이런 데 어울리는 유명인들(명품 티셔츠에 수트), 그러니까 실제로 자기 힘으로 무언가를 이루어 낸 사람들이 보였다. 여자들(명품 옷)의 경우는 대체로 배우나 작가, 정치인이었다. 그리고 물론 소위 미래가 기대되지만 지금은 찢어지게 가난하고 반항적인 태도로 일관하는 젊은 예술가들(구멍 난 청바지에 각종 슬로건이 적힌 티셔츠)도 한 무리 있었다. 나는 이런 이들이 곧 예술계의 QPR이라고 생각했고 처음에는 이런 이들이 꼭 초대 손님 목록에 끼어야 하는 건지 눈살을 찌푸리곤 했다. 하지만 디아나는 단순히 예술 애호가나 계산적인 투자자 그리고 대외적 이미지를 위해 화랑에 드나드는 사람들 말고도 어딘가 위험하고, 생명력 넘치는, 일종의 '톡 쏘는 양념'이 필요하다고 주장했다. 물론 그녀의 말도 일리가 있었다. 하지만 그런 밑바닥 인생들이 여기 와 있는 건 디아나에게 초대해 달라고 애걸한 덕분이라는 것도 알고 있었다. 그리고 설사 그들이 자기 작품을 사 줄 사람을 찾기 위해 여기 온다는 걸 디아나가 알고 있다 하더라도 그녀가 남의 부탁을 절대 거절하지 못한다는 것 또한 이 세계에 너무나 잘 알려진 사실이었다. 나는 몇몇 사람들, 대부분 남자들이 그녀의 방향으로 슬쩍슬쩍 엉큼한 시선을 던지는 것을 알아챘다. 얼마든지 해 보라지. 그녀는 그들이 손에 넣을 수 있는 그 어떤 여자들보다도 아름다웠다. 이건 단순히 내 생각이 아니라 확고부동한 논리적 사실이었다. 그녀가 최고 중의 최고라는 사실 말이다. 그리고 그녀는 나의 것이다. 나 역시 그녀가 나의 것이라는 사실을 믿지 못해 오랫동안 스스로를 고문했었다. 하지만 일단은 그녀가 그런 면에 있어서는 완전히 장님과 다름없다는 사실을 생각하며 위안을 삼기로 했다.

나는 넥타이를 매고 있는 남자가 몇 명이나 되는지 세어 보았다. 그런 사람들이 실제로 작품을 구입한다는 것이 일종의 법칙이었다. 현재 뇌룸의 작품은 평방미터당 약 5만 정도에 팔렸다. 화랑에 떨어지는 수수료가 55퍼센트이니 조금만 팔려도 오늘밤은 꽤 짭짤한 수입을 올리게 될 것이다. 아니, 이렇게 말하자. 그래야만 했다. 뇌룸 같은 작가는 매일 나타나는 게 아니니까.

이제는 사람들이 물 흐르듯 밀려들고 있었다. 나는 그들이 샴페인 쟁반으로 다가가는 걸 막지 않기 위해 한쪽으로 비켰다.

나는 아내와 뇌룸이 있는 곳으로 느릿느릿 다가가 그의 작품을 얼마나 좋아하는지 아첨을 늘어놓았다. 물론 과장이 섞이긴 했지만 거짓말은 아니었다. 이 사람 실력이 뛰어나다는 데에는 의심의 여지가 없었다. 그런데 악수를 하려고 손을 내밀려는 찰나, 그는 가래 끓는 소리를 하는 다른 남자의 손아귀에 붙들리더니 당장 화장실에 가야 할 것처럼 보이는 실실거리는 여자에게로 끌려가 버렸다.

"좋아 보이네."

내가 디아나 옆에 서서 말했다.

"자기, 왔어?"

그녀가 나를 내려다보며 활짝 웃었다. 그리고는 핑거 푸드가 담긴 쟁반을 든 쌍둥이 여자 둘에게 얼른 한 바퀴 더 돌라며 손짓했다. 초밥은 이미 유행이 지나서 나는 프랑스 요리의 영향을 받은 북아프리카 음식을 제공하는 새로운 알제리 출장 요리 업체를 제안했었다. 매콤한 이 요리가 요즘 새롭게 각광받고 있었다. 하지만 얼핏 보니 그녀가 또 바가텔레에서 주문한 것을 알 수 있었다. 그것 역시 매우 맛이 좋았지만 세상에, 가격은 다른 곳의 세 배나 되었다.

"좋은 소식이 있어. 호르텐에 있는 회사에서 의뢰한 그 일 기억나? 자기가 이야기했었잖아."

"패스파인더 말이지? 그게 왜?"

"완벽한 사람을 찾았거든."

나는 살짝 놀라 그녀를 바라보았다. 헤드헌터로서 나는 종종 디아나의 고객 목록이라든가 지인들을 이용했었다. 그 안에는 업계의 거물들이 당연히 많을 수밖에 없으니까. 그렇다고 양심의 가책 같은 것을 느끼지도 않았다. 이 돈 잡아먹는 화랑을 유지하고 있는 사람은 다름 아닌 나 아닌가. 내가 놀란 것은 디아나가 특정 자리에 특정 인물을 추천하고 나섰다는 점이다.

디아나는 내 팔을 붙잡더니 몸을 기울여 속삭였다.

"그의 이름은 클라스 그레베야. 아버지는 네덜란드 사람이고 어머니는 노르웨이 사람. 아니, 그 반댄가? 아무튼. 석 달 전에 일을 그만두고 유산으로 물려받은 집을 수리하러 여기 노르웨이에 왔대. 본사가 로테르담에 있는데, 유럽에서 가장 큰 GPS 생산 기업 CEO였대. 올봄 미국 회사에 매각되기 전까지 회사의 공동 소유주이기도 했고."

"로테르담이라. 회사 이름이 뭔데?"

내가 샴페인을 홀짝거리며 물었다.

"호테."

나는 샴페인을 거의 뿜어낼 뻔했다.

"호테? 당신 정말이야?"

“그럼.”

“그리고 이 클라스 그레베, 그러니까 클라스 백작 ^{Greve는 노르웨이어로 백작을 뜻하기도 함-옮긴이} 이 CEO라고? 진짜 CEO?”

“노르웨이어로는 백작일 수 있지만 작위는 없대. 실은 그런 것 같지는…….”

“알았어, 알았어. 당신 그 사람 전화번호 있어?”

“아니.”

나는 끙 소리를 냈다. 호테라. 패스파인더에서는 호테가 자신들이 모델로 삼은 유럽 기업이라고 했었다. 지금의 패스파인더가 그렇듯 호테는 한때 유럽의 방위 산업에 GPS 기술을 제공하던 소규모 하이테크 기업이었다. 그곳의 전 CEO라면 그야말로 완벽하다고 할 수 있었다. 그리고 이 일은 하루가 급했다. 헤드헌팅 기업이라면 누구든 자신에게 독점적으로 맡겨진 일만 받아들인다고 한다. 그래야 진지하고 체계적인 업무 처리가 가능하다는 이유로 말이다. 하지만 당근이 크고 진한 주황색이라면, 그러니까 연봉 총액이 일곱 자리에 가까워지기 시작하면 모든 사람이 기꺼이 원칙을 수정하려 들기 마련이다. 패스파인더의 최고 임원직이라면 말도 못하게 크고, 말도 못하게 주황색이고, 말도 못하게 경쟁이 치열하다. 이 일은 알파, ISCO 그리고 콘/페리 인터내셔널, 이렇게 세 회사에 맡겨졌다. 이 업계에서 최고라 할 수 있는 세 회사다. 이 일이 순전히 돈을 벌기 위해서가 아니라는 이유가 바로 이 때문이다. 철저히 성사 여부에 따라 보수를 받는 계약을 할 때면 먼저 적합한 후보를 찾는 데 드는 비용을 충당할 금액을 일시불로 받고, 그다음에 미리 논의된 고객의 요구 사항에 들어맞는 후보를 제안할 경우 또 한 번의 보수를 받게 되어 있다. 하지만 진정한 의미의 보수를 받으려면 우리가 제안한 사람이 그 회사에 채용되어야만 한다. 나야 아무 상관없다. 중요한 건 단 하나, 바로 승리다. 이 중의 최고가 되는 것, 누구보다도 높아지는 것.

나는 디아나에게 더욱 몸을 기울였다.

"여보, 잘 들어. 이건 정말 중요한 일이거든. 어떻게 하면 그 사람하고 연락할 수 있는지 알아?"

그녀가 쿡쿡 웃었다.

"뭔가 관심 가는 일이 생기면 당신 정말 착하단 말이야."

"그가 어디 있는지……?"

"당연하지."

"어디? 어디?"

"바로 저기 서 있잖아."

그녀가 손가락으로 가리켰다.

괴상한 모자 달린 옷을 입고 피를 흘리고 있는 남자를 표현한 뇌룸의 그림 앞에 호리호리한 수트 차림의 남자가 꼿꼿이 서 있었다. 햇볕에 그을려 반짝이는 그의 민머리에 스포트라이트 빛이 반사됐다. 관자놀이에 울룩불룩한 핏줄이 불거졌다. 수트는 기성복이 아니라 맞춘 것이었다. 아마 새빌로에서 맞춘 거겠지. 넥타이는 매지 않았다.

"데려올까?"

나는 고개를 끄덕이며 그녀를 바라보았다. 그리고 마음의 준비를 했다. 디아나가 다가가 내 쪽을 가리키자 그가 우아하게 고개를 숙이는 것이 보였다. 그들이 이리로 다가왔다. 나는 너무 활짝 웃지 않고 가볍게 미소를 지었다. 그리고 그가 도착하기 조금 전에 한 손을 내밀었다. 나의 몸 전체가 그를 향했다. 나는 시선을 그의 눈과 맞췄다. 바디 랭귀지 78퍼센트.

"로저 브라운입니다. 만나서 반갑습니다."

나는 내 이름을 영어식으로 발음했다.

"클라스 그레베입니다. 저야말로 반갑습니다."

인사는 노르웨이식이 아니었지만 그의 노르웨이어 실력은 거의 완벽에 가까웠다. 그의 손은 따뜻하고 건조했으며, 악수는 전문가가 추천하는 것처럼 더도 말고 덜도 말고 정확히 3초간 지속되었다. 그의 눈은 침착하면서도 명민하고 호기심이 가득했다. 미소 또한 억지가 아닌 진심에서 우러나온 상냥한 분위기를 풍겼다. 한 가지 유일하게 마음에 들지 않는 점이 있다면 내가 바란 만큼 키가 크지 않다는 것이다. 네덜란드 남자의 평균 키가 183.4센티미터로 세계 1위를 자랑한다는 점을 고려할 때 180센티미터가 조금 안 되어 보이는 그의 키는 약간 실망스럽다고나 할까.

그때 기타 화음이 들렸다. 구체적으로 말하면 1964년 비틀즈의 앨범 *A Hard Day's Night* 속 동명의 곡 시작 부분인 G11서스펜디드4 코드였다. 내가 그것을 아는 이유는 디아나에게 프라다폰을 선물하기 전 그 음악을 전화에 저장하고 전화벨로 지정해 놓은 사람이 나였기 때문이다. 그녀는 매력적으로 쭉 빠진 전화기를 귀에 대더니 미안하다는 표정으로 우리에게 고갯짓하고 몇 걸음 멀어졌다.

"바로 얼마 전에 이사 오셨다면서요, 헤르 그레베?"

아무개 '씨'를 뜻하는 '헤르'까지 붙이는 내 말소리가 마치 오래된 라디오 드라마처럼 들렸다. 하지만 처음 말문을 열 때는 상황에 맞추고 낮은 자세를 취하는 것이 중요하다. 어차피 내 태도는 조금만 지나면 달라질 테니까.

"오스카르스 가테에 있는 할머니의 아파트를 물려받았습니다. 한 2년 비어 있었던 차라 내부 공사가 필요하지요."

"그래요?"

나는 양 눈썹을 치켜올리며 슬쩍 웃었다. 약간의 호기심이 담겨 있긴 하지만 그리 강요하지는 않는 미소. 딱 그만큼이었다. 그가 예의를 차릴 요량이라면 이제 곧 조금 더 자세한 정보를 내놓게 되어 있었다.

"예. 오랫동안 힘들게 일하다 보니 휴식이 반갑더군요."

그레베가 대답했다.

이제 곧장 본론으로 들어가지 않을 이유가 없었다.

"듣기로는 호테에 몸담으셨다죠."

그는 조금 놀란 눈치를 보였다.

"그 회사를 아십니까?"

"제가 근무하는 헤드헌팅 회사에서 마침 호테의 경쟁사인 패스파인더와 거래를 하고 있죠. 그 회사에 대해선 들어보셨습니까?"

"여기저기서 조금은요. 제가 착각한 게 아니라면 본사가 호르텐에 있죠? 작지만 탄탄하죠. 그렇지 않습니까?"

"그럼 그레베 씨가 업계를 떠나 계신 몇 달 사이에 그 회사도 많이 성장한 거로군요."

"GPS 산업은 움직임이 빠른 편이죠. 모두가 확장만 생각하지요. 모토가 그겁니다. 확장이 아니면 죽음을 달라."

그가 손에 든 샴페인 잔을 빙글빙글 돌리며 말했다.

"제가 알기로도 그렇습니다. 아마 그래서 호테가 매각된 거겠지요?"

그레베가 미소를 짓자 연한 푸른색 눈 주변으로 보기 좋게 그을린 피부에 자잘한 주름이 잡혔다.

"아시다시피 성장하는 가장 빠른 길은 좋은 값에 매각되는 것이죠. 전문가들도 2년 내 상위 다섯 개 GPS 기업 안에 들지 못하면 끝장이라고들 하니까요."

"어쩐지 동의 못하겠다는 어투신데요?"

"저는 혁신과 유동성이야말로 생존에 가장 중요한 기준이라고 생각합니다. 그래서 자금력만 충분하다면 변화하는 상황에 빠르게 적응할 수 있는 소규모 집단이 덩치만 큰 것보다 훨씬 유리한 셈이죠. 호테를 매각하고 부자가 되긴 했지만 고백해야겠군요. 저는 처음부터 매각에 반대했었고, 막상 매각이 이루어진 다음에는 곧장 사임했습니다. 제가 오늘날의 사고방식과는 맞지 않는 모양이에요."

다시 한 번 미소가 떠오르며 딱딱해 보이면서도 건강한 그의 얼굴을 누그러뜨렸다.

"어쩌면 제 안에 있는 싸움꾼 기질 때문인지도 모르죠. 어떻게 생각해요?"

그의 말투가 점점 더 친근해졌다. 좋은 징조다.

"제가 아는 것이라고는 패스파인더가 새로운 보스를 찾고 있다는 것뿐이죠. 외국 기업들의 유혹을 물리칠 수 있는 누군가를 말입니다."

나는 샴페인을 더 가져오라는 표시로 닉에게 손짓하며 말했다.

"오호?"

"그리고 제가 볼 때 당신이라면 아주 흥미로운 후보가 될 것 같은데요. 관심 있으십니까?"

그레베가 너털웃음을 터뜨렸다. 듣는 사람까지 기분이 좋아지는 소리였다.

"이거 미안하군요, 로저. 아파트 공사만으로도 벅찹니다."

성이 아니라 이름을 불렀다.

"그 일 자체에 관심이 있으시리라 생각지 않았습니다, 클라스. 그저 이야기만 나눠 보는 거지요."

"아파트 못 봤죠, 로저? 정말 오래되고 정말 커요. 어제는 부엌 뒤에 숨겨진 새 방도 발견했다니까요."

나는 그를 다시 쳐다보았다. 그는 단지 몸에 잘 맞는 고급 맞춤 정장을 입은 게 아니었다. 몸 자체가 좋아 보였다. 아니, 그 정도가 아니라 대단히 훌륭해 보였다. 그렇게 말하는 게 정확할 것 같았다. 울룩불룩한 근육은 없었지만 목에 불거진 혈관, 전체적인 자세 그리고 차분한 심장박동과 손등에 푸르게 도드라진 힘줄에서 은근히 야무진 건강과 정력이 눈에 들어왔다. 거기에다가 양복 안에 숨겨져 보이지는 않지만 강한 근육마저 느껴졌다. 스태미나. 지치지 않는 스태미나. 바로 그거였다. 난 이미 마음을 정했다. 이 머리를 따내야겠다.

"예술 좋아하십니까, 클라스?"

나는 닉이 가져다 준 샴페인 잔을 그에게 건네며 물었다.

"그렇다고도 할 수 있고 아니라고도 할 수 있죠. 난 무언가를 보여 주는 예술을 좋아합니다. 하지만 내 눈에 들어오는 것 중 대부분은 있지도 않은 아름다움이나 진실이 있다고 주장해요. 혹시 그게 예술가의 머릿속에 있다 하더라도 그것을 보는 이에게 전달하는 재능은 없는 거죠. 아름다움이나 진실은 보이지 않는다면 거기 없는 겁니다. 단순하죠. 이렇게 말해 미안하지만 세상이 자신을 이해 못한다고 투덜대는 예술가들은 한마디로 세상이 보기엔 실력이 부족한 예술가일 뿐입니다."

"저랑 사고방식이 같으시군요."

내가 잔을 들어 올리며 말했다.

"저는 대부분의 사람에게 재능이 없는 것을 이해합니다. 그리고 그래도 괜찮다고 생각해요. 아마 저 역시 하늘로부터 받은 재능이 거의 없음을 알기 때문이겠죠. 하지만 재능이 없는 예술가들은 용서가 안 됩니다. 우리처럼 재능을 타고나지 못한 사람들이 땀을 흘리며 생계를 걱정하는 동안 그들이 우리 대신 실컷 자유롭게 놀 수 있도록 돈을 대는 것 아니겠습니까. 그렇게 돌아가는 거죠. 그리고 그게 그들이 잘 놀아 줘야만 하는 이유고요."

그는 얇은 입술에 샴페인을 거의 대지 않으며 말했다.

이미 볼 만큼 보았다. 그리고 심층 면접을 하더라도 이미 내가 알고 있는 점을 확인시켜 줄 뿐이라고 확신했다. 바로 이 사람이었다. ISCO나 머큐리 어벌에 2년이라는 긴 시간을 주어도 이 사람 같은 완벽한 후보는 찾지 못할 것이다.

"있잖습니까, 클라스? 꼭 한번 이야기를 나누어야겠어요. 디아나도 꼭 그렇게 하라고 했고요."

나는 그에게 내 명함을 건넸다. 거기엔 주소나 팩스 번호, 웹사이트 주소 같은 것도 없이 단지 내 이름과 휴대전화 번호 그리고 알파라는 글자가 한쪽 구석에 조그맣게 박혀 있을 뿐이었다.

"벌써 말씀드렸지만……."

그레베가 명함을 살펴보며 입을 열었다.

"압니다. 하지만 제정신이 박힌 사람이라면 디아나의 생각을 그냥 무시해선 안 되죠. 무슨 이야기를 하게 될지는 모릅니다. 그냥 예술 이야기나 하게 될 수도 있죠. 아니면 미래일 수도 있고, 그것도 아니면 집 공사 이야기일 수도 있고요. 아, 마침 오슬로에서 가장 실력이 좋고 가격도 합리적인 기술자 두어 명을 알고 있습니다. 하지만 이야기는 꼭 나눠 봐야겠어요. 내일 3시 어떠십니까?"

그레베가 잠시 나를 향해 미소를 지었다. 그런 다음 마른 손으로 자신의 턱을 쓰다듬었다.

"명함이라는 게 원래 어디로 찾아 가야 할지 정도는 알려 주어야 하는 거 아닌가요?"

나는 주머니를 뒤져 콩클린 펜을 꺼내 명함 뒤에 사무실 주소를 적어 주었다. 그리고 그것이 그레베의 윗옷 주머니 속으로 사라지는 것을 지켜보았다.

"그럼 기대하고 있지요, 로저. 하지만 지금은 집으로 돌아가 폴란드 말로 목수들을 상대할 마음의 준비를 해야겠습니다. 매력적인 아내 분께 대신 인사 전해 주시죠.”

그가 뻣뻣하게, 거의 군인처럼 내게 목례한 뒤 빙글 돌아 문 쪽으로 나갔다.

그가 나가는 것을 지켜보고 있는데 디아나가 옆걸음으로 다가왔다.

“어떻게 됐어, 자기?”

“환상적인 사람이야. 걷는 것 좀 봐. 마치 고양이처럼 우아하지. 완벽해.”

“그럼……?”

“관심 없는 것처럼 굴기까지 하더라고. 세상에, 저 머리를 꼭 따서 날카로운 이를 온통 드러낸 모습으로 박제해 벽에 걸어야겠어.”

그녀가 마치 어린애처럼 신난다며 손뼉을 쳤다.

“그러니까 내가 도움이 된 거야? 정말로 도움이 된 거야?”

나는 팔을 뻗어 그녀의 어깨를 감쌌다. 화랑은 천박하게 그리고 환상적으로 발 디딜 틈 없이 들어차 있었다.

“이제 당신도 공인된 헤드헌터야. 판매는 어떻게 되고 있어?”

“오늘 저녁에는 파는 게 아닌데. 내가 이야기 안 했나?”

그 순간 나는 내가 잘못 들었기를 바랐다.

“그럼 그냥…… 전시만 하는 거야?”

“아틀레가 자기 그림하고 헤어지기 싫어해서. 난 이해해. 이렇게 아름다운 거라면 당연히 잃고 싶지 않겠지.”

그녀가 사과하듯 미소 지으며 말했다.

나는 눈을 감고 꿀꺽 침을 삼켰다. 부드럽게, 부드럽게.

“그러면 안 되는 거였나, 여보?”

디아나의 당황한 목소리가 들렸다. 곧이어 나의 대답도 들려왔다.

"아니, 물론 괜찮지."

그러자 그녀의 입술이 내 볼을 스치는 것이 느껴졌다.

"당신은 정말 착해, 자기야. 그리고 판매는 나중에도 실컷 할 수 있는 거잖아. 이건 우리의 이미지를 보여 주고 우리를 독점적이고 전문적인 고급 화랑으로 보이게 해 줄 거라고. 당신도 그게 중요하다고 했잖아."

나는 억지로 미소를 지었다.

"물론이지, 여보. 독점, 전문, 좋지."

그녀의 얼굴이 밝아졌다.

"그리고 있잖아. 리셉션 파티에 DJ도 불렀어! 당신이 이 동네 최고라고 입이 마르도록 칭찬한 그 사람 있잖아. 블로에서 70년대 소울 음악 하는 사람……."

그녀가 손뼉을 치며 말했다. 나는 미소를 지었지만 그 미소는 마치 내 얼굴에서 분리되어 아래로 떨어지더니 곧 바닥에 부딪쳐 산산조각 나는 것 같았다. 하지만 들어 올려진 그녀의 샴페인 잔에 비친 내 모습을 보니 미소는 아직 얼굴에 붙어 있었다. 존 레논의 G11 서스펜디드4 코드가 다시 한 번 들렸다. 그녀가 바지 주머니를 뒤져 전화를 꺼냈다. 와도 되냐고 묻는 누군가를 향해 그녀가 신나게 재잘대는 동안 나는 그녀를 유심히 쳐다보았다.

"당연히 와도 되지, 미아! 괜찮아. 아기도 데려와. 기저귀는 내 사무실에서 갈면 돼. 당연히 아기 울음소리도 대환영이지. 분위기가 활기차질 거 아냐! 대신 아기 안아 보게 해 줘야 해. 약속하는 거야?"

세상에, 난 정말 이 여자를 사랑한다.

나의 눈이 모인 손님들을 다시 한 번 훑었다. 그리고 작고 창백한 얼굴 위에서 우뚝 멈췄다. 로테 그녀일 수도 있었다. 바로 여기에서 처음 보았던 그 우수에 찬 눈동자. 아니, 그녀가 아니었다. 그건 모두 끝난 일이었다. 하지만 로테의 모습은 그날 밤 내내 마치 길 잃은 강아지처럼 나를 따라다녔다.

제4장

황건

"늦었네. 술도 안 깼고."

사무실에 들어가자 페르디난드가 말했다.

"탁자에서 발이나 내리시지."

나는 이 말과 함께 책상 앞으로 가 컴퓨터를 켜고 블라인드를 내렸다. 눈부심이 덜해서 선글라스를 벗었다.

"초대전이 성공적이었나 봐?"

페르디난드의 앵앵대는 목소리가 머릿속으로 곧장 뚫고 들어와 안 그래도 지끈거리는 곳을 더욱 자극했다.

"나중엔 탁자 위에 올라가서 춤추는 사람들도 있었지."

내가 시계를 내려다보며 말했다. 9시 반.

"왜 최고의 파티는 항상 내가 가지 않는 곳에서 벌어지는 걸까? 유명한 사람도 있었어?"

그가 한숨을 쉬며 물었다.

"네가 아는 사람 말이야?"

"유명인사 말이야, 이 답답아."

그가 손목을 꺾어 공중에서 채찍을 휘두르는 흉내를 냈다. 언제나 그렇게 과장되고 극적인 몸짓을 하는 그에게 나는 이미 이골이 나 있었다.

"좀 있었지."

내가 대답했다.

"아리 벤?"

"아니. 란데르와 고객을 오늘 12시 여기서 만나기로 한 거 알지?"

"그럼 알지. 항크 본 헬베테도 왔어? 벤델라 실세봄은?"

"자, 어서 나가. 나 일해야 해."

페르디난드가 상처 받았다는 표정을 지었지만 순순히 내 말을 따랐다. 그의 뒤로 문이 쾅 닫히기도 전에 나는 이미 클라스 그레베에 대해 인터넷 검색을 하고 있었다. 몇 분 후 그가 호테가 매각되기 전 6년간 그곳의 대표이자 공동 소유주였고, 벨기에 출신 모델과 결혼한 적이 있으며, 1985년에 네덜란드 군대가 개최한 5종 경기에서 1위를 했다는 사실을 알아냈다. 사실 더 많은 정보가 없다는 점에 조금 놀랐다. 어쨌든 괜찮았다. 5시쯤이면 조금 부드러운 버전의 아인바우, 리드, 버클리의 심문법을 거쳐 필요한 점은 모두 알게 될 테니까.

하지만 그 전에 할 일이 있었다. 가벼운 한 건. 나는 뒤로 기대어 눈을 감았다. 작업 도중의 긴장감은 즐겼지만 그 전까지 기다리는 것만은 딱 질색이었다. 심지어 심장마저 평소보다 빠르게 뛰고 있었다. 문득 그런 생각이 들었다. 심장을 이보다 훨씬 더 빠르게 뛰게 할 정도의 일이라면 얼마나 좋을까. 8만. 보기보다 큰돈이 아니다. 우베가 느낄 자기 몫의 가치에 비하면 내 몫은 하찮았다. 때로 나는 그의 소박한 혼자만의 삶이 부러웠다. 그게 경비소장 후보인 그를 만났을 때 처음으로 확인한 것이다. 가족이 없다는 것. 그럼 그가 내가 찾던 인물이라는 건 어떻게 알았을까? 첫째, 방어적이면서도 공격적인 그의 태도가 매우 눈에 띄었다. 그리고 둘째, 그는 나의 질문들을 교묘하게 피하거나 은근슬쩍 받아넘기는 데 아주 능숙했는데 그건 면접이나 심문 기법에 대해 이미 잘 알고 있다는 뜻이었다. 그래서 뒷조사를 했는데 그의 이름이 전과자 기록에서 발견되지 않는 것을 보고 거의 깜짝 놀랐었다. 곧장 나는 우리가 뒷돈을 주는 여자한테 전화를 걸었다. 그녀는 직업상 법적 문제로 구류되었다 풀려난 적이 있는 사람들의 목록에 접근할 수 있는 권한이 있었다. 말이 좋아 민권 복구 기록 보관이지, 일단 그곳에 이름이 오르면 절대로 삭제되는 법이 없었다. 확인 결과, 내 직감이 틀리지 않았다는 것을 알았다. 우베 세케루드는 경찰 심문을 너무나도 많이 받아 9단계 모델을 속속들이 알고 있었던 것이다. 하지만 어떤 혐의로도 기소를 당한 적은 없었다. 이는 곧 그가 바보는 아니라는 뜻이었다. 다만 심각한 난독증에 시달릴 뿐.

우베는 비교적 키가 작고 머리는 나처럼 숱 많고 어두웠다. 경비소장 일을 시작하기 전에 그에게 머리를 자르라고 했었다. 한물 간 록밴드 로드매니저처럼 보이는 사람에게는 신뢰가 가지 않는 법이라면서 말이다. 하지만 오랫동안 스웨덴 담배를 씹어 흉측하게 색이 변해 버린 치아만큼은 어찌할 도리가 없었다. 그건 얼굴도 마찬가지였다. 배에 달린 노처럼 길쭉한 직사각형 얼굴에 심한 주걱턱이라 가끔은 그 노리끼리한 이가 금방이라도 공중으로 튀어나와 아무거나 막 물어댈 듯한 느낌을 주었다. 마치 에일리언 영화에 나오는 무시무시한 생명체처럼. 하지만 우베처럼 야심이라고는 없는 사람에게 외모를 가꾸라고 권하는 건 지나친 일이었다. 한마디로 그는 게으르다. 그런데 부자가 되고 싶은 욕심은 많다. 따라서 우베 세케루드의 욕심과 그의 성격 사이의 간극이랄까, 충돌은 계속되었다. 그는 공격적 성향이 강한 범죄자이자 무기 수집가였지만 사실은 평화롭고 조용한 삶을 살고 싶어 했다. 그는 친구를 사귀고 싶어 했지만, 아니 거의 친구가 되고 싶어 애원을 했지만 사람들은 뭔가 석연치 않은 점이 있다는 걸 느끼기라도 하듯 그와 거리를 두었다. 그리고 그는 누구도 못 말리는 로맨티스트로서 매춘부와의 사랑을 갈구했다. 지금 이 순간에도 그는 나타샤라는 이름의 러시아 출신 매춘부와 애절한 사랑에 빠져 있었다. 내가 보기에 그녀는 그에게 일말의 관심도 없지만 그는 그녀 말고 다른 매춘부와 '바람' 피우기를 거부하고 있었다. 우베 세케루드는 언제 터질지 모르는 시한폭탄, 아니면 고정 장치나 고무 튜브 하나 없이 끝이 뻔한 재앙을 향해 빠른 물살을 타고 흘러가고 있는 사람이었다. 그는 곁에서 목숨을 구할 밧줄을 던져 주거나, 살아가야 할 방향과 의미를 알려 주는 사람, 바로 나 같은 사람이 꼭 있어야만 한다. 나라면 손쉽게 그 경비소장 자리에 전과라고는 없고, 사람들과 잘 어울리며, 성실한 젊은이를 앉힐 수 있었다. 하지만 그렇게 하지 않았다. 덕분에 나머지 일은 쉬웠다.

나는 컴퓨터를 끄고 자리에서 일어섰다.

"한 시간만 나갔다 올게요, 이다."

아래층으로 내려가며 그 이름이 어딘가 이상하게 들린다는 생각이 들었다. 역시 이다가 아니라 오다가 맞는가 보다.

12시, 나는 리미 슈퍼마켓 앞 주차장으로 차를 몰고 들어갔다. 내비게이션에 따르면 란데르의 집으로부터 정확히 300미터 떨어진 곳이었다. 그것은 패스파인더로부터 받은 것으로, 채용 경쟁에서 이기지 못할 경우를 대비한 일종의 위로상 같은 것이다. 그들은 또한 GPS, 그러니까 위성항법장치가 실제로 무엇인지 간단하게 설명해 주었고, 지구 둘레를 돌고 있는 24개의 위성망이 어떻게 전파 신호와 원자시계의 도움을 받아 나와 내 GPS 송신기의 위치를 반경 범위 3미터까지 파악하는지 알려 주었다. 만약 내 신호가 네 개 혹은 그 이상의 위성에서 잡히기만 하면 나의 높이, 그러니까 내가 바닥에 앉아 있는지, 아니면 나무 위에 올라가 있는지도 알아낼 수 있다고 했다. 이 시스템은 인터넷과 마찬가지로 토마호크 미사일이나 파블로프 폭탄 그리고 그 밖의 방사능 폭탄의 정확한 발사를 위해 미국 국방부에서 개발한 것이다. 패스파인더에서는 또한 지상을 기반으로 한 GPS 기지국에 접근할 수 있는 발신기를 개발했다고 넌지시 귀띔했었다. 그 기지국은 아무도 모르는 기밀로, 기상 상태의 영향을 전혀 받지 않고 두꺼운 집 벽도 뚫고 통신이 가능하다고 하였다. 그리고 패스파인더 회장 말에 따르면 그 GPS를 작동하려면 지구상의 1초와 우주에서 엄청난 속도로 돌고 있는 위성의 1초는 서로 다르다는 것, 즉 시간 왜곡으로 인해 사람이 위성 있는 곳에 가면 노화 속도가 느려진다는 사실을 감안해야 한다고 주장했다. 위성이라는 것이 사실상 아인슈타인의 상대성 원리를 증명해 냈다는 말이다.

나의 볼보가 비슷한 가격대의 다른 차들이 줄지어 서 있는 곳 사이로 미끄러져 들어갔다. 엔진을 껐다. 아무도 이 차를 기억하지 못할 것이다. 나는 검정색 서류첩을 들고 언덕을 올라 란데르의 집으로 향했다. 겉옷은 차에 두었고 나는 아무 표시나 로고가 없는 파란색 작업복을 입고 있었다. 모자 때문에 머리가 보이지 않았고, 쓰고 있는 선글라스 역시 아직도 오슬로의 강렬한 가을 햇살 덕분에 당연한 것처럼 보였다. 그럼에도 불구하고 이 지역 부유층 보모로 일하고 있는 한 필리핀 여자가 유모차를 밀고 다가오자 나는 눈을 내리깔았다. 란데르가 사는 비교적 짧은 거리에는 아무도 없었다. 널찍한 통유리에 햇빛이 반사되었다. 나는 디아나가 서른다섯 번째 생일 선물로 준 브라이틀링 에어울프 시계를 확인했다. 12시 6분, 예레미아스 란데르의 집 경보 시스템이 꺼진 지 6분이 지났다. 경비 회사의 운영실에서, 그것도 접근 기록에 아무런 흔적이 남지 않도록 뒷구멍으로 조용히 처리한 일이었다. 트리폴리스의 경비소장 자리에 우베를 추천하여 고용시킨 바로 그날이야말로 하늘에서 만나가 떨어진 날이었다.

나는 앞문으로 다가갔다. 멀리서 새들이 지저귀고 개들이 짖어대는 소리가 들렸다. 면접 당시 란데르는 집안일을 봐 주는 사람이 없고, 아내나 아이들 모두 집에 없으며, 개도 키우지 않는다고 말했다. 하지만 언제나 100퍼센트 확신할 수는 없는 법이다. 나는 보통 99.5퍼센트 확신을 바탕으로 작업을 했고, 0.5퍼센트라는 불확실성은 활발히 분비되는 아드레날린으로 메우곤 했다. 그렇게 되면 관찰하고, 듣고, 감지하는 능력이 더 나아지니까.

스시 앤드 커피에서 우베로부터 받은 열쇠를 꺼냈다. 가족이 모두 집을 비운 사이 강도가 들거나, 불이 나거나, 시스템이 다운되는 것을 대비해 모든 트리폴리스 고객이 하나씩 맡겨 두는 여분이었다. 열쇠가 구멍 안으로 들어가 매끄럽게 돌아가며 찰칵 소리를 냈다.

이제 안으로 들어왔다. 눈에 잘 띄지 않게 벽에 달린 경보 패널은 불이 꺼진 채 침묵하고 있었다. 나는 장갑을 끼고 작업복 소매와 장갑 사이 틈을 가져온 테이프로 둘둘 감았다. 체모가 떨어지는 것을 막기 위해서다. 그런 다음 모자 아래 쓰고 있던 샤워캡을 잡아당겨 귀를 덮었다. 중요한 건 어떤 DNA 증거도 남기지 않는 것이었다. 한 번은 우베가 머리를 아예 밀어 버리지 그러느냐고 한 적도 있었다.

나는 디아나를 만난 이후로 머리칼을 절대로 잃고 싶지 않아졌다고 설명을 하려다가 말았다.

시간은 충분했지만 빠른 걸음으로 복도를 따라 걸었다. 계단 위 벽에는 란데르의 아이들이 분명한 초상화들이 걸려 있었다. 나는 사랑하는 자기 아이들이 아기처럼 질질 짜고 있는 부끄러운 모습을 그리려고 화가까지 고용해 돈을 낭비하는 어른들을 전혀 이해할 수 없다. 손님들이 얼굴 붉히는 모습을 보고 싶기라도 한 걸까? 거실 가구는 고급스러워 보였지만 꽤 단조로웠다. 딱 하나 예외는 있었다. 다리를 벌리고 앉은 가슴 풍만한 여자처럼 보이는 페스케의 빨간색

의자. 그 의자가 방금 아기를 낳기라도 한 건지 바로 앞에 다리를 올려놓을 수 있는 사각형 스툴도 있었다. 그 의자를 구입한 건 분명 예레미아스 란데르의 아이디어가 아니었을 것이다.

그 의자 위에 바로 그 그림이 걸려 있었다. ‘에바 무도치’, 바로 전 세기 말 뭉크가 만난 영국인 바이올리니스트, 초상화를 그리기 전 돌 위에 스케치를 했다는 바로 그 그림. 그 그림의 복제본을 본 적은 몇 번 있었지만 바로 지금의 빛 아래 진품을 본 지금에야 에바 무도치가 누구와 닮았는지 알 것 같았다. 로테. 로테 마드센. 그림 속 얼굴에는 내가 그리도 잊으려 애썼던 바로 그 여자의 창백한 기운과 우울한 눈빛이 그대로 담겨 있었다.

나는 그림을 내려 거꾸로 탁자 위에 올려놓았다. 그리고 스탠리 나이프를 이용해 가장자리를 잘랐다. 판화는 베이지색 종이에 찍혀 있었고 액자는 현대식이라 제거해야 할 핀이나 못 같은 건 없었다. 한마디로 식은 죽 먹기였다.

그때 난데없이 침묵이 깨어졌다. 엄청난 알람 소리. 주파수 1,000헤르츠부터 8,000헤르츠 사이를 오르락내리락하며 끈질기게 진동하는, 공기와 주변 소음을 가차 없이 뚫고 수백 미터 떨어진 곳까지 들리는 그런 소리였다. 나는 얼어붙었다. 그건 단 몇 초간 지속되더니 갑자기 멈췄다. 거리에서 들려온 소리였다. 자동차 주인이 잠시 소홀했던 틈에 울린 것이 분명하다.

나는 작업을 계속했다. 서류첩을 열고, 판화를 안에 집어넣은 다음, 집에서 출력해 온 A2 크기의 무도치 그림을 꺼냈다. 4분 후 가짜 그림은 다시 액자에 넣어져 벽에 걸렸다. 나는 고개를 한쪽으로 기울여 그림을 유심히 쳐다보았다. 우리의 피해자께서 그것이 컴퓨터에서 출력한 가짜라는 걸 깨닫기까지는 몇 주가 걸릴 것이다. 봄에 유화 한 점을 바꿔치기 한 적이 있었다. 크누트 로세의 '작은 사람을 태운 말'이었는데 진품을 꺼내고 스캔하여 확대한 그림을 걸어 두었다. 도난신고가 접수되기까지 4주나 걸렸다. 여기 무도치 양은 아마도 종이가 흰 것 때문에 들통이 나겠지만 꽤 시간이 걸릴 것이다. 그리고 그때쯤이면 정확한 절도 시점조차 알아내기가 불가능할 것이고, 이미 수차례 집안 청소를 한 덕분에 DNA를 찾지도 못할 것이다. 작년 세케루드와 내가 4개월도 채 안 되는 사이 네 건이나 저질렀을 때 언론이라면 사족을 못 쓰고 외모나 신경 쓰는 멍청한 금발 형사 브레테 스페레가 「아프텐포스텐」 신문에 등장해 예술품 전문 도둑 한 패거리가 활개를 치고 있다고 했었다. 그리고 도난당한 작품들의 가치가 최고 수준이라고는 할 수 없는 정도였는데도 이런 사건의 싹을 잘라 버리겠다면서 보통 살인이나 대규모 마약 소탕에 쓰이는 수사 방식을 총동원했었다. 그러니 오슬로의 시민 여러분은 그걸 믿고 걱정하지 마십시오, 회색 눈동자로 카메라 렌즈를 응시하던 스페레가 어려 보이게 꾸민 금발 머리를 휘날리며 말했었다. 물론 그 말은 사실이 아니었다. 그 사건들이 그리 중요하게 취급된 것은 그림을 도난당한 사람들, 즉 정치적 영향력과 자기 부류를 보호하고자 하는 의지를 갖춘 부유한 사람들의 압력이 있었기 때문이었다. 인정할 것은 인정해야겠다. 그해 가을 초, 신문에 났던 멋있게 생긴 경찰이 화랑으로 찾아와 최근 화랑 고객들이 집에 어떤 작품을 소장하고 있는지 캐묻고 다니던 사람이 없었느냐 물었다던 디아나의 말을 듣고 깜짝 놀라긴 했었다. 예술품 도둑이라는 사람들이 어디에 어느 작품이 걸려 있는지 줄줄이 꿰고 있다는 말이 맞긴 맞는 모양이었다. 왜 얼굴을 찌푸리느냐고 묻는 디아나의 질문에 나는 쓴 웃음을 지으며 조금이라도 내게 경쟁자가 될 수 있는 남자는 아내에게 2미터 이내로 다가가는 것이 마음에 들지 않는다고 대답했다. 놀랍게도 디아나는 얼굴을 붉히며 웃음을 터뜨렸었다.

나는 재빨리 앞문으로 돌아가 조심스럽게 샤워캡과 장갑을 벗고, 양쪽 문손잡이를 잘 닦은 뒤 밖으로 나갔다. 앞에 펼쳐진 거리는 새벽처럼 고요했고 따스한 햇살 아래 화창하고 건조한 가을 날씨를 고스란히 드러내었다.

차로 돌아가는 길에 시계를 확인했다. 12시 14분. 신기록이었다. 맥박은 빨랐지만 규칙적이었다. 46분 후면 우베가 경비 시스템을 다시 작동시킬 것이다. 그리고 대략 그때쯤이면 예레미아스 란데르가 우리의 면접실 중 한 군데에서 일어나 우리 고객과 악수를 나누며 마지막으로 사과의 인사를 하고 내 통제권에서 멀어져 가겠지. 하지만 물론 나의 관리 하에는 여전히 남아 있게 될 것이다. 그리고 페르디난드는 이미 지시한 대로 고객에게 일이 잘 풀리지 않아 아쉽게 됐지만 란데르처럼 훌륭한 다른 지원자들을 원한다면 연봉을 20퍼센트 정도 높이는 걸 고려해야 할 것이라고 설명할 것이다. 연봉 총액의 3분의 1을 받으니 연봉이 높아질수록 우리 몫도 커질 수밖에.

그리고 이건 시작일 뿐이다. 2시간 46분 후면 나는 더 큰 사냥감을 잡으러 나설 것이다. 백작 사냥. 그래, 내가 버는 돈은 변변치 않다. 그래서 뭐? 스톡홀름이고, 브레데 스페레고, 다 엿이나 먹으라고 해라. 난 이 중의 최고니까.

휘파람을 불었다. 낙엽이 발 아래에서 바스락 소리를 냈다.

1962년 미국의 수사관 아인바우와 리드, 버클리가 펴낸『범죄 심문과 자백』이라는 책이야말로 지금까지 서방 세계에서 가장 효과적으로 쓰이는 심문 기법의 토대가 되었다. 하지만 사실 그 기법은 아인바우와 리드, 버클리가 9단계 모델을 내놓기 훨씬 전부터 존재했으며, 이 수사관들이 한 일이라고는 용의자로부터 자백을 받아내는 FBI의 100년간의 경험을 한 권의 책으로 요약해 놓은 것에 불과하다고 할 수 있다. 이 기법은 죄가 있는 사람이든 없는 사람이든 모두에게 매우 효과적인 것으로 드러났다. DNA 기술의 발달로 과거의 사건들을 재조사하게 된 이후 미국에서만도 수백 명의 사람들이 누명을 쓴 것으로 밝혀졌다. 그중 4분의 1정도가 이 9단계 모델을 이용해 받아낸 자백을 기반으로 했다고 하니 이 기법이 얼마나 대단한지는 따로 말 안 해도 알 것이다.

나의 목표는 면접을 보는 지원자들이 자신이 허세를 부리고 있음을 그리고 스스로가 그 자리에 적합하지 않음을 인정하게 만드는 것이다. 그가 이걸 자백하지 않고 아홉 단계를 거친다면 스스로 그 직무에 필요한 자격을 갖추고 있다고 진정으로 믿고 있다는 뜻이다. 이러한 지원자야말로 내가 찾는 사람이다. 여기에서 내가 '그'라고 표현한 것은 이 9단계 모델이 남자에게 가장 유용하게 쓰이기 때문이지 여자들을 얕잡아 보아서가 아니다. 경험으로 미루어, 여자 지원자들은 스스로 자격이 부족하다고 생각하는 일에는 거의 지원하는 법이 없다. 그들은 오히려 해당 직무에 과도할 정도로 자격을 갖추는 것을 선호한다. 설사 그러한 경우라 하더라도 그들의 방어벽을 무너뜨리고 스스로 그 직무를 얻을 자격이 없다고 자백하게 만드는 건 세상에서 가장 쉬운 일이다. 물론 남자들의 경우에도 거짓 자백이 드물지는 않다. 하지만 그래도 괜찮다. 나와의 면접에서 무너진다고 감옥에 가는 건 아니니까. 그저 기업에서 다른 이들을 관리하는 자리에 오를 기회를 놓치는 것뿐이다. 그런 일을 하려면 외부 압박을 견뎌내는 것 또한 필수 요소이기도 하고.

나는 아인바우, 리드, 버클리 모델을 쓰는 데 아무런 양심의 가책도 느끼지 않는다. 그건 자연 치유, 약초 요법, 심리 상담 같은 헛소리가 난무하는 세상에서 시퍼런 날을 세우고 모든 걸 도려낼 듯 달려드는 면도날과 같으니까.

1단계는 정면대결이다. 이 단계부터 무사히 통과하는 사람은 많지 않다. 지원자에게 그에 대해 모든 것을 알고 있음을 또렷이 밝히고, 상대가 필요한 능력을 갖추지 못했음을 증명하는 증거를 손에 쥐고 있다고 알리는 것이다.

"제가 조금 섣불리 관심을 표명한 것 같군요, 그레베 씨. 조금 조사를 해 봤는데 호테의 주주들은 당신이 CEO로서 큰 실수를 했다고 생각하고 있더군요. 능력이 부족했고, 킬러 본능이 없으며, 회사가 매각된 것이 당신의 잘못이라고 생각합니다. 회사 매각이야말로 패스파인더에서 가장 두려워하는 것이죠. 그러니 당신을 후보로서 진지하게 받아들이기가 어려울 것이라는 사실을 이해하시리라 믿습니다. 하지만……."

나는 느긋하게 의자에 몸을 기댄 상태로 싱긋 웃으며 커피 잔을 들어 올렸다.

"일단 커피나 마시면서 다른 이야기를 하죠. 공사는 어떻게 되어 가고 있나요?"

클라스 그레베는 노구치 테이블 맞은편에 등을 꼿꼿이 세우고 앉아 내 눈을 뚫어져라 쳐다보았다. 그리고 웃음을 터뜨렸다.

"350만. 그리고 거기에 옵션은 당연하겠죠."

그가 말했다.

"뭐라고요?"

"내가 지분을 가지면 회사를 매각하기 좋게 만들어 놓을까 봐 걱정이 된다면 안심해도 된다고 패스파인더의 이사회에 전해 주세요. 매각이 일어날 경우 내가 가진 지분이 무효화된다는 조항을 계약에 집어넣으면 된다고 말입니다. 고액의 퇴직 수당 지불 보증도 필요 없습니다. 그렇게 되면 이사회와 내가 동일한 인센티브를 받게 되는 셈이죠. 강한 회사, 먹히는 게 아니라 다른 회사를 먹는 기업을 만들기 위해서 말입니다. 지분의 가치는 블랙숄즈 옵션 이론에 따라 계산하기로 하고, 당신네가 떼어 가는 3분의 1을 제한 후에 고정 연봉에 추가하는 식으로 합시다."

이 말을 들은 나는 내가 가진 최고의 미소를 띠었다.

"죄송한 말씀이지만 너무 앞서가시는군요. 그레베 씨. 몇 가지 짚고 넘어가야 할 것이 있습니다. 일단 여기에서 외국인 신분이시라는 걸 잊지 마세요. 노르웨이 기업은 자국민이……."

"어제 아내 분의 화랑에서는 나를 보고 말 그대로 침을 흘리지 않으셨나요, 로저? 그러는 것도 당연했고요. 어제 제안을 받고 나 역시 당신과 패스파인더의 현 입장에 대해 조사를 좀 해 봤습니다. 내가 네덜란드 사람이긴 하지만 나보다 더 나은 후보를 찾기는 어려울 거라는 사실을 금세 알게 됐죠. 그때의 문제는 내가 관심이 없었다는 것이었습니다. 하지만 사람이란 단 열두 시간 만에도 많은 생각을 할 수 있더군요. 그리고 그러는 동안 깨달은 게 하나 있습니다. 집수리의 즐거움이라는 것도 장기적으로 보면 점점 줄어들 수 있다는 것 말이죠."

그가 햇볕에 그을린 두 손을 무릎 위에서 깍지 꼈다.

"이제 일터로 돌아갈 때가 된 겁니다. 패스파인더가 내게 가장 매력적인 회사는 아니지만 잠재력이 있어요. 비전을 가지고 이사회를 내 편으로 만들 수 있는 사람이라면 그 회사를 정말로 흥미롭게 만들 수 있다고 봅니다. 물론 이사회와 내가 같은 비전을 가지고 있다고 단정할 수는 없으니 당신이 할 일은 최대한 빨리 우리가 만날 수 있는 시간을 잡아 여기에서 더 진전할 여지가 있는지 알아내는 겁니다."

"저기, 그레베 씨……."

"당신이 쓰는 방법이 다른 많은 사람들에게 분명 먹혀 들어가리라 믿어 의심치 않아요, 로저. 하지만 나한테만은 그만둬 주는 게 좋겠군요. 그리고 다시 클라스라 불러요. 어차피 소소하게 담소를 나누자고 한 거였으니까. 안 그래요?"

그는 마치 건배를 제의할 것처럼 잔을 들어 올렸다. 나는 이것이 타임아웃을 외칠 기회라 여기고 따라서 내 잔을 들었다.

"조금 스트레스를 받은 것 같군요, 로저. 이 일을 노리는 다른 경쟁자가 있나요?"

나는 부지불식간에 공격을 받을 때마다 후두부가 깜짝 놀라는 경향이 있다. 나는 '새라, 옷을 벗다' 위로 커피를 내뿜지 않기 위해 재빨리 입에 든 걸 꿀꺽 삼켜야 했다.

"내가 너무 많은 걸 알고 있죠? 그것뿐 아니라 당신이 전력을 다해야 한다는 것도 알고 있습니다."

그레베가 싱글싱글 웃으며 나를 향해 몸을 기울였다.

그의 체온과 함께 삼나무, 러시아 가죽, 시트러스가 어우러진 향이 희미하게 느껴졌다. 까르티에의 향수 디클러레이션? 그게 아니라면 아마 그와 비슷한 가격대의 제품일 것이다.

"난 전혀 기분 상하지 않았어요, 로저. 당신은 프로고 나도 마찬가집니다. 당연히 당신 고객을 위해 일을 제대로 해내고 싶었겠죠. 그게 당신이 보수를 받는 이유이기도 하고. 그리고 지원자가 흥미로울수록 그 사람을 철저히 확인하는 것이 중요하니까요. 호테의 주주들이 나를 못마땅해 했다는 주장은 그럴싸했어요. 나 같아도 그런 수를 썼을 겁니다."

내 귀를 믿을 수가 없었다. 그는 심문 1단계를 바로 맞받아쳐 자신한테만은 그런 방법을 써선 안 되었다고, 내 계획이 다 탄로났다고 말하고 있었다. 그러고는 이제 아인바우, 리드, 버클리가 소위 '범죄 행위를 정상인 것처럼 표현해 용의자를 위로한다'라고 한 2단계로 넘어가 있었다. 그리고 무엇보다도 놀라운 건 그레베가 지금 내게 무슨 짓을 하고 있는지 정확히 알고 있음에도 불구하고 나도 책 속의 용의자처럼 내 패를 모조리 내보이고 싶어졌다는 것이다. 박장대소하고 싶은 기분이었다.

"무슨 말씀인지 모르겠군요, 클라스."

여유 있어 보이려 애를 썼지만 목소리에 쇳소리가 섞이는 것은 어쩔 수 없었다. 그리고 나의 생각은 마치 끈끈한 시럽 속을 걷고 있는 것처럼 느리고 무기력했다. 반격을 준비할 겨를도 없이 다음 질문이 날아왔다.

"사실 돈은 내게 동기부여가 안 됩니다, 로저. 하지만 당신이 원한다면 연봉을 높여 보도록 하죠. 연봉 총액의 3분의 1을 받아 가시니까 연봉이 높아질수록 당신 몫도……."

커질 수밖에. 그는 이제 면접을 완전히 장악하고 2단계에서 곧장 7단계인 대안 제시로 넘어가 버렸다. 즉 자백을 유도하는 대안적 동기를 제시하는 것이다. 솜씨는 완벽했다. 물론 여기에서 내 가족 이야기를 끌어들일 수도 있었다. 내가 그의 연봉을, 그러니까 곧 우리의 수수료와 내 보너스를 얼마나 끌어올렸는지 들으면 돌아가신 부모님과 내 아내가 얼마나 자랑스러워하겠느냐, 뭐 이런 것 말이다. 하지만 그렇게 되면 너무 지나치리라는 것을 그는 알고 있었다. 당연히 알 것이다. 난 꽤 강력한 적수를 만난 것이다.

"좋아요, 클라스. 항복합니다. 당신이 말한 그대로예요."

나도 모르게 털어놓고 말았다.

그가 다시 의자에 몸을 기댔다. 그가 이겼다. 그는 이제 참았던 숨을 내쉬며 미소 짓고 있었다. 승리의 기쁨이라기보다 그저 모든 것이 끝나 마음이 놓인다는 것 같았다. **이기는 데 익숙함.** 나는 가지고 있던 종이에 적었다. 이것이 끝나고 나면 곧장 쓰레기통으로 직행할 것임을 알고 있었지만, 뭐.

하지만 이상한 건 이것이 패배가 아니라 일종의 안도처럼 느껴진다는 것이다. 그렇다. 기분 좋은 흥분 말고 다른 느낌은 없었다.

"그래도 일단 우리 고객께서는 구체적인 정보를 원하십니다. 계속 진행해도 될까요?"

내가 물었다.

그가 눈을 감고는 양손끝을 서로 붙였다. 그리고 고개를 끄덕였다.

"좋습니다. 그럼 자신의 삶에 대해 이야기해 주시죠."

클라스 그레베가 이야기를 하는 동안 나는 그것을 받아 적었다. 그는 3남매 중 막내로 자랐다. 로테르담에서. 그곳은 거친 항구도시였지만 그의 집은 특권층이었고 아버지는 필립스의 고위 임원이었다. 클라스와 두 누나는 오슬로 피요르드에 있는 순의 별장에서 조부모와 함께 긴 여름을 보내며 노르웨이어를 배웠다. 그의 아버지는 막내아들 클라스가 버릇없는 응석받이라 여겼고 자연히 둘은 사이가 좋지 못했다.

　"아버지가 옳았죠. 나는 크게 노력하지 않고도 좋은 성적을 받고 운동 실력도 좋았으니까. 그런데 열여섯 살 때쯤 갑자기 모든 게 지겨워져 '수상쩍은 곳'에 드나들기 시작했습니다. 로테르담에서 그런 곳은 쉽게 찾을 수 있죠. 하지만 아는 사람도 없었고 새로 친구를 사귀지도 않았어요. 그래도 내겐 돈이 있었죠. 나는 금지된 모든 걸 하나씩 차례대로 경험하기 시작했습니다. 술, 마리화나, 매춘부, 가벼운 도둑질…… 그러다가 점점 더 강력한 약물로 옮겨 가기 시작했지요. 아버지는 내가 권투를 배우고 있다고 생각했어요. 그래서 얼굴이 붓고, 코가 흐르고, 눈이 충혈된다고 말입니다. 그런 곳에서 보내는 시간이 점점 길어졌어요. 거긴 나를 가만히 내버려 두었고 무엇보다도 마음을 편하게 해 주었으니까. 그러한 새 생활이 마음에 들었는지는 잘 모르겠어요. 당시 그쪽 사람들은 나를 희한한 애, 도저히 속을 알 수 없는 외로운 열여섯 살 소년이라고 생각했고 그게 바로 내가 원하던 거였죠. 그런 생활은 점점 학교 성적에도 영향을 미치기 시작했지만 난 개의치 않았어요. 드디어 아버지도 사실을 알게 됐습니다. 어쩌면 그때 내가 그토록 원하던 것을 얻게 되었다고 생각했는지도 몰라요. 그의 관심 말이죠. 아버지는 침착하고도 진지한 목소리로 내게 물었는데 나는 고래고래 고함을 쳤어요. 그리고 중간중간, 아버지가 이성을 잃을 지경에 다다른 게 보이기도 했죠. 그게 정말 좋았어요. 결국 아버지는 날 오슬로의 조부모님께 보냈고 난 그곳에서 마지막 2년을 마쳤습니다. 당신은 아버지랑 사이가 어땠어요, 로저?"

나는 '자기'라는 단어가 들어가는 말을 세 단어 적었다. **자신감,
자기 비하, 자기 인식.**

"우린 서로 말을 별로 안 했어요. 서로 많이 달랐거든요."

내가 말했다.

"과거형이네요. 그럼 돌아가신 겁니까?"

"부모님은 자동차 사고로 돌아가셨어요."

"생전엔 무슨 일을 하셨죠?"

"외교부에서 일하셨어요. 영국 대사관. 엄마를 오슬로에서 만나셨
죠."

그레베가 고개를 한쪽으로 기울이고 날 유심히 쳐다보았다.

"아버지가 그립습니까?"

"아니오. 그레베 씨 아버진 살아 계시나요?"

"아닐 겁니다."

"아닐 겁니다?"

그가 심호흡을 하더니 양쪽 손바닥을 마주대고 눌렀다.

"내가 열여덟 살 때 실종되셨어요. 어느 날 저녁에 돌아오지 않으
셨죠. 회사에서는 평소처럼 6시에 나갔다고 했어요. 단 몇 시간 만
에 어머니가 신고를 했죠. 당시 좌익 테러리스트 집단들이 한창 유
럽의 부유한 사업가들을 납치하던 때라 경찰에서 즉시 조사에 들어
갔는데……. 교통사고도 없었고, 베른하르드 그레베라는 이름으로
입원한 사람도 없었습니다. 어딘가로 떠나는 승객 명단에도 없었고,
자동차 역시 발견되지 않았어요. 그 이후 자취를 찾을 수 없었죠."

"무슨 일이 일어났다고 생각하세요?"

"모르겠습니다. 차를 몰고 독일로 가 가명으로 모텔에 투숙하고는 권총 자살을 하려고 했는데 못했다, 그래서 대신 한밤중에 차를 몰고 나가 칠흑 같은 호수를 발견하고 그 속으로 돌진했다, 아니면 필립스 주차장에서 총을 들고 차 뒷좌석에 숨어 있던 괴한 두 명에게 납치되었는데 저항하다가 머리에 총을 맞았다, 그날 밤 죽은 아버지를 태운 차가 폐차장으로 실려가 팬케이크처럼 찌부러져서 산산조각 났다, 아니면 지금 한 손에 작은 우산이 씌워진 칵테일을 들고 다른 한 손에는 콜걸을 끼고 어딘가 해변에 누워 있을지도 모르죠."

나는 그의 얼굴과 목소리에서 무언가 반응을 찾으려고 노력했다. 하지만 아무것도 없었다. 이런 생각을 너무 많이 했거나, 아니면 심장이 돌덩어리인 나쁜 놈일 수도 있었다. 어느 편이 마음에 드는지는 알 수 없었다.

"열여덟 살에 오슬로에 살고 있는데 아버지가 실종되었다, 문제가 많은 젊은이였군요. 그래서 어떻게 했습니까?"

내가 물었다.

"최고 성적으로 학교를 졸업하고 네덜란드 해병대에 들어갔죠."

"특공대죠? 마초 엘리트 집단 같은 데?"

"그렇죠."

"백 명 중 한 명이 들어가는 그런 곳?"

"그래요, 그런 곳. 예비 시험을 치를 자격을 얻었는데, 거기에서는 후보생을 무너뜨리기 위해 한 달 동안 체계적인 시험을 하죠. 그런 다음, 그러니까 거기에서 살아남으면 4년 동안 교육이 계속되는 겁니다."

"영화에서 봤음직한 이야긴데요."

"내 말 믿어요, 로저. 이건 영화에서 볼 수 있는 게 아닙니다."

그를 쳐다보았다. 그의 말을 믿었다.

"그런 다음에는 도른에 있는 대(對)테러리스트 BBE에 들어갔어요. 거기서 8년 있었죠. 온 세상을 다 보았습니다. 수리남, 서인도제도, 인도네시아, 아프가니스탄. 하스타드와 보스에서는 겨울 훈련을 했어요. 수리남에서는 마약 소탕 작전을 하다가 포로로 잡혀 고문을 당한 적도 있죠."

"대단한데요. 하지만 절대 입을 열진 않으셨죠?"

그가 슬그머니 웃었다.

"안 열긴요. 낱낱이 고해 바쳤는데요. 마약왕의 심문은 장난이 아니니까요."

나는 앞으로 몸을 기울였다.

"정말로요? 무슨 짓을 당했는데요?"

그는 한쪽 눈썹을 추켜올리고 나를 쳐다보더니 이내 입을 열었다.

"아마 알고 싶지 않을 겁니다, 로저."

나는 조금 실망했지만 고개를 끄덕이고 다시 뒤로 기댔다.

"그래서 동료들이 하나씩 공격을 당하거나, 뭐 그렇게 됐습니까?"

"아니오. 내가 실토한 장소들을 공격했을 때는 당연히 모두 다른 곳으로 이동하고 난 뒤였죠. 나는 모기 알이 가득한 물과 썩은 과일로 연명하며 지하 창고에서 두 달을 버텼어요. BBE에 구출될 당시 몸무게가 45킬로그램밖에 안 나갔죠."

나는 그를 쳐다보았다. 그들이 그를 어떻게 고문했을지, 그가 어떻게 버텨냈을지 그리고 45킬로그램 나가는 클라스 그레베는 어떤 모습일지 상상했다. 당연히 달랐지만 생각만큼 크게 다르진 않았다.

"그만두는 것도 당연했겠군요."

내가 말했다.

"그것 때문이 아니었어요. BBE에서 보낸 8년이 내 인생에서는 최고의 시기였으니까요. 무엇보다도 영화에서 보는 동료애와 충성심 같은 게 실제로 있었어요. 하지만 그것 말고도 내가 배운 것, 나의 기술이 된 것이 있었죠."

"그게 뭡니까?"

"사람을 찾는 것. BBE에서는 그걸 트랙이라고 불렀어요. 무슨 상황이든, 전 세계 어디에 있든 사람들을 추적하는 것을 전문으로 하던 부대였죠. 지하 창고에 있던 날 찾아낸 게 그들이었습니다. 그래서 나도 지원을 했고, 거기서 모든 걸 배웠어요. 고대 인도의 추적 기술부터 목격자 심문 기법 그리고 최첨단 추적 장치에 이르기까지. 그 덕분에 호테를 알게 된 겁니다. 그들이 셔츠 단추 크기의 발신기를 만들었었죠. 누군가에게 붙인 다음 수신기를 통해 그의 움직임을 따라가는 건데, 1960년대 스파이 영화에서 보았던 것과 비슷하지만 아무도 그럴싸하게 못 만들었던 것 말입니다. 하지만 호테에서 제작한 단추 역시 별 쓸모가 없는 걸로 밝혀졌습니다. 땀을 견디지 못했고, 영하 10도 이하로 내려가면 작동이 안 되는가 하면, 벽도 주택의 가장 얇은 벽 같은 것밖에 뚫지 못했으니까요. 하지만 호테의 대표가 날 마음에 들어 했습니다. 그는 아들이 없었고……"

“당신은 아버지가 없었고요.”

그가 괜찮다는 듯 미소를 지었다.

“계속하세요.”

내가 말했다.

“군에서 8년을 보낸 뒤 호테의 지원으로 헤이그에서 공학을 공부했습니다. 호테 입사 첫해에 최악의 상황에서도 작동하는 추적 장치를 개발했죠. 5년 뒤 회사에서 두 번째로 높은 자리에 올랐습니다. 8년 뒤에는 대표가 되었고, 나머지 이야기는 당신도 잘 알고 있죠.”

나는 의자에 기대어 커피를 홀짝였다. 끝났다. 승자가 나왔다. 이미 써놓기도 했다. **합격.** 어쩌면 그게 내가 계속하기를 망설였던 이유였을 것이다. 어쩌면 내 안의 무언가가 그만하면 됐다, 라고 속삭였는지도 모른다. 아니, 다른 무언가 때문이었을지도 모른다.

“뭔가 더 알고 싶으신 것 같군요.”

그레베가 말했다.

“결혼에 대해서는 말씀 안 하셨네요.”

나는 조금 얼버무리듯 대답했다.

“중요한 건 다 이야기했는데요. 제 결혼생활에 대해 듣고 싶은 겁니까?”

나는 고개를 저었다. 그리고 면접을 마무리하기로 했다. 하지만 그때 운명이 끼어들었다. 클라스 그레베라는 모습으로.

“훌륭한 그림을 갖고 계시는군요. 오피 맞죠?”

그가 그의 머리 위 벽 쪽으로 고개를 돌리며 물었다.

“'새라, 옷을 벗다'입니다. 디아나가 준 선물이죠. 혹시 예술품을 수집하시나요?”

“조그맣게 시작했습니다.”

그때 내 속의 무언가가 여전히 그만하라고 속삭였지만 이미 늦고 말았다. 벌써 질문을 던지고 말았으니.

“가지고 계신 것 중에 최고는 뭔데요?”

“유화가 한 점 있어요. 부엌 뒤 숨겨진 방에서 발견한 겁니다. 할머니가 그걸 갖고 계신 줄은 아무도 몰랐어요.”

“흥미롭군요. 무슨 작품인데요?”

호기심으로 가볍게 심장이 뛰기 시작했다. 아까의 흥분이 아직 가시지 않은 것일까.

그는 한참 동안 나를 응시했다. 입가에 작은 미소가 맺혔다. 그가 대답을 하려고 입을 여는 순간, 나는 이상한 예감에 사로잡혔다. 강력한 펀치가 날아오는 것을 본 순간 권투 선수의 복근이 그 충격에 대비해 미리 잔뜩 움츠리는 것 같은 예감 말이다. 하지만 그때 그의 입술이 모양새를 바꾸었다. 그리고 아무리 뛰어난 예언가라 해도 그의 입에서 무슨 말이 나올지는 상상도 못했을 것이다.

“칼리돈의 멧돼지 사냥.”

“칼리돈…… 멧돼지 사냥 말씀입니까?”

순간적으로 입이 바싹 말랐다.

“그 그림을 알아요?”

“화가가…… 화가가…….”

“페테르 파울 루벤스죠.”

그가 대답했다.

그 순간 나는 한 가지에만 정신을 집중했다. 침착한 표정을 유지
해! 하지만 그때 무언가 내 앞에서 번쩍 지나가는 것을 느꼈다. 로
프터스 로드, 런던 안개 속 흐릿하게 보이는 전광판. QPR이 방금 골
대 한쪽 귀퉁이로 극적인 골을 성공시키는 모습이었다. 삶이 통째로
뒤집혔다. 우리는 웸블리 스타디움으로 가고 있었다.

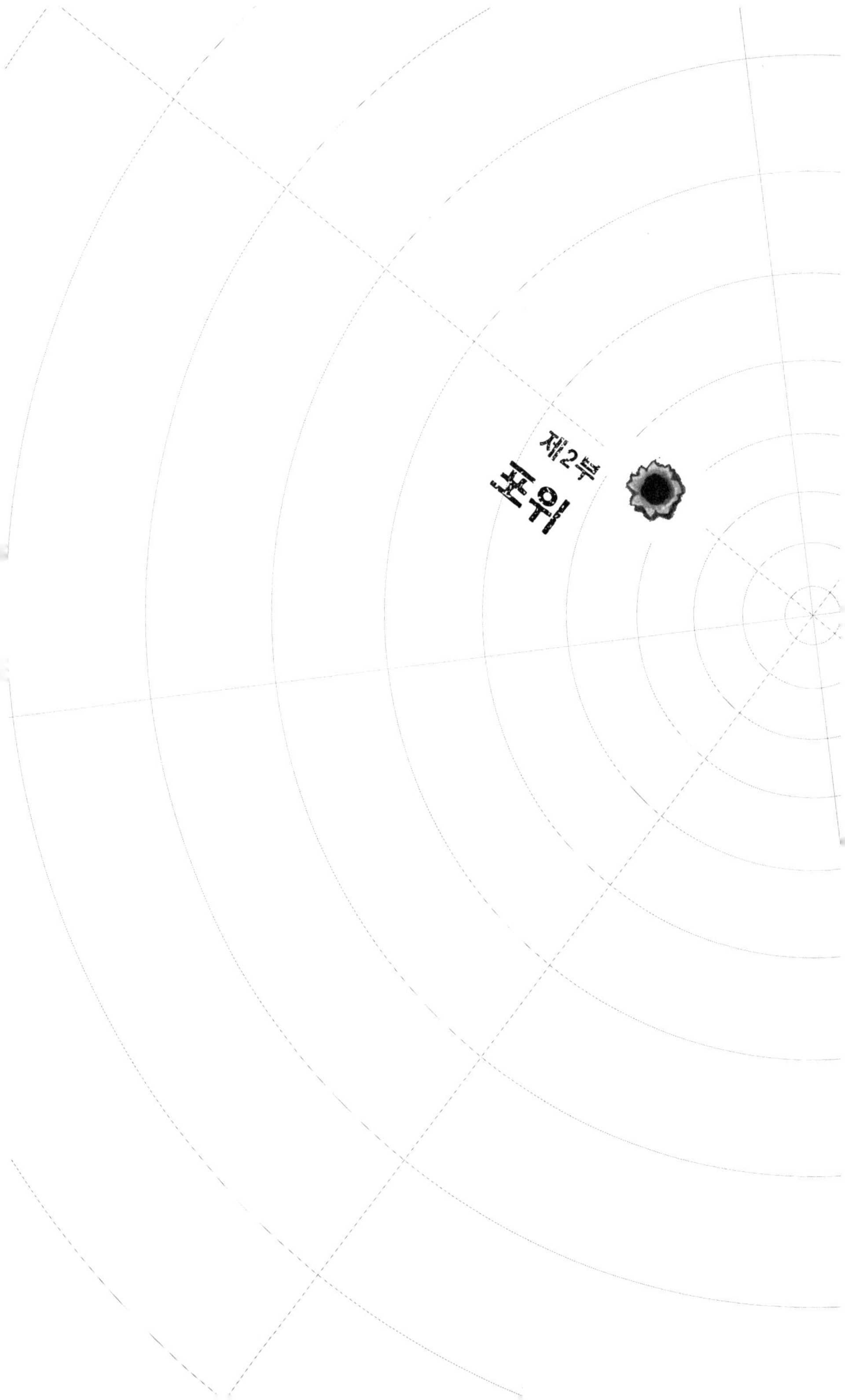
제2부
풀이

제6장

루벤스

"페테르 파울 루벤스."

한 순간 방 안의 모든 움직임과 소리가 얼어붙은 것만 같았다. 루벤스의 '칼리돈의 멧돼지 사냥'이라. 상식적으로는 복제품일 거라 생각하는 편이 옳았다. 자체만으로 1, 2백만 정도 가치가 있을 만큼 유명하고 매우 훌륭한 복제품 말이다. 하지만 그의 목소리, 말투 그리고 클라스 그레베라는 이 사람 자체에 내게 확신을 주는 무언가가 있었다. 진품이 분명하다. 그리스 신화에서 영감을 얻은, 상상 속의 동물이 멜레아그로스의 창에 꿰뚫린 것을 표현한 그림. 1941년 독일군이 루벤스의 고향 안트베르펜을 약탈한 이후 종적을 감추었다가 전쟁 막바지까지 베를린의 벙커에 숨겨져 있었을 것이라 추정되는 바로 그 그림. 난 대단한 예술 애호가는 아니지만 인터넷에 접속해 많은 이들이 찾고 있는 실종된 그림 명단을 종종 살펴보곤 한다. 당연한 일 아닌가. 그리고 이 그림은 지난 60년간 그런 그림 중에서도 상위 10위 안에 들었다가 이제는 일종의 열렬한 호기심의 대상처럼 여겨지고 있었다. 많은 이들이 그 그림이 베를린의 절반과 함께 전쟁 중에 불타 버리고 말았을 거라고 생각했다. 나의 혀는 말라 버린 물기를 조금이라도 모으기 위해 안간힘을 썼다.

"돌아가신 할머님의 아파트 부엌 뒤에 숨겨진 방에서 페테르 파울 루벤스의 그림을 그냥 '발견'했다는 말입니까?"

그레베가 빙그레 웃으며 고개를 끄덕였다.

"그런 일이 일어난 적이 있다고 들었습니다. 물론 이게 그의 최고 작품도, 가장 잘 알려진 작품도 아니지만 어느 정도는 가치가 있겠지요."

나는 아무 말 없이 고개만 끄덕였다. 5천만? 1억? 최소한 그 정도는 나갈 것이다. 자취를 감추었다가 발견된 루벤스의 다른 작품 '영아 학살'도 단 몇 년 전 경매에서 5천만을 받았다. 그것도 파운드로. 크로네로 치면 5억이 넘는다. 목이 바짝바짝 말랐다.

"그건 그렇고, 할머니가 예술품을 숨겨 놓았다는 게 완전히 근거 없는 생각은 아닙니다. 젊었을 때는 아주 미인이신데다 독일군 점령기에 다른 모든 오슬로 상류층처럼 독일군 장교들과 어울리셨다고 했거든요. 특히 그중에 예술에 관심이 많은 대령이 있었는데 할머니는 내가 여기 살 때 그 사람에 대해 가끔씩 이야기를 들려 주셨어요. 할머니 말씀으로는 전쟁이 끝날 때까지 숨겨 달라며 예술품을 주었다는 겁니다. 그는 전쟁 막바지에 저항군에게 처형을 당했다더군요. 아이러니하게도 그를 죽인 사람들 중 일부는 독일군이 잘나갈 때 함께 샴페인을 마셨던 사람들이었죠. 솔직히 할머니의 이야기는 반 정도밖에 믿지 않았었습니다. 폴란드 일꾼들이 부엌 안 하녀용 방 선반 뒤에서 숨겨진 문을 발견하기 전까지는 말이죠."

"대단하군요."

나도 모르게 속삭였다.

"그렇죠? 진품인지 아직 확인은 못 해 봤지만……."

진품이 분명하다. 독일군 대령은 복제품 같은 건 수집 안 하니까.

"일꾼들은 그림을 못 봤습니까?"

내가 물었다.

"봤죠. 하지만 그게 뭔지는 모를 겁니다."

"그런 말씀 마세요. 아파트에 보안 장치는 되어 있나요?"

"무슨 말씀인지 알겠어요. 네, 되어 있습니다. 그 동네 아파트 전체가 공동 계약이 되어 있더군요. 그리고 일꾼들 중에 열쇠를 가진 사람은 없어요. 아파트 규정에 따라 다들 8시부터 4시까지만 일하거든요. 그리고 일꾼들이 올 땐 대체로 저도 함께 있죠."

"앞으로도 쭉 그러셔야 할 겁니다. 아파트에서 무슨 경비회사를 쓰는지 아세요?"

"트리, 어쩌고 하는 곳인데. 실은 그게 진품인지 아닌지 확인할 수 있는 사람을 아는지 아내 분께 여쭤 볼까 생각 중이었습니다. 이 일에 대해 이야기한 것도 지금이 처음입니다. 아무한테도 말 안 해 주시면 좋겠군요."

"물론이죠. 아내에게 이야기해서 전화 드리라고 하겠습니다."

"고맙습니다. 지금으로서는 그게 진품이라고 해도 그의 최고 작품은 아니라는 것만 알고 있어요."

나는 살짝 웃어 보였다.

"안타까운 일이군요. 아, 하던 이야기로 돌아가서. 쇠뿔도 단김에 빼라고 했죠. 패스파인더 측과 언제 만나실 수 있습니까?"

"편하신 날 아무 때나 괜찮습니다."

"잘 됐군요."

다이어리를 내려다보는 동안 나의 머릿속은 팽팽 돌았다. 일꾼들이 8시부터 4시까지 있다고 했지.

"패스파인더 측은 업무가 끝나고 오슬로로 들어오는 게 가장 좋다고 했습니다. 호르텐에서 여기까지는 한 시간은 족히 걸리니 이번 주 하루를 잡아 6시쯤 만나면 될 것 같은데. 어떠세요?"

나는 최대한 가볍게 이야기했지만 목소리는 여전히 쉰 소리가 섞여 있었다.

"좋습니다. 내일만 아니면 괜찮아요."

그레베가 여전히 아무 눈치도 채지 못하고 말했다. 그러고선 자리에서 일어섰다.

"내일은 그들에게도 너무 촉박하겠죠. 주신 번호로 전화 하겠습니다."

내가 말했다. 그리고 그를 바깥까지 배웅했다.

"택시를 불러 주겠어요, 다?"

나는 이다인지 오다인지 모를 그녀의 얼굴을 쳐다보며 이름을 그렇게 줄여 불러도 괜찮은지 살피려 했다.

"고맙지만 차를 가져왔습니다. 부인께 안부 전해 주시죠. 연락 기다리겠습니다."

그가 한 손을 내밀자 나는 활짝 미소 지으며 그의 손을 붙잡고 흔들었다.

"오늘밤에 전화 드리도록 하겠습니다. 내일은 바쁘신 거죠?"

"예."

왜 거기에서 멈추지 않았는지 모르겠다. 대화의 리듬, 이야기가 끝났다는 느낌 상 "또 뵙죠" 하고 말을 완전히 끝낼 시점이라는 걸 알긴 알았다. 어쩌면 육감, 일종의 예감 때문이었을까, 아니면 이미 내 속에 깊이 자리하고 있던 두려움, 나를 특별히 조심스럽게 만들었던 그 기분 때문이었을지도 모른다.

"맞아요, 집안 공사라는 게 여간 힘든 일이 아니잖아요."

내가 말했다.

"그게 아닙니다. 내일 아침 비행기를 타고 로테르담에 가 봐야 하거든요. 개를 데리러. 통관 때문에 계속 붙들려 있는 중이에요. 저녁 늦게나 돌아올 겁니다."

"오, 그래요? 무슨 종인데요?"

나는 그의 손을 놓으며 물었다. 그래야 내가 순간적으로 뻣뻣해진 것을 눈치 채지 못할 테니.

"니더 테리어예요. 추적견이죠. 투견만큼이나 사납습니다. 그런 그림이 있으면 집에 한 마리 둬도 좋겠죠. 안 그렇습니까?"

"그럼, 그럼요."

개. 난 개가 정말 싫다.

"알겠네. 클라스 그레베. 오스카르스 가테 25번지. 여기 열쇠가 있어. 한 시간 뒤 스시 앤드 커피에서 넘겨주지. 경보장치는 내일 17시 정각에 꺼 둘게. 시간 외 근무 핑계를 마련해 둬야겠군. 그런데 왜 이렇게 서두르는 거야?"

우베 세케루드가 전화 반대편에서 물었다.

"내일 이후부턴 아파트에 개가 있을 거니까요."

"그렇군. 그리고 평소처럼 낮에 안 하는 이유는 뭔데?"

코르넬리아니 수트를 입고 쿨한 모범생 안경을 쓴 젊은이가 보도를 따라 공중전화로 다가오고 있다. 나는 그와 눈을 마주치지 않기 위해 등을 돌리고 수화기에 입을 더욱 가까이 붙였다.

"일꾼들이 없다고 100퍼센트 확신이 들 때 하고 싶거든요. 그러니까 지금 당장 고텐부르크에 전화해서 그럴싸한 루벤스 복제품을 구해 놓으라고 해요. 많이 있긴 하지만 그중에서도 반드시 아주 좋은 게 필요하다고요. 그리고 당신이 오늘밤 뭉크 그림을 가지고 갈때 준비해 놔야 한다고 해요. 촉박하긴 한데 내일 꼭 필요하다고 말이에요. 알겠어요?"

"알았어, 알았어."

"그리고 내일 밤에 진품을 가지고 가겠다고 해요. 그림 이름은 기억나죠?"

"그래. 카탈루냐의 멧돼지 사냥. 루벤스."

"그 정도면 비슷하네요. 이 사람 믿을 수 있는 거 정말 확실하죠?"

"세상에, 로게르. 백 번째 말하지만 그렇다고!"

“그냥 물어보는 거예요!”

“한 번이라도 수상쩍은 짓을 했다간 이 세계에서 영영 아웃이라는 걸 그치도 알고 있단 말이야. 도둑놈들처럼 같은 도둑에게 냉정한 사람도 없으니까 말이야.”

“그거 잘 됐군요.”

“이거 한 가지만. 내일 밤 고텐부르크에 가는 걸 하루만 미뤄야겠는데.”

그건 아무 문제 아니었다. 그 전에도 그런 적이 있었고 그림은 차 지붕 안쪽에 안전하게 보관해 두면 되니까. 하지만 목덜미에 머리털이 곤두서는 듯한 느낌이 들었다.

“왜요?”

“내일 밤에 손님이 오거든. 숙녀 분.”

“미루면 되잖아요.”

“미안하지만 안 돼.”

“안 돼요?”

“나타샤거든.”

난 내 귀를 믿을 수 없었다.

“그 러시아 매춘부?”

“그렇게 부르지 마.”

“맞잖아요?”

“나도 자네 아내를 실리콘 아가씨라고 부르지 않잖아.”

“지금 내 아내를 매춘부랑 비교하는 거예요?”

“내가 자네 아내를 실리콘 아가씨라 부르지 ‘않는다’고 했잖아.”

"당연하죠. 디아나는 100퍼센트 자연산이니까."

"거짓말."

"절대 아니에요."

"좋아, 좋아. 대단해. 하지만 아무리 그래도 내일 밤엔 안 돼. 대기자 명단에서 3주나 기다렸단 말이야. 그리고 이번엔 카메라로 찍고 싶다고. 테이프로 남기고 싶다 이거야."

"찍어요? 농담이죠?"

"다음 번 만날 때까지 뭐 볼 거라도 있어야지. 그게 언제가 될지 몰라서 말이야."

나는 큰 소리로 웃었다.

"미쳤군요."

"왜 그런 말을 해?"

"매춘부랑 사랑에 빠졌잖아요, 우베! 진짜 남자라면 매춘부 따위는 사랑하지 않는 거라고요."

"그걸 어떻게 알아?"

난 신음 소리를 냈다.

"그러면 망할 놈의 카메라를 꺼내면서 사랑하는 그녀에겐 대체 뭐라고 할 건데요?"

"모르게 할 거야."

"옷장에라도 숨겨 놓게요?"

"옷장? 우리 집은 이미 사방이 비디오 감시를 받고 있다고, 이 친구야."

우베 세케루드의 입에서 나오는 이야기는 얼마나 허황하든 이제 더 이상 놀랍지 않았다. 그는 톤센하겐의 고지대, 숲 가장자리에 있는 작은 집에 살면서 일하지 않을 때는 거의 텔레비전을 보며 시간을 보낸다고 했다. 그리고 싫어하는 프로그램이 나올 때면 텔레비전에 대고 총을 쏘기를 좋아한다고 했다. 오스트리아 글록 권총, 총알이 발사되기 전 공이가 곧추서지 않는다는 이유로 그가 '숙녀들'이라고 지칭하는 총을 몇 자루 가지고 있다고 자랑했었다. 물론 텔레비전에 대고 쏠 때는 공포탄을 쓰는데 한번은 실탄이 든 것을 까맣게 잊고 총을 쏘았다가 3만 크로네나 주고 산 새 파이오니아 플라즈마 스크린 텔레비전을 산산조각 내고 말았다고도 했다. 텔레비전에 총을 쏘지 않을 때는 집 뒤 숲 속 나무 위에 만들어 놓은 부엉이 집에다 대고 창문을 통해 사격을 했다. 그런데 한번은 텔레비전 앞에 앉아 있다가 무언가 나무 사이를 뚫고 마구 달리는 소리를 듣고 창문을 열어 레밍턴 소총을 쏘았다고 한다. 총알은 그 동물의 이마 정중앙을 맞혔고, 덕분에 그는 그랜디오사 피자로 가득 차 있던 냉동실을 모조리 비워야 했단다. 그래서 다음 6개월 동안 사슴 스테이크, 사슴 버거, 사슴 스튜, 사슴 미트볼, 사슴 찹스만 물리게 먹다가 더 이상 견딜 수 없게 되자 다시 냉동실을 비우고 다시 그랜디오사 피자로 채워 넣었다고 했다. 난 이 이야기들이 사실이라고 믿는다. 하지만 이번만은…….

"비디오 감시라고요?"

"트리폴리스에서 일하는데 그런 혜택이라도 있어야지."

"그래서 그녀 모르게 카메라를 작동시킬 수 있다고요?"

"그럼. 그녀를 데리고 와서 집으로 들어가는 거지. 이때 문을 열고 15초 안에 비밀번호를 눌러 경비 시스템을 해제하지 않으면 트리폴리스에서 카메라가 돌아가기 시작하거든.”

“그리고 집에도 사이렌이 울리잖아요.”

“아니. 무음 경보야.”

물론 나도 그런 것에 대해서는 알고 있었다. 경보는 트리폴리스에서만 울린다. 그래야 트리폴리스에서 경찰에 연락하고 15분 안에 그 집으로 달려오는 동안 침입자들이 놀라 달아나지 않을 것 아닌가. 중요한 건 놈들이 훔친 물건을 가지고 달아나기 전에 현장에서 잡는 것이다. 혹시 그게 안 되더라도 녹화 화면을 통해 나중에 신원을 확인하는 수도 있었다.

“그때 근무할 아이들한테 출동하지 말라고 말해 뒀지. 그냥 느긋하게 앉아서 거기 매달린 모니터에 나오는 쇼나 즐기면 된단 말씀이야.”

“그럼 그 친구들이 당신과 러시아 매…… 아니, 나타샤를 볼 거란 말이에요?”

“즐거움은 나눠야 하잖아. 하지만 카메라가 침대까지는 못 찍게 되어 있어. 거긴 사적인 공간이잖아. 하지만 일단은 침대 발치 앞, 텔레비전 옆 의자에서 옷을 벗게 할 거란 말이야. 그녀는 나의 무대 연출을 따르게 될 거고, 그게 바로 멋진 점이지. 거기 앉아서 자기 몸을 애무하게 할 거란 말이야. 카메라 앵글도 완벽하고. 조명도 이미 손을 좀 봐 뒀지. 카메라 안 보이는 곳에서 자위도 좀 할 수 있게 말이야.”

이제는 들을 수 없는 한계에 다다랐다. 나는 헛기침을 했다.

“그럼 오늘밤에 와서 뭉크 가져가요. 루벤스는 모레 밤에 가져가고. 알았죠?”

“좋아. 자넨 괜찮지, 로게르? 조금 스트레스 받은 것 같은데.”

“다 괜찮아요. 모든 게 다 괜찮아요.”

나는 손등으로 이마를 훔치며 말했다.

수화기를 내려놓고 보도로 나섰다. 하늘에 구름이 낮게 드리웠지만 나는 거의 알아채지 못했다. 왜냐하면 모든 게 다 괜찮으니까. 그렇지 않은가? 나는 백만장자가 되어 자유를, 모든 것으로부터 자유를 살 것이다. 세상과 그 안에 든 모든 것, 디아나를 포함해 모든 것이 내 것이 될 것이다. 멀리서 천둥이 우르릉거리는 소리가 마치 누군가의 너털웃음처럼 들렸다. 그리고 빗방울이 후두둑 떨어지기 시작했다. 돌길 위로 달리는 나의 신발이 경쾌한 소리를 냈다.

6시, 비가 그치고 서쪽으로부터 금빛 석양이 오슬로 피요르드로 들어왔다. 나는 볼보를 차고에 넣고 엔진을 끈 뒤 잠시 기다렸다. 뒤로 차고 문이 닫히자 차량 내부 등을 켜고 검정 서류첩을 열어 오늘의 수확물을 꺼냈다. '브로치.' '에바 무도치.'

눈으로 그림 속 그녀의 얼굴을 훑었다. 뭉크는 그녀를 사랑했던 게 분명하다. 그렇지 않았다면 이렇게 그릴 수 없었을 것이다. 침묵의 고통이나 조용한 사나움 같은 것을 포착해 마치 로테처럼 그려 놓다니. 나는 나지막이 욕설을 내뱉으며 깊이 숨을 들이쉬었다가 이 사이로 스으 소리를 내며 숨을 내쉬었다. 그런 다음 머리 위 자동차 천장을 덮은 천을 벗겼다. 그건 국경을 넘어 운반해야 하는 그림을 숨기기 위해 내가 직접 만든 장치였다. 사실 내가 한 일이라고는 천장을 덮고 있는 천, 자동차 광들이 흔히 헤드라이너라 부르는 부분과 앞유리가 맞붙은 부분을 떼어낸 것뿐이다. 그런 다음 안쪽에 벨크로 두 줄을 붙이고 앞쪽 천장 등 주변을 조심스럽게 잘라내 그림을 숨길 수 있는 완벽한 구멍을 만들었다. 덩치가 큰 그림, 특히 오래되고 건조한 유화를 운반하려면 반드시 편편하게 눕혀야 하고, 절대로 둘둘 말아선 안 된다. 그렇게 하지 않으면 칠한 부분에 금이 가 그림을 완전히 망칠 수 있기 때문이다. 달리 말해 그림을 운반하는 데는 넓은 공간이 필요하고 그림 자체는 쉽게 남의 눈에 띈다. 하지만 천장 공간이 대략 4제곱미터 정도 되다 보니 상당히 큰 그림도 넣을 만한 여유가 있었다. 그리고 이것은 탐지견을 데리고 있는 깐깐한 세관 직원들의 눈을 피하는 데도 안성맞춤이었다. 개들은 오래된 물감이나 광택제 냄새 같은 것은 신경 쓰지 않으니까.

나는 '에바 무도치'를 그 안으로 밀어 넣고 벨크로 천을 다시 붙인 뒤 차에서 나와 집으로 들어갔다.

디아나가 냉장고에 쪽지를 붙여 놓았다. 친구 카트리네를 만나고 자정 전에 돌아오겠다는 내용이었다. 그때까지는 거의 여섯 시간이나 남았다. 나는 산 미구엘 한 병을 따고 창가 의자에 앉은 다음 그녀를 기다리기 시작했다. 조금 뒤 한 병을 더 가져오다가 문득 내가 유행선이하선염에 걸렸을 때 디아나가 읽어 주었던 요한 팔크베르게의 책 한 구절이 떠올랐다. "우리는 모두 목마른 정도에 따라 술을 마신다."

그때 나는 열이 좀 났고, 볼과 귀가 쑤시듯 아팠고, 마치 복어처럼 퉁퉁 부어 땀을 뻘뻘 흘리며 침대에 누워 있었다. 의사가 체온을 재더니 "그리 심하지 않다"고 하였다. 사실 대단히 아프지도 않았다.

디아나가 정말 괜찮은 거냐고 다짐을 받듯 몇 차례 묻고 나서야 의사는 뇌수막염이니, 고환염이니 하는 듣기에도 거북한 말을 꺼내더니 마지못해 그것이 뇌 주변 조직에 생기는 염증과 고환의 염증을 뜻한다고 알려 주었다. 하지만 곧장 "지금 경우에는 그럴 가능성이 매우 적다"고 덧붙였다.

디아나는 내게 책을 읽어 주고 이마에 찬 물수건을 올려 주었다. 그녀가 읽어 준 책은 요한 팔크베르게의 『네 번째 야간 순찰』이었다. 염증이 생길 수 있다는 두뇌로 딱히 할 수 있는 일이 없었기에 나는 그녀의 목소리에 귀를 기울였다. 책 내용 중에 특별히 나의 관심을 끈 부분이 두 군데 있었다. 첫 번째는 "우리는 모두 목마른 정도에 따라 술을 마신다"는 말로 술 취한 사람들을 위한 핑계거리를 만들던 지기스문트 신부였다. 어쩌면 나 역시 인간을 그런 식으로 바라보는 것에 위안을 느꼈던 것 같다. 무엇이든 우리의 본성에 따른 거라면 괜찮다는 식 말이다.

두 번째는 사람은 구원받는 게 불가능할 정도로 다른 사람의 영혼을 죽이고, 오염시키고, 죄악 속으로 끌고 들어갈 수 있다고 한 헨리크 폰토피단의 말이었다. 그 말에서 얻은 위안은 첫 번째 것보다 적었다. 그리고 내가 천사의 날개를 더럽히고 있을지도 모른다는 생각이 들어 무슨 일이 있어도 범죄 행위에 디아나를 끌어들이지 않겠다고 결심했었다.

아내는 나흘 낮과 밤 동안 정성스레 나를 돌보았고 그건 내게 기쁨을 주는 동시에 괴로움을 안겼다. 나라면 그녀를 위해 그렇게 애쓰지 않을 것임을 알고 있었기 때문이다. 적어도 별것 아닌 유행성이하선염 같은 걸 가지고선 말이다. 그래서 끝내는 왜 그렇게 했느냐고 아내에게 물었다. 난 진심으로 궁금했다. 그녀의 대답은 간단하고도 단순했다.

“당신을 사랑하니까.”

“그냥 유행성이하선염일 뿐인데.”

“그렇게 간호해 줄 기회가 없을지도 모르잖아. 당신은 너무 건강해.”

마지막 말은 어쩐지 내가 너무 건강해 불만이라는 것처럼 들렸다.

얼마 뒤 자리를 털고 일어선 나는 알파라는 헤드헌팅 회사에 면접을 보러 갔고, 나를 채용하지 않으면 바보라고 노골적으로 말해 주었다. 그리고 그 말을 할 때 얼마나 자신감이 철철 흘러 넘쳤는지도 잘 알고 있었다. 자신을 사랑한다고 말해 주는 여자보다도 남자에게 힘을 실어 주는, 본래 키보다 훨씬 크게 만들어 주는 존재는 없기 때문이다. 설사 그 말이 거짓이라고 해도 그 남자는 그러한 거짓말을 해 준 것에 대해 일종의 고마움을 느끼기 마련이고, 그로 인해 여자에게 사랑을 느끼게 되어 있다.

나는 디아나의 화집 한 권을 꺼내 루벤스와 그의 그림 ‘칼리돈의 멧돼지 사냥’에 대해 얼마 되지 않는 정보를 읽고 그림을 유심히 살폈다. 그런 다음 책을 내려놓고 내일 오스카르스 가테에서 벌어질 일을 차근차근 단계별로 생각하기 시작했다.

아파트라는 것은 곧 계단에서 다른 주민과 마주칠 위험이 있다는 뜻이었다. 내 얼굴을 자세히 들여다볼 수 있는 잠재적 증인 말이다. 하지만 그것도 단 몇 초일 것이다. 게다가 날 의심하지도 않고, 내 얼굴을 유심히 보지도 않을 것이다. 작업복을 입고 한창 공사 중인 아파트를 들락거리는 사람에게 누가 신경을 쓰겠는가. 그러니 두려워할 게 뭐 있겠는가?

나는 내가 뭘 두려워하는지 알고 있었다.

그는 면접 도중 마치 펼쳐 놓은 책처럼 나를 읽어 냈다. 하지만 그중 그가 본 건 몇 쪽이나 될까? 뭔가를 의심할 수 있었을까? 말도 안 된다. 그는 군에 있을 때 써 본 적 있는 심문 방식을 알아본 것뿐이었다. 그게 다였다.

휴대전화를 꺼내 그레베의 번호를 눌렀다. 디아나가 외출 중이라 그림의 진품 여부를 알려 줄 전문가 이름을 알아내는 건 그가 로테르담에서 돌아오기 전까지 어려울 것 같다고 알려 주기 위해서였다. 통화가 연결되자 영어가 들려왔다. "메시지를 남겨 주세요." 메시지를 남겼다. 술병이 비었다. 위스키를 마실까 잠시 생각하다가 그러지 않기로 했다. 다음날 술기운이 남은 채 깨고 싶지 않았다. 마지막 맥주라, 섭섭해도 별수 없지.

그때 뭔가를 거의 반쯤 하고 나서야 내가 무슨 짓을 하고 있었는지 깨달았다. 나는 당장 전화기를 내려 종료 버튼을 눌렀다. 로테의 번호, 전화번호부 L자 아래 눈에 띄지 않게 숨겨 놓았던 그녀의 번호를 누른 것이다. 몇 차례 걸려와 날 소스라치게 만들었던 바로 그 L자. 전화는 항상 내 쪽에서만 걸기로 되어 있었다. 나는 전화번호부로 들어가 L을 찾고 '삭제' 버튼을 눌렀다.

'정말 삭제하시겠습니까?'

전화기 속에서 물었다.

나는 그 아래 뜬 두 개의 답을 뚫어져라 쳐다보았다. 비겁하고 부

정한 '아니오'와 거짓의 '예.'

나는 '예'를 눌렀다. 하지만 그녀의 전화번호는 내 머릿속에 완전히 새겨져 삭제가 불가능하다는 것을 알고 있었다. 그것이 무슨 뜻인지는 알지도 못했고, 알고 싶지도 않았다. 하지만 언젠가는 흐려지겠지. 흐려지고 사라지겠지. 그래야만 했다.

디아나는 12시 5분 전에 돌아왔다.

"오늘은 뭐 했어, 자기?"

그녀가 내가 앉은 의자로 다가와 팔걸이에 엉덩이를 걸치며 나를 끌어안았다.

"별로. 클라스 그레베를 만났어."

"어떻게 됐는데?"

"완벽하지. 외국인이라는 것만 빼면. 패스파인더에서 대표로는 노르웨이 사람을 원한다고 했거든. 세세한 것 하나까지 노르웨이식으로 하는 것을 매우 중요하게 여기겠다고 공식적으로 발표하기까지 했으니까. 그러니까 그들을 어떻게 설득하느냐에 달렸지."

"설득이라면 당신이 세계 최고잖아. 당신 기록에 대해 다른 사람들이 하는 말을 들은 적도 있는데."

그녀가 내 이마에 입을 맞췄다.

"무슨 기록?"

"자신이 고른 사람은 언제나 채용되게 만드는 사나이, 뭐 이런 거였어."

"아, 그거."

나는 놀란 척하며 대답했다.

"자긴 이번에도 할 수 있을 거야."

"카트리네는 어때?"

디아나가 손으로 자신의 숱 많은 머리를 쓸어 넘겼다.

"잘 지내지. 언제나처럼. 아니, 평소보다도 훨씬 더 잘 지내는 건가?"

"너무 행복해서 죽어 버리는 거 아니야?"

"임신했대."

디아나가 내 머리에 얼굴을 묻고 말했다.

"그럼 한동안은 잘 못 지내겠군."

"말도 안 돼. 당신 술 마셨어?"

그녀가 중얼거렸다.

"아주 조금. 카트리네를 위해 한잔 할까?"

"잘래. 행복하다고 어찌나 수다를 떨었는지 정말 피곤해. 자기도 잘 거지?"

나는 그녀 뒤에 모로 누워 그녀를 끌어안았다. 그녀의 등뼈가 내 가슴과 배에 닿는 것이 느껴졌다. 그때 갑자기 그레베와 면접을 보자마자 떠올렸어야 하는 것이 생각났다. 이제 그녀를 임신시켜도 된다는 것 말이다. 마침내 나는 육지에, 안전한 땅에 오른 것이다. 이제 아이가 태어나도 내 자리를 가로챌 수 없다. 루벤스만 손에 넣으면 나는 비로소 디아나가 말한 사자, 맹수의 제왕이 될 것이다. 가족의 생계를 책임지는 대체 불가능한 가장 말이다. 그렇다고 전에는 디아나가 나를 그렇게 여기지 않았다는 뜻이 아니다. 그런 생각을 한 것은 오히려 나였다. 디아나라면 누려야 할 그런 안락한 둥지를 내 힘으로 만들고 지킬 수 있을지 자신이 없었다. 그리고 아이가 태어나면 내 약점을 보지 못하는 그녀의 희한한 눈을 정상으로 돌려 놓을 것만 같았다. 하지만 이제는 나의 진짜 모습을, 내 전부를 봐도 괜찮았다.

열린 창문으로 차가운 공기가 들어와 이불 위로 드러난 부위에 소름이 돋았다. 그리고 그때까지 편히 쉬고 있던 남성이 슬슬 고개를 드는 것이 느껴졌다.

하지만 그녀의 숨소리는 이미 고르고 깊었다.

나는 아내를 안은 팔을 풀었다. 그녀의 몸이 똑바로 뉘어졌다. 편안하지만 동시에 무방비 상태의 아기처럼.

나는 몰래 침대를 빠져나왔다.

미즈코 지조 제단은 어제 이후로 달라진 게 없는 것 같았다. 하루라도 디아나가 무언가를 바꾸어 놓지 않고 지나가는 날이 드물었는데. 물을 갈든, 새 양초를 올려 두든, 새 꽃을 꽂든.

나는 거실로 올라가 위스키 한 잔을 따랐다. 창문가 마룻바닥은 차가웠다. 위스키는 내 추천에 만족한 고객이 선물로 준 30년 된 맥캘런이었다. 그들은 성공적으로 주식 공개도 했다. 달빛에 감싸인 차고를 내려다보았다. 우베가 아마 오고 있을 것이다. 차고로 몰래 들어와 가지고 있는 열쇠로 차를 타겠지. 그런 다음 '에바 무도치'를 꺼내 서류첩에 넣고 자기 차로 돌아갈 것이다. 우리 집에 온 것이라고는 생각할 수 없도록 멀찌감치 세워 둔 그의 차로 말이다. 그런 다음 고텐부르크에 있는 미술상에게 가 그림을 전달하고 아침 일찍 돌아올 것이다. 하지만 이제 '에바 무도치'에게는 더 이상 흥미가 생기지 않았다. 다만 처리해야 할 귀찮은 일일 뿐. 우베는 루벤스의 그림 복제본을 가지고 돌아와 우리나 이웃들이 잠에서 깨기도 전에 내 차 천장 덮개 사이에 넣어 둘 것이다.

전에는 우베가 고텐부르크에 갈 때마다 내 차를 쓰곤 했다. 나는 미술상과 직접 이야기를 해 본 적이 없었고, 그가 우베 외에는 연루된 다른 누구도 알지 못했으면 했다. 그게 내가 바란 식이었다. 최소한의 연루자. 나를 지목할 수 있는 사람이 최소한이 되도록 말이다. 범죄자는 언젠가는 잡히기 마련이므로 그들과 나 사이에 최대한의 거리를 두는 것이 무엇보다도 중요했다. 그게 바로 내가 남의 눈에 띄는 곳에서 절대 우베와 만나지 않고, 그에게 전화를 할 때면 공중전화를 쓰는 이유이기도 했다. 그가 체포되었을 때 전화기에 내 번호가 남겨져 있으면 안 된다. 돈을 나누거나 조금 더 전략적인 계획을 짜야 할 때면 엘베룸에 있는 외딴 오두막집에서 만나는 방법을 썼다. 우베는 세상을 등지고 사는 괴짜 농부한테 그것을 빌렸고 우리는 항상 따로 차를 타고 가 그곳에서 만났다.

어느 날 그 오두막집으로 가는 길에 문득 깨닫게 되었다. 고텐부르크로 그림을 가지고 갈 때 내 차를 쓰게 하는 것이 얼마나 위험한 일인지. 가는 길에 과속 차량 감시 구간을 지나다 거의 30년 된 그의 메르세데스, 검정 280SE가 경찰차 바로 옆에 주차되어 있는 것을 본 것이다. 그리고 우베는 분명 규정 속도 같은 것은 지킬 줄 모르고 미친 듯 달리는 운전자들 중 하나일 거라는 생각도 들었다. 내 볼보를 몰고 고텐부르크에 갈 때는 앞유리에 장착된 오토패스를 반드시 떼어야 한다고 몇 번이나 말했는지 모른다. 한 번 사용할 때마다 기록이 남을 것이고, 혹시라도 내가 왜 매년 몇 번씩 밤마다 E6 도로를 따라 오르내리는지 경찰에 설명해야 할 일이 생기는 것은 막아야 했으니까. 하지만 엘베룸으로 가는 길에 과속 차량 감시 구간에 있는 우베의 메르세데스를 보자 나는 그것이야말로 가장 위험한 일이라는 사실을 불현듯 깨달았다. 경찰이 과속 차량을 단속하다가 우베 세케루드처럼 면식이 있는 범죄자와 마주치면 그가 모범 시민 로게르 브론의 차를 가지고 도대체 무엇을 하고 있는지 당연히 궁금해하지 않겠는가. 그렇게 되면 그야말로 끝장이다. 세케루드와 아인바우, 리드, 버클리가 맞서면 결과는 단 하나니까.

차고 옆 어둠 속에서 무엇인가 움직이는 것 같았다.

내일이 D-데이였다. 드림 데이. 최후의 심판일 둠스 데이. 손을 터는 디몹 데이. 모든 게 계획대로만 된다면 이것이 마지막 한 탕이 될 것이다. 나는 끝내고 싶다. 자유로워지고 싶다. 깨끗이 손을 털고 무사히 빠져나간 사람이 되고 싶다.

우리집 아래로 마을이 약속이라도 하듯 반짝였다.

로테는 전화벨이 울리고 다섯 번 만에 전화를 받았다.

"로게르?"

조심스러우면서도 부드러운 그녀의 목소리. 마치 내가 아니라 그녀가 날 깨운 것처럼.

나는 전화를 끊었다.

그리고 남은 술을 단숨에 들이켰다.

제8장

G11서스펜디드4

머리가 깨질 듯한 두통을 느끼며 잠에서 깼다.

팔꿈치로 상체를 지탱하고 몸을 일으키니 팬티만 입은 디아나의 엉덩이가 공중에 높이 솟아 있는 것이 보였다. 전날 입었던 옷가지와 핸드백을 뒤지느라 정신이 없어 보였다.

"뭐 찾아?"

내가 물었다.

"좋은 아침."

그녀가 말했지만 좋은 아침이 아니라는 것이 목소리에서 그대로 드러났다. 나 역시 마찬가지였다.

나는 억지로 몸을 일으켜 욕실로 향했다. 거울에 비친 모습을 보니 오늘 하루가 지금보다 나빠질 수는 없을 것 같았다. 아니, 나아져야만 했다. 나아질 것이다. 나는 샤워기 물을 틀고 차가운 물 아래

가만히 서 있었다. 방에서는 여전히 디아나가 낮게 욕설을 내뱉는 소리가 들렸다.

"완벽한 하루가 될 거야. 완벽한!"

나는 순전히 오기로 고래고래 고함을 쳤다.

"나 나가. 사랑해, 여보."

디아나가 소리쳤다.

"나도!"

나도 큰 소리로 불렀지만 아내가 들었는지는 모르겠다. 쾅 하며 문 닫히는 소리가 들렸다.

오전 10시, 나는 사무실에 앉아 정신을 집중하려 애쓰고 있었다. 머리는 마치 팔딱거리는 투명한 몸체의 올챙이처럼 느껴졌다. 그제야 페르디난드가 몇 분째 입을 열었다 닫았다 했으며, 그때마다 보이는 흥미의 정도도 달라지고 있음을 알아챘다. 지금도 여전히 입을 벌리고 있었지만 더 이상 움직이지 않고 다만 기대에 찬 표정으로 나를 뚫어져라 쳐다보고 있었다.

"질문이 뭐였지?"

내가 물었다.

"그레베와 고객과의 면접을 내가 처리해서 좋긴 한데 패스파인더에 대해 이야기를 더 해 줘야겠다고. 아직 들은 게 하나도 없어서 완전히 바보처럼 보일 거란 말이야!"

마지막 말에 이르러서 그의 목소리는 언제나처럼 히스테릭한 가성이 되어 있었다.

나는 한숨을 푹 쉬었다.

"그 회사는 사람에게 부착할 수 있는 아주 작은, 거의 보이지 않는 송신기를 만드는데 그건 세계 최첨단 GPS 시스템에 연결되어 있어. 그리고 그건 그들이 지분을 일부 소유하고 있는 인공위성 시스템으로부터 우선 서비스를 받게 되어 있고, 뭐 그러다 보니 대단한 기술력을 보유하고 있어서 매각 가능성도 높지. 연례 보고서를 읽어 봐. 또 다른 건?"

"읽어 봤지! 그런데 제품에 대한 건 죄다 일급기밀이라고 도장이 쾅 찍혀 있더라고. 참, 클라스 그레베가 외국인인 건 어떻게 할 거야? 척 보니 국수주의 회사 같던데 어떻게 설득시키란 말이야?"

"넌 안 해도 돼. 내가 할 테니까. 걱정하지 말라고, 퍼디."

"퍼디?"

"그래. 생각해 봤는데 페르디난드는 너무 길잖아. 괜찮지?"

그가 황당하다는 표정으로 나를 노려보았다.

"퍼디?"

"물론 고객이 있을 땐 그렇게 안 부를게. 이제 끝난 거지, 퍼디?"

나는 활짝 미소를 지었다. 이미 두통이 조금 걷히는 것 같았다.

그 일은 그렇게 끝났다.

그때부터 점심시간까지는 두통약을 씹으며 시계만 바라보았다.

드디어 점심시간, 스시 앤드 커피 맞은편의 보석상으로 갔다.

"저거요."

나는 창문가에 전시된 다이아몬드 귀걸이를 가리키며 말했다.

저 정도 살 돈은 있다. 그것도 앞으로 아주 오랫동안 그럴 것이다. 귀걸이가 담긴 선홍색 상자의 샤무아 가죽은 마치 강아지 털처럼 부드러웠다.

점심시간이 끝난 뒤에도 두통약을 씹으며 시계만 바라보았다.

오후 5시 정각, 나는 인코니토가타 거리에 차를 세웠다. 주차 공간을 찾기는 쉬웠다. 여기에서 일하거나 사는 사람은 모두 집으로 돌아간 것이 분명했다. 조금 전까지 비가 내려 걸을 때마다 포장도로 위로 신발이 삐걱 소리를 냈다. 손에 든 서류첩은 가볍게 느껴졌다. 안에 든 복제품은 그럭저럭 평범한 수준이었지만 15,000스웨덴 크로네라는 어마어마한 돈이 들었다. 하지만 지금 이 순간만큼은 그것도 그리 중요하지 않았다.

오슬로에서 부유층 거리를 대라면 오스카르스 가테가 가장 먼저 떠올랐다. 아파트 건물은 여러 가지 건축 양식이 뒤섞여 있었는데 대부분이 신 르네상스 스타일이었다. 신 고딕 무늬가 새겨진 전면, 나무가 우거진 앞마당, 이곳은 19세기 말 관리자들과 고위 공직자들의 저택이 늘어서 있던 곳이었다.

목줄 달린 푸들을 데리고 걷는 남자가 이쪽으로 다가왔다. 여기 중심가에 사냥개는 없다. 그는 나를 제대로 쳐다보지도 않는다. 역시 도시 중심가다.

35번지로 들어섰다. 인터넷 검색에 따르면 '중세 양식에서 영감을 받은 하노버 양식 변형 건축'이라고 했다. 그것보다는 여기 있던 스페인 대사관이 다른 곳으로 옮겨갔다는 소식이 훨씬 더 흥미로웠다. 그렇다면 성가신 CCTV 카메라가 없다는 뜻이니까. 그 집 앞에는 지나다니는 사람도 없어 조용한 검은색 창문들만이 나를 반겼다. 우베한테 이미 열쇠를 받았고, 그걸로 정문과 아파트 문 모두를 열 수 있다고 했다. 일단 정문은 열렸다. 계단을 올라갔다. 목적지가 분명한 발걸음. 무겁지도, 가볍지도 않은 걸음걸이. 자신이 가는 곳이 어디인지 잘 알고 있으면서 아무것도 숨길 게 없는 사람의 태도. 열쇠를 손에 쥐고 바로 구멍에 꽂아 넣을 준비를 했다. 아파트 문 앞에 서서 꼼지락거릴 생각은 없었다. 이렇게 오래된 아파트에서 그런 소리는 멀리까지 퍼지는 법이니까.

2층. 문패는 없지만 그곳이라는 걸 알고 있다. 물결무늬 유리가 달린 양문. 생각보다 많이 불안한지 갈비뼈 속에서 심장이 요동치며 열쇠구멍을 놓치고 말았다. 우베한테 들은 이야기가 있다. 사람이 불안할 때 가장 먼저 사라지는 것이 바로 섬세한 행위를 하게 하는 손과 발 운동 협응력이라고. 일대일 육탄전에 대한 책을 읽다가 보았다고 했는데 자신에게 총구가 겨눠진 상태에서 총알을 장전하는 게 매우 힘들다고 했다. 그래도 두 번째 시도에서는 열쇠를 구멍 안에 제대로 집어넣었다. 열쇠가 돌아갔다. 조용히, 부드럽게, 완벽하게. 손잡이를 누르며 문을 잡아당겼다. 그러고는 반대로 밀어 보았다. 하지만 열릴 생각을 하지 않는다. 다시 잡아당겼다. 이런 제길! 그레베가 잠금장치를 하나 더 달았나? 그깟 잠금장치 하나 때문에 내 모든 꿈과 계획이 물거품이 되는 건가? 나는 온 힘을 다해 문을 잡아당겼다. 공포에 휩싸여 거의 허둥지둥하고 있었다. 그때 삐그덕, 하는 커다란 소리와 함께 문이 쩍 열렸다. 문틀에 장식된 유리가 부르르 떨리며 그 소리가 계단을 따라 메아리쳤다. 나는 조용히 안으로 들어가 문을 닫고 참았던 숨을 내쉬었다. 갑자기 전날 밤 했던 생각이 떠올랐다. 이렇게 익숙해진 긴장감이 나중에 그리워지지는 않을까?

숨을 들이쉬자 코와 입, 폐가 온통 페인트, 바니시, 풀 같은 냄새로 가득 찼다.

나는 복도에 널브러져 있는 페인트 통과 벽지 말린 것을 넘어 아파트 안으로 들어갔다. 체크무늬 오크 바닥과 징두리 벽판, 벽돌 가루, 갈아야 할 것이 분명한 낡은 유리창 위로 회색 덮개가 깔려 있었다. 작은 연회장 크기의 방들이 한 줄로 늘어서 있었다.

가운데 방 뒤로 반쯤 마무리된 부엌이 보였다. 딱딱 떨어지는 일직선에 금속과 나무 장식, 비싼 자재, 분명 값비싼 포겐폴 부엌 가구일 것이다. 하녀 방으로 들어갔다. 선반 뒤에 문이 하나 있다. 잠겨 있을지도 모른다는 생각은 이미 하고 있었다. 하지만 그런 경우라면 문을 따는 데 필요한 도구 역시 아파트 안에 있을 거라고 생각했다.

하지만 그럴 필요가 없었다. 삐걱 소리와 함께 문이 열렸다.

나는 어둡고 텅 빈 직사각형 방 안으로 들어섰다. 그리고 작업복 안에서 소형 손전등을 꺼내 은은한 노란 빛으로 벽을 밝혔다. 네 점의 그림이 걸려 있었다. 그중 세 개는 모르는 것이었지만 네 번째는 아니었다.

그 앞에 선 나는 그레베가 그림 제목을 언급했을 때 그랬던 것처럼 입 안이 바싹 마르는 것을 느꼈다.

'칼리돈의 멧돼지 사냥.'

겹겹이 칠해진 거의 400년 된 물감 아래에서 마치 빛이 새어나오는 것만 같았다. 그 위로 드리워진 그림자와 함께 그 빛은 그림 속 사냥 장면에 실루엣과 형태를 더해 주었다. 디아나가 설명해 준 명암 대조효과. 그림은 내게 거의 물리적인 충격을 안겼다. 나를 끌어당기는 느낌, 사진과 소문으로만 알던 카리스마 넘치는 사람을 처음으로 대면할 때의 느낌이랄까. 나는 이렇게 엄청난 아름다움을 맞닥뜨릴 준비가 되어 있지 않았다. '사자 사냥', '하마와 악어 사냥', '호랑이 사냥' 같은, 디아나의 화집에서 본 다른 사냥 그림들에서 이미 본 색감을 느낄 수 있었다. 어제 읽은 내용에 따르면 이 그림이 루벤스의 첫 번째 사냥 모티프로서 이후 탄생한 대작들의 시작점이 되었다고 하였다. 칼리돈의 멧돼지는 자신을 업신여긴 칼리돈의 인간들을 벌하기 위해 아르테미스 여신이 보낸 짐승이다. 하지만 종국에는 칼리돈 최고의 사냥꾼 멜레아그로스가 창으로 그 멧돼지를 죽이는 데 성공한다. 나는 멜레아그로스의 근육 잡힌 상체와 마치 누군가를 연상시키는 증오 가득한 표정 그리고 멧돼지의 몸을 꿰뚫은 창끝을 차례대로 쳐다보았다. 너무나도 극적인 동시에 경건하기까지 하다. 그리고 적나라하면서도 비밀스럽다. 너무도 단순하고 너무도 귀하다.

그림을 떼어 부엌으로 가져간 뒤 작업대 위에 올려놓았다. 예상한 대로 낡은 액자 뒤에는 캔버스 틀이 붙어 있었다. 나는 유일하게 가져온 필요한 연장 두 개를 꺼냈다. 송곳과 철사 절단기였다. 대부분의 압정을 잘라 내고 다시 쓸 수 있는 것들은 뽑아낸 다음 틀을 느슨하게 풀고 송곳으로 핀들을 뽑아냈다. 평소보다 움직임이 훨씬 서툴렀다. 협응력에 대한 우베의 말이 맞을지도 모르겠다. 하지만 20분 뒤 마침내 복제품은 액자 속에, 진품은 서류첩 속에 담겼다.

나는 그림을 걸고 문을 닫은 뒤 무언가 흔적을 남긴 건 없는지 주위를 유심히 살핀 다음, 땀이 흥건한 손으로 서류첩을 들고 부엌을 나왔다.

중간 방을 지날 때 무심코 창문 쪽으로 고개를 돌렸는데 반쯤 잎이 떨어진 나무 꼭대기가 눈에 들어왔다. 우뚝 멈춰 섰다. 아직 남아 있는 붉은 잎사귀들 때문에 마치 구름 사이로 비집고 나온 비스듬한 햇빛을 받아 나무가 활활 불타는 것만 같았다. 루벤스. 색채. 그의 색채였다.

마법 같은 순간이었다. 승리의 순간, 변모의 순간. 살면서 그런 순간이 오면 지금껏 결단을 내리지 못해 전전긍긍하던 일들이 너무나도 선명하게 보이며 해결책이 자명해지는 것 같기 마련이다. 나는 이제 아빠가 될 것이다. 원래는 오늘밤 아내에게 이야기할 생각이었다. 하지만 그 순간 나는 지금이야말로 바로 그 순간임을 느꼈다. 지금, 바로 여기, 이 범죄의 현장, 루벤스를 팔 아래 끼고, 이 아름답고 장엄한 나무가 내 눈앞에 서 있는 지금 말이다. 이것이야말로 동판에 새겨 넣어야 할, 디아나와 내가 공유하며 앞으로 흐린 날이 닥칠 때마다 꺼내 보며 영원한 기억하게 될 순간이었다. 모든 것이 명료한 바로 지금 이 순간이야말로 그녀와 장차 태어날 우리 아이에 대한 사랑 외에는 다른 어떤 것도 목적이 될 수 없다는 사실이 결정되는 순간임을 그녀도 듣게 될 것이다. 오직 나, 용맹한 사자, 당당한 가장만이 어두운 비밀을 알게 되리라. 사나운 공격으로 얼룩말의 목이 잘려 나갔으며, 그것의 뜨거운 피가 바닥에 흩뿌려졌음을. 하지만 나의 순수한 사람들은 절대 모르리라. 그래, 우리의 사랑은 그렇게 강해질 것이다. 나는 전화기를 꺼내고 한 손의 장갑을 벗은 뒤 그녀의 번호를 눌렀다. 통화가 연결되기를 기다리는 동안 뭐라고 말해야 할지 생각했다. "자기에게 아기를 선물하고 싶어, 여보." 아니면, "여보, 내가 아기를 줄게……."

존 레논이 G11서스펜디드4 코드를 연주했다.

가사가 들려왔다.

"힘든 날의 밤이야……."

옳은 말씀이다. 지당한 말씀이야. 나는 의기양양하게 미소 지었다.

하지만 그다음 순간, 나는 그것이 무슨 뜻인지 깨달았다.

벨소리가 들리고 있었다.

무언가 잘못되었다.

나는 전화기를 내렸다.

멀리서, 하지만 비교적 또렷하게 비틀즈의 'A Hard Day's Night', 그녀의 전화벨 소리가 들려왔다.

내 발은 바닥에 덮인 회색 덮개 위에 못 박힌 듯 움직이지 않았다.

하지만 다음 순간, 소리가 나는 쪽으로 발이 저절로 움직였다. 내 심장은 북을 치듯 무겁게 쿵, 쿵, 소리를 냈다.

그 소리는 현관으로부터 먼 복도 끝, 반쯤 열린 문 뒤에서 들려오고 있었다.

문을 열었다.

침실이었다.

가운데 놓인 침대는 정리가 되어 있었으나 누군가 거기에서 잔 흔적이 역력했다. 침대 발치에는 수트케이스가 있고, 그 옆에는 등받이에 옷가지가 걸쳐진 의자가 하나 있었다. 열린 옷장 속에도 수트가 한 벌 걸려 있었다. 면접 때 클라스 그레베가 입고 온 바로 그 옷이었다. 어디에선가 존 레논과 폴 매카트니가 그 이후 발매된 그 어떤 앨범에서도 되찾지 못한 에너지로 한목소리가 되어 부르는 노래 소리가 계속 들려왔다. 나는 주변을 둘러보다 무릎을 꿇었다. 그리고 몸을 굽혔다. 거기 있었다. 프라다폰. 침대 밑에. 그녀의 바지 주머니에서 빠져 버린 것이 분명했다. 그가 바지를 벗길 때. 그리고 그녀는 전화가 없어진 것을 몰랐겠지…….

오늘 아침 그녀의 아름다운 뒷모습이 떠올랐다. 옷과 핸드백을 뒤지며 무엇인가 열심히 찾고 있던 그 모습을.

일어섰다. 너무 빨리 일어섰는지 방이 빙빙 돌기 시작했다. 나는 한 손으로 벽을 짚었다.

자동응답 음성이 끼어들며 그녀의 달짝지근한 목소리가 들렸다.

"디아나예요. 지금 전화를 받을 수 없으니……."

당연하지.

"어떻게 할지는 아시죠……."

그래, 나는 알고 있었다. 머릿속 어딘가에서 장갑 끼지 않은 손으로 벽을 짚었으니 나가기 전에 벽을 꼭 문질러 닦으라는 소리가 들려왔다.

"좋은 하루 되세요!"

그건 좀 어려울 것 같다.

삐익.

제3부

두 번째 면접

제9장

두 번째 면접

나의 아버지 이안 브론은 체스 실력이 대단히 뛰어나진 않아도 예리한 면모가 있었다. 아버지는 다섯 살 때 할아버지로부터 체스를 배웠고 그 후로도 각종 체스 책을 읽고 유명한 게임들을 연구했다. 하지만 내게 체스를 가르쳐 준 건 무엇이든 쑥쑥 빨아들일 나이가 지난 열네 살 때였다. 그래도 나는 체스에 소질이 있었고, 열여섯 살이 되자 처음으로 아버지를 이길 수 있었다. 아버지는 마치 내가 자랑스럽다는 듯 미소를 지었지만 실은 그렇지 않다는 걸, 그것이 못내 싫다는 걸 나는 알 수 있었다. 아버지는 체스 말을 다시 놓았고 우리는 다시 한 판을 시작했다. 언제나처럼 내가 흰색 말이었다. 아버지는 마치 내게 아량을 베푸는 것처럼 굴었고 내가 그걸 믿기를 바라는 것 같았다. 몇 차례 수를 둔 뒤 아버지는 잠시 일어서서 부엌으로 향했다. 거기에서 아버지가 술병을 열고 진을 한 모금 마시는 걸 나는 알고 있었다. 아버지가 돌아오기 전 몰래 말 두 개의 위치를 바꾸어 놓았으나 아버지는 알아채지 못했다. 서로 네 번의 수가 오고간 뒤, 아버지는 자신의 검정색 킹 바로 맞은편에 서 있는 나의 화이트 퀸을 멍하니 쳐다보았다. 그제야 다음 차례에 체크메이트를 당할 것이라는 사실을 알아챈 것이다. 그때의 아버지의 표정이 너무나도 웃겨 나는 참지 못하고 깔깔대며 웃기 시작했다. 그리고 그 표정으로부터 앞으로 무슨 일이 벌어질지 깨달았다. 아버지가 벌떡 일어서더니 체스판 위의 모든 말들을 바닥으로 쓸어버렸다. 그런 다음 내 뺨을 갈겼다. 다리가 힘없이 꺾이며 나는 풀썩 쓰러졌다. 맞은 것 때문이라기보다 놀라움과 두려움 때문이라고 하는 편이 옳다. 그 전까지 아버지는 한 번도 날 때린 적이 없었다.

"말을 몰래 움직였구나. 내 아들은 속임수 따위 쓰지 않아!"

아버지가 소리를 질렀다.

입 안에서 피 맛이 느껴졌다. 화이트 퀸이 내가 쓰러진 바로 앞, 바닥에 나뒹굴고 있었다. 왕관 부분이 살짝 떨어져나갔다. 목구멍과 가슴으로 증오가 마치 신물처럼 올라왔다. 나는 상처 난 퀸을 집어 체스판 위에 올려놓았다. 그런 다음 다른 말들도 하나씩, 차례대로 집어 올렸다. 그리고 모두를 정확히 있던 자리에 두었다.

"아빠 차례예요."

냉혹한 체스 플레이어라면 당연히 그렇게 할 테니까. 막 이기려는 찰나 상대가 얼굴을 때렸다면 그리고 날 아프게 하고 내게 두려움을 안겼다면 그렇게 할 테니까. 냉혹한 체스 플레이어라면 말이 있었던 위치를 잊지 않고, 두려움 따위는 잠시 접어 두고, 본래 계획을 고수할 테니까. 천천히 숨을 들이쉬고, 전략을 재구성하여 게임을 계속한 다음, 승리의 기쁨을 누릴 테니까. 하지만 의기양양한 기색은 없이 우아하게 그 자리를 떠날 테니까.

나는 테이블 끄트머리에 앉아 클라스 그레베의 입이 움직이는 것을 지켜보았다. 그의 양 볼이 오므라들었다 느슨해졌다를 반복하며 무언가 말을 만들어 내는 모습이 보였다. 그 입에서 무슨 말이 나오는지는 몰라도 옆에 앉은 페르디난드나 패스파인더에서 온 두 명의 임원은 모두 그걸 알아듣고, 대체로 만족하는 것 같았다. 나는 그 입이 죽도록 미웠다. 회색이 도는 분홍색 잇몸도, 단단한 직사각형 치아도, 그래, 심지어는 두 입술 사이로 드러난 그 역겨운 공간도 죽도록 미웠다. 위로 당겨 올라간 입 꼬리와 입술 사이로 살짝 벌어진 틈, 테니스 선수 비욘 보리가 세계를 사로잡았던 바로 그 미소다. 지금 클라스 그레베는 그 미소로 장래 고용주 패스파인더를 유혹하고 있다. 하지만 그 무엇보다도 싫은 건 그의 입술이었다. 내 아내의 입술을, 내 아내의 피부를 건드렸던 입술. 아마 그녀의 연한 붉은색 젖꼭지를 건드리고, 분명 그녀의 축축하고 활짝 열린 음부를 맛보았을 입술. 그의 통통한 아랫입술 위로 금빛 음모가 드리워진 것이 보이는 것만 같았다.

페르디난드가 면접 가이드에 나온 바보 같은 질문을 마치 자기 것인 양 줄줄 읊어 대는 30분 동안 나는 아무 말도 하지 않고 가만히 앉아 있기만 했다.

면접 시작 때만 해도 그레베는 거의 나를 향해 모든 답변을 했다.

하지만 내가 단순한 관찰자로서 수동적인 입장으로 앉아 있는 것을 본 그는 점차 오늘 해야 할 일이 다른 세 명을 구워삶는 것이라는 사실을 깨달은 것 같았다. 하지만 거기에서 나의 역할이 무엇인지 알아내려는 것처럼 주기적으로 내 쪽을 힐끔힐끔 쳐다보았다.

패스파인더에서 나온 두 명, 그러니까 회장과 홍보실장이 그에게 여러 가지 질문을 던졌다. 질문은 자연히 호테에서 보낸 시간을 중점적으로 다루고 있었다. 그레베는 자신과 호테가 '트레이스^{TRACE}' 개발에 있어 어떤 중요한 역할을 담당했었는지 자세히 설명했다. 트레이스란 1밀리리터당 약 100개의 초소형 발신기가 담겨 있는 바니시 비슷한 액체, 혹은 젤로서 어떤 물체에든 바를 수 있었다. 장점은 어디에 바르든 거의 눈에 띄지 않고, 보통의 바니시처럼 물체에 아주 단단히 들러붙어 긁개를 쓰지 않는 한 떼어 내기가 불가능하다는 것이다. 물론 단점도 있었다. 발신기가 너무 작아 공기보다 밀도가 높은 다른 물질에 덮이면 그것을 통과할 만한 신호를 내보내지 못한다는 점이다. 예를 들어 물, 얼음, 진흙, 혹은 특히 두꺼운 먼지층 같은 것들이다. 그래서 사막에서 쓰이는 군용 차량 같은 것은 추적하기 어려웠다.

반면 벽, 심지어 두꺼운 벽돌로 된 벽도 그다지 문제가 되지 않았다.

"트레이스가 칠해진 병사들의 몸에 묻은 먼지나 흙이 일정 수준에 다다르면 신호가 막히는 것을 알게 되었습니다. 하지만 초소형 발신기를 더욱 강력하게 만들 기술은 아직 없었죠."

"우리 패스파인더엔 있습니다. 하지만 불행히도 우리에게는 트레이스 기술이 없죠."

패스파인더 회장이 말했다. 그는 머리숱이 적은 50대 사내로, 목이 굳을 것이 염려되거나 아니면 목에 무언가 큰 게 걸린 사람처럼 수시로 목을 이리저리 뒤틀었다. 아마도 사람을 죽음에 이르게 하는 근육 질병 같은 것으로 인해 자기도 모르게 발생하는 경련 같았다.

"기술적으로 말해서 호테와 패스파인더는 완벽한 한 쌍이 될 겁니다."

그레베가 말했다.

"그건 그렇죠. 하지만 패스파인더는 힘없는 가정주부가 되어 매달 월급봉투에서 나오는 쥐꼬리만 한 돈이나 받고 살게 될 겁니다."

회장이 지적했다.

그레베가 쿡쿡 웃었다.

"맞는 말씀입니다. 게다가 패스파인더의 기술력을 호테가 사들이는 게 훨씬 더 쉽기도 하죠. 그게 바로 제가 패스파인더에게는 단하나의 길만 있다고 믿는 이유입니다. 독자적인 길을 가야 한다는 거죠."

나는 패스파인더의 두 임원이 서로 시선을 주고받는 것을 보았다.

"그건 그렇고, 경력이 대단하군요, 그레베 씨. 하지만 우리 패스파인더에서는 임원진이 오래 머무르는 것을 매우 중요하게 생각합니다. 그런 걸 지칭할 때 채용 전문가들이 쓰는 말이 있던데…… 뭐죠?"

회장이 물었다.

"농부입니다."

페르디난드가 끼어들었다.

"맞아요, 농부. 훌륭한 이미지죠. 달리 말해 이미 존재하는 것을 가꾸는 사람, 그것을 하나하나 쌓아 올리는 끈질기고 인내심 있는 사람 말입니다. 당신의 이력은 음…… 대단하고 극적이긴 합니다만, 우리가 찾는 재목이 갖추어야 할 정력과 끈덕진 성격은 잘 보이지 않는 것 같군요."

클라스 그레베는 진지한 표정으로 회장의 말을 듣고 있다가 고개를 끄덕였다.

"일단, 패스파인더가 그런 유형의 임원을 찾아야 한다는 회장님의 시각에 동의한다고 말씀드리고 싶습니다. 그리고 두 번째로 말씀드릴 건, 제가 그런 유형이 아니었다면 이번 일에 관심도 보이지 않았겠죠."

"그래서 본인이 그런 유형의 사람이라는 말씀이신가요?"

패스파인더의 또 다른 임원이 조심스럽게 물었다. 소개를 받기도 전부터 홍보실장임이 분명해 보이던 사람이다. 나 역시 그런 사람을 한두 번 채용해 본 것이 아니다.

클라스 그레베가 미소 지었다. 차가워 보이는 그의 얼굴을 부드럽게 해 줄 뿐만 아니라 인상을 완전히 바꿔 버리는 미소. 그의 이 수법을 몇 번 본 적이 있었다. 자신이 소년, 혹은 장난꾸러기 같은 사람이 될 수도 있다는 것을 보여 주기 위한 미소. 그것은 아인바우와 리드, 버클리가 추천한 친근한 접촉과 신뢰의 표현 등과 똑같은 효과가 있었다. '여기 내가 모든 걸 드러내 보여 주고 있소'라고 표현하는 효과.

"이야기를 하나 해 드리죠. 솔직히 인정하기는 힘듭니다. 제가 지는 것을 못 견디는 사람이라는 것 말입니다. 저는 무슨 일이든 지는 것을 죽기보다 싫어합니다."

여기저기서 쿡쿡 웃음소리가 터졌다.

"하지만 이 이야기를 통해 저의 스태미나와 끈질긴 성격이 잘 표현되면 좋겠군요. BBE에 있을 당시 한번은 음…… 수리남의 꽤 보잘것없는 마약상을 쫓던 적이 있습니다……."

패스파인더 임원 두 명이 무의식적으로 몸을 아주 조금 앞으로 기울이는 것이 보였다. 페르디난드는 내게 의기양양한 미소를 보내며 빈 커피 잔을 채웠다.

그리고 클라스 그레베의 입이 움직였다. 앞으로 천천히 기어갔다. 있어서는 안 될 그곳을 휘저으며 탐욕스럽게 그 앞의 살점을 빨아들였다. 그녀가 비명을 질렀을까? 당연히 그랬을 것이다. 디아나는 비명을 참지 못한다. 우리가 처음으로 사랑을 나누었을 때 나는 코르나로 예배당에 있는 베르니니의 작품 '성녀 테레사의 황홀경'을 떠올렸었다. 디아나의 반쯤 열린 입과 고통스러워하는 표정, 경직된 핏줄과 이마의 찌푸린 주름 때문이기도 했지만 디아나가 비명을 질렀기 때문이기도 했다. 나는 이 성녀가 비명을 지르는 이유가 천사가 그녀의 가슴에 박힌 화살을 뽑았기 때문, 곧 다시 찔러 넣을 태세를 갖추고 있기 때문이라고 생각했다. 그것이 스치듯 그 작품을 보고 받은 인상이었다. 성스러운 관통, 가장 장엄한 형태의 성교지만 여전히 성교임에는 변함이 없는. 하지만 아무리 성녀라 해도 디아나처럼 비명을 지를 수는 없을 것이다. 디아나의 비명, 그러니까 교성은 고통스러운 전율, 온몸에 떨림을 가져다 주는 고막에 박힌 화살촉과 같았다. 그것은 동시에 구슬픈 신음이자 마치 비행기 모형처럼 단순히 오르고 내리기를 반복하는 톤이다. 그 소리는 너무나도 강력하여 처음으로 사랑을 나누고 일어난 다음날까지도 귀가 멍멍했고, 그렇게 3주간 잠자리를 한 후에는 이명 현상의 초기 증상까지 나타나 폭포수가 떨어지거나 최소한 개울이 흐르는 소리와 함께 휘파람 소리가 들렸다 말았다 하는 것 같았다.

청력에 이상이 생길 것 같자 나는 지나가듯 이것을 언급했다. 물론 농담처럼 말이다. 하지만 디아나는 전혀 재미있다고 생각하지 않았다. 오히려 반대로 너무나도 깜짝 놀라며 울음을 터뜨리기 일보직전까지 갔다. 다음번 사랑을 나눌 때 그녀의 부드러운 손이 올라와 내 귀를 감싸는 것을 느낀 나는 그것이 조금 색다른 애무라고만 생각했었다. 하지만 이내 그녀의 두 손이 두 개의 따뜻한 보호용 돔처럼 내 귀를 덮자 나는 그것이 얼마나 훌륭한 사랑의 표현인지 깨달았다. 물론 소리를 막는 차원에서 효과는 미미했다. 그녀의 비명은 내 뇌 속까지 파고들었으니까. 하지만 감정적인 영향력만큼은 대단했다. 나는 자주 우는 사람이 아니지만 그때만큼은 절정에 이르는 것과 동시에 마치 아기처럼 울기 시작했다. 아마 어느 누구도 이 여자처럼 나를 사랑하지는 못할 것이라고 생각했기 때문인 것 같다.

그래서 그녀의 비명 소리를 들었을 것이 확실한 그레베를 쳐다보고 있으려니 금방이라도 그 질문이 입 밖으로 터져 나올 것만 같았다. 그 생각을 하지 않으려고 애썼다. 하지만 나도 디아나처럼 참을 수가 없었다. 그녀가 그의 귀도 감쌌을까?

"추적하는 길은 주로 울창한 정글과 늪지대였습니다. 하루에 여덟 시간씩 행군을 했죠. 그래도 우린 여전히 이놈보다 조금 뒤, 조금 늦었습니다. 다른 사람들이 하나, 둘, 포기하기 시작했죠. 열병, 이질, 뱀에 물린 상처, 그것도 아니면 지독한 피로 때문에. 게다가 이놈은 그리 중요한 인물도 아니었고, 정글은 사람의 이성을 모조리 흡수해 버립니다. 우리 팀에서 제가 가장 어렸지만 명령을 받은 사람, 칼을 손에 쥔 건 저였습니다.”

디아나와 그레베. 그레베의 아파트에서 나와 집으로 돌아간 나는 차고에 잠시 앉아 이대로 창문을 열어 버릴까, 그래서 일산화탄소인지, 이산화탄소인지, 뭔지 모를 그것을 마시고 죽어 버릴까 생각했었다. 그 가스를 마시면 기분 좋게 죽을 수 있다고 들었던 것이 생각났다.

“놈의 자취를 쫓아 63일, 320킬로미터 넘게 세상에서 가장 험난한 길을 가다 보니 추적대에 남은 사람이라고는 저와 그로닝엔에서 온 어리바리한 애송이 하나뿐이었죠. 본부에 연락을 취해 니더 테리어 한 마리를 보내 달라고 했습니다. 그 종에 대해 아십니까? 모르세요? 세상에서 가장 뛰어난 사냥개죠. 그리고 충성심이 대단해서 상대의 덩치가 얼마나 크든 주인이 가리키는 것이면 무엇이든 공격합니다. 문자 그대로 평생을 함께할 수 있는 친구죠. 헬리콥터가 그 넓은 시팔리위니 지구, 정글 한가운데 개를 떨어뜨려 놓고 갔습니다. 겨우 한 살이 넘은 강아지였죠. 그곳은 코카인 거래가 이루어지는 곳이기도 합니다. 나중에 알고 보니 개가 떨어진 그 지점이 우리가 숨어 있던 곳으로부터 10킬로미터나 떨어진 곳이었어요. 우리를 찾아오는 것은 고사하고 정글에서 홀로 24시간을 살아남기만 해도 기적이었을 겁니다. 그런데 단 두 시간도 안 되어 우릴 찾아냈죠.”

그레베가 의자 등받이에 몸을 기댔다. 이제 그가 상황을 완벽히 통제하고 있었다.

"저는 열추적 미사일 이름을 따 그 개를 사이드와인더라 불렀습니다. 정말 사랑했죠. 그게 지금도 니더 테리어를 키우는 이유입니다. 바로 어제 개를 데리러 네덜란드에 다녀왔죠. 사실 그 개가 사이드와인더의 손자입니다."

그레베의 그림을 훔친 날 밤 집에 들어가자 디아나가 거실에 앉아 텔레비전을 보고 있었다. 텔레비전에서는 수많은 마이크 뒤에 선 브레데 스페레 형사가 기자회견을 하고 있었다. 무슨 살인사건에 대한 이야기였다. 해결된 사건. 말하는 투로 보아 혼자 맨손으로 해결한 것 같은 사건. 그의 목소리에는 남성적인 삐걱거림, 마치 잡음이 섞인 라디오 소리나 약간의 분노, 한 글자가 닳아 버린 타자기가 내는 소리가 섞여 있었다.

"범인은 내일 법정에 설 겁니다. 다른 질문 있습니까?"

동부 오슬로 억양은 전혀 없었지만 인터넷 검색 결과에 따르면 그는 8년간 암메루드 농구 팀에서 활약했었다. 그리고 그해 졸업생 중 2등으로 경찰학교를 졸업했다. 한 여성지와의 인터뷰에서는 애인이나 배우자가 있는지 밝히기를 거부했다. 상대가 언론이나 범죄자들로부터 원치 않는 관심을 받을까 걱정스럽기 때문이라고 했다. 하지만 반쯤 열어 둔 셔츠와 반쯤 감은 눈, 반쯤 미소를 짓고 있는 잡지 속 사진으로 볼 때 그는 누군가에게 구속받지 않고 즐기는 스타일 같았다.

나는 디아나가 앉은 의자 뒤에 섰다.

"이제 크리포스 KRIPOS. 노르웨이 특수 경찰-옮긴이 에서 일한대. 살인이랑 그런 것 다."

아내가 말했다.

물론 나는 이미 알고 있었다. 나는 그가 뭘 하고 있는지, 혹시 예술품 도둑의 단서를 잡았다고 언론에 발표한 건 아닌지 알아내기 위해 매주 인터넷에서 브레데 스페레를 검색했다. 그것 말고도 기회가 닿을 때마다 사람들에게 그에 대해 물어보곤 했다. 오슬로는 큰 동네가 아니니 알아낼 길은 많았다.

"자기한텐 안 좋게 됐네. 더 이상 화랑에 찾아오지 않을 거 아냐."

내가 말했다.

그녀가 깔깔거리며 나를 올려다보았다. 나는 그녀 뒤에 서서 아래를 내려다보며 미소 지었다. 우리의 얼굴은 거꾸로 뒤집힌 채 서로를 마주 보고 있었다. 그러자 그 순간만큼은 그녀와 그레베 사이에 그런 일이 없었던 것처럼, 많은 사람들이 흔히 그러듯 내가 최악의 사태를 상상한 것처럼 느껴졌다. 그것이 어떤 느낌일지, 과연 견딜 만할지 알아보려고 말이다. 그래서 그것이 정말 나의 상상이나 꿈이었다는 걸 확인하기라도 하듯 내가 입을 열었다. 마음을 바꿨다고, 당신 말이 옳다고, 12월에 도쿄로 여행 가자고 말이다. 하지만 그녀는 깜짝 놀라며 대목인 크리스마스 직전에 화랑 문을 닫을 수는 없다고, 그렇지 않느냐고 말했다. 그리고 12월에 도쿄에 가는 사람은 없다고, 너무 춥다고 했다. 그래서 내가 말했다. 그럼 봄은 어떠냐고, 당장 표를 예매하겠다고. 그러자 그녀가 말했다. 너무 장기적인 계획 아니냐고, 조금 두고 보는 게 낫지 않겠느냐고. 그래서 난 알겠다고,

그럼 이만 자겠다고, 정말 피곤하다고 했다.

아래층으로 내려간 나는 아이 방으로 들어가 미즈코 지조 앞에서 무릎을 꿇었다. 제단은 아직도 달라진 것 하나 없었다. 너무 장기적인 계획이라고? 두고 보자고? 그제야 나는 주머니에서 조그만 붉은 상자를 꺼내 부드러운 표면을 손가락으로 쓸어 본 다음 우리 물의 아이를 굽어보고 있는 조그만 부처상 옆에 내려놓았다.

"이틀 뒤 작은 마을에서 그 마약상을 찾아냈습니다. 아주 어린 외국인 여자아이가 숨겨 주고 있었는데 나중에 알고 보니 그 놈의 애인이더군요. 그들은 보통 아주 천진해 보이는 소녀들을 골라 마약 운반책으로 이용하곤 하죠. 세관에서 걸려 종신형을 받게 될 때까지 말이죠. 작전이 시작되고 65일이 흘렀습니다. 하지만 저라면 그로부터 65일이 더 걸렸어도 괜찮았을 겁니다."

클라스 그레베가 깊은 숨을 들이쉬며 말했다.

그 뒤 이어진 침묵을 깬 사람은 홍보실장이었다.

"그래서 그 남자를 체포했나요?"

"그뿐만이 아니죠. 그와 애인을 통해 얻은 정보로 나중에 놈의 일당 스물세 명을 더 붙잡았으니까요."

"어떻게…… 그렇게 음…… 물불 안 가리는 자들을 어떻게 체포하죠?"

"이 경우엔 그리 극적이지 않았습니다. 수리남에도 남녀평등 시대가 도래했죠. 집으로 쳐들어가니 놈이 부엌 식탁에 무기들을 내려놓고 여자 친구를 도와 믹서를 만지고 있었거든요."

그레베가 머리 뒤로 양손을 깍지 끼며 대답했.

회장이 껄껄 웃음을 터뜨리며 부하 직원을 쳐다보았다. 그러자 그도 순순히, 하지만 조금 조심스럽게 따라 웃었다. 예의 발랄한 소리로 페르디난드가 끼어들자 웃음소리는 3중주가 되었다. 나는 지금 이 순간 손에 수류탄을 쥐고 있으면 얼마나 좋을지 생각하며 네 명의 밝은 얼굴을 쳐다보았다.

페르디난드가 면접을 마무리한 뒤 나는 클라스 그레베를 배웅하러 나갔다. 나머지 세 명은 면접의 결론을 내리기 전 잠시 휴식을 취하고 있었다.

나는 그와 함께 엘리베이터로 다가가 버튼을 눌렀다.

"아주 그럴듯하시더군요. 유혹하는 기술이 정말 대단하세요."

나는 양손을 앞으로 맞잡고 바닥에 새겨진 무늬를 내려다보며 말했다.

"유혹이라. 그건 모르겠습니다. 당신도 자신을 세일즈하는 게 나쁜 건 아니라고 생각하잖아요, 로저."

"물론이죠. 그 입장이었다면 저도 당연히 그랬을 겁니다."

"고맙습니다. 보고서는 언제 쓸 건가요?"

"오늘 밤에요."

"잘됐군요."

엘리베이터 문이 열렸다. 우리는 안으로 들어가 섰다.

"궁금한 게 하나 있는데요. 추적했다는 그 사람……."

내가 물었다.

"네?"

"그 사람이 혹시 지하 창고에서 당신을 고문했다는 그 사람인가
요?"

그레베가 슬그머니 웃었다.

"어떻게 아셨습니까?"

"순전히 짐작이죠. 그래서 그를 붙잡기만 하고 다른 일은 없었습
니까?"

엘리베이터 문이 닫혔다.

그레베의 한쪽 눈썹이 위로 올라갔다.

"그게 믿기 어려운가요?"

나는 어깨를 으쓱거렸다. 엘리베이터가 움직이기 시작했다.

"본래 계획은 놈을 죽이는 거였습니다."

그레베가 말했다.

"복수할 게 많았죠?"

"네."

"그러면 군대로 복귀한 후 살인에 대해서는 어떻게 해명하죠?"

"덜미가 잡히지 않게 해야죠. 석시닐콜린 같은 걸로."

"독인가요? 독화살 같은?"

"그게 우리 같은 헤드헌터들이 쓰는 거죠."

나는 그가 일부러 머리 사냥꾼, 헤드헌터라는 말을 썼다고 생각
했다.

"거의 느낄 수 없을 만큼 가늘고 날카로운 바늘이 달린 포도알
크기의 고무 캡슐에 석시닐콜린 용액을 넣는 거죠. 그걸 목표물의
매트리스에 속에 숨깁니다. 놈이 잠이 든 후 바늘에 찔리면 체중 때

문에 캡슐 안에 든 독약이 목표물의 몸속으로 흡수되죠."

"그런데 그는 집에 있었고 게다가 이 소녀라는 증인도 있었다?"

"바로 그겁니다."

"그러면 그 자로부터 일당에 대한 정보는 어떻게 얻었습니까?"

"한 가지 제안을 했죠. 동료에게 놈을 붙잡으라고 한 다음 놈의 한 손을 믹서에 넣고, 그 손을 완전히 갈아 놈이 지켜보는 가운데 우리 개에게 먹이겠다고 했습니다. 그러니까 순순히 불더군요."

나는 그 장면을 상상하며 고개를 끄덕였다. 엘리베이터 문이 열리고 우리는 정문으로 걸어갔다. 나는 문을 열고 붙잡아 주었다.

"그러면 놈이 순순히 털어놓은 다음에는 어떻게 됐습니까?"

"뭐가요?"

그가 눈을 살짝 찌푸리며 하늘을 올려다보고 물었다.

"약속대로 살려 주셨나요?"

"난…… 내가 한 약속은 언제나 지킵니다."

그가 말하며 안주머니에서 마우이 짐 티타늄 선글라스를 꺼내 썼다.

"그럼 그저 체포만 하고 끝났다고요? 두 달 동안 목숨을 걸고 놈을 추적한 게 아깝지 않았나요?"

그레베가 가볍게 웃었다.

"이해 못하시는군요, 로저. 나 같은 사람에게 포기란 없어요. 나는 내 개와 똑같죠. 유전과 후천적 훈련의 결과예요. 위험 부담 같은 건 존재하지 않습니다. 일단 발사가 되면 멈출 수 없는, 어디까지든 날아가 자폭하며 상대를 파멸시키는 열추적 미사일 같다고요.

심리학 같은 걸 배운 게 있다면 한번 진단을 내려 보세요."

그가 한 손을 내 팔에 올리며 엷게 미소 지었다. 그리고 비밀이라는 듯 속삭였다.

"하지만 결과가 나오면 혼자만 알고 계시고."

나는 여전히 문을 붙잡고 서있었다.

"그 소녀는요? 어떻게 입을 열었습니까?"

"그 애는 열네 살밖에 안 됐었어요."

"그래서요?"

"그래서 어떻게 했을 것 같습니까?"

"모르겠습니다."

그레베가 길게 한숨을 쉬었다.

"저한테 어떻게 그런 인상을 받으셨는지 모르겠군요, 로저. 그렇게 어린 아이를 어떻게 심문하겠습니까. 소녀를 파라마리보까지 데려가 내 돈으로 비행기 표를 사 준 다음 첫 비행기 편으로 집으로 돌려보내 줬죠. 수리남 경찰이 소녀를 가로채기 전에 말입니다."

주차장에 있는 은회색 렉서스 GS430으로 다가가는 그를 나는 눈으로 계속 쫓았다.

가을 날씨가 너무나도 아름다웠다. 내가 결혼하던 날에는 비가 왔었는데.

제10장

심장 이상

　로테 마드센의 집 초인종을 눌렀다. 벌써 세 번째였다. 그녀의 이름이 붙어 있진 않았지만 아일레르트 순츠 가테의 이곳에서 초인종을 누른 건 한두 번이 아니라서 그녀의 집이라는 걸 조금도 의심하지 않았다.

　어둠은 일찍 그리고 빠르게 찾아왔고 기온도 그만큼 떨어졌다. 나는 오들오들 떨고 있었다. 점심시간 후 사무실에서 전화를 걸어 8시쯤 찾아가도 되겠느냐고 물었을 때 그녀는 오랫동안 머뭇거렸다. 그리고 한참이 지나 단 한마디 말로 와도 좋다는 허락을 내렸다. 나는 그때 그녀가 스스로에게 했던 일종의 다짐을 깨뜨렸음이 분명하다는 것을 깨달았다. 그토록 단호히 자신을 떠나 버린 이 남자와 더 이상 상종도 하지 말자는 그런 다짐 말이다.

　지잉, 하는 소리와 함께 문이 열리자 나는 이것이 유일한 기회라도 되는 것처럼 문을 벌컥 열고 위로 올라갔다. 괜스레 남의 일에 참견하기 좋아하는 이웃이라도 만나 엘리베이터 안에서 어색한 시간을 보내게 될까 봐 계단을 이용했다. 세상에는 할 일 없이 남을 쳐다보고 혼자 이런저런 짐작을 한 다음 자기만의 결론을 내리는 사람이 많으니까.

로테가 문을 빠끔 열었다. 그녀의 창백한 얼굴이 얼핏 보였다.

나는 안으로 들어가 문을 닫았다.

"나 또 왔어."

그녀는 아무 대답도 하지 않았다. 원래 대답 같은 건 잘 안했다.

"잘 지냈어?"

내가 물었다.

로테가 어깨를 으쓱였다. 그녀는 처음 만났을 때와 달라진 게 하나도 없었다. 수줍은 강아지처럼 작고, 조금은 초라한 모습에, 겁이 잔뜩 담긴 갈색의 강아지 눈. 기름진 머리칼이 얼굴 양쪽으로 힘없이 늘어져 있고, 어깨는 굽었으며, 모양새도 색상도 없는 옷 때문에 남들이 자기를 봐 주기 바란다기보다 남들의 눈에 띄지 않으려고 애쓰는 사람처럼 보였다. 그럴 이유는 하나도 없는데. 그녀는 약간 마른 체구였지만, 몸매가 예쁘고 피부는 매끈하여 흠집 하나 없었다. 하지만 그녀는 언제나 학대받고, 버림받고, 마땅히 누려야 할 대접을 받지 못하는 여자들이 지닌 일종의 순종적 느낌을 내뿜었다. 그 전까지 내가 지니고 있으리라고는 상상하지 못했던 것, 보호본능을 불러일으킨 것이 바로 그녀의 그러한 점이있는지도 모른다. 물론 그녀로부터 느낀 건 그게 전부가 아니었다. 보호본능보다 훨씬 덜 플라토닉한, 우리의 짧은 관계를 탄생시킨 감정도 있었으니까. 아니, 관계라고 해선 안 되는 걸까. 정사. 정사라고 해야 옳을 것 같다. 관계는 진행 중인 것 같은 어감을 주는데 반해 정사는 과거의 짧은 일인 것 같은 느낌을 주니까.

로테 마드센을 처음 본 것은 여름에 있었던 디아나의 초대전에서였다. 로테는 전시실 맨 끝에 서서 나를 유심히 쳐다보고 있었다. 내가 바라보자 눈을 돌렸지만 타이밍이 조금 늦었다. 그런 식으로 날 바라보는 여자들과 눈이 마주치는 건 언제나 기분 좋은 일이다. 그녀의 시선이 다시 돌아오지 않자 나는 그녀가 바라보고 있던 그림 쪽으로 다가가 인사하고 내 소개를 했다. 물론 거의 호기심 때문이었다. 나는 언제나 놀라울 정도로 디아나에게 충실했으니까. 괜히 나쁜 말 하기 좋아하는 사람들이라면 내가 아내에게 충실한 것이 사랑 때문이 아니라 위험 분석에 따른 것이라고 수군댈지도 모른다. 매력 면에서 디아나가 나보다 높은 리그에 있음을 내가 잘 알고 있고, 여생을 하위 리그에서 보내고 싶은 게 아니라면 그녀를 배신하는 짓 따위는 해서는 안 된다고 말이다.

물론 그럴지도 모르지. 하지만 로테 마드센은 일단 내가 속한 리그에 있었다.

그녀는 괴짜 예술가처럼 보였고 나는 자동적으로 그녀가 그런 사람일 거라, 아니면 그런 예술가의 애인일 거라 생각했다. 축 늘어진 갈색 바지에 밋밋한 회색 스웨터 차림을 한 그녀가 이런 초대전에 올 수 있는 이유는 그것밖에 없었다. 하지만 알고 보니 그녀는 그림을 사러 온 것이었다. 물론 자기 돈으로 사는 것은 아니고 새로 사무실을 장식하는 데 필요한 그림을 구입하려는 덴마크 회사의 요청으로 온 것이었다. 그녀는 노르웨이어와 스페인어를 전문으로 하는 프리랜스 번역가로 각종 팸플릿과 기사, 사용자 매뉴얼, 영화, 이런저런 전문 서적 등을 번역하는 일을 했다. 그 덴마크 회사는 그녀의 단골 중 하나였다. 그녀는 왜 내가 귀한 시간을 들여 자신과 이야기를 나누려 하는지 이해하지 못하겠다는 듯 조그맣게 미소를 지으며 작은 소리로 말을 이었다. 나는 즉각적으로 그녀에게 마음을 빼앗겼다. 그래, 빼앗겼다는 표현이 적절할 것이다. 그녀는 귀엽고 작았다. 키 159센티미터. 물어볼 필요도 없었다. 키를 보는 눈은 제법 정확하니까. 그날 밤 화랑을 나설 때쯤엔 전시 중인 화가의 다른 작품 사진들을 보여 주겠다며 그녀의 전화번호를 받았다. 그때까지만 해도 내 의도가 순수하다고 생각했었다.

두 번째 만난 것은 스시 앤드 커피에서였다. 나는 커피를 사이에 두고 이렇게 말했다. 사진을 이메일로 보내는 것보다는 출력한 것을 직접 보여 주는 것이 낫겠다고 생각했다고, 컴퓨터 스크린은 거짓말을 할 수 있으니까. 바로 나처럼.

사진들을 휘리릭 넘겨 보여 준 다음 나는 내 결혼생활이 행복하지 못하다고 말했다. 하지만 가정을 지키는 건 나를 향한 아내의 끝없는 사랑 때문이라고 했다. 유부남이 미혼녀를 꾀는 데, 혹은 그 반대의 경우에 가장 흔하게 쓰이는, 세상에서 가장 진부한 거짓말 중 하나가 아닌가. 하지만 그녀라면 왠지 이런 말을 들어본 적이 없을 것이라는 직감 같은 게 있었다. 물론 나 역시 그런 말을 들어본 적은 없었지만 그런 것이 쓰인다는 '말'은 당연히 들어보았고, 그것이 잘 먹히리라고 생각했었다.

그녀는 시계를 보더니 가야 한다고 했다. 나는 언젠가 저녁 때 들러 다른 그림을 보여 줘도 되겠느냐고, 그것이 그 덴마크 기업을 위해서 더 나은 투자가 될 것이라고 말했다. 그녀는 조금 망설이며 그러자고 했다.

나는 화랑에서 사진 몇 장을 챙기고 좋은 레드 와인 한 병을 골랐다. 따뜻했던 그 여름날 밤, 내게 문을 열어 준 그 순간부터 그녀는 어느 정도 체념하고 운명이 이끄는 대로 움직여야겠다고 생각했던 것 같다.

나는 그때까지 내가 저지른 재미있는 실수담들을 들려 주었다. 이야기하는 당사자를 바보처럼 보이게 하지만 실상은 그 사람이 그런 창피를 감수할 수 있을 정도로 자신감 넘치고 성공적인 사람이라는 걸 알려 주는 그런 농담. 그녀는 자신이 외동딸이고, 어릴 때 부모를 따라 온 세계를 돌아다녔으며, 아버지는 다국적 수도 회사의 선임 엔지니어라고 했다. 그녀에게는 딱히 모국이라는 게 없었고, 노르웨이든 다른 어느 나라든 다 비슷하게 느껴진다고 했다. 그게 다였다. 몇 가지 언어를 자유자재로 구사하는 사람치고 그녀는 거의 말이 없었다. 번역과 통역을 하는 사람이라 그런가, 그녀는 자신보다 남의 이야기를 더 좋아하는 것 같았다.

그녀는 내 아내에 대해 물었다. "당신 아내," 화랑에 초대받았으니 디아나의 이름을 알고 있었을 텐데도 그녀는 그렇게 불렀다. 덕분에 내 마음은 편해졌다. 아마 그녀도 그랬을 것이다.

나는 '내 아내'가 아기를 가졌는데 내가 아이를 원치 않아 결혼생활에 문제를 겪은 적이 있다고 말했다. 그리고 아내는 내가 중절수술을 강요했다고 믿는다고 했다.

"그랬어요?"

로테가 물었다.

"그랬겠지."

나는 로테의 표정이 어딘가 달라지는 걸 보고 왜 그러느냐 물었다.

"우리 부모님도 나더러 중절수술을 하라고 했거든요. 난 당시 십 대였고 아이는 아빠 없이 자라게 될 테니까. 난 그것 때문에 아직도 부모님을 증오해요. 부모님과 나 자신을."

나도 모르게 침이 꿀꺽 넘어갔다. 침을 삼키고 입을 열었다.

"우리 아기는 다운증후군이 있었어. 그런 일을 겪는 부모 중 85퍼센트가 아이를 지우기로 결심을 하지."

나는 그 말을 하자마자 후회했다. 도대체 무슨 생각을 한 거지? 다른 사람도 아니고 아내와 아이 갖기를 거부하는 데 다운증후군이라는 핑계를 대면 그나마 그럴싸해지는 건가?

"그렇다면 자연적으로 아이를 잃었을 가능성도 아주 높아요. 다운증후군은 심장 이상과 함께 오는 경우가 많으니까."

로테가 말했다.

심장 이상이라. 나는 속으로 그녀가 협조적으로 나온 데, 다시 한 번 내 마음을, 우리의 마음을 편하게 만들어 준 데 감사했다. 한 시간 뒤 우리는 실오라기 하나 남기지 않고 옷을 벗어 버렸고, 나는 승리의 기쁨을 만끽했다. 정복하는 데 익숙한 사람이라면 별것 아닌 값싼 승리였겠지만 내게는 행복의 절정이었다. 며칠 동안, 아니

몇 주 동안. 아니, 정확히 말해 3주 반 동안 내게는 애인이 있었다. 정확히 24일 후 버린 애인.

지금 내 앞에 선 그녀의 모습을 보고 있노라니 모든 게 현실이 아닌 것만 같았다.

소설가 함순(1859~1952, 노르웨이 출신의 극작가, 시인으로 1920년 노벨 문학상을 받았다-옮긴이)은 우리 인간은 사랑에 너무 금방 질리는 족속이라고 말한 적이 있다. 우리는 양이 너무 많으면 그게 무엇이든 그리 좋아하지 않는다. 우리가 정말 그렇게 진부한가? 그러니까 그런 말을 하겠지. 하지만 그녀를 버린 건 그때문이 아니었다. 바로 양심의 가책 때문이었다. 로테의 사랑에 보답할 수 없어서가 아니라 디아나를 사랑하고 있기 때문이었다. 그런 깨달음은 어차피 불가피했겠지만 그 순간 자체는 꽤 기이한 형태로 다가왔다. 그때는 늦여름, 죄악의 스물네 번째 날이었다. 우리는 아일레르트 순츠 가테에 있는 로테의 비좁은 방 두 개짜리 아파트에서 사랑을 나누고 있었다. 그러기 전에는 저녁 내내 이야기를 했다. 아니, 엄밀히 말하자면 나 혼자 이야기를 했다. 나는 내 시각대로 삶을 묘사하고 설명하는 것, 그러니까 파울로 코엘료 같은 방식으로 말하는 솜씨가 꽤 좋았다. 지적 수준이 떨어지는 사람에게는 매력적으로 느껴지지만 조금 더 많은 것을 요구하는 사람들에게는 짜증만 안겨 주는 그런 식 말이다. 로테의 멜랑콜리한 갈색 눈은 나의 입술만 쳐다보며 내 입에서 나오는 말 한 마디, 한 마디에 매달렸다. 그녀가 내 소박한 상상의 세상 속으로 걸어 들어오는 것이, 그녀의 두뇌가 나의 논리를 따르고 그녀가 내 생각과 사랑에 빠지는 것이 보일 정도였다. 나는 이미 한참 전부터 나를 향한 그녀의 사랑, 그 충실한 두 눈, 그녀의 침묵 그리고 사랑을 나눌 때마다 그녀가 내는 낮고 거의 알아들을 수 없는 신음, 마치 전기톱 소리 같은 디아나의 소리와는 너무도 다른 그녀의 교성과 사랑에 빠져 있었다. 그 사랑 때문에 3주 반 동안 언제나 자유분방한 기분에 빠져 있었다. 마침내 나는 독백을 멈추었다. 우리는 눈을 맞추고 서로만을 쳐다보았다. 내가 몸을 굽혀 한 손을 그녀의 가슴에 올려놓았다. 전율이 그녀의 몸을 따라 흘러내렸다. 아니, 어쩌면 내 몸이었을지도 모른다. 그래서 우리는 침실로, 브레케라는 유혹적인 이름이 붙은 101센티미터짜리 이케아 침대로 달려갔다. 그날 그녀의 신음 소리는 평소보다 컸고, 그녀는 알아들을 수 없는 덴마크 말로 내 귀에 뭔가를 속삭였다. 덴마크어가 어려운 언어라는 평이 있지만-유럽 아이들 중 덴마크 아이들이 가장 늦게 말을 배운다고 한다-나는 그 소리가 너무나도 에로틱하게 느껴져 더욱 빠르게 움직이기 시작했다. 보통 로테는 섹스의 움직임이 빨라지는 것을 좋아하지 않았지만 그날만은 내 엉덩이를 움켜잡고 나를 자기 속으로 더 깊이 끌어당겼다. 나는 그것이 삽입의 깊이와 빈도를 한 단계 높이고 싶다는 욕구의 표현으로 받아들였고, 기쁘게 그녀의 바람에 응하면서 한편으로는 장례식 도중 열린 관 속에 들어 있던 아버지의 시신에 정신을 집중했다. 그렇게 하면 지나치게 빨리 사정하는 걸 막을 수 있었다. 아니, 이 경우에는 사정 자체를 막아야만 했다. 로테가 피임약을 먹고 있다고 하긴 했지만 임신이라는 생각만 해도 가슴이 미친 듯 뛰었으니까. 사랑을 나눌 때 로테가 오르가즘을 느끼는지 느끼지 못하는지 나는 알지 못했다. 조용하고 통제된 태도 때문에 그녀의 오르가즘은 다만 수면 위로 가볍게 이는 물결 같은, 그래서 내가 못 보고 지나칠 수도 있는 그런 것이라고만 생각했다. 게다가 대놓고 물어보기에 그녀는 너무나도 섬세하고 가냘픈 존재였다. 그것 때문에 바로 다음 순간 일어난 일에 나는 너무나도 놀랐다. 이제 멈춰야 한다는 걸 직감했지만 마지막으로 딱 한 번만 힘차게 그녀의 몸속 깊숙이 들어가야겠다고 생각했다. 그리고 그 순간, 내가 아주 깊은 곳의 무언가를 건드린 듯한 느낌을 받았다. 그녀의 몸이 빳빳하게 굳어지더니 눈과 입이 활짝 벌어졌다. 그러고 나서 몸이 너무나도 떨리기 시작해 나는 순간적으로 그녀가 일종의 간질 발작이라도 일으킨 줄만 알았다. 그때 무언가 따뜻한, 그녀의 음부보다도 따뜻한 무언가가 내 성기를 덮더니 마치 물결처럼 내 배와 엉덩이 그리고 고환을 휩쓸었다.

너무나도 놀라고 겁이 난 나는 얼른 양팔을 짚고 상체를 일으켜 우리의 몸이 이어진 부위를 내려다보았다. 마치 나를 밀어낼 듯 맹렬한 기세로 그녀의 아랫배가 수축하고 있었다. 그녀의 입에서 전에는 한 번도 들어보지 못한 깊고도 깊은 신음 소리가 새어나오고 이내 두 번째 물결이 몰려왔다. 따뜻한 액체가 그녀의 몸 밖으로 쏟아져 나와 우리 둘의 엉덩이 사이로 솟구치더니 아직 첫 번째 물결의 충격도 흡수하지 못하고 있던 매트리스 속으로 스며들었다. 세상에, 내가 그녀의 몸속에 구멍을 냈구나. 너무 놀라 어찌할 바를 모르고 있던 내 머리가 이내 정신을 되찾고 원인과 결과를 찾기 시작했다. 임신했구나. 그런데 내가 태아가 든 곳에 구멍을 뚫어 속에 있던 게 죄다 쏟아져 나와 침대를 적시고 있구나. 오, 하느님. 우리는 삶과 죽음 속을 헤엄치고 있어. 물의 아이, 또 하나의 물의 아이다! 물론 침대를 적시는 여자들의 오르가즘에 대해 어디선가 읽어 본 적은 있었다. 희한한 포르노 영화에서도 본 적이 있다. 하지만 난 그것이 일종의 술수나 거짓말, 혹은 여자에게도 평등하게 사정할 권리가 있다고 믿는 남자들이 만든 환상인 줄만 알았다. 엉거주춤 엎드린 채 생각할 수 있는 것이라고는 그것이 응보라고, 디아나에게 중절수술을 강요한 데 대한 천벌이라고, 성기를 조심성 없이 휘둘러 아무 죄 없는 또 다른 아이를 죽인 데 대한 신의 벌이라는 것뿐이었다.

나는 침대보로 몸을 감싸고 허둥지둥 바닥으로 내려왔다. 로테가 깜짝 놀라 몸을 움츠렸지만 나는 웅크리고 있는 그녀의 벌거벗은 몸 같은 건 보이지도 않았다. 나는 침대보 위로 퍼져 나가고 있는 진한 색 동그라미만 노려보았다. 아주 천천히, 무슨 일이 벌어진 건지 깨달았다. 아니, 그보다도 벌어지지 않은 일이 무엇인지 깨달았다. 하지만 이미 일은 벌어지고 만 것이었다. 너무 늦었다. 이젠 돌아갈 수 없었다.

"가야 해. 더 이상 계속할 수 없어."

내가 말했다.

"뭐하는 거예요?"

그녀가 여전히 몸을 웅크린 채 말했다. 거의 들리지 않는 속삭임이었다.

"정말 미안해. 하지만 집으로 돌아가 디아나에게 용서를 빌어야만 해."

"하지만 용서받지 못할 거예요."

로테가 중얼거렸다.

화장실로 들어가 손과 입에서 그녀의 채취를 씻어내는 동안 침실에서는 아무 소리도 들리지 않았다. 그렇게 나는 소리 나지 않게 문을 닫고 거길 나왔다.

그리고 3개월이 지난 지금 다시 한 번 그녀의 집에 서 있었다. 이번에 강아지 눈을 한 건 그녀가 아니라 나라는 것도 알고 있었다.

"용서해 줄래?"

내가 물었다.

"그녀는 해 주던가요?"

로테가 단조로운 어투로 물었다. 어쩌면 덴마크 억양 때문인지도 모른다.

"고백 안 했어."

"왜요?"

"나도 몰라. 나한테 심장 이상이 있을 가능성이 아주 높아서인가."

그녀는 해답을 찾으려는 듯 한참동안 나를 쳐다보았다. 너무나도 멜랑콜리한 그녀의 갈색 눈 뒤로 슬쩍 미소의 흔적이 스친다.

"왜 왔어요?"

"널 잊을 수가 없어서."

"왜 왔어요?"

그녀가 이전에 들어본 적 없는 단호한 어투로 다시 물었다.

"그냥 우리가……."

하지만 그녀가 끼어들었다.

"왜요, 로게르?"

나는 한숨을 쉬었다.

"이제 그녀에게 미안할 게 없어. 아내한테 애인이 생겼거든."

긴 침묵이 이어졌다.

그녀의 아랫입술이 조금 불거져 나왔다.

"그녀 때문에 상처 받았나요?"

나는 고개를 끄덕였다.

"그래서 내가 그 상처를 매만져 주기 바라는 거예요?"

이 말 없는 여자가 그리도 가벼운 투로 말하는 걸 들어본 적이 없었다.

"당신은 못 해, 로테."

"아마 안 되겠죠. 애인이 누군지 알아요?"

"우리 쪽에 지원한 사람인데 안 될 거야. 거기까지만 말해 두지. 다른 이야기하면 안 돼?"

"이야기만요?"

"당신 마음대로 해."

"그래요, 그럴게요. 이야기만 해요. 그리고 그건 당신이 잘하잖아요."

"그래. 와인도 한 병 가져왔어."

그녀는 보일 듯 말 듯 살짝 고개를 흔들고 몸을 돌렸다. 나는 그 뒤를 따랐다.

나는 와인을 마시며 계속 이야기를 하다가 소파에서 잠이 들었다. 잠에서 깼을 때는 그녀의 무릎을 베고 누워 있었고 그녀는 내 머리를 쓰다듬고 있었다.

"당신 봤을 때 처음 눈에 들어온 게 뭔지 알아요?"

내가 깨어 있는 걸 본 그녀가 물었다.

"내 머리."

"그 얘기 내가 했었나요?"

"아니."

내가 시계를 쳐다보며 말했다. 9시 반. 집에, 아니 허울뿐인 집에 갈 시간이다. 그것이 끔찍이도 싫었다.

"또 와도 될까?"

내가 물었다.

그녀가 머뭇거리는 것이 보였다.

"네가 필요해."

내가 말했다.

이런 말에 별 효과가 없다는 걸 알고 있었다. 그건 자신을 필요로 한다는 느낌 때문에 QPR을 응원한다는 여자한테 빌린 것이었다. 하지만 그때 내가 할 수 있는 말은 그것뿐이었다.

"모르겠어요. 생각해 볼게요."

집에 들어가니 디아나가 거실에서 커다란 책 한 권을 읽고 있었다. 밴 모리슨이 노래하고 있었다. '…… 그 모든 노력을 들일 만한 당신 같은 사람…….' 그녀는 내가 바로 앞에 서서 책 제목을 소리 내어 읽을 때까지 내가 다가오는 것을 모르고 있었다.

"'아이가 태어나다'?"

그녀가 화들짝 놀라더니 이내 빙긋 웃으며 황급히 뒤에 있는 선반에 책을 도로 집어넣었다.

"늦었네, 자기. 뭐 재미있는 거라도 있었던 거야, 아니면 일했어?"

"둘 다."

나는 대답하며 거실 창가로 다가갔다. 차고가 흰 달빛을 받아 빛났다. 우베가 그림을 가지러 오려면 아직 몇 시간이 남았다.

"전화 몇 통 받고, 패스파인더에 누굴 추천할지 생각하고 있었지."

그녀가 열정적으로 두 손을 마주쳤다.

"신난다! 내가 추천한 사람이 될 거잖아. 오, 그 사람 이름이 뭐였지?"

"그레베."

"맞아, 클라스 그레베! 나 점점 기억력이 엉망이 되어 간다니까. 결과 듣고 우리 화랑에서 정말 비싼 그림 한 점 사 주면 좋겠다. 내 공도 크잖아, 그렇지?"

그녀는 활짝 웃으며 양반다리를 하고 있던 늘씬한 다리를 앞으로 꺼내 쭉 뻗으며 하품을 했다. 마치 날카로운 손톱이 달린 손아귀가 내 심장을 물풍선처럼 쥐어짜는 것만 같았다. 나는 표정에 담긴 고통을 들키지 않기 위해 재빨리 창가로 몸을 돌렸다. 속임수라고는 모를 거라고 믿었던 여자가 가면을 쓰는 것은 물론이고 마치 프로처럼 연기를 하고 있었다. 나는 침을 꿀꺽 삼키고 목소리가 떨리지 않도록 조금 기다렸다.

"그레베는 적당하지 않아. 다른 사람을 고를 생각이야."

나는 창문에 비친 그녀의 표정을 유심히 살폈다.

아직 프로는 아닌 모양이었다. 그녀는 이 말을 제대로 받아치지 못했다. 그녀의 입이 쩍 벌어졌다.

"농담이지, 자기? 그 사람이라면 완벽하잖아. 자기도 그렇게 말했고……."

"내가 잘못 봤나 봐."

"잘못 봐?"

그러면 그렇지, 그녀의 목소리에 날카로운 쇳소리가 섞였다.

"도대체 무슨 뜻이야?"

"외국인이잖아. 키도 180이 안 되고. 그리고 심각한 성격 장애가 있더라고."

"180이 안 돼? 세상에, 로게르. 자기는 170도 안 되잖아. 성격 장애가 있는 건 당신이야!"

그 말은 아팠다. 성격 장애 부분이 아니다. 물론 그건 그녀의 말이 맞을 수도 있었다. 나는 침착한 목소리를 유지하려고 애썼다.

"왜 그렇게 관심이 많아, 디아나? 나도 처음에는 클라스 그레베한테 기대를 했었는데, 원래 세상에는 우리를 실망시키거나 기대에 못 미치는 사람이 많잖아."

"하지만…… 하지만 자기 생각이 틀릴 수도 있잖아. 모르겠어? 그는 진짜 남자라고!"

나는 오만한 미소처럼 보이는 표정을 하고 그녀에게 몸을 돌렸다.

"여보. 난 내 분야에서 최고 중 하나라고. 그 일이라는 게 바로 사람들을 판단하고 고르는 거고. 사생활에서는 실수를 할지 몰라도……."

그녀의 얼굴에 아주 작은 경련이 이는 것이 보였다.

"하지만 일에서는 아니라고. 절대로."

그녀는 아무 말이 없었다.

"정말 피곤해. 어젯밤에 잠을 별로 못 잤거든. 잘 자."

내가 말했다.

침대에 누워 있는데 위에서 그녀의 발소리가 들려왔다. 앞뒤로 끊임없이 움직이고 있었다. 목소리는 들리지 않았지만 전화를 받을 때면 서성이는 걸 나는 알고 있었다. 이게 무선 통신의 혜택 없이 자라난 세대의 특징이 아닐까 하는 생각이 문득 스쳤다. 전화를 하며 움직일 수 있다는 게 마냥 신기한 사람처럼. 어디선가 읽었는데 현대의 남성은 옛날 사람들보다 의사소통에 여섯 시간을 더 투자한다고 한다. 그래, 우리는 소통을 많이 한다. 하지만 과연 그 실력도 나아졌을까? 왜 난 그녀와 그레베가 그의 아파트에서 정사를 벌인 것에 대해 따지고 들지 않은 것일까? 그녀가 이유를 대지 못할 것임을, 그래서 결국 나 혼자만의 가정과 어림짐작으로 끝날 것임을 이미 알고 있어서일까? 단 한 번의 실수라고 변명할 수도 있지만 나는 그렇지 않음을 안다. 단 한 번 만난 남자에게 돈 잘 버는 일자리를 얻어주려고 남편을 조종하는 여자는 없으니까.

입을 열지 않는 또 다른 이유도 있었다. 둘의 사이를 모르는 척하기만 하면 내가 그의 지원서를 검토할 자격이 없다며 날 비난할 사람도 없을 것이고, 그러면 일을 페르디난드에게 맡기는 대신 나만의 쩨쩨한 복수를 마음 놓고 즐길 수 있을 테니까. 그리고 어떻게 둘 사이를 의심하게 되었는지 디아나에게 설명하는 문제도 있었다. 어쨌거나 디아나에게 내가 도둑이라고, 수시로 다른 사람의 집에 들어가 물건을 훔친다고 고백하는 건 불가능하니까.

난 침대에서 이리저리 뒤척이며 그녀의 하이힐이 만들어 내는 단조롭고 이해할 수 없는 모스 부호를 들었다. 자고 싶었다. 꿈꾸고 싶고, 탈출하고 싶었다. 그리고 모든 걸 잊은 채 깨어나고 싶었다. 그거야말로 그녀에게 아무 말도 하지 않는 가장 중요한 이유니까. 모든 게 침묵 속에 묻힌다면 모두 잊어버릴 가능성이 있다. 잠을 자고 꿈을 꾸면 깨었을 때 모든 문제가 사라질지도 모른다는 가능성, 우리 머릿속에서만 만들어지는 추상적인 장면으로 변할지도 모른다는 가능성. 모든 관계에서, 그것도 가장 정열적이고 모든 걸 불살라 버리는 사랑의 관계에서조차도 일상적으로 일어나는 위험한 상상과 환상들처럼 말이다.

혹시 지금 휴대전화로 통화를 하고 있는 거라면 새로 전화기를 산 것이 분명하다는 생각이 문득 들었다. 그리고 그새 전화기를 보는 순간, 둘 사이에서 벌어진 일은 단순히 꿈이 아니라 반박할 수 없는 구체적인 현실이 되겠지.

마침내 그녀가 침실로 들어와 옷을 벗자 나는 자는 척했다. 하지만 커튼 사이로 스며든 흐릿한 달빛 조각을 통해 그녀가 전화기 전원을 끄고 바지 주머니에 집어넣는 것이 보였다. 같은 전화였다. 검정색 프라다폰. 그럼 그게 정말 내 꿈일 수도 있다. 잠이 슬금슬금 몰려와 날 깊은 수면 속으로 끌어당기는 것이 느껴졌다. 아니, 그가 똑같은 전화기를 사 주었을 수도 있다. 잠 속으로 내려가던 몸이 흠 칫 멈췄다. 아니, 다시 만나 전화기를 찾았을 수도 있지. 나는 다시 위로 올라가 잠이라는 물 밖으로 머리를 내밀었다. 오늘 밤 잠들기 는 틀렸다는 생각이 들었다.

자정, 나는 아직도 깨어 있었다. 열린 창문 틈으로 차고에서 희 미한 소음이 들리는 것 같았다. 아마 우베가 루벤스의 그림을 가지 러 온 것이겠지. 열심히 귀를 기울였지만 그가 차고를 나서는 소리 는 들리지 않았다. 어쩌면 결국 잠들었기 때문인지도 모른다. 나는 바닷속 세상 꿈을 꾸었다. 행복하게 미소 짓는 사람들, 말풍선만 일 렁이고 아무 말이 없는 여자와 아이들. 잠에서 깬 날 기다리고 있을 악몽을 예견하는 건 전혀 없었다.

제11장

섹시 녹음실

8시에 일어나 혼자 아침을 먹었다. 큰 죄를 지은 사람치고 디아나는 너무나도 잘 잤다. 나는 딱 두 시간 잤을 뿐이다. 9시 15분 전 차고로 내려가 문을 열었다. 열린 창문 사이로 터보네그로의 음악이 들렸다. 노래 자체가 아니라 그들의 영어 발음 덕분에 누구인지 알 수 있었다. 자동으로 불이 들어오며 장엄하게, 주인을 위해 얌전히 기다리고 있는 내 볼보 S80을 비추었다. 나는 차문 손잡이를 잡았다가 순간적으로 움찔 놀랐다. 누군가 운전석에 앉아 있는 게 아닌가! 처음 놀랐던 마음이 가라앉고 나자 그 얼굴이 우베 세케루드를 닮았다는 사실을 알았다. 지난 며칠간 한 야간 근무가 힘들었던 모양인지 눈을 감고 입을 헤 벌린 채 앉아 있었다. 문을 여는데도 움직이지 않았다. 푹 잠든 것 같았다.

나는 아버지의 반대를 무릅쓰고 받았던 3개월 하사 훈련 과정에서 배운 목소리를 끌어냈다.

"굿모닝, 세케루드!"

그는 눈꺼풀 하나 움직이지 않았다. 나는 기상나팔을 불려고 숨을 들이쉬었다. 하지만 그 순간, 천장 덮개가 열려 있고 루벤스의 그림이 비죽 나와 있는 것이 눈에 들어왔다. 갑작스레 오한이 등골을 스쳤다. 마치 풍성한 봄날의 구름이 태양을 가리고 지나가는 것처럼 몸이 으스스 떨렸다. 나는 더 소리를 지르는 대신 그의 어깨를 잡고 가볍게 흔들었다. 여전히 아무런 반응이 없었다.

더 세게 흔들었다. 그의 머리가 힘없이 앞뒤로 흐느적거렸다.

동맥이 흐르는 곳이라고 생각되는 곳에 엄지와 검지를 대었지만 느껴지는 맥박이 그의 것인지, 미친 듯 뛰는 내 심장박동인지 도무지 분간할 수가 없었다. 하지만 그의 몸은 차가웠다. 너무 차가웠다. 나는 떨리는 손으로 그의 눈꺼풀을 뒤집었다. 거기에서 결론이 났다. 생기라고는 없는 검은 눈동자가 올려다보는 모습에 나도 모르게 뒷걸음쳤다.

나는 언제나 위기 상황에도 또렷하게 생각할 수 있고 겁먹지 않는 사람이라고 생각했다. 물론 정말 겁을 먹을 정도로 심각한 상황을 한 번도 겪지 않았기 때문일 수도 있다. 디아나가 임신했을 당시 조금 당황하긴 했었다. 알고 보면 잘 당황하고 겁먹는 유형인 것일까. 그런데 지금 이 순간에도 말도 안 되게 비논리적인 생각이 머리를 비집고 들어왔다. 세차를 해야겠다, 디오르의 상표가 얼기설기 꿰매어져 있는 세케루드의 셔츠는 분명 태국에 놀러 갔을 때 산 가짜일 것이다, 대부분의 사람들의 생각과 달리 사실 터보네그로는 꽤 괜찮은 밴드다……. 하지만 갑자기 그런 생각을 하게 된 이유는 이미 알고 있었다. 그건 내가 아직 정신을 못 차리고 있다는 뜻이다. 눈을 꽉 감고 그런 생각을 머리에서 몰아냈다. 그런 다음 다시 눈을 떴다. 그때 실낱같은 희망이 슬금슬금 비집고 들어오는 것을 느꼈다. 아니, 그래도 현실은 변함이 없었다. 우베 세케루드의 시신이 여전히 거기 앉아 있었으니까.

처음 내린 결론은 무척 단순했다. 우베 세케루드는 여기에서 사라져야 한다. 누군가 여기 있는 그를 발견한다면 모든 게 밝혀질 것이다. 나는 마음을 굳게 먹고 그의 몸을 운전대 쪽으로 밀고 그의 등 뒤로 상체를 넣은 다음 그의 가슴을 부여잡고 밖으로 끌어냈다. 그는 무거웠고, 그의 팔은 마치 내게서 빠져나가려는 것처럼 위로 치켜 올라갔다. 다시 그를 세워 앉히고 잡아당겼지만 여전히 두 팔이 위로 올라가는 건 어쩔 수 없었다. 그 순간 치켜 올라간 손가락 하나가 나의 입 구석에 걸렸다. 질겅질겅 씹혀 잘려나간 손톱이 혀를 스치자 나는 진저리를 치며 그것을 뱉어냈다. 하지만 씁쓸한 니코틴 맛은 여전히 남았다. 그를 차고 바닥에 내팽개치고 자동차 트렁크를 열었다. 하지만 그를 끌어올리려 하자 재킷과 가짜 디오르 셔츠만이 따라 올라올 뿐, 그의 몸은 여전히 시멘트 바닥에 남아 있었다. 나는 욕설을 내뱉으며 한 손으로 그의 벨트를 쥐고 몸을 번쩍 들어 머리부터 480리터 용량의 트렁크 속으로 쑤셔 넣었다. 가볍게 쿵 하는 소리가 들리며 그의 머리가 트렁크 바닥을 때렸다. 트렁크 뚜껑을 콱 닫고 양손을 문질렀다. 육체적으로 고된 일이 성공적으로 끝났을 때 보통 사람들이 그러듯.

그런 다음 운전석으로 돌아갔다. 나무 매트에도, 좌석에도 핏자국 같은 건 없었다. 도대체 사인이 뭐지? 심장마비? 뇌출혈? 약물 과다복용? 나는 되지도 않는 진단은 시간 낭비라는 것을 깨닫고 차 안으로 들어갔다. 이상하게도 매트에는 그의 체온이 아직 남아 있었다. 나무 조각을 이어 만든, 전 세계 택시기사들이 쓰는 것과 같은 그 매트는 아버지로부터 물려받은 것 중 유일하게 가치가 있는 것이었다. 아버지는 치질이 있어 그것을 사용했는데 나 역시 그런 질병이 유전될까 봐 예방 차원에서 그것을 쓰고 있었다. 그때 갑자기 한쪽 엉덩이에서 고통이 느껴졌다. 나도 모르게 몸이 불쑥 움직이며 무릎이 운전대를 세게 쳤다. 차 밖으로 나왔다. 고통은 이미 사라졌지만 무언가 내 엉덩이를 찌른 것만은 분명했다. 매트 위로 몸을 숙여 자세히 살펴보았지만 침침한 실내등 아래에서 이상한 점을 알아낼 수가 없었다. 죽어 가는 벌 한 마리라도 들어와 있었나? 이런 늦가을에 그럴 리가 없었다. 그때 줄지은 나무 조각들 사이로 무언가 번쩍였다. 나는 고개를 더 깊이 숙였다. 가는, 거의 보이지 않을 정도로 가늘고 뾰족한 바늘이 튀어나와 있었다. 살다 보면 때로 머리가 너무 빨리 움직여 생각의 속도를 따라잡을 수 없을 때가 있다. 매트를 들어 올려 실제로 그것의 모습을 보기 전부터 내 심장을 뛰게 만든 그 이상한 예감을 설명할 수 있는 길은 그것뿐이다.

바로 그거였다. 포도알 크기에 고무로 된 캡슐. 그레베가 설명한 그대로였다. 완전한 원형은 아니었다. 바닥이 평평한 것이 아마 바늘이 항상 위를 향하게 하기 위해 그렇게 만든 것 같았다. 공을 집어 귀에 대고 흔들었다. 아무 소리도 들리지 않았다. 다행히 속에

든 약물이 모두 먼저 깔고 앉은 우베의 몸속으로 들어간 것이 분명
했다. 나는 엉덩이를 문지르며 혹시 약의 효과가 나타나는지 신경을
집중했다. 약간 어지러웠다. 하지만 방금 친구의 무거운 시신을 들어
옮기지 않았나. 그리고 모든 정황을 고려할 때 사실 그는 나를 표적
으로 한 망할 독극물 바늘에 당한 것이었다. 그걸 알았다면 누군들
어지럽지 않겠는가. 실없이 웃음이 나오는 것이 느껴졌다. 때때로 두
려움은 그런 효과를 발휘하곤 했다. 나는 눈을 감고 숨을 들이쉬었
다. 깊이. 그리고 집중했다. 이내 웃음이 사라지고 분노가 그 자리를
차지했다. 말도 안 되는 일이었다. 아니, 정말 그럴까? 클라스 그레베
같은 공격적인 사이코패스라면 여자의 남편을 없애기 위해 그런 짓
을 하고도 남지 않을까? 힘껏 타이어를 걷어찼다. 한 번, 두 번. 내
존 롭 신발에 회색 얼룩이 나타났다.

그런데 그레베가 어떻게 차에 탈 수 있었지? 도대체 어떻게……?

그때 차고 문이 열리고 질문의 답이 걸어 들어왔다.

제12장

나라시

디아나가 차고 문간에 서서 나를 노려보았다. 급하게 옷을 입었는지 머리가 사방으로 뻗쳐 있었다. 그녀의 목소리는 거의 들릴 듯 말 듯 했다.

"세상에, 무슨 일이야?"

나는 아무 말 없이 그녀를 바라보았다. 머릿속에는 같은 질문만 가득했다. 그 순간, 이미 산산조각 난 나의 심장이 더 작은 조각으로 잘게 부서지는 것을 느꼈다.

디아나. 나의 디아나. 다른 사람이 그랬을 리가 없다. 매트 아래 독약을 넣어 둔 것은 바로 그녀였다. 그녀와 그레베가 공모한 것이다.

"막 앉으려는데 의자에 이 바늘이 비죽 나온 게 보이잖아."

내가 캡슐을 내밀며 말했다.

그녀가 다가왔다. 그리고 살인 무기를 한 손에 조심스레 받아들었다. 속이 훤히 보일 정도로 조심스럽게.

"이 바늘이 보였다고?"

그녀가 놀라움과 의심을 차마 감추지 못하고 물었다.

"내가 눈이 날카롭잖아."

내가 대답했다. 그녀는 내 말에 담긴 이중의 의미를 알아채지도, 신경 쓰지도 않는 것 같았다.

"찔리지 않아 다행이네. 그런데 이게 뭐야?"

그녀가 그 조그만 것을 이리저리 살펴보며 물었다.

그렇다. 그녀는 정말 프로였다.

"모르겠어. 근데 당신은 왜 왔어?"

내가 지나가는 투로 물었다.

그녀가 나를 쳐다보았다. 그녀의 입이 살짝 벌어졌다. 한 순간 나는 텅 빈 그녀의 입속만 들여다보고 있었다.

"그게……."

"응? 왜?"

"음…… 침대에 누워 있는데 당신이 차고로 내려가는 소리가 들리잖아. 그런데 차 나가는 소리가 들리지 않더라고. 그래서 무슨 일이 생겼나 궁금했지. 어떤 면에선 내 생각이 옳았네."

"뭐, 무슨 일이 생긴 건 아니지. 그저 작은 바늘 하나 발견한 것뿐이니까."

"그런 바늘이 얼마나 위험한데! 여보."

"그래?"

"몰랐어? 에이즈, 광견병, 각종 바이러스랑 감염 같은 거 말이야!"

그녀가 한 걸음 다가왔다. 난 그 몸짓을 안다. 눈빛이 부드러워지고, 입술이 조금 모이는 그 몸짓. 날 끌어안으려는 것이다. 하지만 포옹은 갑작스레 중단된다. 무언가 그녀를 멈추게 했다. 아마 내 눈에 담긴 어떤 기색 때문이리라.

"자기야."

그녀가 캡슐을 내려다보더니 앞으로 절대 쓸 일 없는 작업대 위에 올려놓았다. 그러고는 재빨리 내게 다가와 양팔로 내 몸을 감싸고 키 차이를 줄이기 위해 엉거주춤 허리를 구부렸다. 그리고 턱을 내 목 옆에 올려놓고 왼손으로 내 머리를 쓰다듬었다.

"자기가 조금 걱정돼."

마치 낯선 사람을 끌어안는 것 같은 기분이다. 이제 아내는 모든 게 달라졌다. 체취마저도. 그의 냄새 때문일까? 역겹다. 그녀의 손이 마치 내 머리를 감기듯, 내 머리를 향한 사랑과 열정이 지금 이 순간 새로운 경지에 이른 듯, 앞뒤로 움직였다. 그녀를 때리고 싶었다. 손바닥을 넓게 펼쳐 그녀를 갈기고 싶었다. 그녀의 살갗에 닿는 순간을, 살결 대 살결의 접촉을, 그녀의 고통과 충격을 느끼고 싶었다.

그 대신 나는 눈을 감고 그녀의 손에 머리를 맡겼다. 날 사랑스럽게 어루만지도록, 내 감정을 누그러뜨리고 날 기쁘게 하도록. 난 정말 정신 나간 놈인지도 모르겠다.

"출근해야 해. 12시까지 후보 추천을 마쳐야 하거든."

그녀가 포옹을 멈추지 않을 기세라 내가 끼어들었다.

그래도 그녀는 내 머리를 놓을 기미가 없었다. 끝내는 내가 그녀의 품에서 빠져나와야 했다. 그녀의 눈가에서 무언가 반짝였다.

“왜 그래?”

내가 물었다.

하지만 그녀는 아무 말도 않고 고개만 흔들었다.

“디아나……”

“잘 다녀와. 사랑해.”

목소리에 약한 떨림을 담고 그녀가 속삭였다.

다음 순간 그녀는 문을 나갔다.

뒤따라 달려가고 싶었지만 꾹 참고 가만히 서 있었다. 날 죽이려는 사람을 위로하려 하다니, 도대체 무슨 심산인가. 이 무슨 말도 안 되는 상황인가. 그래서 차에 올라탔다. 그리고 긴 숨을 내쉰 다음 룸미러에 비친 얼굴을 쳐다보았다.

“살아남아, 로게르. 정신 차리고 살아.”

내가 속삭였다.

그런 다음 그림을 천장 덮개 속으로 밀어 넣고 덮개를 제자리에 붙인 다음 시동을 걸었다. 뒤로 차고 문이 열리는 소리가 들렸다. 후진으로 차고를 빠져나와 천천히 모퉁이를 돈 다음 오슬로를 향해 달리기 시작했다.

우베의 차는 400여 미터 떨어진 도로가에 세워져 있었다. 잘됐다. 누군가 빈 차가 세워져 있는 걸 알아챌 때까지 몇 주는 걸릴 것이다. 그러다가 눈이 오고 제설작업차가 오면 차를 치워 달라고, 누구 차냐고 주변에 묻기 시작하겠지. 지금 더 걱정스러운 건 내 차에 실린, 처리해야만 할 시체 한 구였다. 나는 그 문제를 잠시 생각했다. 아이러니하게도 우베와 함께 일하는 내내 그토록 주의를 기울이고 조심스레 행동한 것이 이제 와 결실을 맺게 되었다. 시신을 어딘가에 버리고 나면 우리 둘 사이에 어떤 관계가 있었다는 사실을 누구도 의심하지 않을 것이다. 그런데 어디에 버리면 좋지.

가장 먼저 떠오른 해결책은 그뤼뮈에 있는 쓰레기 소각장이었다. 하지만 그보다 먼저 시신을 쌀 것을 찾아야 한다. 그런 다음에는 곧장 소각장으로 가 트렁크를 열고 시신을 그 안으로 떨어뜨리면 거대한 화염 속으로 사라지겠지. 다만 걱정스러운 점이 있다면 소각장을 관리하는 직원들은 둘째 치고 다른 쓰레기를 처리하러 오는 사람들이 있을 수 있다는 점이다. 어디 멀리 떨어진 곳을 찾아 직접 태우는 건 어떨까? 그런데 사람 시신이 잘 타지 않는다는 말을 들은 적이 있다. 인도에서 화장을 할 때 보통 열 시간이 걸린다고 했다. 그러면 디아나가 화랑으로 떠난 뒤 다시 차고로 돌아가 장인이 크리스마스 선물로 사 준 작업대와 줄톱을 처음으로 써 보는 건 어떨까? 시신을 적당한 크기로 토막 낸 다음 바위 한두 덩어리와 함께 비닐로 싸서 오슬로 주변 수백 개나 있는 호수에 수몰시키는 것이다.

나는 주먹으로 이마를 몇 차례 때렸다. 도대체 무슨 생각을 하고 있는 거야? 시신을 토막 내? 도대체 왜? 첫째, 드라마 CSI 과학수사대를 봐서 잘 알잖아? 그건 날 잡아 가라고 하는 것이나 다름없다는 걸. 여기엔 떨어진 피 한 방울 그리고 저기엔 장인이 선물한 톱의 날 자국, 그거면 끝장이다. 그리고 둘째, 왜 굳이 시신을 숨기려고 하는 거지? 그저 비교적 인적이 드문 다리 같은 것이나 하나 찾아 난간 너머로 던져 버리면 되는데. 시신은 수면 위로 떠올라 결국엔 발견되겠지만 그러면 뭐가 어때서? 살인과 날 연관 지을 만한 증거는 하나도 없다. 나는 우베 세케루드라는 사람을 알지도 못하고, 아마 석시닐콜린의 정확한 철자도 모를 것이다.

결국 시신을 버릴 장소로 마리달 호수가 낙점되었다. 여기에서 단 10분이면 갈 수 있고, 아주 깊고, 강도 있다. 게다가 평일 아침이면 아무도 없을 것이다. 나는 이다인지 오다인지 모를 여직원에게 전화를 걸어 조금 늦게 출근할 거라고 말했다.

30분간 차를 달려 수백만 입방미터나 되는 숲 지대와 놀랄 만큼 수도와 가까운 전원주택 단지 두 군데를 지나쳤다. 자갈로 덮인 샛길에 내가 찾던 다리가 있었다. 차를 세우고 5분 정도 기다렸다. 거리에는 사람도, 차도, 집도 없었다. 다만 기이하게도 소름끼치는 새 울음소리만 들릴 뿐이다. 까마귀인가? 무언지는 몰라도 검은 새가 분명했다. 낮은 나무 다리 수 미터 아래로 흐르고 있는 고요한 물만큼이나 검은 새. 완벽하다.

나는 차에서 내려 트렁크를 열었다. 우베가 내가 넣어 둔 자세 그대로 누워 있었다. 얼굴은 바닥에 처박히고, 팔은 양 옆에, 엉덩이는 하늘을 향해 솟은 채였다. 주변에 아무도 없다는 것을 마지막으로 확인한 뒤 행동에 들어갔다. 신속하고 효율적으로.

시신이 수면에 닿은 순간 물 튀는 소리는 의외로 정말 작았다. 사람이 팔다리를 펼친 채 물로 떨어지는 것이 아니라 상자 같은 것이 찌그러지는 소리 같았다. 마치 이 호수가 나의 공범이 되겠다고 작심한 것처럼. 난간에 기대어 서서 고요한 호수를 내려다보았다. 그리고 이제부터는 무얼 할지 생각하기 시작했다. 그러는 동안 우베 세케루드는 마치 나를 만나려는 것처럼 수면 위로 올라왔다. 창백한 녹색 얼굴과 수면 밖으로 나오고 싶어 하는 듯한 커다란 눈, 입 속엔 진흙이 가득 차고 머리는 온통 해초로 얽히고설킨 유령의 모습으로. 마음을 가라앉히려면 위스키를 한잔 마셔야겠다는 생각을 하고 있을 때 얼굴이 다시 한 번 수면 밖으로 나오더니 나를 향해 점점 더 올라오기 시작했다.

내가 비명을 질렀다. 시신도 비명을 질렀다. 마치 내 주변의 모든 산소를 빨아들일 것처럼 소름끼치는 비명이었다.

그리고 다음 순간 그 얼굴은 검은 호수에 삼켜져 사라지고 말았다.

나는 컴컴한 호수 속을 들여다보려고 애썼다. 정말 일어난 일인가? 물론 일어난 일이고말고! 비명의 메아리가 아직도 나무 꼭대기 위를 맴돌고 있었다.

나는 난간 위로 다리를 넘기고 숨을 참은 다음 몸이 찬물 속으로 삼켜지기를 기다렸다. 발꿈치부터 머리끝까지 전율이 흘렀다. 그때 내 몸이 무언가 단단한 것을 밟고 서 있음을 깨달았다. 물이 허리 높이밖에 오지 않았다. 단단한 바닥을 밟은 것은 아니었다. 한쪽 발 아래로 무언가 움직이고 있었다. 나는 흐린 물속으로 머리를 집어넣고 손에 잡히는 것을 잡아당겼다. 일종의 수초인 줄 알았는데 그 아래로 두피가 만져졌다. 힘껏 끌어당겼다. 우베 세케루드의 얼굴이 다시 물 밖으로 나왔다. 그는 눈을 깜빡이며 눈에 들어간 물을 빼냈다. 그리고 그 끔찍한 소리가 다시 들렸다. 젖 먹던 힘까지 다해 급한 숨을 들이쉬는 사람의 가쁜 호흡 소리.

그건 너무도 충격적이었다. 한순간 그를 놓고 도망치고 싶었다.

하지만 그럴 수는 없는 노릇이었다.

나는 그를 다리 끝 둑으로 끌어당기기 시작했다. 우베가 다시 의식을 잃자 그의 머리를 물 밖으로 나오게 하기 위해 안간힘을 써야 했다. 이제 완전히 망가진 존 롭 신발 아래로 계속 움직이는 미끄럽고 부드러운 땅 때문에 몇 차례나 넘어질 뻔했다. 하지만 몇 분 후에는 우리 둘의 몸을 겨우 둑으로 끌어올려 차에 태우는 데 성공했다.

나는 운전대에 이마를 기대고 헉헉 대며 숨을 들이쉬고 내쉬기를 반복했다.

나무다리 방향으로 자동차 바퀴가 움직이기 시작하는데 망할 새가 비웃기라도 하듯 기분 나쁜 소리로 울어 댔다. 차가 그곳을 떠났다.

앞에서 밝힌 대로 나는 우베의 집에 가 본 적이 없지만 주소는 알고 있었다. 글러브 박스를 열어 검정색 GPS를 꺼낸 다음 거리 이름과 번지수를 입력했다. 앞에서 달려오는 차와 충돌할 뻔했지만 아슬아슬하게 피할 수 있었다. GPS가 작동되며 거리와 예상 시간을 알려 주었다. 분석적이고 무덤덤하게. 흘러나오는 여자의 부드럽고 침착한 목소리는 지금 상황이 아무렇지 않은 듯 들렸다. 나도 그래야 한다. 정확히, 계산대로, 기계처럼 움직여. 바보 같은 실수를 저질러선 안 돼.

30분 뒤 우리는 목적지에 도착했다. 좁고 조용한 거리 끝으로 세 케루드의 작고 낡은 집이 서 있었다. 그 뒤로는 배경처럼 펼쳐진 짙은 녹색 숲이 보였다. 나는 현관 앞 계단에 멈춰 서서 집 주변을 둘러보았다. 이 흉한 건물은 최근에 지어진 것이 아님을 다시 한 번 알 수 있었다.

우베는 너무나도 흉측하고 창백한 모습으로 조수석에 앉아 있었다. 옷이 완전히 젖어 열쇠를 찾느라 주머니를 뒤지자 질컥질컥 소리가 났다.

몸을 마구 흔들자 그가 흐리멍덩한 눈을 들어 날 쳐다보았다.

"걸을 수 있겠어요?"

내가 물었다.

그는 내가 외계인이라도 되는 듯한 표정으로 날 쳐다보았다. 그의 턱은 평소보다도 튀어나와 마치 이스터 석상과 브루스 스프링스틴 사이에서 태어난 사람처럼 보였다.

나는 조수석으로 돌아가 그를 끌어낸 다음 문에 기대 세웠다. 다행히 처음으로 쥔 열쇠로 문이 열렸다. 마침내 운이 좀 따라 주는 건가 생각하며 그를 안으로 끌어들였다.

집 안으로 막 들어가려는 찰나 무언가가 생각났다. 경보시스템. 트리폴리스의 직원들이 여기에 바글거리게 할 수는 없었다. 반쯤 죽은 우베 세케루드와 내가 함께 있는 모습이 담긴 영상은 말할 것도 없다.

"비밀번호가 뭐예요?"

내가 우베의 귀에 대고 소리쳤다.

그가 비틀거리며 내 손에서 거의 빠져나갔다.

"우베! 비밀번호!"

"응?"

"경보기를 꺼야 할 거 아니에요? 울리기 전에!"

"나타샤……"

그가 눈을 감고 중얼거렸다.

"우베! 정신 차려요!"

"나타샤……."

"비밀번호!"

그의 뺨을 세게 때렸다. 그의 눈이 번쩍 뜨였다.

"그게 비밀번호라고! 이 자식아. 나타샤!"

그를 붙잡은 손을 놓고 현관으로 달려갔다. 그가 다시 바닥으로 쓰러지는 소리가 들렸다. 문 뒤에 숨겨진 경보시스템이 보였다. 트리폴리스에서 그걸 어떤 식으로 설치하는지 이제는 잘 알고 있었다. 조그만 붉은 등이 반짝거리며 경보가 울리기까지 카운트다운을 하고 있었다. 나는 러시아 창녀 이름을 입력하기 시작했다. 마지막 'a'를 누르려는 순간, 우베에게 난독증이 있다는 사실이 떠올랐다. 그가 나타샤란 이름을 어떻게 쓰는지 누가 알겠는가! 하지만 주어진 15초는 곧 끝날 것이고 이제 와 그에게 물을 시간은 없었다. 나는 마지막 'a'를 누른 뒤 질끈 눈을 감고 곧 들려올 시끄러운 경보음을 기다렸다. 하지만 아무 소리도 들리지 않았다. 다시 눈을 떴다. 붉은 빛이 더 이상 깜빡이지 않았다. 나는 참고 있던 숨을 내쉬고 얼마나 긴박한 위기를 넘긴 건지 생각하지 않으려고 애썼다.

집으로 다시 들어가자 우베가 사라지고 없었다. 축축한 발자국을 따라 거실로 들어갔다. 쉬고, 일하고, 먹고, 자고, 그 모든 일을 그곳에서 하는 것이 분명해 보였다. 한쪽 벽에 난 창문 아래로 더블베드가 있고, 반대편 벽에는 플라즈마 텔레비전이 걸려 있었다. 그 사이에는 커피 테이블 위로 피자 몇 조각이 남은 종이 상자가 있었다.

긴 벽면에는 작업대와 함께 끝이 잘려나간 산탄총이 있었다. 그가 손보고 있던 것이 분명했다. 우베는 침대로 기어올라가 신음하고 있었다. 아마 통증에 시달리고 있을 것이다. 석시닐콜린이 인체에 어떤 영향을 미치는지는 몰라도 좋을 리는 없었다.

"좀 어때요?"

내가 다가가 물었다. 발에 무언가 걸려 낡은 마룻바닥 위를 굴러갔다. 내려다보니 침대 주변으로 바닥에 빈 탄피가 널려 있었다.

"죽어 가고 있어. 무슨 일이 있었지?"

그가 신음했다.

"차에 탈 때 석시닐콜린이 든 주사에 찔렸어요."

"석시닐콜린! 독약 말이야? 망할 놈의 석시닐콜린을 맞았다고?"

그가 고개를 들더니 나를 노려보았다.

"그래요. 하지만 충분하지는 않았나 봐요."

"충분하지 않았다고?"

"당신을 죽이기에. 그가 치사량을 착각했나 봐요."

"그? 누구?"

"클라스 그레베."

우베의 머리가 다시 축 처져 베개 위로 쓰러졌다.

"젠장! 일을 망친 거야? 들통 난 거야, 브론?"

"아니에요. 차 속에 놓아 둔 독약은 전혀…… 전혀 다른 문제예요."

내가 말했다.

"놈을 등친 것과 다른 문제라고? 그게 도대체 뭔데?"

"그 이야기는 안 하는 게 낫겠어요. 하지만 그가 노리는 건 나예요."

우베가 고함을 질렀다.

"석시닐콜린! 병원에 가야 해, 브론. 난 죽어 가고 있다고! 대체 여긴 왜 데려온 거야? 당장 구급차 불러!"

그가 침대 옆 테이블에 있는 무언가를 향해 고갯짓했다. 처음에는 벌거벗은 여자 둘이 소위 '69체위'를 하고 있는 플라스틱 모형인 줄 알았는데 이제 보니 전화기였다.

나는 침을 꿀꺽 삼켰다.

"병원에 갈 순 없어요, 우베."

"못 간다고? 가야 해! 죽어 가고 있다니까, 이 자식아! 죽는다고! 간다고!"

"잘 들어요. 석시닐콜린을 맞았다는 걸 알면 의사가 당장 경찰에 전화할 거예요. 그건 처방으로 살 수 있는 약이 아니라고요. 세상에서 가장 위험한 독약, 청산가리랑 탄저균 수준이라고요! 크리포스한테 심문을 받게 될 거예요."

"그래서? 입 다물면 되잖아."

"어떻게 설명할 거예요, 예?"

"생각해 볼게."

나는 고개를 흔들었다.

"어림도 없어요, 우베. 그들이 아인바우, 리드, 버클리를 쓰기 시작하면 어림도 없어요."

"뭐?"

"무너질 거라고요. 여기 있어야만 해요. 알겠어요? 벌써 아까보다 나아졌잖아요."

"그걸 네 놈이 어떻게 알아, 엉? 의사야? 아니, 망할 헤드헌터잖아. 지금 내 폐가 바싹바싹 타고 있다고. 비장은 파열됐을 거고, 한 시간 후면 신장이 모두 망가질 거야. 빌어먹을 병원에 가야 한다고! 지금 당장 !"

그가 침대에서 반쯤 일어나 앉았다. 나는 펄쩍 뛰어 그를 다시 앉혔다.

"잘 들어요. 냉장고에서 우유를 좀 가져올게요. 우유는 독을 중화시키잖아요. 병원에 가도 그런 거 말고 다른 건 못할 거라고요."

"우유나 들이붓는 거 말고 달리 할 수 있는 게 없다고?"

그가 다시 일어나 앉으려 했지만 나는 다시 그를 거칠게 밀쳤다. 그 순간 그의 호흡이 거의 사라지더니 눈동자가 희게 말려 올라가고 입이 반쯤 벌어졌다. 그의 머리가 베개 위로 뚝 떨어졌다. 그의 얼굴 위로 몸을 굽혔다. 지독한 담배 냄새로 찌든 그의 숨이 내 얼굴에 뿜어졌다. 나는 그의 통증을 덜어 줄 무언가를 찾아 집 안을 뒤지기 시작했다.

손에 잡히는 것이라고는 총알뿐이었다. 그것도 아주 많이. 적십자 무늬가 있는 약장에는 웬 상자만 가득 들어 있었다. 상자에 쓰인 글귀에 의하면 9밀리미터 구경 총알이었다. 부엌 찬장에도 총알 상자만 있었다. 일부는 하사관 시절 '붉은 방귀'라 불렸던 '공포탄' 딱지가 붙어 있었다. 마음에 안 드는 프로그램이 나올 때마다 텔레비전을 향해 쏘던 총알이 바로 이 공포탄이었을 것이다. 미친 놈. 냉장고를 열었다. 티네 우유 한 통이 있었다. 그리고 같은 칸에 은색으로 빛나는 권총이 하나 있었다. 총을 꺼내 들었다. 손잡이가 시리도록 차가웠다. 제품명 글록 17이 강철에 새겨져 있었다. 무게를 가늠해 보았다. 총알이 들어 있는데도 안전장치는 없었다. 달리 말해 부엌에 있을 때 원치 않는 손님이 갑자기 찾아오면 즉시 발사할 수 있도록 총을 장전해 놓은 것이다. 천장에 달린 CCTV 카메라를 올려다보았다. 그리고 우베 세케루드가 생각한 것보다도 훨씬 피해망상이 심하다는 걸 깨달았다.

우유와 함께 권총도 꺼냈다. 쏘지 않더라도 그가 다시 제멋대로 굴면 위협하는 데 쓸모가 있을 것이다.

모퉁이를 돌아 다시 거실로 들어갔다. 그가 침대에 엉거주춤 앉아 있었다. 단지 기절한 척한 것뿐이다. 손에는 몸을 굽혀 상대의 몸을 핥고 있는 플라스틱 여자가 들려 있었다.

"구급차 보내 주세요."

그의 목소리는 크고 또렷했다. 그가 도전적인 눈빛으로 날 노려보았다. 손에는 영화에 자주 등장하는 무기가 들려 있었다. 그것이 있으니까 마음대로 전화를 걸어도 된다고 생각하는 것 같았다. 그 총을 본 순간 떠오르는 건 빈민가, 갱단, 흑인 범죄 같은 것이었다. 그것은 우지 단기관총이었다. 작고 손에 들기 편하지만 너무나도 흉측하고 위험해서 웃음 따위는 절대 나오지 않는 기관총. 그것이 날 겨누고 있었다.

"안 돼! 그러지 마요, 우베! 경찰에 알릴 거라니까……!"

그가 총을 발사했다.

마치 프라이팬에서 팝콘 튀기는 소리 같았다. 그 생각을 할 시간은 있었다. 그것이 내 장송곡이라는 생각도. 배에 무언가 느껴져 아래를 내려다보았다. 옆구리에서 피가 한 줄기 솟아나와 들고 있던 우유통을 때리고 있었다. 흰 피? 아니, 반대였다. 구멍이 난 것은 우유통이었다. 나는 거의 반사적으로 그리고 일종의 절망감에 휩싸여 총을 들어올렸다. 아직 그럴 힘이 남아 있다는 사실에 조금 놀라며 방아쇠를 당겼다. 그 소리에 갑자기 분노가 증폭되었다. 빵, 하는 총소리는 적어도 그 망할 기관총 소리보단 강력했다. 그래도 여전히 소리는 생각보다 작았다. 총을 내렸다. 그때 우베가 눈살을 찌푸리며 나를 노려보는 것이 보였다. 그의 찡그린 이마 바로 위에 작고 우아하기까지 한 검정 구멍이 하나 있었다. 그다음 순간 그의 머리가 뒤로 넘어가며 풀썩 하는 작은 소리와 함께 베개 위로 떨어졌다. 그 순간 나의 분노마저 함께 날아갔다. 눈을 깜빡이고 또 깜빡였다. 마치 망막에 한 가지 텔레비전 장면만 맺힌 것 같았다. 그때 어렴풋이 한 가지 생각이 들었다. 우베 세케루드가 이번에는 살아 돌아오지 못할 거라고.

매탄가스

나는 액셀러레이터에서 발을 떼지 않은 채 E6 도로를 내달렸다. 빗물이 세케루드의 메르세데스 280SE 앞유리를 거세게 때리고 와이퍼는 빠른 속도로 움직이며 빗물을 쓸어내렸다. 1시 15분, 잠에서 깬 뒤 네 시간 남짓 동안 너무나도 많은 일이 벌어졌다. 날 죽이려는 아내의 살해 시도를 무사히 벗어나고, 공범의 시신을 호수에 던지고, 그를 다시 구해 내고, 이내 팔팔해진 그가 날 쏘아 죽이려 하고, 뒷걸음치다 쥐 잡는 격으로 그를 쏘아 죽여 그는 다시 시신이 되었고, 나는 살인자가 되었다. 엘베룸까지는 반밖에 가지 못했다.

거센 빗물이 마치 휘핑크림처럼 튀어 올랐다. 나는 샛길을 놓치지 않기 위해 운전대 위로 몸을 바짝 숙였다. 지금 내가 가는 곳은 패스파인더 GPS에 입력해 넣을 수 있는 주소 같은 것이 없었다.

세케루드의 집을 나서기 전에 한 일이라고는 옷장에서 마른 옷가지를 좀 꺼내고 그의 자동차 열쇠를 집어든 다음 그의 지갑에서 현찰과 신용카드를 꺼낸 것뿐이다. 시신은 침대 위에 그대로 두었다. 혹시라도 경보가 울린다면 카메라로부터 안전한 곳은 침대뿐이니까. 글록 권총도 가지고 나왔다. 살해 무기를 범죄 현장에 두고 나오는 건 별로 현명한 짓 같지 않았다. 우리가 만나는 장소, 엘베룸 외곽의 오두막 열쇠가 달려 있는 열쇠 뭉치도 가지고 왔다. 그곳은 계획을 세우고 생각을 하는 장소였다. 또한 아무도 날 찾지 않을 곳이었다. 내가 이곳의 존재를 안다는 사실은 아무도 모르기 때문이다. 그것뿐만이 아니다. 이곳은 로테를 이 일에 끌어들이지 않고 갈 수 있는 유일한 곳이다. 이 일? 이 일이 대체 뭐란 말이지? 지금 이 순간 '이 일'이란 사람들을 추적하는 게 직업인 미치광이 네덜란드 사내로부터 쫓기는 일이다. 그리고 머지않아 경찰도 연루될 것이다. 그들이 내 생각보다 아주 조금 똑똑하기만 하다면. 살아날 가능성이 조금이라도 있으려면 수사를 최대한 혼란스럽게 만들어야 했다. 예를 들자면 일단 차를 바꿔야 했다. 일곱 자리 번호판은 사람을 식별하기 가장 쉽게 만들어 줄 테니까. 문이 닫힘과 동시에 자동으로 작동되는 경보기 소리를 들은 뒤 우베의 집에서 나와 집으로 돌아왔다. 그레베가 나를 기다리고 있을지 모른다는 생각이 들어 일단 차는 조금 떨어진 골목에 세웠다. 젖은 옷을 트렁크에 넣고 천장에서 루벤스 그림을 꺼낸 뒤 서류첩에 넣었다. 그리고 차를 잠그고 걸어 나왔다. 우베의 차는 아침에 본 곳에 그대로 서 있었다. 나는 조수석에 서류첩을 놓고 엘베룸으로 향했다.

샛길이 나타났다. 역시나 예상치 못하게 불쑥 튀어나온 그 길을 지나며 재빠르면서도 조심스럽게 브레이크를 밟았다. 시야가 나쁘고 거의 수상 운전을 하는 중이라 덤불로 돌진하기 쉬웠다. 지금은 경찰이 나타나서도, 충돌 사고 같은 것이 일어나서도 안 되었다.

이내 시골이 나타났다. 농장들 위로 안개가 자욱하기 피어오르고, 도로 양쪽으로 물결치듯 완만하게 펼쳐진 들판이 점점 좁아지며 구불구불해졌다. 그때 시그달 부엌가구를 선전하는 대형 트럭이 지나가며 빗물을 한 차례 뿌려 댔다. 다음 샛길로 빠지는 길목이 나타나 다시 도로를 독점하게 되자 안도감이 들었다. 포장도로에 난 구멍이 점점 많아지고 그 크기도 커졌다. 그와 함께 농장들도 점점 더 띄엄띄엄 나타나고 크기가 작아졌다. 세 번째 샛길. 자갈길. 네 번째. 빌어먹을 황무지. 빗물에 젖어 축 늘어진 가지들이 마치 낯선 사람을 더듬는 맹인처럼 차를 훑었다. 거북이걸음으로 20분을 더 달리고 나자 그곳에 도착할 수 있었다. 다른 집을 본 지도 20분이 흘렀다.

나는 우베의 스웨터에 달린 모자를 뒤집어쓰고 빗속을 달려 삐딱하게 확장된 헛간을 지나쳤다. 우베한테 들은 바에 따르면 여기 사는 신드레 오라는 심술궂은 외톨이 노인네가 헛간을 확장할 당시 돈을 아끼겠다고 기반 공사를 제대로 하지 않아 시간이 흐르면서 진흙으로 된 바닥이 조금씩 무너졌다는 것이다. 그 노인네와 직접 이야기한 적은 없었다. 그쪽은 우베가 알아서 처리했으니까. 하지만 멀리에서 두어 번 본 적은 있었다. 그래서 농가 계단에 서 있는 호리호리하고 등이 굽은 실루엣을 알아볼 수 있었다. 이 빗속에 차가 오는 소리를 어떻게 들었는지는 하느님만 알 것이다. 발치에는 고양이

한 마리가 서서 그의 다리에 몸을 비비고 있었다.

"안녕하세요!"

계단에 다다르기 훨씬 전에 내가 소리쳤다.

아무 반응이 없다.

"안녕하세요, 오!"

내가 다시 소리쳤다. 여전히 묵묵부답.

나는 계단 끝에 서서 비를 맞으며 조용히 기다렸다. 고양이가 나를 보고 계단에서 내려왔다. 문득 고양이는 비를 싫어한단 말이 생각났다. 고양이는 디아나처럼 아몬드 모양의 눈을 하고는 마치 오랜 친구라도 된 듯이 내 다리에 몸을 밀착했다. 아니, 어쩌면 내가 낯선 사람이라 그런 건지도 모르겠다. 노인네가 겨누고 있던 소총을 내렸다. 누군가 나타나면 누구인지 알아보기 위해 낡은 소총에 달린 망원조준기를 쓴다고 우베가 말한 적이 있었다. 너무나 구두쇠라 제대로 된 쌍안경 따위는 절대 사지 않는다고 했다. 같은 이유로 총알도 절대 사지 않는다고 했다. 그러니 아마 안전하긴 할 것이다. 또한 소총을 겨누는 행위는 너무 많은 사람들이 찾아오는 걸 막는 효과도 있으리라.

"세케루드는 언제 오나, 브론?"

그가 난간 너머로 침을 뱉었다. 그의 목소리는 기름칠 안 된 문처럼 삐걱거렸다. 그리고 '세케루드'라는 말은 마치 귀신을 쫓아낼 때 쓰는 주문처럼 날카롭고 과격했다. 그가 내 이름을 어떻게 아는지는 알 도리가 없었다. 우베한테 들은 것이 아닌 것만은 분명했다.

"나중에 옵니다. 헛간에 차를 세워도 될까요?"

내가 물었다.

"돈이 좀 들지. 그건 당신 차도 아니잖아. 세케루드 거지. 그는 어떻게 오는데?"

그가 다시 침을 뱉더니 물었다.

나는 깊은 숨을 들이쉬었다.

"스키 타고요. 얼만데요?"

"하루에 5백."

"5……백이요?"

그가 씩 웃었다.

"도로에 그냥 두든가. 그건 공짜고."

그가 침을 퉤 뱉었다. 나는 우베의 지갑에서 꺼내 온 200크로네 세 장을 꺼내 계단을 올라갔다. 그가 앙상한 손을 내밀고 나를 기다리고 있었다. 그는 불룩한 지갑에 돈을 쑤셔 넣더니 다시 침을 뱉었다.

"거스름돈은 나중에 주셔도 됩니다."

내가 말했다.

그는 대답하지 않고 안으로 들어가더니 문을 꽝 닫았다.

나는 후진으로 차를 헛간에 넣었다. 어둠 속이라 까딱했으면 목초 운반기에 달린 날카로운 강철 갈퀴에 차가 거의 뚫릴 뻔했다. 신드레 오의 매시 퍼거슨 트랙터 뒤에 연결된 운반기는 다행히 접혀져 위로 올라가 있었다. 그래서 뒤에 달린 날개를 망가뜨리거나 타이어에 구멍을 내는 대신 아래쪽 날이 트렁크 뚜껑을 긁으며 거친 소리

를 냈다. 덕분에 강철 갈퀴가 뒷유리를 뚫고 들어오는 것만은 막을
수 있었다.

나는 트랙터 옆에 차를 세운 다음 서류첩을 들고 오두막으로 달
려갔다. 다행히 전나무 숲이 매우 빽빽해 비를 별로 맞지 않았다.
수수한 통나무 오두막 안으로 들어가 보니 머리가 놀라울 정도로
말라 있었다. 불을 피우려다 생각을 바꿨다. 차를 숨기기까지 했는
데 불을 피워 오두막에 사람이 있다는 걸 알리는 건 좋은 생각이
아닌 것 같았다.

그제야 배가 고프다는 걸 깨달았다.

나는 우베의 데님 재킷을 벗어 부엌 의자에 걸쳐놓고 부엌 찬장
을 뒤졌다. 한참이 지나서야 마지막으로 우베와 내가 여기 왔을 때
남겨두었던 스튜 통조림 하나를 찾을 수 있었다. 서랍에는 숟가락도
통조림 따개도 없었지만 글록 총신으로 겨우 뚜껑에 구멍 하나를
뚫을 수 있었다. 즉시 자리에 앉아 손가락으로 기름지고 짠 내용물
을 걸신들린 듯 퍼먹기 시작했다.

그런 다음 창문을 내다보았다. 거센 빗줄기가 숲으로 그리고 오
두막과 실외 변소 사이의 코딱지만 한 마당으로 떨어지는 것이 보
였다. 침실로 가 그림이 든 서류첩을 매트리스 아래에 넣고 생각을
하기 위해 그 자리에 누웠다. 그런데 생각은 별로 하지 못했다. 하
루 종일 엄청나게 분비되던 아드레날린 때문인지도 모르겠다. 갑자
기 눈을 뜨고 나서야 나도 모르게 잠들고 말았다는 사실을 깨달았
다. 시계를 보았다. 오후 4시. 휴대전화를 꺼내 보니 메시지가 여덟
개 와 있었다. 걱정하는 아내 역할을 제대로 하고 싶어 하는 디아나

로부터 네 개. 아마 그레베가 어깨 너머에서 내가 대체 어디 있는 거냐고 묻고 있겠지. 페르디난드로부터 온 것이 세 개였다. 추천 결과가 어떻게 됐는지, 그게 안 됐다면 최소한 패스파인더 일을 어떻게 처리하면 되는지 알려 달라는 것이 분명했다. 그리고 누구인지 즉시 알아볼 수 없는 것이 하나, 주소록에서 삭제해 버렸기 때문이다. 하지만 누구인지는 너무나도 잘 알고 있었다. 그 번호를 쳐다보고 있는데 갑자기 그런 생각이 들었다. 태어나 삼십 몇 년을 보내며 무수히 많은 학교 친구, 옛 여자친구, 동료들 그리고 업무상 지인들을 만난 내가, 아웃룩 주소록 용량만 해도 2메가바이트가 넘는 내가 지금 이 순간 믿을 사람이라고는 단 한 명뿐이라니. 아는 여자. 그것도 엄밀히 말하면 단 3주 알고 지냈던 여자. 아니, 3주 함께 잔 여자. 갈색 눈을 한 덴마크 여자, 마치 허수아비처럼 옷을 입고, 한 단어로 대답을 하고, 이름은 l, o, t, t, e, 알파벳 다섯 개로 된 여자. 이것이 로테와 나 둘 중 누구에게 더 비극인지는 알 수 없었다.

나는 전화번호 안내 서비스에 전화를 걸어 해외 번호를 부탁했다. 노르웨이에서 안내데스크는 대체로 4시 정각에 업무를 마친다. 통계에 따르면 그들 중 거의 대부분은 집으로 돌아가 아픈 배우자나 애인을 간호한다고 한다. 세상에서 근로 시간이 가장 짧고, 국민 복지 예산이 가장 많고, 병가 비중이 가장 높은 나라가 여기니까. 하지만 호테의 안내데스크는 4시 넘어 전화를 받는 것이 세상에서 가장 자연스러운 일인 양 전화를 받는다. 이름도, 부서명도 모른다. 하지만 일단 덤벼 보기로 한다.

"새로 오신 분한테 연결 좀 해 주세요."

"새로 오신 분이라뇨?"

"있잖아요. 기술부에."

"펠센브링크 씨는 오신 지 꽤 됐는데요."

"저한테는 새로 오신 분 같아서요. 그분 아직 계신가요?"

4초 뒤, 나는 4시에서 1분이 지났는데도 아직 근무 중일 뿐 아니라 팔팔하고 공손하게 대답하는 네덜란드 남자와 이야기를 시작했다.

"저는 알파 헤드헌팅의 로게르 브론이라고 합니다."

참.

"클라스 그레베 씨께서 전 직장 문의처로 이 번호를 주셨거든요."

거짓.

"그러세요. 클라스 그레베 씨는 제가 지금까지 함께 일한 최고의 관리자였습니다."

그가 마치 기다렸다는 듯이 대답했다.

"그러니까……."

내가 입을 열었다.

"예. 정말 솔직히 말씀드리는 겁니다. 그는 패스파인더가 필요로 하는 완벽한 사람이죠. 아니, 그런 면에서는 다른 어떤 회사라도 마찬가집니다."

나는 잠시 망설였다. 그러나 마음을 바꿔 먹었다.

"감사합니다. 펜셀브링크 씨."

"펠센브링크입니다. 언제든 또 연락 주세요."

나는 전화를 바지 주머니에 집어넣었다. 이유는 알 수 없었지만 왠지 지금 큰 실수를 한 것 같았다.

바깥의 비는 여전했다. 달리 할 일이 없던 나는 루벤스 그림을 꺼내 부엌 창문으로 들어오는 햇빛 아래에서 자세히 살펴보았다. 그 그림을 처음 보았을 때 멧돼지의 몸에 창을 찔러 넣는 사냥꾼 멜레아그로스의 성난 얼굴을 보고 떠오른 사람이 있었다. 클라스 그레베. 그때 어떤 생각이 떠올랐다. 물론 우연이겠지. 하지만 언젠가 디아나가 자기 이름이 사냥꾼과 분만의 여신인 아르테미스의 로마식 이름이라고 한 적이 있었다. 사냥꾼 멜레아그로스를 보낸 것이 아르테미스 아니었나? 나는 하품을 하며 그림 속 나의 역할은 무엇인지 생각했다. 그때 내 생각이 완전히 뒤죽박죽이라는 걸 깨달았다. 정반대가 아닌가. 아르테미스가 보낸 건 멧돼지지 사냥꾼이 아니었다. 눈을 문질렀다. 여전히 피곤했다.

바로 그 순간 무슨 일인가 벌어진 것을 느꼈다. 무언가 변화가 있었다. 하지만 그림에 너무나도 푹 빠져 있어 그것은 내 주의를 끌지 못했다. 나는 창밖을 내다보았다. 달라진 건 소리였다. 비가 그친 것이다.

그림을 다시 서류첩에 넣고 그것을 숨길 장소를 찾기로 했다. 몇 가지 사려면 오두막을 나서야 했는데 그 음흉한 신드레 오를 믿을 수가 없으니.

주변을 둘러보자 창문 밖 변소가 눈에 들어왔다. 변소 천장은 얼기설기 이어진 판자로 되어 있었다. 마당으로 나가자 겉옷을 입고 나왔어야 했다는 생각이 들었다.

변소는 가장 기본적인 것만 갖춰진 작은 헛간이었다. 통풍이 되도록 판자 사이로 틈이 난 벽 네 개, 둥글게 톱으로 구멍을 뚫어 놓은 나무 상자 그리고 대충 잘라 만든 네모난 덮개. 나는 나무 상자 위에 놓인 빈 화장지 롤 세 개와 루네 루드베르그가 표지모델로 나온 잡지 한 권을 치우고 그 위로 올라갔다. 꼭대기에 가로로 걸쳐 있는 판자에 닿기 위해 까치발을 들며 다시 한 번 키가 몇 센티미터만 컸으면 얼마나 좋을까 생각했다. 한동안 끙끙거린 끝에 마침내 판자 하나를 떼어 내고 서류첩을 올려놓은 다음 판자를 다시 맞춰 끼울 수 있었다. 그때 틈 사이로 바깥을 내다본 나는 소스라치게 놀라고 말았다.

밖은 분명 조용했다. 빗물로 무거워진 나뭇가지에서 간혹 물 떨어지는 소리가 전부였다. 아무 소리도 듣지 못했다. 나뭇가지가 부러지는 소리도, 진흙탕 길에 질척대는 발소리도 듣지 못했다. 숲 가장자리에서 주인 곁에 선 개가 내는 소리도 듣지 못했다. 오두막 안에 있었더라면 보지도 못했을 것이다. 창문으로 보았다면 사각지대에 있었을 테니까. 개는 근육과 강력한 턱, 날카로운 이빨을 한데 뭉쳐 복서의 몸에 넣어 둔 것 같았다. 다만 조금 더 작고 탄탄했을 뿐. 다시 말하겠다. 나는 개를 정말 싫어한다. 클라스 그레베는 카무플라주 무늬가 있는 비옷에 녹색 군인 모자를 쓰고 있었다. 손에는 아무 무기도 없었지만 비옷 속에 뭐가 숨겨져 있을지는 뻔했다. 그때 갑자기 이곳이 그레베에게 완벽한 장소라는 생각이 들었다. 인적도 목격자도 없는 이곳에서 시신 한 구쯤 숨기는 것은 애들 장난이리라.

주인과 개가 들리지 않는 명령에 반응하기라도 하듯 한몸처럼 움직이기 시작했다.

심장이 공포로 미친 듯 뛰었다. 그런데도 그들이 소리 하나 내지 않고 너무나도 빠른 속도로 숲 가장자리로부터 오두막 벽을 지나 거침없이 문을 열고 들어가는 것을 매료되어 바라보았다. 문은 활짝 열린 채 놔두었다.

오두막이 비었음을 발견하기까지 이제 몇 초밖에 남지 않았다. 의자에 걸린 겉옷을 보고 내가 멀리 가지 않았음을 알아내는 것도 금방이다. 그리고…… 이런 젠장! 빈 통조림 옆에 놓인 글록을 보는 것도! 머리가 미친 듯 돌아가기 시작했지만 단 한 가지밖에 생각나지 않았다. 내게 아무것도 없다는 것. 무기도, 도망갈 수단도, 계획도, 시간도. 걸음아 날 살려라 도망친다고 해도 20킬로그램짜리 니더 테리어가 내 발목을 물고 늘어지고, 9밀리미터 납덩이가 내 머리에 박히기까지는 길어야 10초다. 한마디로 모든 것이 끝장이었다. 다음 순간 머리가 이제 겁을 잔뜩 집어먹을 때라는 것을 알려 왔다. 그러자 차마 믿을 수 없는 일이 벌어졌다. 머리가 활동을 완전히 멈추고 뒤로 물러선 것이다. 다시 모든 것이 끝장이다.

그때 아이디어가 하나 떠올랐다. 너무나도 무모하고 모든 면에서 역겨운 아이디어. 하지만 아이디어는 아이디어였다. 그것도 지금으로선 유일한.

나는 화장지 롤 하나를 집어 입에 넣었다. 그리고 롤을 감싼 입술 주변으로 틈이 생기지 않게 단단히 물어 보았다. 그런 다음 변기 뚜껑을 올렸다. 악취가 올라왔다. 그 아래로 1.5미터 깊이의 탱크가 있었다. 대변, 소변, 휴지 그리고 벽 안쪽으로 흐르는 빗물이 한데 섞인 탱크. 탱크를 들고 숲 속 구덩이까지 가져가 비우는 건 최소한 장정 두 명이 필요한 끔찍한 일이었다. 우베와 함께 딱 한 번 해 본 적이 있는데 그 이후로 사흘 연속 사방에서 똥이 물결치는 꿈을 꾸었다. 말 그대로였다. 노인네 역시 그 일이라면 질색하는지 탱크는 거의 끝까지 가득 차 있었다. 지금 상황에서는 다행이라고 할 수 있었다. 제아무리 날고 기는 니더 테리어라고 해도 다른 냄새는 맡을 수 없을 테니.

나는 변기 뚜껑을 들어 내 머리 위에 올리고 구멍 양쪽을 꽉 붙든 뒤 천천히 구멍 아래로 몸을 내렸다.

양팔을 위로 쭉 뻗은 채 똥물 속에 몸을 담그는 것, 사람 똥이 몸을 가볍게 스치는 기분은 그야말로 비현실적이었다. 머리가 마지막으로 구멍을 지나쳐 내려오자 뚜껑이 얌전히 그 위에 덮였다. 후각은 이미 완전히 마비되어 아무 냄새도 나지 않았다. 다만 눈물샘의 활동이 활발해진 것만은 느낄 수 있었다. 탱크 안에서 가장 액체가 많은 윗부분은 얼음처럼 차가웠지만 아래로 내려오니 조금 따뜻하기까지 했다. 아마 그 속에서 일어나는 다양한 화학 작용 때문인 것 같았다. 이런 탱크 속에서 메탄가스가 발생한다는 걸 어디선가 읽은 거 같은데? 그걸 너무 많이 흡입하면 죽을 수도 있다는 것도? 발 아래로 바닥이 느껴지자 몸을 구부렸다. 눈물이 줄줄 흘러내리고 콧물도 흐르기 시작했다. 나는 목을 뒤로 굽혀 화장지 롤이 수직으로 위를 향하게 한 다음 눈을 감았다. 그리고 최대한 몸과 마음을 편하게 하려고 애썼다. 그렇지 않으면 금방이라도 구역질을 시작할 것만 같았다. 그런 다음 조심스럽게 무릎을 굽혔다. 귀가 똥물과 침묵으로 채워졌다. 화장지 롤을 통해 숨을 쉬었다. 효과가 있었다! 이제 더 아래로 내려갈 필요는 없었다. 우베와 내 배설물로 입과 귀가 가득 찬 채 죽는다면 정말 극적인 최후가 될 것이었다. 하지만 극적 죽음 따위는 내 계획에 없었다. 난 살고 싶었다.

아주 멀리서 문 열리는 소리가 들린 것 같았다.

이제 시작이다.

묵직한 발걸음의 떨림이 느껴졌다. 발 구르는 소리. 침묵. 발걸음 소리. 개. 변소 뚜껑이 열렸다. 지금 이 순간 그레베가 날 내려다보고 있음을 알고 있었다. 정확히 말하면 내 입 속. 그는 지금 내 기도로 이어진 화장지 롤의 열린 입구를 내려다보고 있었다. 나는 최대한 조용히 숨을 쉬었다. 화장지 롤의 두꺼운 종이가 점점 젖으며 흐물거리기 시작했다. 조금만 지나면 구겨지고 구멍이 생겨 결국 찌그러지고 말겠지.

쿵 하는 소리가 들렸다. 뭐지?

다음으로 들린 소리는 명백했다. 갑작스러운 뿡 소리와 함께 흐느끼듯 피식 소리를 내는 대장의 움직임. 그 소리는 금세 사라지고 이내 만족스러운 끙 소리로 마무리되었다.

이런 제기랄.

나는 생각했다.

그리고 당연히 잠시 후, 무언가 떨어지는 소리와 함께 위로 치켜 올려진 얼굴 위로 새로운 무게가 더해졌다. 잠시, 아주 잠시, 차라리 이것보다 죽음이 낫겠다는 생각이 들었다. 하지만 그것도 길진 않았다. 사실 이것은 엄청난 역설이었다. 지금처럼 살아야 할 이유가 없는데 살고자 하는 욕구는 강한 적이 없었다.

조금 긴 신음이 들렸다. 아까보다 힘을 더 주고 있는 것이 분명했다. 화장지 롤 속으로 떨어지면 안 되는데! 와락 걱정이 밀려왔다. 안 그래도 공기가 충분치 않았다. 또 한 번의 퐁당 소리.

어지러웠다. 구부정한 자세로 있느라 허벅지 근육도 심하게 당겼다. 아주 조금 다리를 폈다. 얼굴이 수면 밖으로 나왔다. 눈을 몇 차례 깜빡였다. 그러자 털이 북슬북슬한 클라스 그레베의 하얀 엉덩이를 올려다보고 있음을 알았다. 그리고 흰 엉덩이를 바탕으로 그의 실한, 아니 솔직히 실한 것 이상으로 인상적인 성기의 실루엣이 보였다. 죽음에 대한 두려움조차 다른 사내의 성기에 대한 부러움을 없앨 수는 없는 법이기에 나는 잠시 디아나를 떠올렸다. 그리고 바로 그때, 그레베의 손에 죽지 않는다면 내 손으로 그를 죽여 버리겠다고 다짐했다. 그레베가 몸을 일으켰다. 구멍 사이로 빛이 새어 들어왔다. 그때 나는 보았다. 그의 몸이 어딘가 잘못 되었음을, 무언가 없음을. 나는 눈을 감고 다시 깊숙이 들어갔다. 어지러움이 너무 심해 정신을 잃을 지경이었다. 메탄가스 중독으로 죽게 되는 것일까?

잠시 아무 소리도 들리지 않았다. 이제 모두 끝난 건가? 막 숨을 들이쉬는 찰나, 거기 아무것도 없다는 걸 깨달았다. 난 아무것도 빨아들이지 못하고 있었다. 공기구멍이 막혀 버린 것이다. 아무 생각도 들지 않고 오직 살고자 하는 본능만 작용했다. 숨이 턱턱 막혔다. 일어서야 해! 얼굴이 밖으로 나오는 순간 쿵, 소리가 들렸다. 눈을 깜빡이고 또 깜빡였다. 위로 모든 것이 캄캄했다. 그때 묵직한 발걸음 소리, 그다음으로 문 열리는 소리, 움직이는 발과 문 닫히는 소리가 들렸다. 나는 화장지 롤을 뱉어 내고 무슨 일이 벌어진 건지 보았다. 무언가 하얀 것이 롤을 막고 있었다. 그레베가 쓰고 버린 화장지였다.

나는 탱크 밖으로 나와 판자 사이로 밖을 내다보았다. 그레베가 오두막으로 들어가며 개를 숲으로 보내는 것이 보였다. 개는 북쪽, 산꼭대기 쪽을 향하고 있었다. 개의 모습이 숲속으로 사라질 때까지 쳐다보았다. 그리고 그 순간, 구원의 불꽃, 안도와 희망을 품어도 된다는 생각 때문인지 나도 모르게 조그만 울음소리가 입에서 새어 나왔다. 안 돼. 바라지 마. 느끼지 마. 아무런 감정도 느껴선 안 돼. 분석적으로 굴어, 브론. 생각해. 소수. 체스판 상황. 좋아. 날 어떻게 찾았지? 도대체 어떻게 알았지? 디아나도 이곳에 대해선 들어본 적조차 없었다. 누구한테 들은 거지? 답이 없다. 좋아. 지금 할 수 있는 일은 뭐가 있나? 일단 도망쳐야 한다. 그리고 두 가지가 내게 유리하게 작용하고 있었다. 어둠이 내리기 시작했다는 것 그리고 머리부터 발끝까지 똥으로 덮여 냄새가 감춰졌다는 것. 하지만 두통이 심했고 어지러움은 더욱 심해지고 있었다. 그리고 완전히 깜깜해질 때까지 기다릴 수도 없었다.

탱크 바깥으로 내려왔다. 발이 변소 뒤 언덕에 닿았다. 나는 쭈그리고 앉아 숲까지의 거리를 생각해 보았다. 거기에서 헛간까지 뛰어가 차로 탈출한다. 열쇠는 주머니에 있잖아, 아닌가? 주머니를 뒤졌다. 왼쪽 주머니에 지폐 몇 장과 우베의 신용카드, 내것과 우베의 집 열쇠가 있었다. 오른쪽 주머니. 휴대전화 아래로 차 열쇠가 만져지자 나는 안도의 한숨을 쉬었다.

휴대전화.

그렇다.

휴대전화는 기지국으로 위치 추적이 가능하다. 물론 특정 장소는 안 되고 지역 정도까지만. 하지만 텔레노르의 기지국 중 하나에서 내 전화가 여기 있음을 알고 있다면 이곳 말고 달리 갈 데가 어디 있겠는가? 1킬로미터 반경에서는 신드레 오의 집이 유일하다. 그레베는 텔레노르의 운영부서와 관련이 있는 게 분명하다. 하지만 이제는 더 이상 놀랄 것도 없었다. 이제야 무슨 일이 벌어진 건지 깨달을 수 있었다. 그리고 마치 내 전화를 기다리고 있었던 것처럼 굴던 펠센브링크가 내 의심을 확인해 주었다. 이건 나와 내 아내 그리고 발정 난 네덜란드 사내 사이의 삼각관계가 아니었다. 내 생각이 옳다면 난 상상보다 훨씬 더 큰 위험에 빠져 있었다.

맥시 퍼거슨

조심스럽게 머리를 들고 오두막 쪽을 쳐다보았다. 유리창은 온통 검었고 아무것도 보이지 않았다. 불을 안 켰다 이거지. 좋아. 더 이상 여기 있을 수는 없다. 나는 한 줄기 바람이 나무 사이를 스치고 지나가기를 기다렸다가 전속력으로 달렸다. 7초 뒤, 숲의 가장자리까지 달려가 나무 뒤에 숨었다. 하지만 그 7초의 시간 동안 나는 거의 나가떨어질 것 같았다. 숨 쉴 때마다 폐가 아프고 머리가 띵했다. 그리고 아버지가 처음이자 마지막으로 날 놀이공원에 데려갔던 날처럼 어지럽고 속이 울렁거렸다. 내 아홉 번째 생일이었던 그날, 놀이공원은 바로 내 선물이었다. 무언가 반짝이는 것이 든 콜라 한 병을 나눠 마시고 있던 술 취한 십 대 세 명을 빼고는 아버지와 내가 유일한 손님이었다. 아버지는 엉성한 노르웨이어로 열을 올리며 운영 중이던 단 하나 놀이기구의 가격을 깎는 데 성공했다. 재미라고는 하나도 없고 기구에 탄 사람을 돌리고 또 돌려 결국 뱃속에 든 솜사탕을 모조리 토하게 만드는 끔찍했던 놀이기구였다. 다만 엄마나 아빠가 괜찮으냐며 팝콘과 청량음료를 사 주기만 한다면 다행이었다. 나는 그 삐거덕거리는 기구에 내 몸을 싣기를 거부했지만 아버지는 한사코 타라면서 내 몸을 고정시키는 벨트를 자신의 몸에 칭칭 동여맸다. 25년이 지난 지금, 나는 오줌 지린내와 싸구려 넝마 냄새가 진동하는 더럽고 초현실적인 놀이공원에 돌아와 있었다. 그때와 똑같이 겁에 질리고 내내 헛구역질을 해 대면서.

바로 옆에서 시내가 콸콸 소리를 내며 흘렀다. 휴대전화를 꺼내 그 안으로 던졌다. 어디 한번 추적해 봐라, 이 미친 추적광. 그러고 나서 부드러운 숲길을 밟으며 농장 쪽으로 천천히 달리기 시작했다. 소나무 사이사이로 어둠이 내려와 있었지만 그것 말고 다른 나무나 덤불은 없어 길 찾기는 쉬웠다. 2분이 채 지났을까, 농장 바깥에 켜둔 불빛이 보였다. 조금 더 달려 내려가 농가가 보이는 거리에서 헛간을 사이에 두고 숲 가장자리에서 멈췄다. 신드레 영감이 이 꼴을 하고 있는 내 모습을 보면 무슨 일이냐고 꼬치꼬치 물어 댈 것이다. 거기에서 끝나면 다행이다. 득달같이 경찰에 전화를 걸겠지.

나는 헛간으로 살금살금 다가가 소리 나지 않게 빗장을 열었다. 그리고 문을 열고 안으로 들어섰다. 가장 먼저 머리, 그다음에 벌렁대는 가슴. 어둠 속에서 눈을 깜빡이자 자동차와 트랙터의 윤곽이 어렴풋이 보인다. 망할 메탄가스가 인체에 정확히 어떤 영향을 미치는 거지? 눈이 머나? 메탄. 메탄올. 어딘가 관련이 있을 것 같다.

내 뒤로 헐떡이는 소리와 함께 부드러운, 거의 들리지 않을 정도로 약한 동물의 발소리가 들렸다. 그리고 다음 순간, 소리가 사라졌다. 그것이 무엇인지는 이미 알고 있다. 하지만 몸을 돌릴 시간이 없다. 그것이 펄쩍 뛰어올랐다. 모든 것이 조용하다. 심지어 내 심장도 박동을 멈췄다. 그리고 내 몸이 앞으로 풀썩 쓰러졌다. 니더 테리어라는 놈들이 단번에 농구 선수 목덜미를 물고 늘어질 정도로 높이 뛸 수 있는지 어쩐지는 모른다. 하지만 앞에서 이야기했듯 엄밀히 말해 내 키는 농구선수와는 거리가 멀다. 나는 머릿속에서 폭발하듯 통증이 밀려오는 걸 느낌과 동시에 앞으로 넘어지고 말았다. 놈의 발톱이 내 등을 잡아 찢었다. 신음과 비슷한 소리가 나며 살점이 뜯겨 나가고 뼈가 으스러졌다. 내 뼈가. 손을 뒤로 돌려 놈을 붙잡으려 했지만 팔다리가 말을 듣지 않는다. 마치 내 목덜미를 문 놈의 턱이 뇌로 통하는 모든 소통을 막아 버린 것만 같다. 뇌에서 보내는 명령이 전혀 손발로 전달되지 않고 있다. 나는 입 속에 가득 찬 톱밥을 뱉어 내지도 못한 채 엎드려 있다. 대동맥에 압박이 가해진다. 뇌에는 산소가 부족하다. 시야가 점점 좁아지고 있다. 곧 의식을 잃을 것이다. 그래, 결국 이렇게 죽는구나. 뚱뚱하고 흉측한 개 아가리에 물린 채. 여간 우울한 게 아니다. 아니, 솔직히 말하면 분노가 치밀어 오를 일이다. 머릿속이 활활 타오르기 시작하더니 얼음장처럼 차가운 열이 온몸을 가득 채우고 가느다란 혈관을 통해 손가락 끝까지 속속들이 전해진다. 들뜬 저주와 욕설 그리고 죽음의 전조처럼 불쑥 솟아오르는 최후의 생명력.

나는 마치 살아 있는 모피 망토인 양 개를 등 뒤에 매단 채 일어섰다. 비틀거리며 몸을 이리저리 돌려 팔을 뒤로 보내려 했지만 여전히 놈을 붙잡을 수는 없었다. 나는 알고 있었다. 폭발하듯 솟구치는 이 에너지가 내게 주어진 마지막 기회라는 걸, 이걸 놓치면 곧 정신을 잃고 도마 위의 생선처럼 그레베의 손아귀에 들어가고 말 것이라는 걸. 이제 시야는 제임스 본드 영화의 첫 시작처럼 줄어들어 버렸다. 영화의 시작을 알리는 인트로, 아니 내 경우에는 아웃트로겠지. 사방이 까맣다가 조그맣고 둥근 구멍이 생기면서 턱시도를 입은 남자가 당신을 향해 총을 겨누는 그 장면 말이다. 그 작은 구멍을 통해 푸른색 매시 퍼거슨 트랙터가 보였다. 그리고 마지막 생각이 뇌리를 스쳤다. 개가 정말 싫어.

나는 비틀거리며 트랙터를 향해 등을 돌렸다. 그리고 개의 몸무게를 이용해 내 몸의 무게 중심을 발가락에서 뒤꿈치 쪽으로 보내며 세게 뒷걸음쳤다. 그리고 넘어졌다. 트랙터의 후방 운반기에 달린 날카로운 강철 갈퀴가 우릴 기다리고 있었다. 개의 가죽이 찢어지는 소리가 들렸다. 혼자 죽는 건 아니구나. 시야가 완전히 닫히고 세상이 모두 검게 변했다.

꽤 오랫동안 정신을 잃었던 것이 분명했다.

눈을 떠 보니 바닥에 누워 개의 열린 입 속을 들여다보고 있었다. 놈의 몸은 태아처럼 웅크린 채 마치 공중에 떠 있는 것 같았다. 두 개의 강철 갈퀴가 놈의 등에 박혀 있었다. 자리에서 일어서니 헛간이 빙빙 돌아 옆으로 두어 걸음 주춤거렸다. 한 손으로 뒷덜미를 만지자 놈에게 물렸던 곳에서 아직도 피가 흐르고 있는 것이 느껴졌다. 그리고 그 순간 내가 완전히 미쳐 버린 건 아닐까, 하는 생각이 들었다. 차에 올라 냉큼 달아나는 대신 그저 거기 가만히 서서 무언가에 매료된 듯 멍하니 개나 쳐다보고 있다니. 하지만 그건 하나의 예술 작품 같았다. 창에 꿰뚫린 칼리돈의 개. 진정 아름다웠다. 특히 죽은 채 헤벌어진 그 입이라니. 충격으로 인해 턱 관절이 그 상태로 굳어진 걸까, 아니 이런 종의 개는 이런 식으로 죽는 건지도 모르지. 이유가 무엇이든 놈의 성난 것 같으면서도 멍해 보이는 그 표정이 마음에 들었다. 개의 짧은 삶을 사는 것도 모자라 이 최후의 모욕, 이 수치스러운 죽음을 감내해야 하다니, 마치 그런 표정 같았다. 놈에게 침이라도 뱉어 주고 싶었지만 입 안에 수분이라고는 전혀 없었다.

나는 주머니를 뒤져 자동차 열쇠를 찾은 다음 비틀거리며 우베의 메르세데스로 다가가 차문을 열고 열쇠를 꽂았다. 열쇠를 돌렸지만 아무 반응이 없었다. 다시 한 번 돌리며 액셀러레이터를 밟았다. 여전히 무반응. 앞유리로 바깥을 내다보았다. 나도 모르게 끙 소리가 나왔다. 밖으로 나가 보닛 뚜껑을 열었다. 이제는 너무나도 깜깜해 거의 아무것도 보이지 않았지만 잘린 튜브 같은 것이 비죽 튀어나온 것만은 어렴풋이 알아볼 수 있었다. 그 선이 무슨 역할을 하는지는 몰라도 자동차 시동이라는 기적을 행하는 데에는 반드시 필요한 것이 분명했다. 망할 놈의 백작! 그레베가 아직도 오두막에 앉아 내가 돌아오기를 기다리고 있으면 좋겠다. 하지만 지금쯤이면 개에게 무슨 일이 생겼는지 슬슬 궁금해 하고 있겠지. 침착해, 브론. 좋아, 이제 여기에서 도망칠 수 있는 유일한 수단은 신드레 오의 트랙터뿐이야. 빠르지 않을 거고 그레베는 금세 날 따라오겠지. 놈이 타고 온 차, 그 은회색 렉서스는 도로를 따라 어딘가 세워져 있을 것이다. 그러니까 그 차를 찾아 놈이 이 메르세데스에 그랬듯 똑같이 움직이지 못하게 만들어 놓아야만 해.

나는 빠른 걸음으로 농가로 걸어갔다. 금방이라도 오 영감이 계단으로 나올 것 같았다. 앞문이 조금 열려 있는 것이 보였다. 하지만 그는 나오지 않았다. 나는 노크를 하고 슬쩍 문을 열었다. 현관에는 지저분한 고무장화 옆에 그가 늘 들고 다니는 망원 렌즈가 달린 소총이 기대어져 있었다.

"오? 오 영감님?"

'오'라, 정말 사람 이름처럼 들리지 않는 것 나도 안다. 그건 마치 상대가 하던 이야기를 계속하라고 재촉할 때 내는 소리 같다. 어떤 면에서는 그것도 옳았다. 그래서 나는 바보처럼 계속 '오?' '오?' 소리를 내며 집 안으로 들어갔다. 그때 무언가 움직인 것 같아서 재빨리 몸을 돌렸다. 몸 안에 남아 있는 얼마 되지 않는 피가 얼음장처럼 굳어 버렸다. 마치 두 발로 선 것 같은 검정색 괴물이 나와 동시에 멈춰 서는 것이 아닌가. 그리고 이제는 온통 검은 바탕에 유난히 빛나는 커다란 흰색 눈동자로 나를 뚫어져라 쳐다보고 있었다. 오른손을 들어올렸다. 그러자 그것이 왼손을 들었다. 이번에는 왼손을 들자 그것이 오른손을 들었다. 그건 거울이었다. 안도의 한숨을 내쉬었다. 똥물이 말라붙어 온몸을 덮고 있었다. 신발, 몸, 얼굴, 머리. 계속 움직였다. 그리고 거실 문을 열었다.

그는 미소를 띤 채 흔들의자에 기대앉아 있었다. 뚱뚱한 고양이는 그의 무릎 위에 앉아 디아나처럼 생긴 아몬드 형 눈으로 나를 올려다보았다. 그것이 몸을 일으키더니 아래로 내려왔다. 고양이 발은 부드럽게 바닥에 착지했고, 고양이는 좌우로 엉덩이를 살랑살랑 흔들며 내게로 다가오다가 우뚝 멈춰 섰다. 뭐, 나한테 장미나 라벤더 향이 나는 건 아니니까. 하지만 잠시 머뭇거리던 고양이가 이내 기분 좋다는 듯 깊게 가르릉거리며 내게 다가왔다. 고양이란 놈들은 참 적응력이 빠른 모양이다. 새로운 주인이 필요한 순간이 언제인지 금방 알아차리니까. 이전 주인이 죽었으니 말이다.

신드레 오의 미소는 입술 양쪽으로 길게 찢어진 피투성이 상처 때문이었다. 푸르딩딩한 혀가 째진 한쪽 볼 사이로 늘어져 있고 아래턱의 잇몸과 이가 고스란히 드러나 보였다. 그렇게 앉아 있는 이 심술궂은 농부는 마치 오래된 게임 팩맨을 연상시켰다. 한쪽 귀부터 다른 쪽 귀까지 이어진 이 흉측한 미소가 직접적인 사인은 아닌 것 같았다. 그의 목을 가로질러 핏빛 X자가 그려져 있는 걸 보니 말이다. 나일론 줄이나 철사 같은 걸로 뒤에서 목을 조른 것이 분명했다. 쌕쌕거리며 코로 숨을 쉬고 있는 동안 내 두뇌가 신속히 사건을 재구성하기 시작했다. 그레베가 농장을 지나다 내 차 바퀴자국이 진흙투성이 마당으로 이어진 것을 본다. 조금 더 지나가 약간 떨어진 곳에 차를 세운 다음 다시 돌아와 헛간 안을 들여다보고 내 차가 그 안에 있는 것을 확인한다. 그때쯤이면 신드레 오 영감이 현관 앞에 나와 서 있었을 것이다. 의심이 가득한 교활한 눈초리를 하고. 역시나 침을 뱉으며 나에 관해 묻는 그레베에게 알 듯 말 듯한 대답을 했겠지. 놈이 돈을 주겠다고 했을까? 함께 집 안으로 들어간 건가? 어찌 됐든 영감은 경계심을 늦추지 않고 있었던 것이 틀림없다.

그레베가 뒤에서 목을 조르려 했을 때 고개를 숙여 목을 보호하려 했으니. 아마 몸싸움을 벌이다 철사가 그의 입 속으로 들어갔고, 그레베가 그것을 잡아당기자 영감의 볼이 찢어졌을 것이다. 그레베는 강했고 결국 죽음의 철사를 필사적으로 저항하는 영감태기의 목에 감는 데 성공했겠지. 침묵의 목격자와 침묵의 살인. 그런데 왜 간단히 총을 쓰지 않았을까? 가장 가까운 이웃도 수 킬로미터는 떨어져 있는데. 내게 들키지 않기 위해서? 그때 명백한 해답이 떠올랐다. 무기를 가져오지 않은 것이다. 나는 조용히 욕설을 내뱉었다. 이제는 그에게 무기가 있었다. 내가 오두막에 놔두고 온 글록이 그에게 새로운 살인 무기가 되어 줬으니까. 이 얼마나 바보 같은 짓인가!

무언가 뚝뚝 떨어지는 소리와 함께 고양이가 내 다리 사이에 서는 것이 느껴졌다. 녀석이 분홍색 혀를 날름거리며 내 셔츠 자락을 타고 바닥에 떨어지는 피를 핥아먹고 있었다. 정신을 못 차릴 정도로 피로가 몰려오기 시작했다. 나는 세 번 깊게 숨을 들이쉬었다. 정신을 집중해야만 해. 계속 생각하고 움직여. 그것이 몸을 죄어드는 두려움을 최대한 멀리할 수 있는 유일한 길이었다. 일단은 트랙터 열쇠를 찾아야 했다. 나는 막연히 이 방 저 방을 돌아다니며 서랍들을 열어젖혔다. 침실에서 비어 있는 총알 상자를 하나 찾았다. 복도에서는 목도리 하나를 발견해 목에 둘둘 감았다. 최소한 피가 줄줄 흐르는 것은 막을 수 있었다. 하지만 트랙터 열쇠는 없었다. 시계를 내려다보았다. 그레베가 분명 개의 행방을 궁금해 하고 있을 것이다. 마지막으로 거실로 돌아가 시신 위로 몸을 굽힌 뒤 호주머니를 뒤지기 시작했다. 바로 거기 있었다! 열쇠고리에 매시 퍼거슨이라는 글자까지 새겨져 있었다. 시간이 부족했지만 이제와 일을 망칠 수는 없었다. 모든 걸 제대로 마무리해야만 한다. 즉, 경찰이 영감의 시신을 발견하면 그들은 범죄 현장인 이곳에서 DNA 증거를 찾으려 할 거라는 말이다. 나는 거실로 달려가 수건에 물을 적신 다음 내가 들어간 모든 방에 떨어진 핏자국을 닦아냈다. 그리고 내가 만진 물건에 남아 있을 지문을 모조리 지웠다. 현관을 나설 준비가 되었을 때 옆에 세워져 있던 소총이 눈에 들어왔다. 혹시라도 이제 조금의 행운이 돌아온다면? 애초에 총알이 들어 있었던 건 아닐까? 나는 소총을 집어 총알 장전 방법이라고 알고 있는 동작을 하기 시작했다. 붙잡고, 당기고, 볼트가 찰칵 걸리는 소리가 들렸다. 그리고 소켓인지 뭔지 하는 것이 움직이더니 겨우 약실을 열어 볼 수 있었다. 붉은색 녹만이 구름처럼 뭉게뭉게 피어올랐다. 총알은 없었다. 무슨 소리가 들려 고개를 들었다. 고양이가 부엌 문턱에 서서 슬픔과 책망이 섞인 눈으로 날 노려보았다. 여기 버려 두고 갈 수는 없는데. 나는 욕을 하며 신의라고는 없는 녀석을 향해 발길질을 했다. 고양이는 몸을 잔뜩 움츠리더니 거실로 도망쳤다. 소총을 문질러 닦고 제자리에 세운 뒤 밖으로 나가 문을 걸어차 닫았다.

천둥 같은 소리와 함께 트랙터의 시동이 걸렸다. 트랙터를 끌고 헛간 밖으로 나가는데도 천둥소리는 계속되었다. 헛간 문이 열린 것 따위는 걱정하지 않았다. 어차피 트랙터가 내는 소리는 뻔했으니까.

'클라스 그레베! 브론이 도망치고 있다! 서둘러! 서둘러!'

액셀러레이터를 힘껏 밟아 내가 온 길로 달렸다. 이제는 칠흑같이 어두웠고 트랙터의 헤드라이트만이 너울거리며 울퉁불퉁한 도로 위를 비추었다. 렉서스를 찾아 두리번거렸지만 헛수고였다. 여기 어딘가에 세워져 있을 텐데! 아니, 똑똑히 생각하지 못한 게 분명하다. 훨씬 더 멀리 세워 뒀을 수도 있어. 내 볼을 힘껏 갈겼다. 눈을 깜빡이고 깊은 숨을 들이쉬어. 피곤한 게 아니야. 기진맥진한 것도 아니야! 그렇지!

힘껏 밟는다. 끈질기게 들리는 천둥소리. 어디로 가지? 멀리.

헤드라이트에서 나오는 빛이 점점 좁아지며 어둠이 몰려들었다. 다시 시야가 좁아졌다. 이제 곧 의식을 잃고 말 것이다. 최대한 숨을 깊이 들이쉬었다. 뇌로 산소를 보내야만 한다. 겁을 내! 정신을 차리고! 살아남아!

지루하게 이어지던 트랙터 엔진 소리에 조금 더 높은 소리가 더해졌다.

그것이 무엇인지 알고 있었다. 그래서 운전대를 더욱 꽉 움켜쥐었다.

그것은 다른 자동차 엔진 소리였다.

거울에 뒤차의 헤드라이트가 번쩍였다.

그 차는 점잖은 속도로 다가왔다. 그러지 않을 이유가 뭐 있겠는가? 어차피 이 황량한 곳에 단둘이 있는데. 세상 모든 시간이 다 그의 것인데.

유일한 희망은 놈이 길을 막을 수 없도록 추월하지 못하게 하는 것이다. 나는 자갈길 한가운데로 트랙터를 움직이며 글록의 목표물인 내 몸을 최대한 작게 만들기 위해 운전대 위로 몸을 굽혔다. 그때 굽은 길이 끝나고 도로가 갑자기 일자가 되며 넓어졌다. 그러자 마치 이 지역을 잘 알고 있기라도 하듯 그레베가 속도를 높이더니 어느새 내 옆에서 달리고 있었다. 오른쪽으로 급히 핸들을 돌려 놈을 도랑으로 밀어 버리려 했다. 하지만 이미 늦었다. 놈이 앞서가 버린 것이다. 도랑으로 향하는 것은 나였다. 나는 필사적으로 운전대를 붙잡으며 브레이크를 밟았다. 자갈길 위로 트랙터가 육중하게 미끄러졌다. 다행히 아직 도로 위에 있었다. 하지만 앞에서 푸른빛이 번쩍였다. 아니, 두 개의 붉은 빛인가. 그 차의 브레이크 등이 켜지며 차가 멈췄음을 알린 것이다. 나도 트랙터를 멈췄지만 시동은 끄지 않은 채 기다렸다. 여기서 죽고 싶진 않았다. 망할 농장에서 마치 명청한 양처럼 혼자 죽고 싶진 않았다. 이제 조금이라도 살아날 가능성을 높이려면 놈을 차에서 끌어낸 다음 트랙터로 치어 버려야 했다. 이 거대한 바퀴로 놈을 납작하게, 산산조각 난 과자처럼 작살내는 수밖에 없었다.

그 차의 운전석 문이 열렸다. 나는 발끝으로 가볍게 액셀러레이터를 밟아 보았다. 엔진이 얼마나 빨리 반응하는지 알아야 했으니까. 그다지 빠르진 않았다. 다시 머리가 어지럽고 시야가 흐려지기 시작했지만 누군가 차에서 나와 나를 향해 걸어오는 것은 볼 수 있었다. 나는 의식을 잃지 않기 위해 젖 먹던 힘까지 다하며 놈을 노려보았다. 키 크고 마른 몸. 키 크고 말라? 잠깐, 그레베는 크고 마르지 않았는데.

"신드레?"

"뭐라고?"

내가 영어로 소리쳤다. 이럴 땐 "실례합니다"나 "죄송합니다" "어떻

게 도와드릴까요?"라고 말해야 한다고 아버지에게 귀에 못이 박이도
록 들었지만 말이다. 의자에 앉은 내 몸이 더욱 아래로 미끄러졌다.
아버지는 어머니에게 무릎에 날 앉히지 못하게 했다. 그렇게 하면
아이가 물러빠지게 된다면서. 지금 내가 보여요, 아버지? 내가 물러
빠졌나요? 이제 아버지 무릎에 앉아도 되나요?

  그때 어둠 속에서 노래하듯 아름다운 노르웨이 억양으로 머뭇거
리며 묻는 소리가 들렸다.

  "저기…… 저기 혹시…… 정신적 도움을 찾는 이들을 위한 센터
에서 나왔나요?"

  "정신적 도움을 찾는 이들을 위한 센터?"

  내가 되물었다.

  그가 트랙터 옆으로 다가왔다. 나는 여전히 운전대에 매달린 채
곁눈으로 그를 쳐다보았다.

  "오, 죄송합니다. 겉모습이 좀…… 혹시 거름통에 빠진 건가요?"

  "사고가 있었어요. 예."

  "그런 것 같군요. 신드레의 트랙터처럼 보여서 부른 겁니다. 그리
고 끝에 개가 매달려 있어요."

  정신을 차린다고 차린 건데, 결국 아무 소용이 없었군. 하하. 그
망할 개는 까맣게 잊어버렸다. 이 말 들려요, 아버지? 뇌에 혈액이
충분치 않아서. 너무 많이…….

  그때 손가락에서 감각이 사라졌다. 운전대를 놓치며 손가락이 스
르르 떨어지는 것이 보였다. 그리고 의식을 잃었다.

제15장

면회 시간

눈을 뜨니 천국에 있었다. 모든 것이 새하얗고, 푸근한 눈을 한 천사가 구름 위에 누운 날 내려다보며 여기가 어딘지 알겠느냐고 물었다. 내가 고개를 끄덕이자 그녀는 누군가 날 찾아왔는데 서두를 필요는 없다고, 기다려도 된다고 했다. 나는 생각했다. 그래, 누군지 몰라도 조금 기다려도 좋아. 내가 무슨 짓을 했는지 알면 이 부드럽고 따스한 흰 공간으로부터 냉큼 날 쫓아내 버릴 테니까. 그러면 나는 추락하고 또 추락해 내가 가야 할 곳, 대장장이가 일하는 곳, 금속을 녹이는 곳 그리고 내가 저지른 모든 죗값을 치르기 위해 영원히 불에 타고 몸이 녹아야 하는 그곳으로 가게 될 테니까.

나는 눈을 감고 지금 당장은 조용히 있고 싶다고 속삭였다.

천사는 이해한다는 표정으로 고개를 끄덕이더니 내 몸 주변으로 구름을 더욱 잘 덮어 주고는 달그락거리는 나무 굽 소리와 함께 사라졌다. 열린 문틈을 통해 복도에서 여러 목소리가 들려왔다.

목에 감긴 붕대를 건드려 보았다. 조각난 기억 몇 가지가 떠올랐다. 나를 내려다보고 선 키 크고 마른 남자의 얼굴, 굽은 도로를 따라 엄청난 속도로 달리던 차의 뒷좌석, 나를 들것으로 옮기던 흰 간호사 유니폼을 입은 남자 둘. 샤워. 그러고 보니 똑바로 누운 채 샤워를 했다. 기분 좋던 따뜻한 샤워. 그런 다음 다시 잠에 빠져들었지.

다시 잠들고 싶었지만 나의 머리는 지금의 사치가 일시적인 것이라고, 시간의 모래가 여전히 빠르게 쏟아지고 지구는 아직도 돌고 있다고, 벌어질 일은 벌어지고야 말 것이라고 말하고 있었다. 잠시 지체된 것일 뿐, 잠시만 숨을 참고 있기로 한 것일 뿐이라고 말이다.

생각해.

그래, 생각하는 건 힘들었다. 그냥 모든 걸 포기하고, 단념하고, 운명이라는 엄청난 힘에 저항하지 않는 편이 훨씬 더 쉬웠다. 다만 바보 같고 사소한 운명에 끌려가는 건 너무나 짜증나는 일이다.

그러니까 생각해.

바깥에서 기다리고 있는 것이 그레베일 가능성이 없는 것은 아니다. 물론 경찰일 수도 있었다. 다시 시계를 보았다. 오전 8시. 경찰이 벌써 신드레 오의 시신을 발견하고 나를 의심하고 있다면 달랑 한 명만 보냈을 리가 없다. 그것도 얌전히 바깥에서 기다리고 있을 리 만무하다. 아마도 단순히 무슨 일이 일어난 건지 묻고 싶어 하는 경찰이 한 명 와 있거나, 내가 도로 한가운데 트랙터를 버리고 와서 그런 것일 수도……. 어쩌면……. 아니, 차라리 경찰이 날 기다리고 있는 것이기를 바랐다. 어쩌면 이제는 진력이 나서…… 이제 내가 할 수 있는 것이라고는 목숨을 부지하는 것밖에 없을지도 모른다. 어쩌면 모든 사실을 털어놓아야 할지도. 나는 이런저런 생각을 하며 누워 있었다. 그리고 몸속 깊은 곳에서 부글거리며 웃음이 터져 나오려는 걸 느꼈다. 그래, 이건 거의 폭발이었다.

바로 그 순간, 다시 문이 열리며 복도에서 목소리가 들려왔다. 그리고 흰색 가운을 입은 남자가 들어왔다. 그는 클립보드에 쓰인 무언가를 들여다보고 있었다.

"개에 물렸다고?"

그가 고개를 들며 나를 향해 웃었다.

나는 즉각 그를 알아보았다. 그의 뒤로 문이 쾅 닫혔다. 이제 우리 둘뿐이었다.

"더 기다리지 못해 미안하군."

그가 속삭였다.

클라스 그레베는 흰 의사 가운이 잘 어울렸다. 그걸 어디서 구했는지는 신만이 알겠지. 신만이 그가 날 어떻게 찾아냈는지 알겠지. 내 휴대전화는 시냇물 한가운데 가라앉아 있을 텐데. 하지만 신과 나 모두 나를 기다리고 있는 것이 무엇인지 알고 있었다. 그리고 나의 이 두려움을 확인시켜 주기라도 하듯 그레베가 상의 주머니에 손을 넣더니 권총을 꺼냈다. 내 권총. 아니 조금 더 정확히 말하자면 우베의 총이었다. 엄밀히 말하면 9밀리미터 구경의 글록 17. 인간의 신체 조직과 맞부딪치는 순간 산산조각 나면서 총알보다도 어마어마하게 많은 양의 살점과 근육, 뼈, 신경 조직을 앗아간 다음, 몸을 통과하여 그 뒤에 있는 벽에 바너비 퍼나스의 그림과 크게 다를 바

없는 핏자국을 만들고 마는 무시무시한 총. 그 총구가 나를 가리키고 있었다. 이런 상황에 처하면 입이 바싹 마른다더니 그건 사실이었다.

"당신 총을 써도 기분 나빠하지 않았으면 좋겠군. 내 총은 노르웨이에 가져오지 못했거든. 요새는 무기를 가지고 비행기를 타는 게 어찌나 힘든지. 어쨌든 이런…… 상황이 생기리라고는 예상치 못했거든. 그리고 총알을 추적해 나까지 이어지지 않는 것도 꽤 마음에 들고 말이야. 안 그런가, 로저?"

그가 팔을 벌리며 말했다.

나는 대답하지 않았다.

"안 그래?"

그가 되물었다.

"왜……?"

내가 입을 열었다. 내 목소리는 사막의 바람만큼이나 거칠었다.

클라스 그레베는 정말로 관심 있는 표정으로 내가 말을 잇기를 기다렸다.

"왜 이러는 겁니까? 겨우 5분 알고 지낸 여자 하나 때문에?"

내가 속삭이듯 물었다.

그가 눈썹을 찡그렸다.

"디아나 이야기를 하는 건가? 그녀와 내가 그런 사이라는 걸 알고 있었던……?"

"그래요."

내가 끼어들었다.

그가 껄껄 웃었다.

"당신 바본가, 로저? 정말로 이게 당신과 나, 디아나 사이의 일 때문이라고 생각해?"

나는 대답하지 않았다. 그랬다. 이건 인생이나 감정, 사랑하는 사람 같은 사소한 일 때문이 아니었다.

"디아나는 수단에 불과하지, 로저. 당신한테 접근하기 위해 그녀를 이용해야 했거든. 당신이 첫 번째 미끼를 물지 않았으니까."

"나한테 접근……?"

"그래, 당신 말이야. 우린 4개월 넘게 이걸 준비했었지. 패스파인더가 새로운 CEO를 찾고 있다는 걸 알게 된 직후부터 말이야."

"우리라면……?"

"누구겠나."

"호테?"

"그리고 우리의 새 미국 경영주들이지. 그들이 올봄 접촉해 왔을 때 솔직히 말하면 우리는 재정 위기에 있었지. 그래서 겉으로 보기에는 매각이지만 실상은 구출 작전이라고 할 수 있는 계약을 맺으며 두어 가지 조건을 받아들여야만 했네. 그중 하나가 바로 그들에게 패스파인더를 바쳐야 한다는 것이었지."

"패스파인더를 바쳐? 어떻게……?"

"내가 아는 건 자네도 알고 있잖나, 로저. 회사 내에서 중요한 의사결정을 내리는 건 서류상으로 주주들과 이사회라고 되어 있긴 하지만 실제로 모든 걸 이끄는 건 CEO지. 회사를 매각할 것인가, 그렇다면 누구에게 할 것인가 최종 결정을 내리는 게 바로 CEO라는 거야. 호테를 이끌 당시 난 의식적으로 이사회에 최소한의 정보만을 제공하고 모든 것이 불확실해 보이게 만들었네. 그들이 항상 나를 믿을 수밖에 없도록 말이야. 아, 그건 그렇고 그건 그들을 위해서였네. 결과가 어떻든 말이지. 중요한 건 웬만한 능력을 갖추고 이사회의 신임을 등에 업은 리더라면 정보가 부족한 주주들을 주무르고 조종해 자기 마음대로 움직이는 것쯤은 식은 죽 먹기라는 거지."

"잘난 척이 심하군."

"그런가? 내가 알기론 당신도 바로 그런 걸로 먹고 살잖아? 소위 임원이라는 작자들을 구워삶으면서 말이야."

물론 그의 말이 옳았다. 그리고 내 의심도 옳았다. 호테의 펠센브링크가 호테의 가장 큰 라이벌인 패스파인더의 CEO로 그레베를 그리 강력히 추천했던 게 어딘가 수상쩍다고 생각했던…….

"그러니까 호테는……."

"그래, 호테는 패스파인더를 집어삼키고 싶어 하지."

"당신을 궁지에서 꺼내 주는 대가로 그걸 단서 조항으로 달았기 때문에?"

"우리 호테의 주주들이 받게 될 돈은 패스파인더의 매각 계약이 성사되기 전까지 동결되어 있지. 물론 지금 우리가 이야기하고 있는 것 모두 문서화되어 있지 않지만 말이야."

나는 천천히 고개를 끄덕였다.

"그러니까 새로운 경영주에 반기를 들며 그만뒀다는 이야기는 그저 패스파인더의 수장이 될 만한 후보로 보이기 위해 꾸며낸 거라 이건가?"

“그렇지.”

“그리고 패스파인더의 CEO가 되면 당신의 임무는 회사를 강제로 미국인들의 손에 넘기는 것이고?”

“음, ‘강제’라는 표현이 옳은 건지는 모르겠군. 몇 개월 뒤 패스파인더가 기밀인 줄만 알았던 자신의 기술을 호테도 속속들이 알고 있다는 걸 깨달을 즈음엔 혼자 힘으로 설 길이 없다는 걸, 합치는 것만이 최선의 길임을 깨닫게 될 테니까.”

“이 기술이란 걸 당신이 비밀리에 호테에 넘길 테니까 말이지?”

그레베의 미소는 얄팍했고 징그러운 촌충만큼이나 희었다.

“내가 말했듯 완벽한 한 쌍이지.”

“강제로 합쳐진 한 쌍이란 말이겠지.”

“굳이 그렇게 부르고 싶다면 그러시든가. 하지만 호테와 패스파인더의 기술력이 합쳐지면 우리는 서반구의 모든 GPS 관련 방위 계약을 따게 될 거야. 거기에 아시아 지역에서도 두어 개 건질 수 있다면…… 그런 계략도 써 볼 만하지 않나?”

“그래서 내가 당신을 CEO로 만들어 줄 거라고 생각했고?”

“안 그래도 내가 막강한 후보긴 하지, 그렇게 생각하지 않아?”

그레베는 권총을 든 손을 엉덩이 근처에 대고 문을 등진 채 침대 발치에 섰다.

“하지만 반드시 일이 그렇게 되도록 만들어야만 했지. 그래서 그들이 어떤 채용 회사를 접촉했는지 알아내서 약간의 조사를 했지. 당신은 이 분야에서 일종의 명성을 떨치고 있더군, 로저 브라운. 들리는 말로는 당신이 후보를 추천했다 하면 그걸로 끝이라고 말이야.

그쪽으로는 소위 기록 같은 것도 있고. 그래서 당연히 당신을 통해 일을 진행하기로 했지."

"영광이군. 하지만 왜 패스파인더에 직접 연락해 관심 있다고 하진 않았지?"

"이거 왜 이러시나, 로저! 난 음흉한 늑대, 회사를 매각한 전력이 있는 CEO라고! 잊었나? 내가 직접 접근했으면 난리가 났을 거야. 나는 '발견되어야' 했어. 이를테면 헤드헌터의 손에 말이지. 그런 다음에는 '설득되어야' 했고. 그거야말로 순수한 의도로 패스파인더에 합류하는 것처럼 보이는 유일한 길이니까."

"그렇군. 하지만 디아나는 왜? 날 직접 접촉하지 않고?"

"바보처럼 왜 이러나, 로저? 내가 직접 나섰으면 자네도 같은 의심을 품었을 거 아냐. 전염병 환자라도 되는 것처럼 날 피했겠지."

바보처럼 군다는 그의 말이 옳았다. 그리고 지금 이 순간만큼은 그가 바보였다. 이 바보 같은 놈이 자신의 명석하고 탐욕스러운 계획을 자랑스레 떠벌이고 싶은 유혹을 억누르지 못하고 있는 것 아닌가! 금방이라도 누군가 저 망할 문을 통해 들어와야 할 텐데! 누군가는 곧 들어와야만 한다. 난 아파 드러누워 있는 환자라고!

"나와 나의 일을 너무 고결하다 생각하는 거 아닌가, 클라스?"

서로 이름으로 부르는 사이의 사람을 피도 눈물도 없이 사살하진 않겠지, 응?

"나는 그 자리에 임명될 거라고 생각하는 후보를 추천한다고. 그 사람이 그 회사를 위해 최고의 사람이 되란 법은 없단 말이지."

"그런가? 자네 같은 헤드헌터가 설마 그렇게 부도덕한 건가?"

그레베가 눈살을 찌푸리며 말했다.

"헤드헌터에 대해 아는 게 별로 없군. 어쨌든 디아나는 이 일에 끌어들이지 말았어야 했어."

이 말이 그레베에게는 웃겼던 모양이다.

"그런 건가?"

"그녀는 어떻게 끌어들였지?"

"정말 알고 싶은가, 로저?"

그가 권총을 아주 조금 더 추켜올렸다. 1미터. 미간 정중앙?

"알고 싶어 죽겠군, 클라스."

"정 원한다면."

그가 다시 권총을 아주 조금 내렸다.

"화랑에 몇 번 들러 작품을 꽤 많이 샀지. 시간이 흐르면서 그녀의 추천대로 작품을 골랐고. 그러다가 커피 마시자며 불러냈지. 별의별 이야기를 다 했어. 아주 개인적인 이야기까지 말이야. 낯선 사람들만이 할 수 있는 그런 식으로. 결혼 문제에 대해서도……."

"우리 결혼생활에 대해 이야기했다고?"

나도 모르게 말이 튀어나왔다.

"그렇고 말고. 난 이혼했으니 얼마나 연민의 마음을 잘 표현했는지 알 만하겠지. 예를 들어 디아나처럼 아름답고, 성숙하고, 아이를 가지고 싶어 하는 여자가 자신을 임신시키려 하지 않는 남편을 이해하지 못하는 것도 난 충분히 공감할 수 있었지. 아, 아이가 다운 증후군이 있다고 유산시킨 남편 이야기도 그렇고. 특히 나는 아이라면 사족을 못 쓰는 사람인데 말이지."

그가 흔들의자에 앉아 있던 신드레 영감만큼이나 함박 미소를 지으며 말했다.

그 순간 머리에서 피가 모조리 빠져나가고 이성도 사라졌다. 남아 있는 것이라고는 단 하나의 생각뿐이었다. 내 눈앞에 서 있는 이 남자를 죽여 버리고 말겠다는 것.

"그…… 그래서 아이를 갖고 싶다고 말한 거야?"

"아니. 다른 이도 아닌 디아나의 아이를 갖고 싶다고 했지."

그가 나지막이 말했다.

나는 목소리를 가다듬기 위해 정신을 집중해야만 했다.

"디아나는 절대 너 같은 사기꾼 때문에 날 버리진 않을……."

"그녀를 아파트로 데려가 소위 루벤스 그림이라는 걸 보여 줬지."

"소위……?"

"그래. 그 그림은 당연히 진품이 아니야. 루벤스 시대에 그려진 아주 훌륭한 복제품일 뿐. 실은 독일군도 아주 오랫동안 그게 진품이라고 생각했었네. 내가 어릴 때 거기 살 당시 할머니가 보여 주셨지. 진품이라고 속여서 미안하군."

이 소식을 듣고 어떤 충격이든 받아야 했다. 하지만 나는 이미 감정적으로 너무나도 진이 빠져 있었다. 다만 내가 그림을 바꿔치기 했다는 걸 그가 아직 모르고 있음을 깨달았다.

"그래도 그 복제품이 쓸모는 있었지. 디아나가 그걸 보고 진품이라고 생각했으니까. 그리고 바로 그 자리에서 내가 그녀에게 원하던 아이를 줄 뿐 아니라 그 아이와 그녀에게 풍족한 생활을 보장할 수 있을 거라고 단정 짓는 것 같더군. 한마디로 그녀가 꿈꾸던 인생을 안겨 줄 거라고 믿은 거지."

"그래서 그녀가……."

"그래서 당연히 미래의 남편께서 그 CEO 자리를 차지할 수 있도록 돕겠다고 나섰지. 그 자리라면 돈과 함께 명예도 가져다줄 테니."

"그럼…… 그날 밤 화랑에서…… 그게 처음부터 끝까지 계획적이었다는 말인가?"

"물론이지. 일이 우리 생각처럼 쉽게 풀리지 않았다는 것만 빼면. 디아나가 전화해서 자네가 날 추천하지 않기로 했다는 말을 했을 때……."

그가 마치 연극배우처럼 과장된 몸짓으로 눈을 위아래로 굴렸다.

"우리가 얼마나 충격을 받았는지 상상이나 하겠나, 로저? 그 실망과 분노를? 왜 내가 마음에 들지 않았는지 모르겠군. 왜, 로저, 왜? 내가 무슨 짓을 했기에?"

나는 꿀꺽 침을 삼켰다. 그는 말도 안 되게 여유로웠다. 마치 세상 모든 시간이 자기 것인 것처럼. 언제든지 내 머리든, 심장이든 원하는 곳에 총알을 박아 넣을 수 있는 것처럼.

"당신은 너무 작아."

내가 말했다.

"뭐라고?"

"그래서 디아나를 시켜 석시닐콜린이 든 캡슐을 내 차에 둔 건가? 당신을 추천하지 않겠다는 보고서를 쓰지 못하게 날 죽여 버리려고?"

그레베가 눈살을 찌푸렸다.

"섹시닐콜린? 자기 아내를 아이와 돈에 눈이 멀어 살인까지 저지를 사람으로 보았다니 흥미롭군. 뭐, 자네 말이 맞을지도 모르지. 하지만 실은 그런 건 시킨 적이 없어. 그 캡슐에는 케타민과 도미컴이 들어 있었네. 신속하게 작용하고 아주 강력한 마취제라 사실 조금 위험 부담이 있긴 했지. 계획은 아침에 자네가 차에 타면 기절시킨 다음에 디아나가 자네를 미리 정해진 곳까지 데려가는 거였고."

"어떤 곳?"

"내가 빌린 오두막. 사실 어젯밤 자넬 찾으러 갔던 곳과 그리 다를 바가 없는 곳이야. 주인이 조금 더 사람 좋고 덜 꼬치꼬치 캐묻는다는 것만 빼면."

"그래서 내가 거기 가면……."

"설득당했을 거야."

"어떻게?"

"왜, 알잖나. 조금 달래고, 필요하면 협박도 좀 하고……."

"고문도?"

"고문도 재미난 면이 있긴 하지. 하지만 무엇보다도 난 내가 아닌 다른 이들에게 신체적 고통을 가하는 걸 정말 싫어하네. 그리고 둘째, 어느 정도 수준에 도달하면 고문은 생각보다 효과가 많이 떨어지지. 그러니까, 아니, 고문은 별로 안 했을 거야. 그저 맛만 조금 보여 주는 정도? 우리 모두에게 내재되어 있는 고통에 대한 걷잡을 수 없는 두려움을 불러일으킬 정도만? 사실 사람을 유순하게 만드는 건 고통이 아니라 공포거든. 그런 이유로 사무적이고 전문적인 조사관은 가벼운 고문을 마다하지 않는 법이지. 적어도 CIA 심문

교본에 따르면 그렇다네. 자네가 쓰는 FBI 모델보다 낫지. 안 그래, 로저?"

그가 씨익 웃으며 말을 마쳤다.

목에 감긴 붕대 속에서 땀이 맺히는 것을 느꼈다.

"그래서 당신이 원하는 게 뭐였는데?"

"우리가 바라는 식으로 보고서를 쓰고 서명하기를 바랐겠지. 자네를 대신해 보고서를 사무실로 부쳐 줬을지도 모르고."

"내가 거부했다면? 고문을 더 하나?"

"우린 동물이 아니야, 로저. 자네가 거부했다면 그냥 거기 감금해 두었을 걸세. 알파에서 그 일을 자네의 다른 동료들 중 하나에게 맡길 때까지. 누구라고 했지? 페르디난드, 맞나?"

"퍼디."

내가 고집스레 말했다.

"그래, 그 사람. 그리고 그는 날 아주 마음에 들어 하는 것 같더군. 회장이나 함께 온 관리자도 그랬고. 자네도 그렇게 생각하지, 로저? 날 막을 것이라고는 부정적인 보고서, 그것도 로저 브라운이 쓴 것뿐이었을 거야. 그렇게 생각지 않나? 그러니까 굳이 자넬 다치게 할 필요는 없었지."

"거짓말이야."

내가 말했다.

"그래?"

"날 살려 둘 생각은 없겠지. 그러고 나서 날 돌려보낼 이유가 뭐가 있겠어? 내가 모든 걸 폭로할 수도 있는데."

“좋은 제안 같은 걸 하나 했을 거야. 영원한 침묵의 대가로 목숨을 살려 주는 것 같은.”

“버림받은 남편이란 이성적인 거래 상대가 못 되지, 그레베. 당신도 알잖아.”

그레베가 총신으로 턱을 쓰다듬었다.

“그 말도 일리가 있군. 그래, 자네 말이 맞아. 아마 자넬 죽였을 걸세. 하지만 어쨌거나 이게 내가 디아나한테 말한 계획이었고, 그녀는 날 믿었지.”

“그렇게 믿고 싶었던 거겠지.”

“에스트로겐이 원래 사람을 장님으로 만들잖나, 로저.”

더 이상은 할 말이 없었다. 왜 아무도 들어오지 않는 거야!

“이 가운을 찾은 옷장에 ‘면회 사절’ 표지도 있는 걸 발견했지. 아마 침대에서 변기를 쓸 때 그걸 문에 걸어 두나 봐.”

그가 내 생각을 읽기라도 한 것처럼 말했다.

이제 총신은 정확히 나를 가리키고 있었다. 그리고 그의 손가락이 방아쇠에 감기는 것이 보였다. 그는 총을 들어올리지 않았다. 1940년대나 50년대 갱 영화에서 제임스 캐그니가 그랬던 것처럼 엉덩이 언저리에서 곧장 쏠 모양이었다. 슬프게도 왠지 그는 놀라운 정확도를 자랑하는 명사수 그룹에 속할 것만 같았다.

“지금 상황도 잘 들어맞지 않나? 죽음이라는 것도 따지고 보면 정말 사적인 일이니까.”

그가 눈을 가볍게 찡그리며 말했다. 벌써 쏠 준비를 하고 있나 보다.

나는 눈을 감았다. 내 생각이 옳았다. 난 천국에 있었다.

“실례합니다, 선생님!”

그때 어딘가에서 커다란 목소리가 들려왔다.

나는 눈을 번쩍 떴다. 그레베 뒤에 세 남자가 서 있었다. 그리고 그 뒤로 문이 막 닫히고 있었다.

“경찰에서 나왔습니다. 문에 걸린 표지를 보긴 했지만 살인 사건에 관한 일이라 일단 들어왔습니다.”

사복을 입은 사내가 말했다.

사실 이 구원의 천사와 방금 말한 제임스 캐그니 사이에는 어딘가 비슷한 점이 있었다. 어쩌면 그가 입은 회색 우비 때문일 수도 있었다. 아니면 병원에서 준 약 때문인지도 몰랐다. 검정색 경찰복에 체크무늬 반사 띠(꼭 낙하복처럼 보였다)를 찬 두 경찰도 너무나 비현실적으로 보였다. 둘은 마치 한 콩깍지에 든 콩처럼 똑같이 생기고, 돼지처럼 뚱뚱했으며, 집채만큼 컸다.

그레베가 흠칫하더니 몸을 돌리지 않고 사나운 눈초리로 날 노려보았다. 경찰들은 보이지 않겠지만 총구는 아직도 날 향해 있었다.

“사소한 살인 사건 하나 때문에 너무 방해가 되지 않았기를 바랍니다, 선생님.”

사복 경찰이 말했다. 흰 가운을 입은 사람이 자신을 완전히 무시하고 있다는 점이 조금 기분 나쁘다는 걸 숨기지 않았다.

“괜찮습니다. 막 끝난 참입니다.”

그레베가 여전히 경찰들을 등진 채 말했다. 그가 가운을 한쪽으로 젖히고 권총을 바지 허리춤에 집어넣었다.

“나…… 나는…….”

내가 입을 열었지만 그레베가 끼어들었다.

"자, 진정하세요. 환자분 상태에 대해서는 제가 아내 분께 알려드리겠습니다. 걱정 마세요. 부인은 괜찮으실 겁니다. 이해하시겠죠?"

나는 몇 차례 눈을 깜빡였다. 그레베가 침대 위로 몸을 숙이고 이불에 덮인 내 무릎을 가볍게 쓰다듬었다.

"아프지 않게 할 겁니다, 알겠죠?"

나는 아무 말 없이 고개만 끄덕였다. 의심의 여지없이 약 때문이 분명하다. 이건 현실이 아니야.

그레베가 웃으며 몸을 폈다.

"그건 그렇고 디아나 말이 맞군. 머릿결이 정말 좋아."

그레베가 몸을 돌렸다. 그는 고개를 숙이고 클립보드의 종이만 내려다보며 경찰 옆을 지나쳤다.

"이제 환자는 경찰 소관입니다. 당분간은요."

문이 닫히고 제임스 캐그니를 닮은 형사가 앞으로 나섰다.

"내 이름은 순데드입니다."

나는 느릿느릿 고개를 끄덕였다. 목에 감긴 붕대가 피부를 조여왔다.

"아슬아슬한 순간에 오셨군요, 순데트 형사님."

"순데드입니다. 데드. 살인 사건을 조사 중인데 오슬로의 크리포스에서 이리로 파견됐습니다. 크리포스는……."

그가 진지하게 말했다.

"크리미날폴리티센트랄렌, 중대한 범죄를 다루는 특수경찰이죠. 저도 압니다."

내가 말했다.

"잘됐군요. 우리는 엘베룸 경찰서의 엔드리데 몬센과 에쉴드 몬센입니다."

나는 감탄의 눈길로 그들을 훑어보았다. 똑같은 제복을 입고 똑같이 콧수염을 기른 똑같이 생긴 집채만 한 바다코끼리 두 마리. 급여로 얼마를 주는지는 몰라도 그 돈에 비하면 엄청난 경찰력이 분명했다.

"먼저 당신의 권리를 알려 줘야겠군요."

순데드가 말했다.

"잠깐만요! 그게 무슨 뜻입니까?"

내가 소리쳤다.

순데드가 피곤한 듯한 미소를 지었다.

"당신이 체포됐다는 뜻입니다. 세케루드 씨."

"세케……."

나는 황급히 입을 닫았다. 순데드는 신용카드 같은 걸 흔들어 보이고 있었다. 푸른색 신용카드. 우베의 카드. 내 주머니에서 나온. 순데드가 왜 그러느냐는 듯 한쪽 눈썹을 추켜올렸다.

"이런 젠…… 장. 무엇 때문에 체포하는 겁니까?"

내가 물었다.

"신드레 오를 살해한 혐의입니다."

이내 순데드가 입을 열었다. 미국 영화에 나오는 기도문처럼 장황한 말이 아니라 이해하기 쉬운, 그 자신의 말과 표현으로 내게 변호사를 고용할 권리가 있고 묵비권을 행사할 권리가 있다고 설명하는 동안 나는 멍하니 그를 쳐다보았다. 내가 의식을 되찾으면 곧 데려갈 수 있다고 의사가 허락했다고도 덧붙였다. 어차피 뒷덜미에 몇 바늘 꿰맨 것이 다니까.

"알겠습니다. 기꺼이 함께 가지요."

그의 설명이 끝나기도 전에 내가 대답했다.

제16장

순찰자 01호

병원은 엘베룸에서 조금 떨어진 외곽 전원 지역에 있었다. 매트리스처럼 생긴 하얀 건물이 우리 뒤로 멀어지는 것을 보니 안도감이 들었다. 은회색 렉서스가 보이지 않아 더더욱.

우리가 탄 차는 오래되었지만 관리가 잘된 볼보였다. 엔진 소리가 얼마나 멋지던지 경찰차로 재탄생하기 전에 끝내 주는 속도로 그 지역을 누비고 다니지 않았을까 싶었다.

"여기가 어디죠?"

뒷좌석에서 엄청난 덩치의 엔드리데 몬센과 에쉴드 몬센 사이에 끼여 앉은 내가 물었다. 내 옷, 아니 우베의 옷은 세탁을 위해 어디론가 보내져, 병원에서 테니스화 한 켤레와 병원 머리글자가 수놓인 녹색 운동복 한 벌을 빌렸다. 간호사는 나중에 반드시 세탁해 돌려 달라고 신신당부했다. 그리고 열쇠와 우베의 지갑도 돌려받은 상태였다.

"헤드마크 카운티."

조수석에 앉은 순데드가 대답했다.

"그럼 어디로 가는 겁니까?"

"그건 당신이 알 바 아니고."

운전을 하고 있던 여드름투성이 젊은 남자가 룸미러로 내게 차가운 시선을 보내며 말했다. 나쁜 경찰. 등에 노란색 글씨가 적힌 검정색 나일론 점퍼 차림이다. "엘베룸 코도잉 클럽." 아마 아주 신비스럽고 새롭게 부상했지만 실은 고대의 무술 같은 그런 것이겠지. 그리고 열광적으로 껌을 씹어대는 저 버릇 때문에 왜소한 몸과 어울리지 않게 턱 근육이 저리 발달하게 된 것이 분명했다. 여드름쟁이는 너무나도 마르고 어깨가 좁아 양손으로 운전대를 붙들고 있는 지금 그의 팔은 거의 V자 형태를 띠었다.

"앞이나 봐요."

순데드가 낮은 목소리로 말했다.

여드름쟁이는 뭐라고 구시렁대더니 팬케이크처럼 납작한 평야 사이로 곧게 뻗은 아스팔트 도로로 눈을 돌려 그것만 노려보았다.

"엘베룸에 있는 경찰서로 가는 겁니다, 세케루드 씨. 나는 오슬로에서 내려왔고 오늘, 아니 필요하면 내일까지도 당신을 심문할 겁니다. 모레까지 하게 될 수도 있죠. 말이 통하는 사람이면 좋겠군요. 얼른 헤드마크를 떠나고 싶으니까."

순데드가 파우치처럼 생긴 작은 출장용 가방을 손가락으로 가볍게 두드리며 말했다. 셋이나 앉은 뒷자리에 공간이 전혀 없어 그는 가방을 무릎에 올려놓고 있어야만 했다.

"전 말이 통하는 사람입니다."

내가 대답했다. 양쪽 팔이 저려오는 것이 느껴졌다. 몬센 쌍둥이들은 숨까지 박자를 맞춰 쉬는지 나는 4초에 한 번씩 마치 마요네즈 튜브처럼 양쪽에서 짓이겨지고 있었다. 둘 중 한 명에게 숨 쉬는 박자를 조금 바꿔 줄 수 없느냐 물어볼까 하다가 참았다. 그레베의 총구 앞에 서 본 이후라서 지금의 상황은 어떤 면에서 안전하다는 느낌을 주었다. 어릴 적 엄마가 편찮으셔서 아버지의 직장에 따라나서야 했던 때가 떠올랐다. 그때 나는 대사관 리무진의 뒷자리에서 심각하지만 친절한 두 명의 어른 사이에 앉았었다. 모두가 점잖은 차림이었지만 운전사 모자를 쓰고 우아하면서도 고상하게 운전을 하는 우리 아빠를 따를 사람은 없었다. 아버지는 내게 아이스크림을 사 주며 진짜 신사처럼 행동했다고 칭찬하셨다.

무전기가 지지직거렸다.

"쉿."

여드름쟁이가 차 안의 침묵을 깼다.

"전 순찰차량에 알립니다."

비음의 여자 목소리가 들렸다.

"순찰차 두 대에 알립니다, 겠지."

여드름쟁이가 볼륨을 높이며 중얼거렸다.

"에그몬트 칼센이 트럭과 트레일러 도난을 신고했……"

나머지 말은 여드름쟁이와 몬센 쌍둥이의 웃음 소리에 묻혀 들리지 않았다. 그들의 몸이 마구 흔들리는 바람에 나는 양쪽에서 마사지를 받는 기분이었다. 어째 기분이 좋은 걸 보니 아직도 약기운이 가시지 않은 모양이다.

"칼센이 술 마신 것 같지 않아요? 오버."

여드름쟁이가 무전기에 대고 말했다.

"멀쩡한 것 같진 않았어요."

여자 목소리가 대답했다.

"그럼 또 술 마시고 운전하다가 어디다 세워 놓은 건지 까먹은 거지. 밤세 술집에 전화해 봐요. 분명 거기 바깥에 세워져 있을 테니까. 옆에 시그달 부엌가구라고 쓰여 있을 거예요. 오버."

그는 무전기를 다시 걸었다. 차 안 분위기가 눈에 띄게 좋아진 것 같아 이 기회를 잡아야겠다고 생각했다.

"누군가 살해됐다는 건 알겠는데요. 이게 어떻게 저랑 연관된 건지 물어봐도 됩니까?"

아무도 대답하지 않았지만 순데드의 자세로 보아 그가 무언가 생각하고 있다는 걸 알 수 있었다. 이내 그가 뒷좌석으로 몸을 돌렸다. 그의 눈이 나의 눈을 파고들었다.

"좋아, 지금 당장 끝내는 것도 나쁘지 않겠지. 우린 당신 짓이라는 거 알고 있소, 세케루드 씨. 여기서 빠져나갈 길은 없을 거요. 시신이 있고, 범행 현장이 있고, 그 둘에 당신을 엮는 증거도 있으니까."

깜짝 놀라고 겁에 질려야 마땅했다. 심장이 멈추든가, 덜컹 내려앉든가. 환희에 찬 경찰관에게서 당신을 평생 감옥에 보내고 남을 만한 증거가 있다는 말을 들을 때 느껴야 할 어떤 강력한 충격을 받앉어야 했다. 하지만 그런 기분은 전혀 들지 않았다. 내 귀에 들린 건 환희에 찬 경찰관의 말이 아니라 아인바우, 리드, 버클리의 목소리였기 때문이다. 제1단계, 직접적으로 들이대기. 부연설명하자면 제1단계, 형사는 심문의 시작 단계에서 경찰이 모든 것을 알고 있다는 사실을 분명히 밝힌다. '우리'나 '경찰'이라고 하되 절대 '나'라고 하지 말 것. 그리고 '생각한다' 대신 '알고 있다'는 말을 쓸 것. 상대의 자아상을 왜곡시키고, 자신보다 지위가 낮은 사람에게 '씨'라는 말을 붙이되 반대로 높은 사람은 이름으로 부를 것.

"그리고 우리끼리만 하는 이야긴데, 내가 듣기로 신드레 오라는 사람은 죽어도 아쉬워할 사람이 하나 없다더군요. 당신이 심술궂은 그 영감태기 목을 조르지 않았어도 아마 다른 누군가 했을 거요."

순데드가 마치 비밀 이야기라도 하는 듯 목소리를 낮춰 말했다.

나는 하품을 참아야 했다. 아, 제2단계. 용의자의 행위를 정당한 것처럼 보이도록 만들어 상대를 동정하거나 공감하는 것처럼 굴 것.

내가 아무 말도 하지 않자 순데드가 말을 이었다.

"좋은 소식은 빨리 자백하면 형량을 낮춰 줄 수 있다는 겁니다."

이런, 이런……. 노골적인 약속! 이건 아인바우, 리드, 버클리가 절대 금물이라 했던 건데. 자포자기한 형사만이 쓸 만한 법적인 함정. 이 사람은 정말 서둘러 헤드마크를 떠나 집으로 돌아가고 싶은가 보다.

"자, 왜 그랬소, 세케루드?"

나는 옆 창문으로 밖을 내다보았다. 밭. 농장. 밭. 농장. 밭. 시내. 밭. 잠이 쏟아지는군.

"응, 세케루드?"

순데드가 다시 손가락으로 가방을 두드리는 소리가 들렸다.

"거짓말을 하고 계시군요."

내가 말했다.

손가락으로 두드리는 소리가 멈췄다.

"다시 말해 봐요."

"거짓말을 하고 계시다고요, 순데드 형사님. 난 신드레 오라는 사람이 누군지도 모르고, 말씀하신 것처럼 내게 불리한 증거는 하나도 없어요."

순데드는 잔디깎기 기계 같은 소리로 짧게 웃었다.

"그래요? 그럼 지난 24시간 동안 어디에 있었는지 말해 봐요. 부디 말씀해 주시겠습니까, 세케루드 씨?"

"그럴 수도 있죠. 도대체 무슨 사건인지 알려 주신다면."

내가 말했다.

"한 대 갈겨! 엔드리데, 한 대……!"

"입 다물어요."

순데드가 침착하게 여드름쟁이를 조용히 시킨 뒤 나를 돌아보았다.

"우리가 왜 알려 줘야 합니까, 세케루드 씨?"

"그렇게 하면 제가 입을 열 수도 있으니까요. 그렇지 않으면 전 변호사가 올 때까지 입을 다물 겁니다. 변호사는 오슬로에서 내려올 겁니다."

순데드의 다문 입이 더욱 험상궂어졌다. 그래서 한 술 더 떴다.

"운 좋으면 내일쯤?"

순데드가 머리를 기울이더니 곤충을 잡았을 때 수집할까 그냥 밟아 버릴까 고민하듯 날 유심히 쳐다보았다.

"좋아요, 세케루드 씨. 시작은 이렇소. 지금 당신 옆에 앉은 사람이 전화를 한 통 받았지. 도로 한가운데 트랙터가 버려져 있다고 말이오. 트랙터를 찾아갔더니 까마귀 한 떼가 몰려들어 뒤에서 점심을 즐기고 있더라 이겁니다. 개 사체 중 부드러운 부분은 이미 해치우고 남은 게 없었소. 트랙터는 신드레 오 영감의 것이었지만 전화를 거니 받지 않았소. 그래서 경찰 한 명이 집에 가 봤더니 당신이 남겨 둔 그대로 흔들의자에 앉아 있더란 말이오. 헛간에서 엔진이 망가진 메르세데스 한 대를 발견했고, 차량번호를 조회하니 당신 소유였소, 세케루드 씨. 결국 엘베룸 경찰에서는 개에 심하게 물리고 온몸에 똥물을 뒤집어쓴 의식 없는 사내에 대한 병원 보고와 개 사체 사이에 연관이 있다는 걸 알게 된 거요. 병원에 전화를 걸어 보니 담당 간호사 말로는 아직 의식이 없지만 주머니에서 우베 세케루드 명의의 신용카드가 나왔다고 알려 줬지. 그래서 재빨리 일이 진행되어 자, 지금 여기 이렇게 있는 겁니다."

나는 고개를 끄덕였다. 그래, 이제 그들이 어떻게 날 발견했는지 알게 됐다. 그런데 그레베는 도대체 어떻게 안 거지? 아직도 몽롱한 내 머릿속에서 이 질문이 계속 맴돌았지만 그렇다 할 답을 내놓지 못하고 있었다. 그레베가 이 지역 경찰과도 줄이 닿아 있는 걸까? 경찰이 당도하기도 전에 나타날 수 있도록 도와준 누군가? 아니야! 그들이 막 나타나 날 구해 줬는데! 아니지! 날 구한 건 순데드지. 풋내기 외부인, 오슬로에서 온 크리포스 경찰. 다음 생각이 드는 것과 동시에 두통이 찾아오는 걸 느낄 수 있었다. 내가 걱정하는 대로라면

구치소에 들어가 있다 한들 무슨 보호를 받을 수 있을까? 갑자기 몬센 쌍둥이들이 똑같이 내쉬는 숨소리도 더 이상 그리 안전하게 느껴지지 않았다. 안전한 건 하나도 없다. 이제 믿을 사람이 이 세상에 하나도 없는 것만 같은 기분이 들었다. 아무도. 어쩌면 딱 한 사람만 빼고. 파우치를 든 이 외부인. 모든 패를 내보이고 순데드에게 모든 걸 사실대로 털어놓은 다음 그가 날 다른 경찰서로 데려가게 해야만 한다. 엘베룸은 썩었어. 분명하다. 어쩌면 지금 이 차 안에도 부패한 경찰이 한 명 이상 있을지 모른다.

무전기가 다시 지지직거렸다.

"순찰차 01호, 나오세요."

여드름쟁이가 무전기를 잡았다.

"왜요, 리세?"

"밤세 술집 바깥에 트럭이 없대요. 오버."

순데드에게 모든 걸 말하자면 물론 내가 그림 도둑이라는 사실도 밝혀야 할 것이다. 그러면 내가 우베를 쏜 게 정당방위였다는 것, 거의 사고였다는 건 어떻게 납득시키지? 우베는 그레베의 약에 너무나도 취해서 거의 눈에 초점이 없었다고.

"별거 아닌 것 갖고 왜 자꾸 그래요, 리세. 여기저기 물어봐요. 이 동네에 18미터나 되는 트럭을 숨길 데는 없다고요. 알았어요?"

들려온 여자의 목소리는 조금 발끈한 것 같았다.

"칼센 말로는 당신이 보통 그의 트럭을 찾아 준다던데요. 경찰이지만 그의 매제이기도 하잖아요. 오버."

"그런 적 없거든요! 그런 소린 못 들은 걸로 해요, 리세."

"트럭 좀 찾아 주는 거 대단한 일도 아니라면서요. 칼센의 누이들 중에 그나마 가장 덜 못생긴 여자랑 사니까."

몬센 쌍둥이들의 웃음에 내 몸이 다시 흔들리기 시작했다.

"그 멍청이한테 오늘 하루만큼은 나도 제대로 된 경찰 일 좀 해야 한다고 전해 줘요. 오버."

여드름쟁이가 으르렁댔다.

이런 일은 도대체 어떻게 해결해야 하는지 도통 알 수가 없었다. 내 진짜 정체가 드러나는 건 시간문제일 뿐이다. 내 이름을 그냥 밝혀야 할까, 아니면 최후의 카드로 숨겨 놓아야 할까?

"자, 이제 당신 차렙니다, 세케루드 씨. 당신 뒷조사를 조금 했어요. 경찰서랑 친하더구먼. 그리고 우리 자료에 따르면 결혼은 안 했고. 그럼 그 의사가 아내를 돌봐주겠다고 한 건 무슨 소리였소? 디 아나라고 했죠?"

최후의 카드가 그렇게 사라졌다. 나는 한숨을 쉬며 다시 옆 창문을 내다보았다. 황무지. 경작지. 맞은편에서 다가오는 차도 없고 집도 없다. 다만 멀리 지평선 가까이에 보이는 트랙터, 아니면 차가 내뿜는 먼지 구름만.

"모르겠어요."

내가 대답했다. 조금 더 똑똑히 생각을 해야 했다. 조금 더 똑똑히. 체스판 전체를 보아야만 해.

"신드레 오와는 무슨 관곕니까, 세케루드 씨?"

이 낯선 이름으로 불리는 것도 슬슬 힘들어지고 있었다. 막 대꾸를 하려는 순간 내 생각이 틀렸음을 깨달았다. 또 한 번. 경찰은 정말로 내가 우베 세케루드라고 생각하고 있었다! 그게 병원으로 후송된 사람의 이름이었으니까. 하지만 그와 같은 메시지가 그레베에게 전달되었다면 놈은 왜 이 세케루드라는 사람을 찾아 병원까지 온 거지? 그는 세케루드라는 사람은 들어본 적도 없는데. 세케루드와 나 로게르 브론이 서로 아는 사이라는 걸 아는 사람은 이 세상에 하나도 없는데! 말이 되지 않았다. 그는 다른 경로를 통해 날 찾은 게 분명했다.

그때 지평선의 먼지 구름이 점점 더 가까워지는 것이 보였다.

"내 말 들었어요, 세케루드 씨?"

처음 그레베는 오두막에서 날 찾아냈다. 그러고 난 다음에는 병원. 휴대전화도 없었는데. 그레베에게는 줄이 있는 게 아니다. 전화국도, 경찰도. 그렇다면 도대체 어떻게?

"세케루드 씨! 이봐요!"

도로 위의 먼지 구름은 멀리서 보았을 때보다 더욱 빠르게 움직이고 있었다. 우리 앞의 교차로를 보았을 때 갑자기 그런 느낌이 들었다. 그 차가 우릴 공격하려는 것이라면 이대로는 두 차가 맞부딪치고 말 것이다. 우리가 제대로 된 차선에 있다는 걸 상대가 알고 있기만 바랐다.

여드름쟁이가 상대 차에 신호를 보내든 경적을 울리든 해야 할 것만 같다. 신호를 보내. 경적을 울려. 그레베가 병원에서 뭐라고 했지? '디아나 말이 맞군. 머릿결이 정말 좋아.' 나는 눈을 감고 차고에서 그녀의 손이 내 머리를 쓰다듬던 것을 떠올렸다. 그 냄새. 그녀의 체취는 평소와 달랐다. 그, 그레베의 냄새가 났었다. 아니, 그레베가 아니야. 호테의 냄새. 우리를 향해 돌진해 오는. 그리고 다음 순간, 슬로모션으로 모든 조각이 맞아들어 가기 시작했다. 왜 이제야 깨달은 거지? 나는 눈을 떴다.

"우린 매우 위험한 상황에 처했어요, 순데드 형사님."

"여기에서 위험에 처한 건 당신뿐입니다, 세케루드 씨. 그 이름이 맞다면 말이죠."

"뭐라고요?"

순데드가 거울을 쳐다보며 병원에서 내게 보여 줬던 신용카드를 들어 보였다.

"당신은 여기 사진에 나온 세케루드처럼 생기지 않았다 이거죠. 그리고 세케루드의 기록에 의하면 그는 키가 173이에요. 그런데 당신은…… 한 165?"

이제 차 안은 완전히 적막에 휩싸였다. 나는 빠른 속도로 가까워지고 있는 먼지 구름을 노려보았다. 그건 보통 차가 아니었다. 트레일러가 뒤에 달린 대형 트럭이었다. 이제는 너무나 가까워 옆에 쓰인 글자도 읽을 수 있었다. 시그달 부엌가구.

"168."

내가 말했다.

"그래서 당신 도대체 누구요?"

순데드가 으르렁댔다.

"내 이름은 로게르 브론입니다. 그리고 왼편에 칼센의 도난당한 트럭이 있어요."

모든 사람의 머리가 왼쪽으로 돌아갔다.

“이게 대체 무슨 일이지?”

순데드가 소리 질렀다.

“무슨 일이냐 하면요, 저 트럭은 클라스 그레베라는 작자가 모는 겁니다. 그는 내가 이 차에 탄 걸 알고 날 죽이려 해요.”

“어떻게……?”

“GPS 추적기가 있어서 내가 어디에 있든 내 위치를 알아낼 수 있거든요. 어제 아침 내 아내가 차고에서 내 머리를 쓰다듬은 이후부터 저러고 있어요. 초소형 발신기가 들어 있는 젤이 머리에 달라붙으면 씻어 내는 게 불가능하거든요.”

“헛소리 집어치워요!”

순데드가 윽박질렀다.

“순데드…… 저건 칼센의 트럭이에요.”

여드름쟁이가 말했다.

“당장 차를 멈추고 돌아가야 해요. 아니면 저 자가 우리 모두를 죽일 거예요. 멈춰요!”

“계속 가.”

순데드가 말했다.

“무슨 일이 벌어질지 모르겠어요? 곧 죽게 될 거라고요, 순데드!”

내가 소리쳤다.

순데드가 잔디깎기 기계 같은 웃음소리를 터뜨렸다. 하지만 이번에 그 소리는 지나치게 높았다. 그 역시 깨달은 것이다. 하지만 이미 너무 늦었다.

제17장

시그말 부엌가구

두 자동차의 충돌은 기본적인 물리학 법칙으로 설명된다. 모든 것이 결국 운에 달려 있긴 하지만 이렇게 발생하는 현상은 '에너지 ×시간 = 질량×속도 차이'라는 등식으로도 표현될 수 있다. 운이라는 변수에 값을 넣으면 곧 단순하면서도 진실하지만 동시에 냉혹할 정도로 무자비한 결과가 나온다. 예를 들어 시속 80킬로미터로 달리고 있던 짐을 가득 실은 25톤 트럭과 같은 속도로 달리던 무게 1,800킬로그램(몬센 쌍둥이를 포함해)의 세단이 충돌하면 어떤 일이 벌어질까. 충돌 지점, 차체 구조, 사람의 앉은 각도 같은 요소를 고려할 때 나타날 수 있는 결과의 경우의 수는 그야말로 어마어마하다. 그러나 거기에는 두 가지 공통점이 있을 것이다. 하나, 결과는 비극이라는 것 그리고 둘, 큰일 난 쪽은 세단이라는 것.

오전 10시 13분, 그레베가 모는 거대 트럭이 순찰차 01호, 1989년

형 볼보 740의 운전석 지점과 충돌한 순간, 앞바퀴와 여드름쟁이의 양다리가 옆으로 밀려 차체 속으로 구겨지면서 자동차는 공중으로 날아올랐다. 1990년 이전에 생산된 볼보에는 에어백이 없었기에 에어백도 터지지 않았다. 이미 납작해진 경찰차는 도로 위를 날아 가드레일을 넘어 비탈 아래 강을 따라 늘어선 전나무들 위로 떨어졌다. 첫 번째 나무의 무성한 가지들을 뚫고 날아가기 전 경찰차는 이미 한 바퀴 반 비틀기에 두 바퀴 반 공중돌기를 마친 상태였다. 이런 나의 말을 뒷받침할 증인은 없지만 이것이 정확히 그곳에서 벌어진 일이라는 건 틀림없는 사실이다. 앞에서 이미 말했듯 이것은 기본적인 물리학의 법칙이다. 비교적 망가진 곳 없이 멀쩡한 트럭이 아무도 없는 교차로까지 그대로 달려와 금속이 마찰하는 날카로운 끼이익 소리를 내며 멈춘 것 또한 사실이다. 조금 뒤 브레이크가 풀리며 트럭은 마치 용틀임 같은 소리를 냈다. 하지만 소리가 멈춘 뒤에도 탄 고무와 브레이크 라이닝 냄새만은 몇 분 동안 주변을 가득 채웠다.

10시 14분, 전나무들이 마침내 움직임을 멈추고 먼지 구름이 가라앉았다. 그리고 트럭이 여전히 시동을 켠 채 서 있는 동안 햇볕은 헤드마크 들판을 계속해서 내리쬐었다.

10시 15분, 첫 번째 차가 범죄 현장을 지나갔다. 하지만 운전자는 자갈이 깔린 갓길에 서 있는 트럭과 타이어 밑으로 바스러지는 소리를 내는 유리 조각들 말고는 달리 아무것도 알아채지 못했을 것이다. 아니라면 강을 따라 늘어선 나무 아래 뒤집힌 채 누워 있는 경찰차의 흔적을 보았을 텐데.

내가 이런 걸 아는 이유는, 우리가 강을 따라 늘어선 나무 아래

가려 보이지 않는 뒤집힌 차 안에 있었고, 내가 이런 내용을 말할 수 있는 위치에 있었기 때문이다. 시각을 알 수 있는 것은 바로 내 앞에서 정확하게 움직이고 있던 순데드의 손목시계 덕분이었다. 확실하진 않지만 시계가 그의 것이라고 생각한다. 회색 비옷에 덮인 채 뎅강 잘려나간 팔의 손목에 채워져 있었으니까.

바람을 타고 탄 브레이크 라이닝 냄새와 디젤 엔진 돌아가는 소리가 느껴졌다.

구름 한 점 없는 하늘에서 나무 사이로 햇살이 쏟아졌지만 내 주변으로는 비가 오고 있었다. 뚝뚝 떨어져 고이고 흘러내리는 기름과 피. 모두가 죽었다. 여드름쟁이는 더 이상 여드름이 없었다. 아니, 얼굴이 없다고 해야 하나. 순데드의 몸 중 남은 부위는 마치 두꺼운 종이로 만든 인형처럼 뭉개져 있었다. 자신의 다리 사이로 비죽이 바깥을 내다보는 그의 얼굴이 보였다. 양 옆의 쌍둥이는 그럭저럭 멀쩡해 보였으나 더 이상 숨을 쉬지 않았다. 내가 살아 있는 것은 오로지 살이 잘 찌는 몬센 가문의 체질 덕분이었다. 그들의 몸이 완벽한 에어백이 되어 준 것이다. 하지만 내 목숨을 구해 준 그들의 몸이 이제는 다시 내 목숨을 위협하고 있었다. 차체 전체가 완전히 망가졌고 나는 앉은 자리에서 거꾸로 매달려 있었다. 한 팔은 자유로웠으나 몸은 두 경찰관 사이에 완전히 끼여 움직일 수도, 숨을 쉴 수도 없었다. 그러나 일단 내 모든 감각은 제대로 움직였다. 그래서 기름이 줄줄 흘러 내 바짓가랑이를 타고 상체를 지나 운동복 칼라 바깥으로 떨어져 내리는 것이 고스란히 느껴졌다. 그리고 그 트럭 소리도 들렸다. 그것이 콧방귀를 뀌고, 헛기침을 하고, 꿀럭꿀럭 움직이려 하는 것이 들렸다. 놈이 거기 앉아 있었다. 그레베. 생각하고, 판단하면서. GPS 추적기를 통해 내가 움직이지 않고 있다는 것을 볼 수 있을 것이다. 그래도 트럭에서 내려 모두 죽었는지 확인해보아야 한다고 생각하고 있을 것이다. 그런데 한편으로는 비탈을 내려오는 것이 만만치 않고, 반대로 다시 올라가는 것은 더 힘들 것이다. 이런 정도의 사고라면 아무도 살아남지 못하는 것 아닐까? 그래도 자신의 두 눈으로 직접 확인하고 나면 밤에 잠이 더 잘 올 텐데…….

'가라, 가.'

나는 애원하듯 생각했다.

이렇게 의식이 또렷한 것의 문제는, 그가 기름에 흠뻑 젖은 날 발견한다면 무슨 짓을 할지 상상할 수 있다는 것이다.

'가라고. 가!'

트럭의 디젤 엔진이 마치 혼잣말을 하듯 투덜거리고 있었다.

이제 무슨 일이 벌어진 건지 뚜렷하게 알 수 있었다. 그레베는 내가 어디 있는지 물으러 신드레 오 영감의 집으로 들어간 것이 아니었다. 그는 나의 움직임을 GPS 추적기를 통해 확인할 수 있었다. 신드레 영감이 죽은 건 단순히 그레베와 그의 차를 보았다는 이유 때문이었다. 그레베가 오두막을 향해 올라오는 동안 나는 바깥의 변소로 갔고, 오두막에 내가 없자 그는 다시 추적기를 확인했으리라. 그리고 놀랍게도 내 신호가 사라진 것을 발견했다. 그때 내 머리에 붙은 발신 장치는 똥물에 완전히 잠겨 있었고, 앞에서 설명한 것처럼 호테의 발신기는 그런 것을 통과할 정도로 강력한 신호를 보내지 못했다. 정말 얼마나 멍청한가. 내가 살아 있는 것은 모두 운이 좋아서 였다.

그레베는 기다리는 동안 날 찾으러 개를 풀었다. 그때까지도 신호가 없었겠지. 신드레 영감의 시신을 확인하고 트랙터를 타고 도망칠 때까지도 머리에 말라붙은 오물 때문에 신호가 차단되었으니까. 놈의 GPS 추적기는 한밤중이 되어서야 다시 신호를 받기 시작했을 것이다. 그때 들것에 누운 채 병원에서 샤워를 받았고 머리에 붙어 있던 오물이 그제야 씻겨 내려갔으니. 그레베는 곧장 차를 타고 새벽녘에 병원에 당도했다. 그가 트럭을 어떻게 훔쳤는지는 하느님만이 알겠지만 어쨌든 나를 다시 찾는 데는 아무 어려움이 없었을 것이다. 로게르 브론, 부디 다시 붙잡아 달라고 애원하는 이 바보 천치 멍청이.

순데드의 잘려나간 팔에 붙은 손가락들은 아직도 그의 가방 손잡이를 꽉 움켜쥐고 있었다. 그의 손목시계가 재깍재깍 소리를 냈다. 10시 16분. 앞으로 1분 후면 난 의식을 잃을 것이다. 그리고 2분 후면 질식사하고 말겠지. 어떻게 되든 마음을 정해라, 그레베.

그때 그가 마음을 정했다.

트럭이 트림하듯 세차게 소리를 내뿜었다. RPM이 뚝 떨어졌다. 시동을 끈 것이다. 차에서 내려 이리로 다가오고 있다!

아니…… 기어를 넣은 건가?

낮게 울리는 부르릉 소리. 25톤 무게를 짊어진 타이어들이 자갈 위로 움직이는 소리. 부르릉 소리가 더 커졌다. 그리고 더 커졌다. 그런 다음 점점 조용해진다. 들판을 향해 사라졌다. 완전히 들리지 않는다.

나는 눈을 감고 감사의 기도를 드렸다. 산 채로 타죽지 않고 오직 산소 부족으로 죽는 데 대해서. 그거라면 죽음을 맞는 최악의 상황은 아니니까. 두뇌 세포가 하나씩 닫히면서 머리가 멍해지고 감각이 사라진다. 생각이 멈추고 그와 함께 모든 걱정거리가 사라진다. 어떤 면에서는 마치 독한 술을 몇 잔 들이키는 것이나 똑같다. 그래, 그렇게 죽는 거라면 기꺼이 받아들여 주겠어.

그런 생각을 하니 웃음이 터져 나올 것만 같다.

평생 아버지와 반대로 살기 위해 무던히 애썼던 내가 아버지와 똑같이 자동차 사고로 생을 마감하다니. 그래, 그래서 내가 얼마나 아버지와 다르게 살았나? 나이를 먹어 그 망할 주정뱅이가 더 이상 날 때릴 수 없게 되자 내가 그를 때리기 시작했다. 아버지가 어머니를 때렸던 것처럼 눈에 띄는 자국을 남기지 않으면서 말이다. 그것 말고 또 있다. 아버지가 운전을 가르쳐 주겠다고 했을 때 나는 운전 면허를 딸 생각이 전혀 없다고 예의바르게 거절했다. 그러고는 아버지가 매일 학교에 모셔다 주는 못생기고 버릇없는 대사의 딸을 꼬드겼다. 그 애를 집으로 데려가 아버지에게 망신을 주기 위해서였다. 하지만 식사가 끝나고 디저트가 나오기 전 부엌에 쪼그리고 앉아 울고 있는 어머니의 모습을 보자 나는 곧 그 일을 후회하고 말았다. 그리고 아버지가 망할 사회의 기생충들을 위한 고급 학교라 욕한 런던의 학교에 지원했다. 하지만 아버지는 내가 기대한 것만큼 큰 충격을 받지 않았다. 내 이야기를 듣자 미소까지 지으면서 자랑스러운 것처럼 굴었다. 교활한 인간! 그해 가을 아버지가 어머니와 함께 런던에 있는 날 만나러 와도 되겠느냐고 물었을 때 나는 안 된다고 말했다. 아버지가 외교부의 높은 사람이 아니라 운전수에 불과하다는 것을 친구들에게 들키고 싶지 않았기 때문이다. 그게 아버지의 연약한 부위를 건드린 것 같아 흐뭇했다.

결혼 2주 전에 어머니에게 전화를 걸어 어떤 여자를 만났고, 그녀와 결혼하게 되었다고 말했다. 식은 아주 간단해서 우리와 증인 두 명뿐이라고도 했다. 만약 어머니가 혼자만 오신다면 대환영이라고 말했다. 그러자 어머니는 버럭 화를 내며 아버지 없이는 당연히 가지 않겠다고 했다. 고상하고 충실한 사람들은 종종 인간 중에서도 최악의 부류에게조차 최선을 다하는 법이다.

그해 여름, 학기가 끝난 다음 디아나가 처음으로 우리 부모님을 만나러 가기로 되어 있었다. 그런데 런던을 떠나기 3주 전, 자동차 사고 소식을 들었다. 지지직거리는 전화로 경찰이 알려 주었다. 교외의 오두막을 떠나 집으로 돌아오는 길이었다고 한다. 저녁이었고, 비가 왔고, 자동차는 너무 빠른 속도로 달리고 있었다고. 고속도로 확장 공사로 인해 원래 도로가 일시적으로 우회되었다고 했다. 새롭게, 어쩌면 다소 예상치 못하게 도로가 휘어 있었는데 위험 표지판이 세워져 있긴 했다고 했다. 새로 깔린 아스팔트가 빛을 흡수해 버렸다고도 했다. 그런데 아스팔트를 까는 기계가 도로에 세워져 있었다는 것이다. 나는 경찰관의 말을 막고 아버지 음주 여부 확인은 해 보았느냐고 물었다. 그래야 내가 이미 확신하고 있는 사실, 아버지가 어머니를 죽인 거라는 사실을 경찰도 알 수 있을 테니까.

그날 저녁, 배런스 코트에 있는 한 술집에서 술을 마셨다. 그날이 태어나 처음으로 술을 입에 댄 날이었다. 그리고 사람 많은 곳에서 울어 본 것도 그날이 처음이었다. 그날 저녁 냄새나는 남성용 변기에서 눈물을 쏟아내고 있을 때 금간 거울에서 아버지의 힘없고 술 취한 얼굴을 보았다. 그리고 체스 말들을 집어던질 때 침착하고 신중하게 빛나고 있던 그의 눈빛을 기억해 냈다. 아버지가 집어던진 퀸은 공중을 날더니 두 바퀴 반을 돌아 바닥에 떨어졌었다. 그런 다음 그는 날 때렸다. 그때 딱 한 번이었다. 하지만 손을 댄 건 댄 것이었다. 그리고 귀 바로 아래를 세차게 갈겼다. 그때 나는 아버지의 눈에서 그것을 보았다. 어머니가 '병'이라 불렀던 그것을. 그것은 아버지의 눈동자 뒤에 도사리고 있던 흉측하고도 우아한, 피에 굶주린 괴물이었다. 하지만 그것은 동시에 그이기도 했다. 나의 아버지. 나의 살과 피.

피.

깊숙이, 아주 오랫동안 겹겹이 쌓인 층 속에 깔려 있던 무언가가 표면으로 올라오기 시작했다. 내 머리를 스치고 지나갔던 흐릿한 생각의 기억, 이제 더 이상은 억누를 수 없는 그것. 그것은 조금 더 구체적인 형태를 띠었다. 그리고 고통을 통해 조금 더 명확히 나타났다. 그리고 진실이 되었다. 지금까지 내 자신에게 거짓말까지 하면서 거리를 두려고 했던 그 진실. 아이를 갖지 않으려 한 것은 아이에게 내 자리를 빼앗길까 두려워서가 아니었다. 그것은 그 '병'에 대한 두려움이었다. 아들인 나도 그것을 가지고 있을까 봐. 그것이 내 눈 뒤에도 숨어 있을까 봐. 나는 모두에게 거짓말을 했다. 로테에게는 심각한 문제, 증후군, 염색체 이상 때문에 아이를 없앴다고 말했다. 사실 문제가 있는 건 바로 나였는데 말이다.

이제 모든 것이 흐르기 시작했다. 나의 삶은 고인이 된 사람이 남긴 빈 집이었다. 이제 내 두뇌는 쓰지 않는 가구들에 덮개를 씌우고, 열린 문들을 닫고, 전원을 완전히 차단할 준비를 했다. 눈에서 무언가 뚝뚝 떨어지더니 줄줄 흐르고 흘러 이마를 넘어 머릿속으로 들어갔다. 나는 두 명의 인간 풍선에 짓눌려 질식하고 있었다. 로테가 떠올랐다. 그리고 거기, 바로 종점에서 무언가가 머리를 스쳤다. 빛이 보였다. 그리고…… 디아나? 이 배신자가 여기서 뭘 하는 거지? 풍선들…….

그나마 자유로운, 공중에 매달린 내 팔이 순데드의 가방 쪽으로 움직였다. 감각이 없는 손가락들이 손잡이를 꽉 붙들고 있는 순데드의 손가락을 겨우 풀고 가방을 열었다. 내 몸을 타고 떨어진 기름이 가방 속으로 흘러내렸다. 한 손으로 가방 안을 헤집으니 셔츠 한 장, 양말 한 켤레, 팬티와 세면도구 가방이 나왔다. 그게 전부였다. 나는 한 손으로 세면도구 가방을 열고 안에 든 것을 자동차 천장에 쏟아냈다. 치약, 전기면도기, 반창고, 샴푸, 공항 검색대에서 쓴 것이 분명한 투명 지퍼백, 바세린…… 그래, 바로 거기 있었다! 작은 가위. 뾰족한 끝이 둥글게 올라가 있고, 많은 사람들이 여러 가지 이유로 손톱깎이 대신 사용하는 그런 가위.

나는 한 손으로 쌍둥이 중 한 사람의 몸을 더듬었다. 배, 가슴 위로 움직이며 지퍼나 단추 같은 것을 찾으려 했다. 하지만 손가락의 감각이 점점 사라지고 있었고, 그것들은 이제 더 이상 뇌의 명령에 복종하지도 않았고, 뇌로 정보를 보내지도 못했다. 나는 가위를 움커쥐고 뾰족한 끝으로 둘 중 한 사람…… 음, 엔드리테라고 해두자. 그의 배를 찔렀다.

나일론으로 된 겉옷이 찍 소리와 함께 벌어지며 불룩 튀어나온 배와 그 위를 덮은 연한 푸른색 경찰 셔츠가 드러났다. 셔츠를 싹둑싹둑 잘라내자 털이 북슬북슬하고 푸르딩딩한 뱃살이 밀려나왔다. 이제 가장 걱정하던 일을 해야 하는 순간이었다. 하지만 그 일을 해내고 나면 어떤 보상을 받을지, 그러니까 살 수 있고 다시 숨 쉴 수 있다고 생각하니 다른 모든 것을 이겨낼 수 있었다. 나는 가위를 쥔 손에 최대한 힘을 실어 그것을 배꼽 바로 위에 찔러 넣었다. 그런 다음 가위를 잡아 뽑았다. 아무 일도 일어나지 않았다.

이상하다. 배에 분명 구멍이 생겼는데 아무것도 나오지 않았다. 무언가 나와 나를 누르고 있는 이 압력을 조금이나마 줄여 주기를 바라고 있었는데. 풍선은 아직도 아까만큼이나 빵빵했다.

다시 찔렀다. 또 하나의 구멍. 하지만 여전히 아무것도 나오지 않는 구멍.

미친 사람처럼 나는 가위를 다시 휘둘렀다. 픽. 픽. 그래도 아무것도 없었다. 이놈들은 대체 뭘로 만들어진 거야? 뼛속까지 기름덩어린가? 무서운 비만이 결국 나까지 죽이는 건가?

도로 위로 차 한 대가 더 지나갔다.

고함을 지르려 했지만 폐에 산소가 전혀 없었다.

마지막 남은 힘으로 가위를 그의 배에 깊숙이 찔렀지만 이번에는 잡아 뽑지 않았다. 그럴 힘이라고는 전혀 없었다. 잠시 쉬었다가 가위를 조금씩 움직이기 시작했다. 엄지와 검지를 최대한 뻗었다가 다시 오므렸다. 그리고 살점을 자르며 조금씩 안으로 들어가기 시작했다. 놀라울 정도로 쉬웠다. 그리고 다음 순간, 무슨 일인가 벌어졌다. 구멍으로부터 핏줄기가 흘러내리더니 배를 타고 그의 옷 속으로 사라졌다가 수염이 난 목에서 다시 나타나 턱을 타고 입술을 지나 한쪽 콧구멍 속으로 사라졌다. 나는 계속해서 가위질을 했다. 이제는 열정적으로 가위를 움직여 댔다. 그리고 깨달았다. 사실 인간이란 꽤 연약한 존재임을. 텔레비전에서 고래의 배를 가르는 장면을 본 적이 있었는데 인간의 몸도 그것처럼 아무렇지 않게 활짝 열리다니. 그것도 이 작은 손톱가위 하나로! 허리부터 갈비뼈까지 길게 벌어질 때까지 나는 가위질을 멈추지 않았다. 하지만 금방이라도 쏟아져 나올 것만 같던 피와 내장은 도무지 나오려 하지 않았다. 그리고 팔 힘이 완전히 빠져 버리고 말았다. 가위를 떨어뜨리는 것과 동시에 예전처럼 다시 시야가 좁아지기 시작했다. 이제는 바늘구멍만큼 좁아 보이는 시야를 통해 자동차 천장 내부가 보였다. 회색 체스판 무늬가 있었다. 부서진 체스 말들이 내 주변에 흩어져 있었다. 나는 포기하고 눈을 감았다. 포기한다는 것이 이렇게 기분 좋은 일인 줄 몰랐다. 중력이 내 몸을 지구 중심으로 끌어당기는 것이 느껴졌다. 머리부터. 엄마의 자궁에서 빠져나오는 아기처럼 그 좁은 틈 사이로 비집고 나오겠지. 죽음은 새로운 탄생이었다. 심지어 아이를 낳을 때 느끼는 진통마저 느낄 수 있었다. 나의 몸을 문질러대는 떨리는 통증. 그런 다음 난데없이 화이트 퀸이 나타났다. 그리고 낯선 소리와 함께 양막에 감싸인 액체가 터져 바닥으로 쏟아졌다.

냄새.

하느님 맙소사. 이 냄새란!

나는 태어났다. 그리고 나의 새 삶은 추락, 머리의 충격, 그런 다음 완벽한 어둠과 함께 다시 시작되었다.

깜깜한 어둠.

어둠.

산소?

빛.

눈을 떴다. 나는 반듯이 누워 있었고 내 위로 쌍둥이들과 내가 비좁게 끼여 앉아 있었던 자동차 뒷좌석이 보였다. 자동차 천장 안쪽, 체스판 위에 누워 있었던 것이 분명하다. 그리고 나는 숨을 쉬고 있었다. 죽음과 인간 창자의 냄새가 가득했다. 주변을 둘러보았다. 그곳은 마치 도살장이나 소시지 제조 공장처럼 보였다. 하지만 이상한 것은 이러한 기억을 억누르고, 부인하고, 이곳으로부터 도망치려고 해야 마땅한 나의 본능이 그렇게 하지 않는다는 것이다. 오히려이 감각적 인상을 온전히 흡수하려고 뇌가 더욱 기능을 확장시키고 있는 것 같았다. 나는 여기 남기로 했다. 냄새를 마시고 주변을 둘러보고 귀를 기울였다. 그리고 바닥에 떨어진 체스말을 주워들어 하나씩 체스판 위 제자리에 올려놓았다. 마지막으로 화이트 퀸까지. 그것을 유심히 살펴보았다. 그런 다음 블랙 킹 바로 맞은편에 당당히 세웠다.

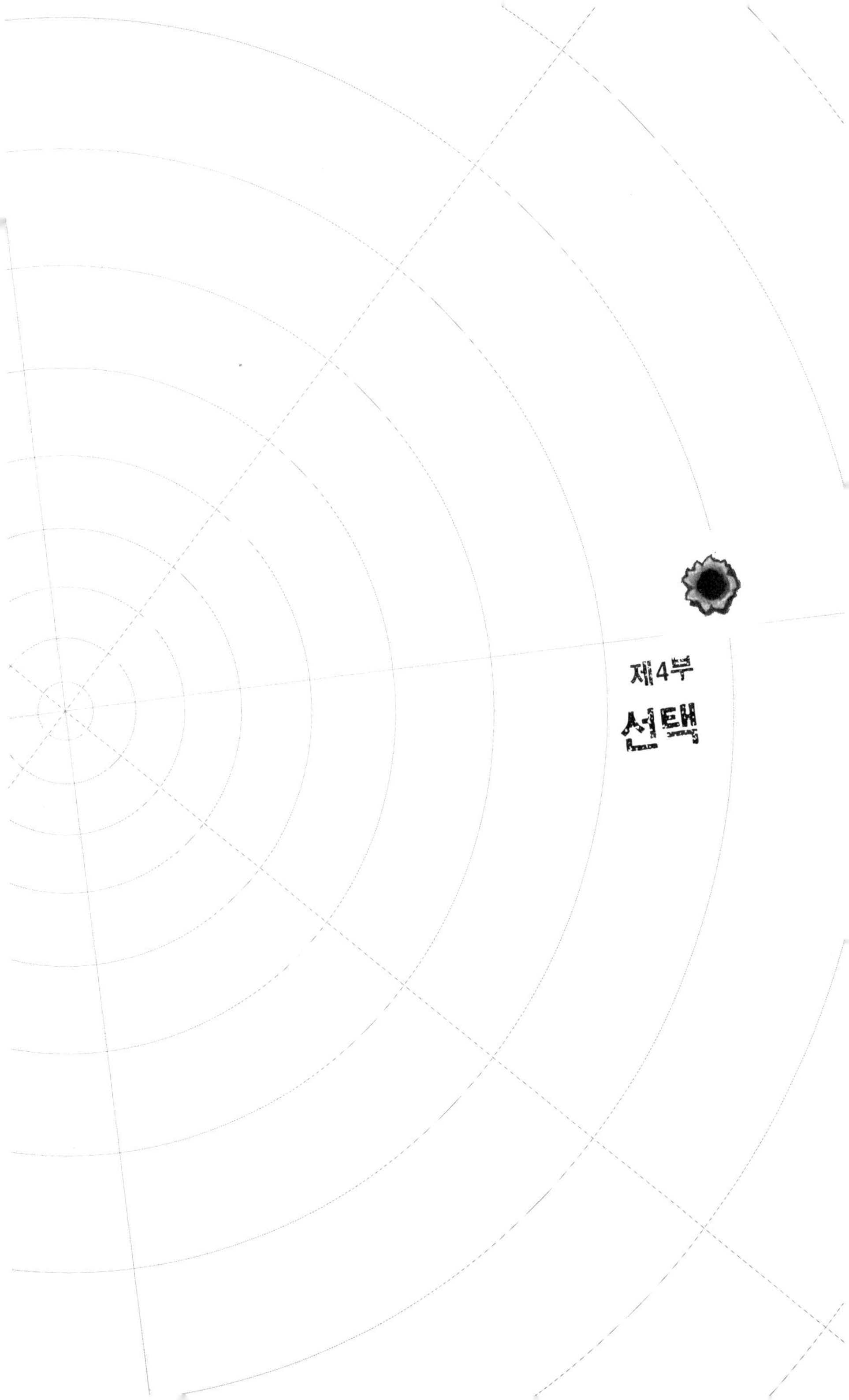

제4부

선택

제18장

화이트 퀸

나는 고철덩어리가 된 차 속에 앉아 전기면도기를 물끄러미 바라보았다. 우리 인간은 참으로 기이한 생각들을 한다. 화이트 퀸은 부서졌다. 내 아버지, 내 성장 배경. 그리고 그래, 내 인생 전체를 통제하고 이용했던 그녀. 내가 사랑의 맹세를 한 그녀. 날 사랑한다고 말한 그녀. 그것이 비록 거짓이었다 할지라도 내 마음의 일부는 그런 말을 들은 것만으로도 언제까지나 그녀를 사랑할 것이다. 더 나은 나의 반쪽이라 불렀던 그녀. 나는 그녀가 내 야누스의 얼굴 중 아름다운 쪽이라고 진정으로 믿었으니까. 하지만 모두가 나의 착각이었다. 그리고 난 그녀를 증오했다. 아니, 그게 아니다. 내게 디아나 스트룀-엘리아센이라는 사람은 더 이상 존재하지 않았다. 하지만 나는 아직도 종잇조각처럼 구겨진 자동차 속 네 구의 시신에 둘러싸여 앉아 한 손에는 전기면도기를 쥐고 단 한 가지 생각만을 하고 있었다.

머리칼이 없어도 디아나가 나를 사랑했을까?

아까 말했듯 인간은 참으로 기이한 생각들을 한다. 나는 곧 그 생각을 떨치고 면도기 버튼을 눌렀다. 자신의 운명을 예측하는 이름을 가진 순데드, 영어로 곧 죽는다는 soon dead, 한때 그 사내의 것이었던 면도기가 내 손 안에서 진동하기 시작했다.

나는 달라질 것이다. 달라지고 싶었다. 어찌됐든 과거의 로게르는 더 이상 존재하지 않았다. 나는 작업에 들어갔다.

15분 뒤, 남은 거울 조각에 비친 내 모습을 살폈다. 걱정했던 대로 보기 좋은 모습은 아니었다. 내 머리는 마치 껍질이 덮인 땅콩처럼 보였다. 가운데가 살짝 팬 기다란 머리통. 햇볕에 그을린 얼굴 위로 깨끗이 밀린 머리가 더욱 창백하게 반짝였다. 하지만 그것이 바로 나였다. 새로운 로게르 브론.

잘린 머리카락이 다리 사이에 놓여 있었다. 나는 그것을 한데 모아 투명한 비닐 봉투에 담은 다음 그것을 에쉴드 몬센의 유니폼 바지 뒷주머니에 쑤셔 넣었다. 그런 다음 지갑을 하나 찾아냈다. 그 안에는 약간의 돈과 신용카드가 들어 있었다. 세케루드의 신용카드를 쓰고 추적당하는 불상사는 피하고 싶었기에 그 지갑을 챙기기로 결정했다. 여드름쟁이의 검정색 나일론 재킷 주머니에서 라이터를 발견하고는 이미 기름에 흠뻑 젖은 차에 불을 붙이는 건 어떨까 잠시 생각했다. 그렇게 하면 시신의 신원을 확인하는 데 시간이 걸릴 것이고 하루 정도 시간을 벌어 줄 수 있을 것이다. 하지만 다른 한편으로는 심한 연기가 피어올라 이 근방을 벗어나기도 전에 다른 사람들의 주의를 끌 위험이 있었다. 연기가 나지 않고 약간의 운만 따라 준다면 누군가 이 차를 발견하기까지 몇 시간이 걸릴 수도 있는데. 나는 이제 고깃덩어리가 되어 버린 여드름쟁이의 얼굴을 쳐다보다가 결단을 내렸다. 그의 바지와 재킷을 벗기고 내 녹색 운동복을 입히는 데는 거의 20분이나 걸렸다. 사람들의 몸을 훼손하는 일이 얼마나 금방 익숙해지는지, 정말 희한한 일이다. 여드름쟁이의 양손 검지 피부를 벗겨 낼 때쯤엔 (지문을 뜨는 손이 왼손인지 오른손인지 기억 나지 않았다) 이미 마치 숙련된 외과의사 같은 집중력을 발휘하고 있었다. 그리고 마지막으로 엄지손가락에도 상처를 냈다. 그래야 손에 난 상처가 훨씬 더 무작위처럼 보일 테니까. 작업을 마친 뒤 자동차로부터 두 걸음 뒤로 물러서 그 모습을 유심히 쳐다보았다. 피, 죽음, 침묵. 늘어선 나무 옆으로 흐르는 갈색 강마저도 침묵으로 얼어붙은 것 같았다. 모르텐 비스쿰의 설치미술 저리가라였다. 카메라만 있었다면 사진을 찍어 디아나에게 보내 화랑에 걸어 두라고 하고 싶었다. 앞으로 다가올 일의 전조로 말이다. 그레베가 뭐라고 했더라? 사람을 유순하게 만드는 건 고통이 아니라 두려움이라고 했지.

대로를 따라 걸었다. 물론 그레베가 이 길로 지나간다면 그에게 들킬 위험이 있었다. 하지만 개의치 않았다. 첫째, 등에 엘베룸 코도잉 클럽이라 쓰인 검정 재킷을 입은 민머리 사내를 알아볼 리 없었다. 둘째, 이 사람은 그가 아는 로게르 브론과 걸음걸이가 달랐다. 조금 더 등을 빳빳이 세우고 천천히 걸었으니까. 그리고 셋째, 그의 GPS 추적기는 분명 내가 아직 자동차 안에 있다고, 단 1미터도 움직이지 않았다고 말하고 있을 것이다. 당연하다. 난 죽었으니까.

농장을 한 군데 지나쳤지만 나는 계속해서 걸었다. 차 한 대가 지나가다가 끼익 멈춰 섰다. 아마 내가 누구인지 궁금했겠지. 하지만 다시 속도를 높이더니 따가운 가을 햇살 속으로 자취를 감췄다.

공기가 좋았다. 흙과 풀 냄새, 침엽수림과 소똥. 목에 난 상처가 조금 아팠지만 온몸의 뻣뻣한 기운은 서서히 사라지고 있었다. 나는 성큼성큼 걸으며 숨을 들이쉬었다. 삶을 재확인해 주는 듯한 깊은 숨.

30분 정도 걷자 아직 끝없이 이어진 길 한복판에 있긴 했지만 푸른색 표지판과 함께 멀리 작은 건물이 보였다. 버스정류장이었다.

다시 15분 뒤 나는 회색 시골 버스에 올라 에쉴드 몬센의 지갑에서 나온 현찰로 요금을 냈다. 버스는 오슬로행 기차 편이 있는 엘베룸으로 향했다. 30대로 보이는 연한 금발머리 여자 두 명의 맞은편에 앉았다. 누구도 내게 눈길 한 번 주지 않았다.

꾸벅꾸벅 졸다가 사이렌 소리에 퍼뜩 잠에서 깼다. 버스가 속력을 늦추더니 서서히 멈춰 섰다. 푸른색 빛을 번뜩이는 경찰차가 우리를 지나쳐 갔다. 순찰차 02호겠지. 그때 금발 여자 중 한 명이 날 쳐다보는 것이 느껴졌다. 눈을 마주치자 그녀가 본능적으로 눈을 피하고 싶어 하는 것을 알 수 있었다. 나는 지나치게 노골적이었고 그녀는 내가 못생겼다고 생각하고 있었다. 하지만 그녀는 눈을 피하지 못했다. 나는 그녀에게 삐딱한 미소를 날리고는 창가로 눈을 돌렸다.

3시 10분, 새로운 로게르 브론이 기차에서 내렸다. 옛 로게르 브론이 살던 동네에도 햇살이 비치고 있었다. 하지만 광장을 건너 쉬페르가타 쪽으로 걸음을 재촉하는 동안 오슬로 중앙역 앞에 세워진 망가진 호랑이 조각상의 벌린 입 속으로 얼음장처럼 차가운 바람이 불어들었다.

툴부가타의 마약상과 매춘부들이 나를 쳐다보았지만 과거 옛 로게르 브론에게 그랬던 것처럼 불러대진 않았다. 나는 레온 호텔 문 앞에 멈춰 회반죽이 떨어져 나가 군데군데 흰 구멍이 드러나 보이는 간판을 올려다보았다. 하룻밤에 400크로네라는 글귀가 창문 아래 매달려 있었다.

안으로 들어가 리셉션 카운터 앞에 섰다. 아니, 카운터 뒤에 선 남자 머리 위에 걸린 글자는 RECEPTION이 아니라 RECPETION 이라고 되어 있었다.

"네?"

옛 로게르 브론이 드나들었던 여러 호텔에서 듣던 따뜻한 환영의 인사 대신 그가 툭 내뱉었다. 마치 방금까지 심한 운동이라도 하고 있던 것처럼 그의 얼굴은 땀으로 번들거렸다. 아니면 커피를 너무 많이 마셨던가. 아니, 그냥 천성이 신경과민인가? 한 군데 고정되지 못하고 자꾸만 움직이는 눈동자로 보아 후자가 맞는 것 같았다.

"싱글 룸 있어요?"

내가 물었다.

"예. 얼마나 묵으실 건데?"

"24시간."

"24시간 내내?"

이런 호텔에 들어가 본 적은 없다. 다만 몇 차례 지나쳤을 뿐이다. 하지만 시간 단위로 방을 빌려 주리라는 것쯤은 눈치 챌 수 있었다. 직업적으로 몸을 파는 사람들을 위한 것이다. 달리 말해 우베 방이 설계한 집이나 프로그네르의 화랑 같은 걸 얻기 위해 이용할 미모나 계략 같은 것이 부족한 여자들.

나는 고개를 끄덕였다.

"400. 요금은 선불입니다."

그가 말했다. 말투에 스웨덴 억양 비슷한 것이 있었다. 이유는 몰라도 댄스 그룹 보컬이나 성직자들에게 선호되는 억양이.

나는 에쉴드 몬센의 신용카드를 카운터 위로 슬쩍 던졌다. 호텔에서는 서명이 일치하는지 일치하지 않는지 따위는 신경 쓰지 않는다는 것을 경험으로 알고 있었다. 하지만 일단 안전하게 가기 위해 기차에 있는 동안 서명 연습을 했었다. 문제는 신용카드에 있는 사진이었다. 거기에는 아래턱이 둥글고 긴 곱슬머리에 검은색 턱수염을 기른 사내가 있었으니까. 아무리 어둡다 하더라도 그 사진 속 남자가 지금 카운터 앞에 선 얼굴이 갸름하고 방금 박박 민 머리를 한 사람과 닮은 구석이라고는 전혀 없다는 사실만은 숨길 수 없었다. 카운터의 사내는 카드를 유심히 들여다보았다.

"사진이랑 영 다른데."

그가 고개를 들지 않은 채 말했다.

나는 잠자코 기다렸다. 이내 그가 눈을 들더니 나와 시선을 맞췄다.

"암 때문에요."

내가 대답했다.

"뭐라고요?"

"세포 독소요."

그가 세 번 눈을 껌뻑였다.

"항암 치료를 세 번 받았어요."

내가 말했다.

그가 침을 꿀꺽 삼키자 목에 불거져 나온 후골이 한 번 올라갔다 내려왔다. 날 전혀 믿지 않는 것이 뻔히 보였다. 제발! 어서 침대에 눕고 싶은데. 목이 미친 듯이 아팠다. 나는 그의 시선을 피하지 않았다. 하지만 그가 나의 시선을 피하고 말았다.

"미안하지만 괜히 골치 아픈 일에 말려들기 싫거든. 안 그래도 감시가 심하다고요. 현찰은 없수?"

그가 신용카드를 다시 내밀며 물었다.

나는 고개를 흔들었다. 기차표를 사고 나니 지폐로 200크로네, 동전으로 10크로네가 남은 돈의 전부였다.

"미안하게 됐수."

그가 마치 애원하듯 팔을 뻗으며 다시 말했다. 카드가 내 가슴에 와 닿았다.

나는 그것을 받아 들고 성큼성큼 밖으로 나왔다.

다른 호텔에 가도 소용없을 것이다. 레온에서 카드를 안 받아 주면 다른 곳도 마찬가지일 테니까. 게다가 최악의 경우 신고를 할지도 몰랐다.

대안을 쓸 때였다.

나는 새로운 사람, 이 동네에서는 낯선 사람이었다. 돈도, 친구도, 과거나 신분도 없는. 여러 건물들, 거리와 그곳을 지나다니는 사람들은 모두 로게르 브론의 눈으로 보았을 때와 전혀 다르게 보였다. 가느다란 구름 한 조각이 미끄러지듯 태양을 가려 기온은 순식간에 몇 도는 떨어진 것 같았다.

오슬로 역에서 톤센하겐행 버스가 어느 것인지 알아두었다. 버스에 오르자 이유는 모르겠지만 운전사가 내게 영어로 말을 건넸다.

버스 정류장에서 우베의 집까지 가는 동안 두어 곳의 가파른 언덕을 지났지만 그의 집에 다다를 때까지도 내 몸은 여전히 얼어 있었다. 나는 몇 분을 들여 주변을 빙빙 돌며 경찰이 없는지 살폈다. 그런 다음 문으로 다가가 안으로 들어갔다.

집 안은 따뜻했다. 타이머와 자동 온도 조절 장치가 달린 라디에이터 덕분이었다.

나는 '나타샤'를 입력해 경보기를 끄고 거실 겸 침실로 들어갔다. 지난번 왔을 때와 똑같은 냄새가 났다. 쌓인 설거지 거리, 언제 세탁한지 모를 침대 시트, 권총 윤활유 그리고 유황. 우베는 전날 내가 남겨 둔 그대로 침대에 누워 있었다. 마치 일주일은 지난 것 같았다.

나는 리모컨을 찾아 들고 침대 위 우베 옆에 앉아 텔레비전을 켰다. 문자다중방송을 이리저리 돌려 보았는데 경찰차 실종이라든가 경찰 시신 발견 같은 뉴스는 없었다. 엘베룸 경찰도 슬슬 무슨 일이 일어난 것 아닌가 생각하며 수색을 시작했을 것이다. 하지만 단순한 오해나 실수일 가능성에 대비해 순찰차 실종 소식을 발표하기까지 최대한 기다릴 것이다. 하지만 언제가 되었든 결국엔 알아내고 말 것이다. 그러면 만신창이가 된 자동차 안, 녹색 운동복을 입고 지문이 사라진 시신이 구류 중이던 우베 세케루드가 아니라는 걸 알아내기까지는 얼마나 걸릴까? 최소 24시간. 48시간이 최대다.

물론 이런 일은 내가 판단할 수 있는 것도 아니었고 실은 짐작조차 할 수 없었다. 새로운 로게르 브론이라고 해서 경찰 수사 방식에 대해 더 잘 아는 것은 아니니까. 하지만 이 새로운 사람이 정확히 깨달은 것이 하나 있었다. 택할 수 있는 것이 불확실한 정보와 위험천만한 행동뿐이라 해도 머뭇거리다가 시기를 놓쳐 버리는 것보다는 낫다는 것이다. 그리고 날카로운 감각을 유지하려면 어느 정도 두려움은 필요했다. 하지만 두려움이 지나친 경우 아무것도 하지 못할 정도로 몸이 얼어 버릴 수도 있었다.

그런 이유로 나는 눈을 감고 잠을 청했다.

잠에서 깨자 텔레비전 화면 속 시계가 20시 03분을 가리키고 있었다. 그리고 그 아래에는 엘베룸 외곽에서 벌어진 교통사고로 최소 네 명이 사망하고 그중에는 경찰관 세 명이 포함되어 있다는 소식이 한 줄로 지나가고 있었다. 오전에 순찰차가 자취를 감추었다는 보고가 들어왔고, 오후에 트레크 강 옆으로 늘어선 나무 아래에서 차가 발견되었다는 것이다. 역시 경찰인 다섯 번째 사람은 실종되었다고 했다. 경찰에서는 그가 사고 당시 차 밖으로 튕겨져 나가 강에 빠진 것으로 추정하고 있으며 수색이 펼쳐지고 있다고도 했다. 그리고 또 한 가지 소식이 있었다. 사고 현장에서 20킬로미터 떨어진 삼림 도로에서 발견된 도난당한 시그날 부엌가구 대형 트럭에 대해 시민의 제보를 받는다는 것이다.

실종된 다섯 번째 사람이 세케루드라는 것을 알아내면 언젠가 이리로 찾아올 것이다. 오늘 밤 지낼 곳을 찾아야만 했다.

깊이 숨을 들이쉬었다. 그런 다음 우베의 시신 위로 몸을 굽혀 협탁에 놓인 전화기를 든 다음 잊지 않고 있던 전화번호를 눌렀다.

세 번째 벨이 울린 다음 그녀가 전화를 받았다.

언제나처럼 수줍지만 따뜻한 목소리로 '안녕'이라 말하는 대신 그녀는 거의 들릴 듯 말 듯한 소리로 "네?"라고 물었다.

나는 즉각 수화기를 내려놓았다. 그녀가 집에 있는지만 알면 되었다. 밤늦게 어디 나가지 않기만을 빌었다.

텔레비전을 끄고 침대에서 일어섰다.

2분 정도 뒤진 끝에 총 두 정을 찾을 수 있었다. 하나는 욕실에 그리고 다른 하나는 텔레비전 뒤에 숨겨져 있었다. 나는 텔레비전 뒤에 있던 작은 검정 총을 들고 부엌 찬장으로 가 상자 두 개를 꺼냈다. 하나는 실탄이 든 것, 다른 하나는 '공포탄'이라고 쓰인 것이었다. 그런 다음 탄창에 실탄을 가득 채우고 총을 장전한 뒤 안전장치를 잠갔다. 그리고 그레베가 그런 것처럼 그 총을 허리춤에 끼웠다. 욕실로 들어가 첫 번째 총을 도로 넣었다. 선반 문을 닫고 난 다음 거울에 비친 내 모습을 유심히 살폈다. 고운 얼굴선, 깊은 주름, 무지막지하게 깎인 머리, 강렬한 눈빛, 열에 달뜬 듯한 살갗. 입술은 긴장이 풀려 있었지만 동시에 굳은 결의에 차 있었고, 아무 소리도 내지 않았지만 동시에 많은 것을 이야기하고 있었다.

내일 아침 어디에서 잠을 깨든 머릿속은 살인에 대한 생각으로 가득할 것이다. 계획 살인이.

제19장

제4 살인

집 앞 거리로 걸어간다. 우리 집, 불 켜진 창문, 커튼 뒤 아내일지도 모르는 누군가의 움직임이 올려다 보이는 어두컴컴한 나무 그림자 아래 선다. 이웃 한 명이 잉글리시 세터를 산책시키다 나를 보지만 난 그저 이웃끼리 서로 훤한 동네에 우연히 나타난 낯선 이일 뿐이다. 그 사람은 의심의 눈초리를 보내고 개는 낮게 으르렁 소리를 낸다. 그리고 둘 다 내가 개를 싫어한다는 것을 냄새로 안다. 인간처럼 동물들도 낯선 이나 침입자들에 대항해 서로 힘을 합치고 자신의 보금자리를 보호하는 경향이 있다. 복잡한 시내와 이리저리 뒤섞인 이해관계 그리고 각자의 꿍꿍이로부터 안전하게 보호되고 있는 이곳에서. 여기 이곳에서 그들은 계속해서 각자의 삶을 살아간다. 살림살이는 넉넉하고 아무 문제도 없으니까. 그리고 패를 새로 돌릴 일이 생겨서는 안 되니까. 아니, 에이스와 킹은 지금 가진 자 손에 그대로 놔두어라. 불확실한 상황은 투자자의 확신에 피해를 입히는 반면 안정적인 경제 상황은 생산성을 지켜 결국 이 공동체에게 득이 되어 돌아올 테니까. 무언가를 분배하려면 먼저 그것을 만들어 내야 하는 법 아닌가.

내가 아는 사람 중 가장 보수적인 사람은 아버지였다고 생각하니 기분이 이상했다. 자기보다 소득이 네 배나 많은 사람들을 위해 차를 몰았던 아버지. 그토록 정확하고 예의바른 그들의 말투와 표현이 오히려 상대를 무시하고 일부러 존중해 주는 척하는 것에 불과했다는 사실을 깨닫게 해 준 아버지.

언젠가 아버지는 내가 사회주의자가 되면 집 안에 들이지 않겠다고, 그건 어머니도 마찬가지라고 했었다. 그 말을 할 때 아버지는 술에 취한 상태였다. 그건 그 말을 진심이라 여겨도 무방하다는 뜻이었다. 아버지는 인도의 카스트 제도에 배울 점이 많다고 믿었다. 모두 신의 뜻에 따라 자신의 자리를 찾아 태어나며, 자기가 태어난 자리에서 죽는 것이 우리의 의무라고 말이다. 요한 팔크베르게의 소설 속 신부 지기스문트가 교회지기를 격의 없이 대하려 하자 교회지기가 한사코 마다하며 "교회지기는 교회지기고 신부님은 신부님입니다요"라고 대답한 것처럼.

그래서 운전기사의 아들인 나의 반항은 고등교육, 부유한 집안의 딸, 페르네르 야콥센 브랜드 정장 그리고 보크센콜렌의 집이었다. 뻔뻔하게도 아버지는 나를 용서했다. 얼마나 간교한지 자랑스러워하는 것처럼 굴기까지 했다. 그리고 나는 알고 있었다. 부모님의 장례식에서 마치 어린아이처럼 울었을 때 그것은 돌아가신 어머니 때문이 아니라 아버지에게 너무나도 화가 났기 때문이라는 것을.

개와 그 이웃 (이상하게도 나는 그의 이름을 도무지 떠올릴 수가 없었다) 의 모습이 어둠 속으로 사라지자 나는 길을 건넜다. 거리에 세워진 차 중에 내가 아는 것은 없었다. 차고 창문에 바짝 얼굴을 대고 안을 들여다보니 비어 있는 것을 알 수 있었다.

재빨리 칠흑처럼 깜깜한 정원 안으로 숨어들어가 사과나무 아래 자리를 잡았다. 그곳이라면 거실에서 전혀 보이지 않는다는 것을 이미 알고 있었다.

하지만 난 그녀를 볼 수 있었다.

디아나가 서성이고 있었다. 불안한 몸짓과 귀에 대고 있는 프라다 폰으로 보아 누군가에게 전화를 걸었지만 상대가 받지 않는다는 것을 짐작할 수 있었다. 그녀는 청바지 차림이었다. 디아나처럼 청바지가 잘 어울리는 사람도 없었다. 흰색 울 스웨터를 걸쳤지만 너무 춥다는 듯한 손으로 반대편 어깨를 감싼 채 서성이고 있었다. 1930년대 지은 큰 집들은 기온이 뚝 떨어지고 나면 라디에이터를 얼마나 세게 틀든 다시 따뜻해지기까지 꽤 시간이 걸렸다.

나는 그녀가 혼자라는 확신이 들 때까지 기다렸다. 허리춤에 찬 권총을 만져 보았다. 그리고 심호흡을 했다. 이건 지금까지 한 일 중 가장 힘든 일이 될 것이다. 하지만 성공할 것을 알고 있었다. 새로운 로게르 브론은 분명 성공할 것이다. 어쩌면 그것이 눈물이 흐르는 까닭이리라. 이미 결과를 알고 있으니까. 나는 눈물을 참으려는 시도조차 하지 않았다. 그저 가만히 있으려고, 호흡을 가다듬으려고, 흐느끼지 않으려고 애쓰는 동안 눈물은 마치 뜨거운 애무의 손길처럼 흘러내렸다. 5분이 지나자 마침내 눈물이 말랐다. 나는 흠뻑 젖은 양 볼을 쓱쓱 문지르고는 빠른 걸음으로 문으로 다가가 최대한 조용히 안으로 들어갔다. 복도에 서서 귀를 기울였다. 마치 집 자체도 숨을 죽이고 있는 것만 같았다. 침묵 속에 들리는 것이라고는 위층 거실을 서성이는 그녀의 발소리뿐이었다. 그것마저도 곧 멈출 것이다.

저녁 10시, 빠끔 열린 문 뒤로 창백한 얼굴과 두 개의 갈색 눈을 겨우 볼 수 있었다.

"여기서 자도 될까?"

내가 물었다.

로테는 대답하지 않았다. 원래 잘 안 했다. 하지만 마치 내가 유령이라도 되는 것처럼 놀란 눈으로 날 노려보고 있었다. 그녀는 원래 상대를 노려보지도, 겁에 질리지도 않았다.

나는 능글맞게 씩 웃으며 한 손을 들어 박박 민 머리통을 쓸어넘겼다.

"밀어 버렸어……. 몽땅."

할 말을 찾느라 잠깐 말을 멈춰야 했다.

그녀가 두 번 눈을 깜빡였다. 그런 다음 문을 열자 나는 안으로 들어갔다.

제20장

누설

눈을 떠 손목시계를 쳐다보았다. 8시. 시작할 시간이다. 사람들이
흔히 말하는 중요한 날이 밝았다. 로테는 이불 대신 시트에 감싸인
채 내게 등을 보이고 모로 누워 있다. 나는 침대 반대편으로 스르
르 빠져나가 엄청난 속도로 옷을 입었다. 코끝이 시릴 정도로 추워
등골까지 오싹했다. 복도로 나가 겉옷을 입고, 모자를 쓰고, 장갑을
낀 다음 부엌으로 갔다. 서랍 안에서 비닐 봉투를 찾아 바지 주머니
에 쑤셔 넣었다. 그런 다음 냉장고 문을 열었다. 오늘은 내가 살인자
로 눈을 뜬 첫 번째 아침이었다. 여자를 쏘아 죽인 남자. 마치 거의
항상 읽지 않고 지나가는 기사 헤드라인 같았다. 범죄 사건은 언제
나 너무 고통스럽고 진부하니까. 자몽 주스 통을 집어 입으로 가져
갔다. 그러다가 마음을 고쳐먹고는 위의 찬장에서 유리잔을 하나 꺼
냈다. 살인자가 되었다는 이유만으로 모든 걸 엉망으로 만들어 버릴

필요는 없잖아. 주스를 다 마신 다음에는 잔을 헹구고 주스 통을 냉장고 안에 도로 집어넣은 뒤 거실로 가 소파에 앉았다. 겉옷 주머니에 든 작은 검정색 권총이 배를 찔러댔다. 권총을 꺼냈다. 아직도 화약 냄새가 나고 있었다. 이 냄새는 앞으로 평생 이 살인을 상기시키겠지. 한 방으로 충분했다. 날 막 끌어안으려던 그녀를 정면으로 쏘았으니. 포옹하던 중간에 그녀의 왼쪽 눈을 정확히 맞혔다. 의도적이었나? 아마도. 그녀가 나의 모든 걸 빼앗아가려 한 것처럼 나도 그녀로부터 무언가를 빼앗고 싶었을지도 모른다. 내가 예전에 그랬던 것처럼 남근 모양의 납덩이 총알이 이 거짓투성이의 배신녀의 몸을 뚫고 들어갔다. 다시는 그럴 일이 없을 것이다. 그녀는 이제 죽었으니까. 생각은 계속 그런 식으로만 떠올랐다. 사실을 확인해 주는 짤막한 문장으로. 좋아. 계속해서 이런 식으로 생각해야만 한다. 냉정을 유지하도록, 불필요한 감정이 끼어들 틈을 주지 않도록. 아직도 잃을 것이 남아 있었다.

리모컨을 들어 텔레비전을 켰다. 문자다중방송 편집자들이 이렇게 일찍 출근하지는 않는 모양인지 아직 새로운 내용은 없었다. 시신 네 구의 신원이 다음날, 그러니까 오늘 확인될 것이고 여전히 나머지 한 명은 실종 상태라고 했다.

한 명. 처음에는 '경찰관 한 명'이라고 하더니 말을 바꿨다. 아닌가? 그렇다면 실종된 한 사람이 경찰관이 아니라 구류 중이던 사람이라는 걸 알아냈다는 뜻인가? 그럴 수도 있고 아닐 수도 있다. 아직 수색이 시작되었다는 언급은 없다.

나는 팔걸이 위로 몸을 굽혀 그녀의 노란색 전화 수화기를 집어

들었다. 이리로 전화를 걸 때마다 로테의 붉은 입술이 붙어 있는 모습을 상상하곤 했던 전화기였다. 입술을 적실 때마다 그녀의 혀끝은 내 귀를 간질이는 것만 같았다. 나는 1881번을 눌러 전화번호 두 개를 물어본 다음, 번호가 자동으로 안내될 것이라는 상대의 말을 끊고 입을 열었다.

"번호를 직접 알려 주실 수 없나요? 자동응답을 제대로 못 알아들을 수도 있으니까."

두 번호를 외운 다음 첫 번째 번호로 연결시켜 달라고 말했다. 벨이 두 번 울리자 크리포스의 교환대에서 전화를 받았다.

나는 내 이름이 루나르 브라틀리고 엔드리데와 에쉴드 몬센의 친척으로 그들의 옷을 찾아와 달라고 가족들에게 부탁을 받았다고 말했다. 하지만 어디로 가야 할지, 누구를 찾아가야 할지 모르겠다고 덧붙였다.

"잠시만 기다리세요."

교환수가 대답하더니 전화를 대기 상태로 돌렸다.

수화기에서 흘러나오는 노래 '원더월'의 팬파이프 연주곡을 들으며 진짜 루나르 브라틀리에 대해 생각했다. 그는 최고의 자격을 갖추었는데도 내가 추천해 주지 않은 후보였다. 그는 키가 매우 컸다. 너무나도 커서 마지막 면접에서는 자신의 페라리 자동차 운전석에서 구부정하게 앉아야 한다고 불만 아닌 불만을 토로하기도 했다. 그는 마치 소년 같은 미소를 지으며 페라리를 산 것은 아이 같은 변덕 때문이었다고, 중년의 위기 때문인지도 모르겠다고 고백했었다. 그리고 나는 이렇게 썼었다. **열린 자세, 바보 같은 짓을 순순히 인정**

할 정도로 자신감 넘침. 달리 말해 모든 면에서 교과서적이고 모범적인 후보였다. 그다음 그 말만 안 했다면.

"자동차 천장에 머리를 부딪치는 것만 생각하면 당신이 거의 부……."

그는 거기에서 말을 멈추고 내 시선을 피하더니 고객 회사에서 나온 사람과 눈을 맞추고 페라리를 팔고 대신 SUV를 구입하는 건 어떨지 수다를 떨기 시작했다. 아내에게도 순순히 운전대를 넘길 수 있는 그런 차 말이다. 테이블에 앉은 모든 사람이 웃음을 터뜨렸다. 나 역시 껄껄 웃었다. 그러고는 눈 하나 깜짝하지 않고 끝맺지 않은 그의 말을 대신해 주었다.

"부럽다는 거죠? 키가 작아서."

그리고 후보로서 그의 이름에 박박 줄을 그었다. 단 한 가지 아쉬운 것이 있다면 그에게 괜찮은 그림이 없다는 것이었다.

"부검실에 있네요. 오슬로의 릭스호스피탈이에요."

전화 너머로 여자의 목소리가 들렸다.

"오? 왜요?"

나는 너무 지나치게 순진한 척하지 않으려 애쓰며 물었다.

"범죄 가능성이 있을 때는 그렇게 하는 게 관행입니다. 이 트럭이 차를 공격한 것 같군요."

"알겠습니다. 그래서 저더러 도와달라고 한 거군요. 제가 오슬로에 살거든요."

내가 말했다.

전화기 반대편의 그녀는 아무 말도 하지 않았다. 지겹다는 듯 눈알을 이리저리 굴리며 길게 다듬어 매니큐어 칠한 손톱으로 책상을 두들기고 있을 모습이 눈에 선했다. 물론 내 생각이 틀릴 수도 있었다. 헤드헌터라고 해서 특별히 남의 성격을 잘 파악하거나 이해하는 건 아니니까. 오히려 나는 이 분야에서 최고가 되려면 그 반대여야 한다고 생각한다. 남을 파악하고 이해하는 건 단점이 될 수도 있다.

"그럼 지금 제가 그쪽으로 간다고 관계자 분께 전해 주실 수 있나요? 제 이름은 루나르 브라틀리입니다."

내가 말했다.

그녀가 머뭇거리는 것이 전화선 너머로 들릴 지경이었다. 그런 일은 그녀의 직무에 포함되지 않는 것이 분명했다. 관청 쪽 직원들의 직무기술서는 그야말로 엉망진창이다. 내 말을 믿어라. 나는 아직도 그걸 유심히 읽는 사람이니까.

"사실 저도 이 일과 전혀 관련이 없습니다. 그저 도와주는 것뿐이에요. 그러니까 관련된 분을 곧장 만나서 빨리 일을 처리하고 싶은 마음뿐입니다."

내가 말했다.

"그럼 그렇게 하도록 해 보죠."

그녀가 말했다.

나는 수화기를 내린 다음 두 번째 전화번호를 눌렀다. 그가 전화를 받은 건 다섯 번째 벨이 울린 다음이었다.

"네?"

그는 초조한 것 같았다. 아니, 거의 짜증이 나 있었다.

나는 전화기 너머로 들리는 잡음을 통해 그가 어디에 있는지 알아내려고 애썼다. 우리 집 아니면 그의 아파트겠지.

"놀랐지?"

나는 이렇게 말하고 전화를 뚝 끊었다.

그렇게 클라스 그레베는 나의 경고를 받았다.

그가 무슨 짓을 할지는 몰랐다. 하지만 우선은 GPS 추적기를 켜고 방금 전화를 건 유령이 어디에 있는지 알아내려 할 것이다.

나는 열린 문으로 돌아갔다. 어두컴컴한 침실 안으로 시트에 감싸인 그녀의 몸이 윤곽만 어렴풋이 드러났다. 나는 다시 옷을 벗고 시트 밑으로 들어가 그녀 옆에 몸을 누이고 싶은 충동을 겨우 참았다. 지금까지 일어난 모든 일이 디아나가 아니라 나 때문이라는 이상한 느낌이 들었다. 조용히 침실 문을 닫고 그곳을 나섰다. 들어왔을 때처럼 나갈 때도 계단이나 복도에서 아무도 마주치지 않았고 덕분에 인사를 할 필요도 없었다. 거리로 나갔을 때에도 나의 친근한 눈인사에 응하는 사람은 아무도 없었다. 아무도 날 쳐다보지 않았고 내가 그곳에 존재한다는 사실조차 아는 척해 주지 않았다. 이제 그 이상한 느낌이 무엇인지 알 것 같았다. 나는 존재하지 않는 것이다.

이제 나를 되찾을 시간이었다.

릭스호스피탈은 오슬로의 많은 언덕 중 하나에서 동네를 내려다보고 있었다. 그것이 세워지기 전에는 그곳에 작은 정신병원만 한 채 있었다. 그 이름은 후에 정신이상 연구소, 그러고 나서 정신이상자 보호시설 그리고 다시 정신병동으로 바뀌었다. 그 이후에도 아무리 이름을 바꾸어 봤자 그저 보통 미쳤다고들 하는 사람들을 위한 병원에 그치지 않는다는 사실을 대중이 인식할 때까지 이름은 몇 차례 더 달라졌다. 개인적으로 나는 이 명칭 게임을 도저히 이해할 수가 없다. 누구 책임인지는 몰라도 일반 대중이 언제나 눈에 뭔가를 덮어 써야만 하는 한 무리의 바보나 편견에 사로잡힌 명청이들인 줄로만 아는 것 같다. 물론 그들의 생각이 옳을지도 모른다. 그래도 유리로 막힌 카운터 뒤에 앉은 여자가 이렇게 말하는 건 무척이나 신선하게 들렸다.

"시체실로 가려면 지하로 내려가세요. 브라틀리 씨."

시체가 되면 무엇이든 괜찮은가 보다. 죽은 사람을 시체라 부른다고 분노하는 사람은 없나 보다. 아니면 '시체'가 되는 것보다 '죽은 사람'이 되는 것이 낫다고 주장하는 사람도 없나 보다. 그것도 아니면 '시체'라는 단어가 사람을 심장이 뛰지 않는 살덩어리 정도로 만들어 버리는지도 모른다. 그러면 뭐 어때? 아니면 시체들이 소수자로서 권리를 인정해 달라고 주장할 수 없기 때문일 수도 있다. 따지고 보면 그들의 수는 엄청나니까.

"저쪽 계단으로 내려가세요. 가시는 길이라고 전화로 연락해 둘게요."

그녀가 손가락으로 방향을 가리키며 말했다.

나는 그녀의 말대로 했다. 텅 빈 흰 벽을 타고 내 발소리가 쿵쿵 울렸다. 그것만 빼면 이 안은 쥐 죽은 듯 조용했다. 지하의 길고 좁은 흰색 복도 끝에 녹색 병원복을 입은 한 남자가 열린 문틈으로 발 하나를 끼운 채 서 있었다. 물론 의사일 수도 있었지만 보란 듯 지나치게 느긋한 태도, 아니 어쩌면 길게 기른 콧수염 때문에 그는 낮은 직급 어딘가에 있는 사람처럼 보였다.

"브라틀리?"

그가 물었다. 목소리가 너무 커서 이 층에 잠들어 있는 사람들에 대한 의도적인 모욕 같았다. 그의 목소리가 메아리가 되어 복도를 앞뒤로 굴러다녔다.

"네."

나는 서둘러 그에게 다가가며 대답했다. 더 이상 그의 커다란 목소리를 듣지 않아도 되도록.

그가 문을 잡아 주어 나는 안으로 들어갔다. 그곳은 일종의 라커 룸 같았다. 남자가 앞장서서 라커 하나로 다가가더니 문을 열었다.

"몬센 형제 소지품을 가지러 올 거라고 크리포스에서 연락이 왔었습니다."

그 남자가 여전히 과장되게 큰 소리로 말했다.

나는 고개를 끄덕였다. 바라던 것보다 맥박이 빠르게 뛰고 있었다. 하지만 우려한 정도는 아니었다. 지금이야말로 정말 중요한 단계이자 계획 중에서도 문제가 생길 가능성이 높은 순간이었다.

"그러니까 관계가 어떻게 된다고요?"

"8촌입니다. 옷을 챙겨와 달라고 최근친한테 부탁을 받았어요. 옷만요. 귀중품은 말고."

내가 아무렇지 않은 척 대답했다.

'최근친'이라는 표현을 쓰기로 미리 결정을 해 둔 터였다. 지나치게 격식을 차린 표현 같기도 했지만 몬센 쌍둥이들이 결혼을 했는지, 부모님이 아직 살아 있는지 알 도리가 없어 결국 그 모두를 포괄하는 표현을 쓰기로 한 것이었다.

"왜 어머니가 직접 가져가지 않는 거지? 안 그래도 12시에 오기로 했는데."

그가 중얼거렸다.

이 말을 들은 나는 꿀꺽 침을 삼켰다.

"피를 볼 수가 없었나 보죠."

그가 씨익 웃었다.

"하지만 당신은 볼 수 있고요?"

"네."

나는 더 이상 다른 질문이 이어지지 않기만을 빌며 간단하게 대답했다.

그가 어깨를 으쓱하더니 클립보드에 끼워진 종이 한 장을 내밀었다.

"받았다는 뜻으로 여기 서명하세요."

나는 구불구불하게 R자를 쓰고는 역시 비슷하게 B자를 갈겨쓴 다음 마지막으로 i자 위에 점을 찍었다.

그가 서명을 뚫어져라 쳐다보았다.

"신분증 있어요, 브라틀리 씨?"

내가 걱정한 게 바로 이거였다. 이제 계획 전체가 틀어지기 일보 직전이었다.

나는 바지 주머니를 더듬으며 미안하다는 표정으로 미소를 지었다.

"아래 주차장에 지갑을 두고 왔나 봐요."

"위 주차장이란 말이겠죠?"

"아니, 아래요. 연구소 주차장에 차를 댔거든요."

"그렇게 멀리요?"

그가 망설이는 것이 느껴졌다. 당연히 이런 일이 벌어질 것이라고 미리 예상했었다. 신분증을 가져오라고 돌려보낼 경우 그냥 그대로 가 버리면 그만이었다. 오늘 여기 온 목적을 달성 못해도 큰일이 나는 건 아니니까. 나는 기다렸다. 하지만 그의 입에서 나온 첫 번째 단어를 듣는 순간 내가 바라던 것과 일이 반대로 흐르리라는 것을 깨달았다.

"미안하게 됐군요, 브라틀리 씨. 하지만 일은 정확하게 해야 하니까요. 괜한 오해는 마세요. 하지만 살인 사건이라는 게 괴상한 작자들을 많이 끌어당기는 법이라. 정말 기이한 쪽으로 관심을 보이는 인간들이 많다니까요."

나는 깜짝 놀란 것처럼 굴었다.

"그럼…… 살해당한 사람들의 옷 같은 걸 수집하는 사람들이 있다는 말씀이에요?"

"얼마나 희한한 짓을 하는 인간들이 많은지 상상도 못할 겁니다. 당신도 실은 몬센 형제를 모르고 다만 신문에서 읽었을 수도 있죠. 제가 알 도리가 없잖아요. 죄송합니다. 하지만 그렇게 할 수밖에 없네요."

그가 말했다.

"알겠어요. 그럼 금방 다녀오겠습니다."

나는 이렇게 말하며 문 쪽으로 움직였다. 그런 다음 무언가 기억난 것처럼 행동하며 마지막 카드를 꺼내 들었다. 아니, 정확히 말해 내가 꺼내 든 것은 신용카드였다.

"잠깐만요. 생각해 보니까 엔드리데가 지난번에 우리 집에 왔을 때 신용카드를 놓고 갔어요. 어머니가 오시면 전해 주시겠어요?"

나는 그것을 그에게 건넸다. 그가 카드를 들고 거기에 새겨진 이름과 수염 난 젊은 남자의 사진을 유심히 살폈다. 나는 시간을 벌기 위해 천천히 움직였다. 등 뒤로 그의 목소리가 들렸을 때는 이미 문을 반쯤 나간 뒤였다.

"이거면 되겠네요, 브라틀리 씨. 자, 옷 가져가세요."

나는 안도의 한숨을 내쉬며 뒤로 돌아섰다. 그리고 바지 주머니에 넣었던 비닐 봉투를 꺼내 그의 옷을 집어넣었다.

"다 챙겼어요?"

엔드리데의 유니폼 바지 뒷주머니에 손가락을 넣었다. 내 머리칼이 든 비닐 봉투가 거기 들어 있는 것이 느껴졌다. 나는 고개를 끄덕였다.

그곳을 나오면서 쏜살같이 달리지 않기 위해 안간힘을 써야 했다. 나는 부활했다. 다시 존재하게 되었다. 그리고 내 속에서 희한한 환희가 생겨나기 시작했다. 바퀴가 다시 구르고, 심장이 뛰고, 혈액이 순환하고, 운이 바뀌기 시작했다. 계단을 한 번에 두 칸씩 올라 유리 칸막이 뒤에 앉은 여자 앞을 천천히 지난 다음 문손잡이에 한 손을 올렸다. 그런데 그때 뒤에서 익숙한 목소리가 들려왔다.

"거기, 잠깐만요! 잠깐만 기다리세요!"

그럼 그렇지. 일이 너무 쉬웠다.

천천히 돌아섰다. 역시 낯익은 남자가 내게 다가왔다. 그는 신분증을 꺼내 들고 있었다. 디아나가 은밀히 좋아하는 그. 해서는 안 될 생각이 다시 머릿속을 스쳤다. 디아나는 나도 사랑했는데.

"크리포스입니다."

비행기 기장 같은 낮은 목소리. 분위기가 있고 약간의 분노가 담긴.

"잠시 말씀 좀 나눠도 될까요, 선생님?"

한 글자가 닳아 버린 타자기 같은 목소리.

무의식적으로 우리는 영화나 텔레비전에서 본 사람의 이미지를 실제보다 더 크게 상상한다고 한다. 브레데 스페레의 경우에는 정반 대였다. 그는 내가 상상한 것보다도 훨씬 컸다. 날 향해 다가오는 그를 보며 나는 최대한 가만히 서 있으려고 애를 썼다. 마침내 다가온 그가 날 굽어보고 섰다. 마치 소년 같은 금발 머리, 야성적이지만 어딘가 믿을 만해 보이는 그 머리 아래로 높은 곳에서 강렬한 회색 눈동자가 나를 내려다보았다. 스페레에 관해 들은 소문이 하나 있었다. 그가 아주 유명하고 아주 남성적인 노르웨이 정치인과 관계를 맺고 있다는 것이다. 물론 요즘 동성애자라는 소문은 그 사람이 유명인이라는 최후의 증거이자 소위 보증과 같다. 단, 이 이야기를 들려 준 사람이 아는 사람을 통하고 통해 디아나의 전시회에 겨우 초대받은 남자 모델이었다는 점은 감안해야 한다. 그리고 그는 스페레를 '경찰의 신'이라 부르며 자신이 그에게 엉덩이를 대 주었다고도 덧붙였다.

"오, 잠깐 이야기만 하는 거면요."

나는 잔뜩 굳은 얼굴로 미소를 지으며 두려움이 눈에 드러나지 않기만을 빌었다.

“네. 방금 들었는데 몬센 형제의 8촌이시고 그들을 잘 아신다고
요. 그러면 혹시 시신을 확인해 달라 부탁드려도 큰 폐가 아닐런지
요, 선생님?”

나는 꿀꺽 침을 삼켰다. 날 선생님이라고 부르다니. 극도로 예의
를 차리는 바람에 어찌 보면 우스꽝스럽기까지 했다. 하지만 스페레
의 눈은 아무런 내색도 비치지 않았다. 나와 자신 중 누가 더 높은
사람인지 보여 주려 하는 것인지, 아니면 단순히 직업적 반사 작용
처럼 자동적으로 그러는 건지 알 수가 없었다. 나는 나도 모르게 말
을 더듬거리며 ‘확인’이라는 말을 중얼거리고 있었다. 마치 확인이라
는 말이 무슨 뜻인지 모르는 것처럼.

“몇 시간만 있으면 어머님이 오시긴 하는데 시간을 조금만 절약
할 수 있다면…… 대단히 도움이 될 겁니다. 단 몇 초면 됩니다.”

그가 말했다.

난 그러고 싶지 않았다. 몸의 털이 곤두섰다. 머리는 거절하고 당
장 여기서 나가라고 악을 써 댔다. 나는 부활했으니까. 지금 내가 가
지고 있는 이 머리털 한 봉지가 바로 그레베의 GPS 추적기 속에 다
시 등장한 사람이었으니까. 그가 추적을 재개하는 건 시간문제일 뿐
이다. 벌써 공기 중에서 개 냄새를 맡을 수 있었다. 그리고 돌연 공포
심이 밀려오는 것도 느껴졌다. 하지만 머릿속 다른 한켠, 새롭게 목소
리가 생긴 그곳에서는 거절하지 말아야 한다고 외치고 있었다. 그렇
게 하면 의심을 하게 될 거라고, 단 몇 초만 참으면 된다고 말이다.

“해 드려야죠.”

나는 이렇게 대답하며 미소를 지으려 했다. 하지만 그 순간, 친척

의 시신을 확인해 달라는 요청을 받고 미소를 짓는 것은 부적절한 반응이라는 생각이 들었다.

우리는 내가 나온 방향으로 다시 돌아갔다.

라커룸으로 들어가자 아까 그 남자가 미소를 지으며 내게 고개를 끄덕였다.

"마음의 준비를 하셔야 할 겁니다. 시신 상태가 꽤 안 좋으니까요."

묵직한 금속 문을 열며 스페레가 말했다. 우리는 시신 안치소로 들어갔다. 몸이 절로 떨렸다. 그 안의 모든 것이 냉장고 내부를 떠올리게 했다. 흰 벽과 천장, 바닥, 영하의 기온, 유통기한이 한참 지난 고깃덩어리들.

네 구의 시신이 각각 금속 테이블에 눕혀진 채 늘어서 있었다. 흰색 시트 아래로 발이 비죽 나와 있었다. 그때 영화 속 장면들도 사실은 현실을 바탕으로 한 것임을 문득 깨달았다. 정말로 엄지발가락에 금속으로 된 이름표가 달려 있었다.

"준비 됐습니까?"

스페레가 물었다.

나는 고개를 끄덕였다.

그가 마치 마법사 같은 몸짓으로 시트 두 장을 휙 젖혔다.

"교통사고. 그중에서도 최악의 경우죠. 보시다시피 신원 확인이 어렵습니다."

이상하게도 스페레가 천천히 말하고 있다는 인상을 받았다.

"차 안에는 다섯 명이 있어야 하는데 시신은 네 구밖에 발견하지 못했습니다. 나머지 한 명은 강에 빠져 떠내려 간 것이 분명합니다."

나는 시신을 멍하니 쳐다보고 침을 꿀꺽 삼킨 다음 숨이 찬 듯 소리 나게 코로 숨 쉬었다. 물론 연기를 하는 것이다. 나체이긴 했지만 몬센 쌍둥이들은 만신창이가 된 차 안에서 본 것보다 상태가 훨씬 나아 보였다. 게다가 여기는 냄새도 나지 않았다. 기체화된 배설물도, 피와 기름 냄새도, 인간 장기의 악취도 여기는 없었다. 시각적 인상이라는 것이 사실 과대평가되어 있다는 생각이 문득 들었다. 훨씬 더 효과적으로 감각 기관을 마비시키는 건 다름 아닌 소리와 냄새였다. 한쪽 눈에 총을 맞고 쓰러진 여자의 머리가 바닥에 부딪치는 소리처럼.

"몬센 쌍둥이가 맞습니다."

내가 속삭였다.

"예. 그건 이미 확인했습니다. 문제는……."

스페레가 말을 멈췄다. 멈춤이 너무 길어 마치 극적 효과를 노리는 것만 같았다. 이런 세상에.

"어느 쪽이 엔드리데고 어느 쪽이 에쉴듭니까?"

방 안은 한겨울처럼 싸늘했지만 내 몸은 식은땀으로 흠뻑 젖어 있었다. 일부러 이렇게 천천히 말하는 건가? 내가 모르는 새로운 심문 방법 같은 건가?

나의 시선이 벌거벗은 시신들 위로 돌아다니다가 내가 만든 상처에 우뚝 멈췄다. 갈비뼈부터 배까지 아직 상처가 열려 있었고 가장자리를 따라 검게 딱지가 앉아 있었다.

"이쪽이 엔드리뎁니다. 저기가 에쉴드고."

내가 손으로 가리키며 말했다.

"흠."

스페레가 만족스럽다는 듯 소리를 내며 가지고 있던 종이에 무언가를 적었다.

"이 형제와 매우 가까웠던 모양입니다. 여기 다녀간 동료들도 둘을 구분하지 못했는데 말이죠."

나는 슬픈 듯 고개를 끄덕였다.

"쌍둥이들과 전 매우 가까웠습니다. 그것도 최근엔 더욱. 이제 가도 됩니까?"

"물론이죠."

스페레가 대답했다. 하지만 계속해서 무언가를 적기만 할 뿐, 가도 좋다는 듯한 분위기는 풍기지 않았다.

나는 그의 머리 뒤에 걸린 시계를 쳐다보았다.

"일란성 쌍둥이. 정말 아이러니 아닙니까?"

스페레가 계속해 무언가를 적으며 말했다. 도대체 뭘 쓰고 있는 거지? 하나는 엔드리데, 다른 하나는 에쉴드. 그렇게만 적으면 되지 뭘 그리 많이 써야 하는 거야?

나는 물어선 안 된다는 걸 알고 있었지만 참을 수가 없었다.

"뭐가요?"

스페레가 끼적이기를 멈추고 나를 올려다보았다.

"같은 난자에서 같은 날 태어나고, 같은 차 안에서 같은 날 죽었다는 게요."

"그게 아이러니는 아니죠."

“그래요?”

“제가 보기엔 아닌데요.”

“음. 당신 말이 맞습니다. 제가 하려던 말은 아마 ‘역설’이었나 봅니다.”

스페레가 씩 웃으며 말했다.

피가 부글거리며 끓어오를 것만 같았다.

“역설도 아니죠.”

“그래요? 어쨌든 희한하지요. 우주의 법칙 같은 게 작용한 것만 같으니. 그렇게 생각지 않으십니까?”

나는 이성을 잃었다. 비닐 봉투를 움켜쥔 손의 관절이 하얗게 변하고 내 목소리가 덜덜 떨리기 시작했다.

“아이러니도, 역설도, 우주의 법칙도 아닙니다.”

목소리는 점점 더 커졌다.

“그저 삶과 죽음이 자기 마음대로 똑같이 나타난 것뿐이죠. 아니, 자기 마음대로라고 할 수도 없습니다. 다른 많은 일란성 쌍둥이들처럼 이들도 가까이 오랜 시간을 함께 보낸 겁니다. 번개가 쳤는데 함께 있었던 것뿐이라고요. 그게 다예요.”

마지막 말은 거의 고함치듯 했다.

스페레는 생각에 잠긴 듯한 눈으로 날 쳐다보았다. 그는 엄지와 검지로 각각 입술 양쪽을 잡고 천천히 턱 쪽으로 손가락을 쓸어내렸다. 그 표정을 알고 있었다. 그는 그런 소질을 갖춘 소수의 사람 중 하나였다. 심문하는 사람의 표정. 거짓말을 까발릴 수 있는 눈빛.

“브라틀리 씨. 무슨 문제라도 있습니까?”

그가 물었다.

"죄송합니다."

나는 나른한 표정으로 미소를 지었다. 뭔가 진실인 것을 말해야만 했다. 지금 나를 노려보고 있는 이 거짓말 탐지기에 걸리지 않을 무언가를.

"어젯밤에 아내와 말다툼을 했는데 이제 이 사고까지. 조금 제정신이 아니네요. 정말 죄송합니다. 당장 나가겠습니다."

나는 몸을 돌려 곧장 그곳을 떠났다.

스페레가 무언가 말했다. 아마 작별인사였을 것이다. 하지만 그 소리는 내 뒤로 닫히는 금속문 소리에 묻혀 들리지 않았다.

제21장

초대

나는 릭스호스피탈 앞 정류장에서 전차를 타고 차장에게 현찰을 낸 뒤 "중심가요"라고 말했다. 그는 거스름돈을 내주며 나를 향해 씩 웃었다. 어디를 가든 요금은 똑같은 모양이었다. 물론 어릴 때 타 본 적은 있었지만 그 방법 같은 건 잘 기억나지 않았다. 뒷문으로 내려라, 표를 찍을 준비를 해라, 미리 멈춤 버튼을 눌러라, 운전사를 방해하지 마라. 달라진 것도 많았다. 철로에서 나는 소리는 이제 귀청을 뚫을 듯 크지 않았고 대신 광고 소리가 더욱 크고 활기찼다. 자리에 앉은 사람들은 그 전보다 더 조용했다.

중심가에서 버스로 갈아타고 북동쪽을 향했다. 전차 표를 가지고 다른 걸로 환승할 수 있다고 했다. 잘됐군. 단 몇 푼만 가지고도 이렇게 자유롭게 돌아다닐 수 있다니. 나는 계속해서 움직였다. 그레베의 GPS 추적기에도 번쩍이는 한 점으로 나타나겠지. 그가 당황하는 모습이 눈에 선했다. 도대체 무슨 일이 벌어지고 있는 거야? 시신을 옮기나?

나는 아르볼에서 버스를 내려 톤센하겐 쪽으로 언덕을 오르기 시작했다. 우베의 집과 더 가까이 내릴 수도 있었지만 지금 내가 하는 모든 일에는 목적이 있었다. 주택이 모여 있는 이곳은 조용한 아침을 맞고 있었다. 등이 구부정한 할머니가 듣기 싫게 삐걱거리는 쇼핑카트를 끌고 보도를 따라 비틀거리며 걷고 있었다. 그런데도 정말 좋은 날, 아름다운 세상, 멋진 삶이라도 즐기고 있는 것처럼 나를 향해 미소를 보냈다. 그레베는 지금 무슨 생각을 하고 있을까? 브론의 시신을 실은 영구차가 그의 고향으로 가고 있을까? 점이 갑자기 느려지는데. 길이 막히나? 뭐 그런 생각?

짝 달라붙는 바지 위로 뱃살이 툭 튀어나오고 진하게 화장을 한 여학생 둘이 소리 나게 짝짝 껌을 씹으며 나를 향해 걸어왔다. 그들은 잠시 나를 노려보았지만 무언가 자신들을 화나게 하는 일에 대해 커다란 소리로 떠들어대기를 멈추지 않았다. 그들이 지나치는데 몇 마디 말이 들렸다.

"내 말이…… 완전 불공평해!"

아마 수업을 빼먹고 아르볼에 있는 케이크 가게에 가는 길일 것이다. 그리고 그들이 말하는 불공평은 전 세계 인구 중 80퍼센트가 그들이 이제 막 먹게 될 크림빵 같은 것은 평생 보지도 못할 것이라는 사실을 가리키는 것은 아닐 것이다. 문득 그런 생각이 들었다. 만약 디아나가 임신했을 때 그 아이를 낳았다면, 어느 날 그 아이는 마스카라를 듬뿍 칠한 눈으로 날 쳐다보며 불공평하다고 소리를 질렀을 거라고. (디아나는 아이를 아이욜프라고 불렀지만 나는 딸이 분명하다고 생각했다.) 여자 친구들과 이비자 섬으로 놀러가고 싶다고, 벌써 다 컸다고, 안 그래도 조금 있으면 학교를 졸업할 거라고 말이다. 그런…… 그런 정도라면 그럭저럭 참고 넘어갈 수 있었을 것 같다. 아마도.

가운데 커다란 연못이 있는 공원 하나가 나타났다. 나는 나무가 우거진 반대편으로 이어지는 갈색 길로 접어들었다. 그것이 지름길이어서가 아니었다. 그레베의 GPS 추적기에 나타나는 점이 지도상의 도로에서 벗어나게 만들기 위해서였다. 시신이 차 안에서 움직일 수는 있어도 시골길을 지날 수는 없는 법이다. 그것은 오늘 아침 로테의 집에서 건 전화, 이 네덜란드 헤드헌터의 머릿속에 심어 놓은 의심을 확인해 주는 것과 같았다. 로게르 브론이 부활했다고, 그는 릭스호스피탈 영안실에 누워 있는 것이 아니라 같은 병원 어느 입원실에 있었다고 말이다. 그런데 뉴스에서 듣기로는 차 안에 있던 사람은 모두 죽었다고 하지 않았나? 그런데 어떻게……?

난 남의 마음을 특히 잘 이해하진 못해도 남의 지능은 매우 잘 판단할 수 있었다. 실력이 얼마나 좋으면 노르웨이의 유명 기업들에게 고위 임원들을 찾아 주는 일을 할까. 연못 주변을 서성이는 동안 나는 지금 이 순간 그레베의 머릿속을 스쳐가고 있을 여러 논리를 다시 한 번 생각해 보았다. 그건 단순했다. 그는 나를 찾아내 없애야만 했다. 전보다 상황이 훨씬 더 위험해졌다고 해도 말이다. 이제 나는 단순히 패스파인더를 인수하려는 호테의 계획을 막는 걸림돌이 아니었다. 나는 신드레 오의 살해혐의로 그를 법정에 보낼 수도 있는 증인이었다. 그 사건이 법정으로 갈 때까지 살아남을 수만 있다면.

한마디로 나는 그에게 거절할 수 없는 초대장을 보낸 셈이나 마찬가지였다.

공원 반대편에 다다랐다. 자작나무 한 무리를 지나다가 하얗고 얇게 벗겨지고 있는 나무껍질을 쓰다듬으며 딱딱한 나무줄기를 지그시 눌렀다. 그리고 손가락을 구부려 손톱으로 표면을 문질렀다. 손끝에서 나는 냄새를 맡으며 잠시 멈춰 눈을 감았다. 냄새를 들이켜자 놀이, 웃음, 경이로움, 신이 날 정도의 두려움과 새로운 발견으로 가득했던 어린 시절의 기억이 물밀 듯 밀려왔다. 잃어버렸다고 생각했던 모든 작은 것들이 그대로 남아 있었다. 캡슐에 싸인 채 사라지지 않고 남은 것은 바로 물의 아이였다. 예전의 로게르 브론은 그것들을 되찾을 수 없었지만 새로운 그는 그럴 수 있다. 이 새로운 사람은 얼마나 오래 살 수 있을까? 이제 얼마 안 남았다. 하지만 괜찮다. 그는 예전의 로게르 브론이 35년 동안 살았던 것을 합친 것보다도 더욱 강렬하고 열정적으로 마지막 시간을 보낼 테니까.

마침내 세케루드의 집이 보일 때쯤에는 더워서 땀이 났다. 나는 숲의 가장자리로 걸어가 테라스가 있는 집들과 낮은 아파트 건물들이 잘 보이는 나무 그루터기에 앉았다. 거기에서 보니 오슬로 동부에 사는 사람들은 서부에 사는 사람들만큼 다양한 전망을 볼 수가 없다는 생각이 들었다. 우리는 포스트 기로건물과 플라자 호텔을 볼 수 있는데. 그렇다고 어느 한쪽이 더 흉하거나 더 매력적이라는 건 아니었다. 다만 차이가 있다면 여기에서는 서쪽 편을 볼 수 있다는 것뿐. 그런 생각을 하니 갑자기 구스타브 에펠의 이야기가 떠올랐다. 1889년 그가 파리 엑스포를 기념해 그 유명한 에펠탑을 건설하자, 비판가들은 파리에서 가장 전망이 좋은 곳이 에펠탑 위라고 했다고 한다. 그곳이 파리에서 에펠탑을 볼 수 없는 유일한 장소이기 때문이란다. 클라스 그레베도 그 에펠탑 같은 경우가 아닐까 하는 생각이 문득 들었다. 그에게 세상은 다른 이들의 눈에 비치는 것보다 덜 흉악한 곳이 아닐까. 그는 다른 사람들의 눈, 예를 들어 나의 눈에 보이는 그 자신의 모습은 볼 수 없으니까. 나는 그를 보았다. 그리고 증오했다. 그 증오는 너무나도 강렬하고 열정적이라 나조차 놀랄 정도였다. 이것은 여러 가지가 뒤섞여 흐려진 증오가 아니었다. 오히려 정반대로 순수하고, 제대로 된, 거의 순결에 가까운 증오였다. 신성을 모독하는 사람들을 향해 십자군 전사들이 품었던 증오가 이에 비견될 수 있을까. 그리고 그것이 바로 내가 냉정하고 순수한 증오심을 품고 그레베에게 죽음을 안길 수 있는 이유였다. 여러 면에서 이 증오는 사람을 정화시키는 느낌을 주었다.

예를 들어 이 증오 덕분에 나는 내가 아버지를 향해 느꼈던 감정이 증오가 아니었음을 깨닫게 되었다. 분노? 맞다. 경멸? 어쩌면. 동정? 물론이다. 그렇다면 과연 왜? 이유는 많았다. 하지만 지금 돌이켜 보면 나의 분노는 내가 그와 같다는 것, 나 역시 그처럼 돈 한 푼 없는 술주정뱅이, 아내나 패는 인간 말종에, 동은 동이지 결코 서가 될 수 없다고 굳게 믿는 사람이 될 가능성이 있다는 사실을 마음속 깊이 느꼈기 때문이다. 그리고 이제 나는 그가 되었다. 명백하게 그리고 제대로.

뱃속에서 웃음이 터져 나왔지만 멈추려 하지 않았다. 그 소리가 나무 사이로 울려 퍼지고, 머리 위 나뭇가지에서 새 한 마리가 날아가고, 차 한 대가 도로를 따라 다가오는 것이 보일 때까지.

은회색 렉서스 GS 430.

그는 생각보다도 빨리 왔다.

나는 벌떡 일어나 세케루드의 집으로 향했다. 집 앞 계단에 서서 열쇠를 꽂을 준비를 한 채 손을 내려다보았다. 떨림은 거의 눈에 띄지 않는 정도였지만 분명히 볼 수는 있었다.

그것은 본능적인 두려움이었다. 클라스 그레베는 다른 동물들을 두렵게 만들 수 있는 일종의 맹수였다.

첫 시도만에 제대로 열쇠를 꽂았다. 그리고 열쇠를 돌리고 문을 연 다음 재빨리 안으로 들어갔다. 아직도 아무 냄새가 나지 않는다. 침대에 앉은 다음 머리맡에 등이 닿을 때까지 뒤로 움직여 창문을 등졌다. 내 옆에 누운 우베의 몸이 이불에 완전히 덮여 가려졌는지 마지막으로 확인했다.

그리고 기다렸다. 초가 재깍재깍 흘러갔다. 나의 심장도 쿵쾅쿵쾅 뛰었다. 1초에 두 번.

그레베가 조심스럽다는 건 말할 필요도 없다. 그는 내가 혼자 있는지 먼저 확인하고 싶어 했다. 그리고 설사 혼자 있다고 하더라도 처음 생각한 것만큼 다루기 수월한 존재는 아니라는 걸 알고 있었다. 첫째, 내가 그의 개의 죽음과 연관이 있음이 분명하다. 그리고 둘째, 집에 갔다가 그녀의 시신을 보고 내게 사람을 죽일 능력이 있음을 깨달았을 것이다.

문이 열리는 소리는 들리지 않았다. 그의 발소리도 마찬가지였다.

다만 바로 앞, 복도에 서 있는 그의 모습만을 보았을 뿐이다. 그의 목소리는 부드럽고 미소는 거의 사과라도 하는 듯했다.

"이렇게 쳐들어와서 미안하군, 로저."

그는 온통 검은색 차림이었다. 검정 바지, 검정 신발, 목이 올라오는 검정 티셔츠, 검정 장갑. 머리에는 검정색 모자. 유일하게 검정색이 아닌 것은 은색으로 번득이는 글록 권총이었다.

"괜찮아. 어차피 면회 시간이니까."

내가 말했다.

제22장

무성 영화

파리의 시간 인식이 우리와 다른 이유, 그러니까 그것을 향해 날아오는 사람의 손바닥이 하품이 날 정도로 느리게 느껴지는 까닭은 파리의 홑눈이 엄청난 양의 데이터를 받아들일 수 있고, 모든 일을 실시간으로 처리할 수 있도록 특별히 빠른 정보 처리 능력을 갖추고 태어났기 때문이다.

몇 초 동안 방 안에는 침묵뿐이었다. 그 시간이 얼마나 길었는지는 모르겠다. 나는 파리였고 손바닥이 나를 향해 다가오고 있었다. 세케루드의 글록이 나의 가슴을 겨누었다. 그레베의 눈이 번득이는 내 민머리를 바라보았다.

"아하."

한참 후에 그가 말했다.

그 한마디에 모든 것이 담겨 있었다. 우리 인간이 어떻게 지구를 정복하고, 자연을 다스리고, 속도나 힘에서 우리보다 월등한 동물들을 죽일 수 있었는지. 바로 정보 처리 능력이다. 그레베의 "아하"는 마치 산사태처럼 밀려드는 생각들, 수많은 가설의 탐색과 여과, 가차 없는 추론의 힘이 합쳐져 발생된 피할 수 없는 결론, 즉 "머리를 밀어 버렸군, 로저"를 대신한 것이다.

이미 말했듯 그레베는 영리한 사람이다. 따라서 내 머리칼이 잘려 나갔다는 진부한 사실만을 언급하는 데 그치지 않았다. 그는 언제, 어떻게 그리고 왜 그런 일이 벌어졌는지도 알고 있었다. 그래야만 모든 혼란을 말끔히 정리하고 모든 의문에 답할 수 있기 때문이다. 그래서 그는 질문이 아니라 당연한 결론인 것처럼 다음 말을 툭 내뱉었다.

"부서진 차 안에서."

나는 고개를 끄덕였다.

그는 침대 발치 의자에 앉아 등받이를 뒤쪽 벽에 기댔다. 하지만 나를 향해 겨눈 총은 단 1센티미터도 움직이지 않았다.

"그런 다음엔? 시신에다가 머리칼을 숨겨 뒀나?"

나는 말없이 윗옷 주머니에 한 손을 찔러 넣었다.

"꼼짝 마!"

그가 버럭 소리를 질렀다. 그의 손가락이 방아쇠를 당기려는 것이 보였다. 곧추서는 공이가 없다. 글록 17. 숙녀.

"왼손이야."

내가 말했다.

"좋아. 천천히."

나는 손을 천천히 꺼내 봉투에 담긴 머리카락을 테이블 위로 던졌다. 그레베가 내게 눈을 떼지 않은 채 가볍게 고개를 끄덕였다.

"그러니까 발신기가 머리에 붙어 있었다는 걸 알아냈다 이거지. 그녀가 나 대신 그렇게 했고. 그래서 그녀를 죽인 거야, 아냐?"

"상실감이 큰가, 클라스?"

나는 뒤로 기대며 물었다. 심장이 두방망이질 했지만 겉으로는 놀라울 정도로 침착했다. 나의 최후의 시간에. 육신은 죽을 만큼 두려운데 영혼은 평온하기 그지없다.

그는 대답하지 않았다.

"아니면 그녀도, 참 뭐라고 했었지? 목표를 위한 수단에 불과한가? 소득을 얻기 위해 들여야만 하는 비용?"

"왜 알고 싶은 거지, 로저?"

"너 같은 사람이 진짜 존재하는지 아니면 허구일 뿐인지 알고 싶어서 말이지."

"나 같은 사람?"

"사랑할 줄 모르는 사람."

그레베가 웃음을 터뜨렸다.

"그 질문의 답이 궁금하다면 거울을 보면 될 텐데, 로저."

"난 사랑한 사람이 있었어."

내가 말했다.

"사랑을 흉내 낼 수는 있었겠지. 하지만 진정 누군가를 사랑했나? 증거 있어? 나는 그 반대의 증거만 보이는데. 디아나가 너 말고 유일하게 원했던 다른 것, 아이를 주기를 거부했다는 것 말이야."

“아이도 곧 가졌을 거야.”

그가 다시 웃음을 터뜨렸다.

“그래서 마음을 바꿔 먹었다 이건가? 언제? 언제 그렇게 죄를 뉘우치는 남편이 됐지? 아내가 다른 놈이랑 놀아나고 있다는 걸 알게 된 순간?”

“뉘우침은 중요해. 뉘우침 그리고 용서.”

내가 조용히 말했다.

“그런데 이젠 너무 늦었지. 디아나는 너의 용서도, 네 아이도 얻지 못했어.”

그가 말했다.

“네 것도 마찬가지지.”

“그녀에게 아이를 갖게 할 생각은 처음부터 없었어, 로저.”

“그랬겠지. 하지만 그렇게 하고 싶었어도 못했을 거 아냐, 아닌가?”

“하려면 당연히 할 수 있지. 내가 발기에 문제라도 있을 것 같나?”

그가 곧장 대답했다. 너무 빨라 오직 파리만이 10억분의 1초간의 망설임을 알아챌 수 있었을 것이다. 나는 숨을 들이쉬었다.

“나는 봤어, 클라스 그레베. 아주…… 가까운 데서.”

“무슨 헛소리지, 브라운?”

“네 생식기를 봤다고. 원치는 않았지만 너무도 가까이서.”

나는 그의 입이 천천히 벌어지는 것을 보았다. 그리고 말을 이었다.

“엘베룸 농가의 변소에서.”

그레베의 입이 무슨 단어인가를 만들려 했지만 아무 소리도 나오지 않았다.

"수리남의 창고에 갇혀 있을 때 그런 식으로 네 입을 열게 만든 건가? 네 고환을 공격해서? 마구 때린 건가? 아니면 칼을 썼나? 성욕은 앗아가지 않았겠지. 오직 생식기만 망가진 거야. 만신창이가 된 고환을 얼기설기 꿰매 놓았겠지."

그레베의 입은 이제 다물어져 있었다. 잔뜩 굳은 얼굴에 일자로 굳게 다문 입술.

"그게 네 입으로도 별것 아니라 했던 마약 밀매업자를 찾아 밀림까지 들어가 미친 듯 수색을 벌인 이유겠지, 클라스. 65일이랬나? 그게 바로 놈이었으니까, 아니야? 놈이 바로 너의 남성을 산산조각 낸 거야. 네 복제품을 만들 수 있는 능력을 빼앗아 간 거지. 너의 모든 것을 빼앗았어. 거의. 그래서 너는 놈의 목숨을 빼앗은 거야. 나도 이해할 수 있다고."

그렇다. 이것이 아인바우, 리드, 버클리의 2단계 중 하위 포인트였다. 해당 범죄에 대해 도덕적으로 용인할 수 있는 동기를 말해 주어라. 하지만 이제 나는 그의 고백이 필요 없었다. 대신 내가 한 가지 고백을 했다. 미리.

"난 이해해, 클라스. 같은 이유로 나 역시 널 죽이기로 결심했으니까. 너는 나의 모든 것을 빼앗았어. 거의."

그레베의 입에서 무슨 소린가가 터져 나왔다. 웃음 같았다.

"여기 총을 쥔 게 누구지, 로저?"

"네 망할 개를 죽인 것처럼 너도 죽일 거야."

그가 입을 앙다물자 턱 근육이 움직이는 것이 보였다. 주먹 관절도 하얗게 변했다.

"그건 예상 못했겠지. 안 그래? 까마귀밥으로 생을 마감했다니까. 신드레 영감의 트랙터 꼬챙이에 꿰어져서."

"역겹군, 로저 브라운. 동물을 죽이고 태아를 살해한 네가 지금 거기 앉아 도덕을 운운해?"

"네 말이 맞아. 하지만 병원에서 내게 한 말 중에 틀린 게 있었어. 우리 아이한테 다운증후군이 있었다는 거 말이야. 아니, 오히려 정반대지. 검사 결과 태아는 아주 건강했어. 디아나한테 낙태하라고 한 건 단지 그녀를 누구와도 공유하고 싶지 않았기 때문이었어. 그렇게 유치한 말 들어본 적 있나? 태어나지도 않은 아이를 향한 순수하고도 완전한 질투. 아마 어릴 때 사랑을 충분히 못 받아서 그런 것 같아. 어떻게 생각하나? 너도 마찬가지 아닌가, 클라스? 아니면 넌 태어난 순간부터 사악했나?"

그가 질문을 제대로 들은 것 같진 않았다. 나를 멍하니 바라보는 표정으로 보아 그의 머리가 지금 이 순간 미친 듯 돌아가고 있다는 것을 알 수 있었다. 사고와 의사결정의 나무 속 많은 가지를 따라 내려와 모든 것이 시작되었던 진실을 향해 달려가는 그의 생각. 그리고 마침내 찾았다. 병원에서의 그 한마디. 그가 말했던 무언가. "아이가 다운증후군이 있다고 유산시킨……."

"그럼 한번 이야기해 보지. 개 말고 다른 누군가를 사랑해 본 적 있나?"

그가 마침내 이해한 것처럼 보이자 내가 물었다.

그가 총을 들어 올렸다. 새로운 로게르 브론의 짧은 생은 이제 몇 초밖에 남지 않았다. 그레베의 얼음장 같은 푸른 눈이 번쩍이고 그의 부드러운 목소리는 속삭임에 지나지 않았다.

"존경의 표시로 머리에 총알 한 개만을 박아 넣으려 했지. 이렇게 추적할 가치가 있는 사냥감이었다는 뜻으로 말이야. 하지만 원래 계획으로 돌아가는 게 낫겠군. 배를 맞혀 주겠어. 배에 총상을 입으면 어떤지 이야기했던가? 총알이 비장을 뚫고 지나가면 위산이 새어나와 나머지 장기를 태워 버린다고? 그런 다음 네가 제발 죽여 달라고 빌 때까지 기다렸다가 죽여 주지. 반드시 빌게 될 거야, 로저."

"그럼 수다는 그만 떨고 쏘지 그래, 클라스? 병원에서 그랬던 것처럼 시간을 끌면 안 되잖아?"

그레베가 다시 웃었다.

"오, 여기 경찰을 초대하진 않았을 텐데? 넌 여자를 죽였어. 나 같은 살인자라고. 이건 우리 사이의 일이야."

"다시 생각해 봐, 클라스. 왜 내가 위험을 무릅쓰고 병원까지 가서 머리카락을 가져왔을까?"

그레베가 어깨를 움직였다.

"단순하지. DNA 증거가 남으니까. 아마 네게 불리하게 작용할 유일한 증거였을걸. 그들은 아직도 자신들이 찾고 있는 사람이 우베 세케루드라고 생각하니까. 아니면 아름다운 머리칼을 되찾고 싶었던 건가? 가발이라도 만들게? 디아나가 그러더군. 너한테 머리카락이 아주 중요하다고. 그게 네 작은 키를 보완해 준다나."

"맞았어. 하지만 틀리기도 해. 때로는 헤드헌터들도·그들이 쫓는 머리들이 생각을 할 수 있다는 사실을 잊곤 하지. 머리카락이 없으면 생각이 더 잘되는지 안 되는지 모르겠지만 이 경우에는 사냥꾼을 덫으로 유혹하는 데 성공했다고 할 수 있지.”

그레베가 천천히 눈을 깜빡였다. 그의 몸이 긴장하는 것이 보였다. 무언가 수상한 일이 벌어지고 있다는 걸 눈치 챘다.

“덫은 보이지 않는데, 로저.”

“바로 여기 있어.”

그 말과 함께 나는 내 옆에 덮인 이불을 젖혔다. 그의 시선이 우베 세케루드의 시신에 닿았다. 그리고 시신 가슴 위에 놓인 우지 단기관총에도.

그는 빛의 속도로 권총을 다시 내게 겨눴다.

“엉뚱한 짓 하지 마, 브라운.”

나는 기관총으로 두 손을 움직였다.

“안 돼!”

그레베가 악을 썼다.

내가 그 무기를 집어 들었다.

그레베가 총을 쏘았다. 폭발음이 방을 가득 채웠다.

나는 내 총으로 그레베를 겨누었다. 그는 의자에서 반쯤 일어나 한 발 더 쏘았다. 나도 방아쇠를 당겼다. 그리고 곧장 한 번 더 당겼다. 납덩이의 날카로운 굉음이 공기를, 우베의 집 벽을, 의자를, 클라스 그레베의 검정색 바지를 그리고 그 아래 숨겨진 완벽한 허벅지 근육을 꿰뚫었다. 그리고 그의 사타구니와 디아나의 몸속을 드나들었던 그의 성기, 그의 잘 발달된 복근과 그것들이 보호하는 장기들도 찢어발겼다.

그가 의자 위로 풀썩 주저앉았고 글록도 쿵 소리와 함께 바닥으로 떨어졌다. 갑작스레 침묵이 찾아왔다. 나무 바닥을 굴러다니는 탄피 소리만 들릴 뿐이었다. 나는 고개를 옆으로 기울여 쓰러진 그를 내려다보았다. 그도 나를 보았다. 그의 눈동자는 충격으로 온통 시꺼메졌다.

"이제 신체검사를 통과 못할 테니 패스파인더에 들어가긴 글렀군. 유감이야, 그레베. 그 기술은 절대 훔치지 못할 테니. 얼마나 철저히 준비했든 말이야. 사실 이렇게 말도 안 되는 대실패를 겪고 만 건 너의 그 철저함 때문이지."

그레베의 신음 소리는 거의 알아들을 수 없었다. 아마 네덜란드어인 것 같았다.

"네가 여기까지 오게 된 건 그 철저함 때문이었어. 이 마지막 면접에. 그거 아나? 너는 내가 이 자리에 원하던 사람이야. 네가 그 누구보다도 적격이라고 확신해 마지않는 이 자리에. 그건 곧 그 자리도 너에게 적격이라는 뜻이지. 내 말 믿어요. 헤르 그레베."

그레베는 대답하지 않고 다만 자신을 내려다보기만 했다. 피 때문에 목이 올라오는 검정색 티셔츠가 더 검어 보였다. 그래서 나는 말을 이었다.

"이로서 당신을 희생양으로 임명합니다, 헤르 그레베. 지금 내 옆에 누워 있는 우베 세케루드를 죽인 사람으로."

나는 우베의 배를 툭툭 두드렸다.

그레베가 끙 소리를 내며 고개를 들었다.

“무슨 소리를 지껄이는 거야?”

그의 목소리는 필사적인 동시에 나른하고 졸린 것 같았다.

“한 번 더 살인자가 되기 전에 얼른 구급차를 불러, 브론. 생각해 보라고. 넌 아마추어야. 절대 경찰의 추적을 벗어날 수 없을걸. 당장 전화 걸어. 그럼 너도 구해 줄 테니까.”

나는 우베를 내려다보았다. 그는 누운 그대로 매우 평화로워 보였다.

“하지만 널 죽일 사람은 내가 아닌걸, 그레베. 그건 여기 있는 세케루드라고. 이해 못하겠어?”

“아니. 젠장맞을! 당장 전화 걸라고. 여기 죽어 가는 게 안 보여?”

“미안. 하지만 너무 늦었어.”

“너무 늦어? 그냥 죽게 내버려 둘 거야?”

그의 목소리에 뭔가 다른 것이 들어 있었다. 눈물?

“제발, 브론. 여기서 이렇게는 아니야! 제발, 이렇게 빌게!”

그건 눈물이 맞았다. 눈물이 그의 양 볼을 타고 흘러내렸다. 그렇게 이상하진 않았다. 배에 총을 맞으면 얼마나 고통스러운지 그의 설명이 맞다면 말이다. 흘러내린 피가 바지자락 안쪽을 타고 반짝반짝 빛나는 그의 프라다 신발 위로 떨어지는 것이 보였다. 그는 내게 애원했다. 죽음을 앞두고 있으니 품위를 지킬 수가 없었겠지. 그레베든 아니든, 백작이든 아니든. 죽음을 직면하면 누구도 품위를 지키지 못한다는 말을 들은 적이 있다. 설사 그렇게 하는 사람이 있다고 하더라도 다만 충격으로 인해 잠시 감정을 느끼지 못하는 것뿐이라고 했다. 그레베를 가장 수치스럽게 하는 건 물론 그의 몰락을 지켜보는 사람이 너무나 많다는 것이다. 그리고 앞으로도 더 많이 생길 것이다.

　세케루드의 집에 들어갔을 때 경보 시스템에 '나타샤'를 입력하지 않았다. 그로부터 15초 후, 트리폴리스에는 경보가 울리고 CCTV 카메라는 녹화를 시작했을 것이다. 경비회사 사람들이 모니터 주변에 모여앉아 놀란 눈으로 무성 영화를 지켜보는 장면을 상상할 수 있었다. 눈에 보이는 배우는 그레베 단 한 명, 그의 입이 벌어졌다 닫혔다를 반복했지만 그의 말은 아무도 들을 수 없었다. 그가 총을 쏘고, 총을 맞는 건 보았겠지. 그리고 침대에 앉은 사람이 누구인지 보여 줄 카메라를 설치하지 않았다며 우베를 탓했겠지.

　손목시계를 보았다. 경보가 울린 지 4분이 지났다. 아마도 경찰에 신고한 지는 3분쯤 되었을 것이다. 그러면 그들이 잠복근무를 하는 무장 출동팀 델타에 연락을 했을 것이다. 그 팀이 움직이려면 시간이 좀 걸린다. 톤센하겐은 중심가로부터 꽤 떨어져 있었다. 물론 이 모두가 추측일 뿐이지만 아무리 빠르다 해도 첫 번째 경찰차가 여기 나타나기까지는 최소 15분쯤 걸릴 것이다. 그렇다고 이 이상 일을 질질 끌 필요도 없다. 그레베는 탄창에 든 열일곱 발 중 두 발밖에 쏘지 않았다.

　"좋아, 클라스. 마지막 기회를 주지. 총을 들어. 날 쏠 수 있다면 전화도 직접 걸 수 있잖아?"

　나는 침대 머리맡에 있는 창문을 열며 말했다.

　그가 공허한 눈으로 날 노려보았다. 얼음장 같은 찬바람이 방 안으로 쏟아져 들어왔다. 겨울이 온 것이 분명했다.

　"자, 해 봐. 잃을 게 뭐 있어?"

내가 말했다.

충격으로 멍해진 그의 머릿속에서도 이 논리가 통한 것이 분명했다. 그는 신속한 동작, 생각했던 것보다도 훨씬 신속한 동작으로 몸을 바닥에 던져 총을 붙잡았다. 기관총에서 발사된 부드럽고, 무겁고, 유해한 납덩이가 그의 다리 사이 나무 바닥을 완전히 쪼갰다. 하지만 또 한 차례 총알이 그의 몸에 닿기 전, 그의 가슴을 쓸고 지나가기 전, 그의 심장을 뚫고, 양쪽 폐에 구멍을 내어 마지막으로 힘겨운 숨을 들이쉬는 것조차 힘들게 만들기 전에 그는 한 발을 쏘는 데 성공했다. 딱 한 발이었다. 그 소리가 공중에서 부르르 떨었다. 그런 다음 다시 조용해졌다. 마치 죽음처럼. 오직 바람만이 낮은 소리로 노래를 불렀다. 무성 영화는 정지 화면이 되었다. 방 안으로 스며들어온 차가운 기온에 얼어 버린 것처럼.

모두 끝났다.

제5부

마지막 면접

제23장

뉴스 투나잇

　새로운 프로그램 〈뉴스 투나잇〉을 알리는 음악은 서슬 퍼런 폭로, 정치, 우울한 사회 문제가 아니라 보사노바와 이리저리 흔들리는 엉덩이, 알록달록한 칵테일을 연상시키는 단순한 기타 리프였다. 흥겨운 음악 뒤에 숨겨진 오늘의 주제는 한 범죄 사건이었다. 음악은 짧았다. 〈뉴스 투나잇〉이 불필요한 미사여구 없이 곧장 사건의 핵심만 파헤치는 프로그램이라는 것을 시사하는 것 같았다.

　스튜디오 3의 카메라가 위에서부터 패널들을 보여 준 다음 미끄러지듯 내려와 진행자 오드 게 디브바드를 클로즈업하는 것도 그런 이유 때문인지도 모른다. 음악이 끝나자 그는 언제나처럼 앞에 놓인 서류에서 눈을 들고 쓰고 있던 안경을 벗는다. 그건 아마도 PD의 아이디어였으리라. 지금부터 논할 뉴스거리가 지금 막 도착해 디브바드조차 방금 겨우 읽었다는 인상을 주려고 그런 방식을 택한 것 같다.

디브바드는 짧고 숱 많은 머리가 관자놀이 부분부터 조금씩 희끗희끗해지고 있는 마흔 즈음의 남자였다. 그는 서른 살일 때도 마흔으로 보였고, 쉰 살인 지금도 마흔으로 보였다. 사회과학을 전공한 그는 분석적이고, 말솜씨가 뛰어났으며, 자극적인 뉴스를 지독히 편애했다. 자신만의 토론 프로그램을 내 준 윗선의 결정이 그의 이런 성격 때문일 리는 없다. 아마 반평생 넘게 뉴스 앵커라는 일을 해 온 덕분이리라. 사실 앵커라는 건 적당한 억양과 표정을 갖추고, 적당한 양복에 적당한 넥타이를 매고, 미리 준비된 글을 적당히 잘 읽기만 하면 되는 것이다. 하지만 디브바드의 경우에는 억양이나 표정 그리고 넥타이가 너무나도 잘 어울려서 노르웨이 사람 그 누구보다도 더 시청자에게 신뢰를 안겨 주었고, 그런 신뢰야말로 〈뉴스 투나잇〉 같은 프로그램을 진행하는 데 필요한 것이었다. 이상한 일이지만 자기 프로그램의 시청률이 얼마나 높은지 아느냐고 그리고 편집 회의가 열릴 때 가장 높은 시청률을 올릴 만한 뉴스 아이템을 적극적으로 가져오는 사람은 채널 책임자가 아니라 자신이라고 몇 번이나 공공연하게 떠벌인 것이 오히려 그의 난공불락의 지위를 더욱 견고하게 해 준 것 같았다. 그는 열기를 불러일으키고 사람들의 감정을 자극할 수 있는 시각을 원했다. 한 번쯤 의심을 품어 볼 만하거나 다양한 견해와 토론을 필요로 하는 주제 따위는 신문 특집 기사 같은 데에서나 다뤄도 되니까. 이런 성향에 대해 질문을 받을 때마다 나오는 그의 대답은 언제나 똑같다.

"왕실 가문이나 게이 수양 부모, 사회 복지 남용 사례같이 화끈한 아이템들을 왜 시시한 프로그램에 맡깁니까? 〈뉴스 투나잇〉에서 시원하게 파헤칠 수 있는데?"

〈뉴스 투나잇〉은 엄청난 성공을 거두었고 오드 게 디브바드는 스타가 되었다. 오죽하면 세간의 입방아에 오르내렸던 극도로 고통스러운 한 차례의 이혼 뒤에도 같은 채널의 젊은 여자 스타와 결혼할 수 있었을까.

"오늘 저녁에는 두 가지 이야기를 해 볼까 합니다."

그가 벌써부터 아주 조금 떨리는 목소리로 말문을 열었다. 그가 애써 감정을 억제하며 날카로운 눈빛으로 카메라를 정면으로 응시하는 모습이 텔레비전 모니터에 비쳤다.

"첫 번째로 노르웨이 역사상 가장 극적인 살인사건을 전체적으로 살펴보겠습니다. 한 달간의 집중적인 조사 끝에 경찰에서는 마침내 소위 그레베 사건의 실마리를 모두 풀어냈다고 믿고 있습니다. 이 사건에는 총 여덟 건의 살인이 연루되었죠. 엘베룸 외곽 자신의 농가에서 목 졸려 살해된 남자. 도난당한 대형 트럭에 받혀 자동차 사고로 죽은 경찰 네 명. 오슬로의 자기 집에서 총을 맞아 죽은 여자. 이들은 모두 이 사건의 두 주인공이 여기 오슬로 톤센하겐의 한 집에서 서로를 쏘아 죽이기 전에 살해되었습니다. 이미 아시겠지만 이 극적인 사건의 마지막 부분은 놀랍게도 영상으로 남겨졌지요. 그 집에 경보기와 CCTV가 설치되어 있었던 덕분인데 이 영상은 이미 유출되어 지난 몇 주간 인터넷을 떠돌고 있는 실정입니다."

디브바드가 비극적 분위기를 한껏 드높였다.

"하지만 이게 전부가 아닙니다. 이 기이한 사건의 중심에는 세계적으로 유명한 그림인 페테르 파울 루벤스의 '칼리돈의 멧돼지 사냥'이 있었습니다. 제2차 세계대전 이후 자취를 감춰 영영 잃어버렸다고 생각한 바로 그 그림이죠. 하지만 그 그림은 4주 전……음…… 옥, 옥외 변소에서 발견되었습니다!"

얼마나 흥분했는지 마지막에 가서는 말을 더듬기까지 했다.

처음 소개가 끝나자 디브바드는 잠시 숨을 가다듬었다.

"오늘 이 자리에는 그레베 사건의 핵심까지 우리를 안내할 손님이 한 분 나와 계십니다. 브레데 스페레……."

디브바드가 잠시 말을 멈추었다. 아마도 PD에게 2번 카메라로 화면을 전환할 타이밍이라는 것을 알리는 신호일 것이다. PD는 키 크고 잘생긴 이 금발 사내의 옆모습을 잡았다. 공무원 치고 값비싼 정장, 넥타이 없이 풀어헤친 앞섶, 진주 단추. 아마 그가 은밀히 만나고 있는 엘르 잡지사 스타일리스트가 마련해 준 옷이리라. 이제 여자 시청자라면 당분간 채널을 돌리지 않을 것이다.

"크리포스를 이끌고 이 사건의 조사를 맡으셨죠. 경찰에 거의 15년 몸담으셨습니다. 이전에 이와 비슷한 사건을 본 적이 있습니까?"

"사건이라는 게 사실 모두 다 다릅니다."

브레데 스페레가 말했다. 아무렇지 않게 자신감을 풍기며. 이제 곧 그의 휴대전화에 엄청난 양의 문자 메시지가 쏟아져 들어올 것이라는 것쯤은 점쟁이가 아니어도 예측할 수 있다. 오슬로 바로 외곽에 살고, 자동차가 있고, 다음주에 시간이 많은 싱글맘이 그가 지금 만나는 사람이 있는지 궁금해 하며 커피 한잔 어떠냐고 묻는 메시지. 성숙하고 남자다운 사람을 좋아하는 젊은 남자. 어떤 사람들은 서론은 집어치우고 당장 사진부터 보낼 것이다. 잘나왔다고 생각하는 사진, 미소가 괜찮거나, 방금 머리를 새로 했다거나, 새 옷, 특히 가슴선이 적당히 파인 옷을 입은 사진. 아니면 얼굴이 없거나 옷이 없는 사진까지도.

"하지만 물론 여덟 건의 살인이라는 건 흔히 볼 수 있는 사건이 아니죠."

자신의 말이 너무 태연하게 들릴까 봐 걱정이 되었는지 그가 덧붙인다.

"여기에서는 물론이고 비교 대상의 다른 국가에서도 마찬가지입니다."

"브레데 스페레 씨."

시청자들의 뇌리에 박히도록 언제나 게스트의 이름을 두어 번 반복하는 것을 잊지 않는 디브바드가 다시 물었다.

"이건 국제적으로도 큰 관심을 모은 사건입니다. 여덟 명이 살해된 것 말고도 세계적으로 유명한 거장의 작품이 연루되었기 때문이죠, 안 그렇습니까?"

"네, 분명 예술 애호가들에게 잘 알려진 작품이기는 하죠."

"그럼 이제는 반박의 여지없이 세계적으로 유명하다고 말해도 되겠군요!"

디브바드가 말을 마치며 스페레와 눈을 마주치려고 하는 것이 느껴졌다. 아마 프로그램이 시작되기 전에 말을 맞춘 대로 이제 둘은 한 팀이므로 환상적인 이야기를 들려 주기 위해 협력해야 한다는 것을 상기시키려 하는 것 같았다. 그림이 마치 별것 아니라는 듯 말하는 것은 이야기 전체를 덜 환상적으로 만드는 효과를 내지 않는가.

"그래도 생존자나 증인이 전혀 없는 상태에서 이 알쏭달쏭한 퍼즐을 맞추시려면 루벤스의 그림이 그중에서도 중요한 조각으로 작용했겠군요. 안 그렇습니까, 스페레 경위님?"

"맞습니다."

"사건의 최종 보고는 내일이지만 제가 알기로는 그레베 사건에서 정말로 무슨 일이 벌어졌는지 오늘 우리 시청자들께 알려 주실 수 있다던데요. 처음부터 끝까지 어떤 일이 일어났는지 말입니다."

브레데 스페레가 고개를 끄덕였다. 하지만 말을 시작하는 대신 그는 책상 앞에 놓인 잔을 집어 물을 조금 마셨다. 화면 오른편에 앉은 디브바드는 밝게 웃고 있었다. 이 작지만 극적인 장면은 미리 연출된 것인지도 모른다. 시청자들이 귀를 쫑긋 세우고 눈을 크게 뜬 채 화면을 향해 조금 더 다가가게 만들려고 말이다. 아니면 스페레가 무대 연출 임무를 가로챘을지도 모른다. 그가 잔을 내려놓더니 숨을 깊게 들이쉬었다.

"아시다시피 저는 크리포스에 합류하기 전에 경찰의 강도 전담반에 있으면서 지난 2년간 오슬로에서 발생한 다수의 예술품 도난 사건을 조사했었습니다. 사건들 사이의 유사점들 때문에 우리는 한 범죄 집단의 소행이라고 생각했죠. 조사 초기에는 경비 회사인 트리폴리스에 초점을 맞췄습니다. 당시 도난당했던 집들 대부분이 그곳의 경비 시스템을 갖추고 있었기 때문이죠. 그리고 이제는 이 도난 사건의 배후에 있는 인물 중 한 명이 트리폴리스에서 근무했다는 걸 알아냈습니다. 바로 우베 세케루드죠. 그는 트리폴리스에 맡겨진 고객의 집 열쇠에 접근할 수 있었고 경비 시스템 또한 끌 수 있었습니다. 거기다가 시스템 데이터베이스에 저장되는 침입 기록도 지울 수 있었던 것이 분명합니다. 우리는 세케루드 이 사람이 직접 대부분의 강도 행각을 벌였다고 추정하고 있습니다. 하지만 예술의 세계에 조예가 있는 사람, 오슬로의 다른 예술 애호가들과 이야기를 나누고 어떤 그림이 어느 집에 있는지 대략 알아낼 수 있는 사람이 또 한 명 있었을 것입니다."

"그럼 여기서 클라스 그레베가 등장하는 것이겠군요?"

"그렇죠. 그 또한 오스카르스 가테에 있는 아파트에 상당 수준의 컬렉션을 가지고 있었고 특히 갤러리 E에서 예술 애호가들과 어울리는 것이 자주 목격되었습니다. 거기에서 귀한 그림을 소장하고 있는 사람이나 누가 그런 그림을 가지고 있는지 아는 사람들과 이야기를 나누었죠. 이게 바로 그레베가 세케루드에게 넘긴 정보였습니다."

"세케루드는 그림을 훔친 다음에 어떻게 했습니까?"

"익명의 제보자를 통해 고텐부르크의 장물아비를 추적하는 데 성공했습니다. 이미 경찰 수사에 연루된 적이 있는 이 자는 세케루드와 접촉하고 있었다는 사실을 실토했죠. 스웨덴 쪽 경찰 심문에서 그는 세케루드와 마지막으로 통화했을 때 그가 곧 루벤스의 그림을 가지고 오기로 약속했다고 말했습니다. 장물아비는 그 말이 사실인지 믿을 수 없었다고 합니다. 그림이나 세케루드 모두 결국 고텐부르크에 모습을 드러내지 않았지요."

"그렇죠. 바로 그 사건 때문 아닙니까."

디브바드가 비극적 분위기를 풍기며 낮은 목소리로 끼어들었다.

스페레는 슬쩍 미소를 흘렸다. 상대의 멜로드라마식 진행이 조금 우스꽝스럽다고 생각하는 것처럼.

"세케루드와 그레베가 고텐부르크의 장물아비는 거래에 끼워 주지 않기로 한 것 같습니다. 직접 그림을 팔기로 했을지도 모르죠. 장물을 가져가는 사람이 판매 가격의 50퍼센트를 챙긴다는 사실을 기억하십시오. 그리고 이번 경우에는 그 금액이 지금까지 다른 그림에서 나왔던 것에 비하면 꽤 달랐겠지요. 네덜란드의 기술 기업 CEO로서 러시아나 다른 동유럽 국가들과 거래를 하고 있던 그레베는 그런 면에서 접촉할 사람이 아주 많았을 겁니다. 물론 법의 영향력이 미치지 않는 범위를 말씀드리는 겁니다. 그리고 이건 그레베와 세케루드에게 여생을 편안히 보낼 수 있는 기회였습니다."

"하지만 그레베라는 사람은 표면적으로는 꽤 돈이 많았던 것으로 보이는데요, 안 그렇습니까?"

"그가 지분을 가지고 있던 회사는 한창 어려운 시기였고 그는 그곳의 자리를 잃은 직후였죠. 고급스러운 생활방식 때문에 소득이 필요했을 겁니다. 최근 호르텐에 있는 노르웨이 회사에 지원했다는 것도 밝혀졌습니다."

"그러니까 세케루드가 장물아비와의 약속을 지키지 않은 건 그와 그레베가 그 그림을 직접 팔기로 했기 때문이라는 말씀이시죠? 그런 다음에는 무슨 일이 일어났습니까?"

"그림을 살 사람이 나타날 때까지 어딘가 안전한 곳에 숨겨둬야 했죠. 그래서 둘은 세케루드가 지난 몇 년간 신드레 오로부터 빌려 쓰고 있었던 오두막으로 갔습니다."

"엘베룸 외곽이죠."

"예. 이웃들의 말로는 그 오두막은 자주 사용되지 않았답니다. 가끔 남자 둘이 왔는데 인사를 나눈 사람이 없더군요. 마치 숨으러 오기라도 한 것처럼 말입니다."

"그럼 이게 그레베와 세케루드라고 생각하시는 겁니까?

"그들은 수법이 아주 전문적이었고 다른 사람들을 상대하는 데 있어 아주 까다로웠습니다. 두 사람을 서로 연관시킬 그 어떤 자취도 남기고 싶어 하지 않았죠. 그 둘이 함께 있는 것을 본 증인도 없고 둘이 통화를 했다는 기록도 없습니다."

"그러고 나서 예측 불가능한 사건이 일어났죠?"

"네. 정확히 무슨 일이 벌어졌는지는 우리도 모릅니다. 그들은 그림을 숨기기 위해 그 오두막으로 갔습니다. 걸린 금액이 커지면 이전까지 굳게 믿었던 파트너에게도 의심이 생길 수 있는 법이죠. 아마 말다툼을 시작했을 겁니다. 그리고 약물 때문에 제정신이 아니었을 겁니다. 두 사람의 혈액에서 모두 약물 양성 반응이 나왔거든요."

"약물이라면?"

"케타민과 도미컴이죠. 매우 강력하기도 하고 오슬로의 중독자들 사이에서도 상당히 특이한 약물입니다. 그래서 그레베가 암스테르담에서 이것을 가지고 들어왔으리라 추정하고 있습니다. 두 가지 약물이 합쳐져 작용하자 그들은 상당히 부주의해졌고 결국에는 완전히 통제력을 상실한 것 같습니다. 그 결과 신드레 오의 생명을 앗아갔고, 그런 다음에는……"

"잠깐만요. 이 첫 번째 살인과 관련해 정확히 무슨 일이 있었는지 시청자 여러분께 설명해 주실 수 있겠습니까?"

진행자가 끼어들었다.

스페레는 진행자가 노골적으로 선정적인 경향을 내보이는 것이 조금 언짢다는 듯 한쪽 눈썹을 추켜올렸다. 하지만 이내 순순히 그의 요청에 따랐다.

"사실 제대로 설명하기는 어렵습니다. 다만 추측을 할 뿐이죠. 세케루드와 그레베가 신드레 오 씨의 농가에까지 내려가 그곳에서 자신들이 훔친 유명한 그림에 대해 떠벌였을 거라 추정하고 있습니다. 그러자 노인이 그들을 위협하거나 아니면 경찰에 신고하려 했겠지요. 그러자 클라스 그레베가 개로트로 그를 살해했습니다."

"개로트가 뭔가요?"

"상대방의 목에 감는 가는 철사나 나일론 줄인데, 이걸로 뇌에 산소가 공급되는 걸 차단하죠."

"그래서 그는 죽었고요?"

"어…… 예."

조정실에서 버튼을 하나 눌렀다. 라이브 모니터, 수천 명의 시청자들에게 전송되는 장면이 보이는 그 모니터에는 오드 게 디브바드가 의도적인 공포와 관심이 가득한 표정으로 스페레를 쳐다보며 천천히 고개를 끄덕이는 장면이 잡혔다. 그는 그 장면이 시청자들의 뇌리에 남도록 잠시 기다렸다. 1초, 2초, 3초. 텔레비전 상에서는 3년이나 마찬가지다. 지금쯤 PD는 식은땀을 흘리고 있을 것이다. 그리고 다음 순간 디브바드가 침묵을 깼다.

"그를 죽인 게 그레베라는 건 어떻게 아십니까?"

"법의학적 증거죠. 후에 개로트가 그레베의 윗옷 주머니에서 나왔습니다. 거기에 신드레 오의 피와 그레베의 피부 조직 일부가 남아 있었습니다."

"그럼 살해 당시 신드레 오의 집에 그레베와 세케루드 두 명 모두 있었습니까?"

"예."

"어떻게 확신하십니까? 증거가 더 나왔나요?"

스페레가 몸을 뒤틀었다.

"예."

"어떤 증거죠?"

브레데 스페레가 헛기침을 하며 디브바드를 쏘아보았다. 이 순간에 대해 미리 이야기를 한 것이 분명하다. 스페레는 아마 이 부분은 건너뛰어 달라고 부탁했을 것이다. 하지만 디브바드는 그것이 이야기를 채워나가는 데 중요하다고 고집을 피웠겠지.

스페레가 마음의 준비를 했다.

"신드레 오의 시신 주변에서 어떤 증거를 찾았습니다. 약간의 배설물이었죠."

"배설물이요? 사람의 배설물?"

디브바드가 끼어들었다.

"예. DNA 분석을 위해 연구실로 보냈습니다. 대부분이 우베 세케루드의 DNA와 일치했고 클라스 그레베의 것도 조금 있었습니다."

디브바드가 양손바닥을 펼쳐 보였다.

"이게 대체 무슨 일인가요, 스페레 경위님?"

"물론 상세한 그림을 그리기란 무척 힘듭니다. 하지만 아마도 그레베와 세케루드가……."

여기서 또 한 번 잠깐의 멈춤.

"…… 스스로 자기 배설물을 자기 몸에 바른 것 같습니다. 왜, 그런 이상한 사람들이 있지 않습니까."

"달리 말해 아주 심각한 정신질환자들이란 말씀이죠?"

"아까 말씀드렸듯 약에 취한 상태였죠. 그리고 예, 의심의 여지없이 아주 비정상적인 행위라고 할 수 있겠죠."

"그렇습니다. 그리고 거기에서 멈춘 게 아니었죠?"

"네."

디브바드가 검지를 들어올리자 스페레가 말을 멈추었다. 스페레에게 잠시 쉬라는, 미리 정해 둔 신호였다. 시청자들이 이 정보를 받아들이고 앞으로 나올 이야기를 위해 마음의 준비를 할 수 있도록. 그런 다음 스페레가 말을 이었다.

"약에 잔뜩 취한 우베 세케루드는 그레베가 데려온 개를 데리고 아주 가학적인 게임을 하기 시작합니다. 개를 트랙터 뒤에 달린 날카로운 금속 운반기 날에 꿰어 버린 것이죠. 하지만 이 개는 투견이었고 둘이 몸싸움을 하는 도중 세케루드는 목에 깊은 상처를 입습니다. 그러고 나서 세케루드는 개를 매단 채 트랙터를 타고 그 주변을 돌기 시작합니다. 하지만 약기운이 너무 세 트랙터를 제대로 몰지 못했고 결국 지나가던 운전자가 트랙터를 세우죠. 그 운전자는 자신이 어떤 상황에 끼어든 것인지 전혀 몰랐고 올바른 생각을 가진 시민이라면 당연히 해야 할 일을 합니다. 부상당한 세케루드를 자기 차에 태워 병원으로 데려간 것이죠."

"같은…… 인간이 어쩌면 그렇게 다를 수 있습니까!"

디브바드가 끼어들었다.

"그렇게 말할 수도 있겠죠. 처음 만났을 때 세케루드가 배설물로 덮여 있었다는 걸 알려 준 사람이 바로 이 운전자였습니다. 그는 세케루드가 거름통에 빠졌을 거라고 생각했습니다. 하지만 세케루드를 씻긴 병원 관계자는 그것이 동물이 아니라 사람의 배설물이었다고 했습니다. 병원에선 전에도 그런 비슷한 경험이……."

"병원에서 세케루드에게는 어떤 조치를 했습니까?"

"반쯤 의식이 없는 그를 씻긴 다음에 상처를 치료해 침대에 눕혔죠."

"그럼 혈액에서 약물을 찾아낸 게 이 병원이었습니까?"

"아니오. 혈액 샘플을 채취하긴 했지만 나중에 절차에 따라 파기되었습니다. 그의 혈액에서 약물 반응을 찾은 건 사후 조사 때였죠."

"알겠습니다. 그럼 아까 이야기로 다시 돌아가죠. 그레베가 아직 농장에 있는 상태로 세케루드가 입원한 것까지 이야기했습니다. 그런 다음에는 무슨 일이 있었습니까?"

"세케루드가 돌아오지 않자 그레베는 당연히 의심이 들었겠죠. 트랙터가 사라진 걸 발견한 그는 자기 차를 끌고 주변을 돌아다니며 동료를 찾기 시작합니다. 아마 그레베의 차에는 경찰 무전을 들을 수 있는 장치가 있었을 겁니다. 그걸 통해 경찰에서 트랙터를 찾았고 후에 신드레 오의 시신을 발견했다는 걸 들었겠죠."

"그렇군요. 이제 그레베에게 문제가 생긴 겁니다. 동료가 어디에 있는지는 모르고, 경찰에서는 신드레 오의 시신을 발견했고, 농장이 범죄 현장이 되어 살해 무기를 찾는 과정에서 루벤스의 그림이 발견될 가능성도 있으니 말입니다. 이때 그레베의 머릿속에서는 과연 무슨 생각이 스쳤을까요?"

스페레가 잠시 머뭇거렸다. 왜일까? 경찰 보고서는 항상 사람들이 무슨 생각을 했을지는 언급을 회피하고 연루된 사람들이 말한 것이나 한 행동, 즉 증명될 수 있는 것만 기술한다. 당시 무슨 생각을 하고 있었는지 그들이 직접 이야기하는 것을 기록하는 정도가 전부다. 이 경우에는 어느 누구도 말해 준 것이 없었다. 하지만 스페레는 자신이 무언가 생각해 내야 한다는 걸, 이 이야기가 생생하게 살아나도록 도와야만 한다는 걸 알고 있었다. 그래야…… 그래야……. 그는 애써 그 문장을 완성하지 않으려 애썼다. 하지만 이미 무슨 말이 이어질지는 알고 있었다. 그래야 언론이 접촉해 오는 사람이 될 수 있으니까. 코멘트나 설명이 필요할 때마다 인터뷰를 요청받는 사람이 될 수 있으니까. 그는 자신이 그런 사람이라는 사실이 마음에 들었다. 길거리에서 모르는 사람이 아는 척을 하는 것도, 휴대전화로 모르는 사람의 MMS 사진이 전송되어 오는 것도 마음에 들었다. 언론이 원하는 걸 해 주지 못하면 결국 이런 전화는 받지 못하게 되는 것이 아닐까? 그러니까 결론은 무엇인가. 도덕성과 양심이냐, 아니면 언론의 관심이냐. 동료들의 존경이냐, 아니면 대중들로부터 얻는 인기냐?

"그레베는 아마 이런 생각을 했을 겁니다. 상황이 골치 아프게 됐다고. 계속해서 세케루드를 찾아 돌아다니다 보니 어느덧 아침이 되었습니다. 그때 경찰 무전으로 들었겠지요. 세케루드가 체포될 것이라고, 병원으로부터 인도받아 심문을 위해 경찰서로 갈 것이라고 말입니다. 이제 그레베는 상황이 단순히 골치 아픈 것에서 절망적인 것으로 바뀌었다는 걸 깨닫습니다. 그리고 알고 있었죠. 세케루드는 닳고 닳은 범죄자가 아니고, 경찰은 압박을 가하며 동료를 밀고하는 조건으로 형량을 낮춰 주겠다고 제안할 거고, 마지막으로 신드레 오를 죽인 것은 자기가 아니라고 말할 거라는 사실을 말입니다."

"아주 논리적이군요."

디브바드가 고개를 끄덕이며 상대를 격려하듯 몸을 숙였다.

"그러니까 빠져나갈 유일한 길은 심문이 시작되기 전에 세케루드를 구출하든가, 아니면……."

디브바드가 표시나지 않게 검지를 들어올렸지만 이제 스페레는 그런 힌트를 듣지 않아도 여기가 잠시 멈출 타이밍이라는 것쯤은 알고 있었다.

"…… 아니면 죽여 버리든가 둘 중 하나였죠."

이제 텔레비전 전파가 스튜디오 공기 중에서 눈에 보일 듯 거의 빠직거리고 있는 것 같았다. 안 그래도 뜨거운 조명 탓에 건조한 그곳은 금방이라도 불이 붙어 버릴 것만 같았다. 스페레가 말을 이었다.

"그래서 그레베는 잠시 빌릴 차를 찾아 나섭니다. 그리고 주차장에서 버려진 대형 트럭을 발견하죠. 네덜란드 군대에서 복무했었기 때문에 그는 열쇠가 없이도 자동차에 시동을 거는 법을 알았습니다. 아직도 경찰 무전기를 가지고 있었고, 분명 지도도 살펴보았겠지요. 경찰이 어느 길로 세케루드를 병원에서 엘베룸으로 데려가는지 확실히 하기 위해서 말이죠. 그런 다음 갓길에 차를 세우고 그들을 기다립니다."

"바로 거기에서 이 사건에서 가장 비극적인 일이 벌어지는 것이죠."

디브바드가 극적으로 손가락을 좌우로 흔들며 이야기에 끼어들었다.

"네."

스페레가 눈을 아래로 깔고 대답했다.

"고통스러우시다는 건 저도 압니다, 브레데."

디브바드가 말했다.

브레데. 성이 아니라 이름을 불렀다. 그게 바로 신호였다.

"스페레를 클로즈업 해."

PD가 1번 카메라를 향해 말했다.

스페레가 깊게 숨을 들이쉬었다.

"네 명의 훌륭한 경찰관이 이 충돌 사고로 목숨을 잃었습니다. 그 중 한 명은 저와 가까운 크리포스 동료 요아르 순데드였고요."

어찌나 티 나지 않게 줌인을 했는지 텔레비전을 보고 있던 보통 시청자라면 이제 스페레의 얼굴이 점점 더 커져 스크린에서 조금 더 큰 부분을 차지하고 있다는 것을 알아채지도 못할 것이다. 다만 분위기가 조금 더 긴장되고 사적으로 바뀌었다는 것만 느낄 뿐이다. 마치 북받쳐 오르는 감정을 애써 참고 있는 강인한 한 경찰관의 내면을 들여다보고 있는 것처럼.

"경찰차는 가드레일을 넘어 전복되었고 강가의 나무 아래로 사라졌습니다. 하지만 기적처럼 우베 세케루드는 살아남았죠."

디브바드가 말을 이었다.

"네. 혼자였든 그레베의 도움을 받았든 그는 차를 빠져나왔습니다. 그리고 둘은 트럭을 버린 다음 그레베의 차를 타고 오슬로로 돌아가죠. 나중에 경찰에서 그 순찰차를 찾아내 시신 한 구가 부족하다는 걸 알았을 때는 시신이 강에 빠졌으리라 추측했습니다. 게다가 세케루드는 경찰관 중 한 명의 시신에 자기 옷을 입혀서 한동안 생존자가 누구인지 혼란을 가중시키기까지 했습니다."

마음을 추스른 스페레가 말했다.

"하지만 당분간 안전하긴 해도 그레베와 세케루드의 망상은 정점에 달했죠, 안 그렇습니까?"

"네, 그렇습니다. 그레베가 트럭을 몰고 경찰차에 돌진할 당시 세케루드가 죽든 살든 상관하지 않았다는 사실을 세케루드는 알고 있었습니다. 그러고는 자신의 목숨이 위험에 처했다는 사실을 깨달았죠. 그레베에게는 그가 사라저 줘야 할 이유가 최소한 두 가지는 있었습니다. 첫째, 그가 신드레 오의 살해 장면을 목격했고 둘째, 그레베에게는 루벤스의 그림을 판 돈을 나눠 가질 생각이 추호도 없었으니까요. 세케루드는 기회만 닿으면 그레베가 당장이라도 공격을 해 올 것임을 알고 있었습니다."

디브바드가 기대에 찬 표정으로 몸을 기울였다.

"여기에서부터 이 엄청난 이야기의 마지막 장이 시작되는 것이죠. 그들은 오슬로에 도착했고 세케루드는 자기 집으로 돌아갑니다. 하지만 긴장을 풀 수는 없죠. 그는 자기가 선수를 쳐야 한다는 걸 알고 있습니다. 먹느냐, 먹히느냐의 문제죠. 그래서 가지고 있던 수많은 무기 중에 검은색 작은 권총을 꺼냅니다. 그 이름이……음……."

"로어바우 R9, 9밀리미터, 반자동, 탄창에는 여섯 발……."

"그래서 그걸 들고 클라스 그레베가 머물고 있을 곳으로 찾아간 거죠. 애인의 집으로 말입니다. 맞습니까?"

디브바드가 끼어들어 물었다.

"이 여자와 그레베의 관계에 대해서는 확실하게 밝혀진 바가 없습니다. 한 가지 확실한 것은 둘이 정기적으로 연락을 하고 있었고, 여자 집에서 종종 만났으며, 그레베의 지문이 그녀의 침실을 비롯해 다른 여러 곳에서 발견되었다는 것입니다."

"세케루드는 무기를 가지고 그레베의 애인의 집으로 찾아가 문을 두드립니다. 그녀는 그를 집 안으로 들이고 세케루드는 복도에서 그녀를 쏘죠. 그런 다음 그레베를 찾아 아파트 안을 뒤지지만 그는 거기 없습니다. 세케루드는 여자의 시신을 침대에 눕히고 자기 집으로 돌아가죠. 그는 어디를 가든, 심지어 누워 있을 때조차 항상 무기를 소지합니다. 그러고 나서 그레베가 나타나는 거죠."

"예, 맞습니다. 그가 어떻게 들어갔는지는 모르겠습니다. 아마 잠긴 문을 용케 땄겠지요. 어쨌든 그는 자기 때문에 무음 경보기가 작동되었다는 사실은 모르고 있었습니다. 하지만 그것 때문에 집 안에 있던 CCTV 카메라가 모두 켜졌지요."

"그건 곧 지금부터 일어난 일, 두 범죄자 간의 최후의 대결이 증거 영상으로 남게 되었다는 뜻입니다. 인터넷에 돌아다니고 있는 이 영상을 차마 못 보신 분들을 위해 무슨 일이 벌어졌는지 간략히 설명해 주시겠습니까?"

"둘은 서로를 쏘기 시작합니다. 그레베가 가지고 있던 글록 17로 처음 두 발을 쐈는데 놀랍게도 두 발 다 상대를 맞히지 못했습니다."

"'놀랍게도'라고요?"

"그렇게 가까운 거리였으니 네, 놀라운 일이죠. 그레베는 훈련받은 특수요원이니까요."

"그럼 벽을 맞힌 겁니까?"

"아니오."

"아니라고요?"

"예. 침대 머리맡 벽에 박힌 총알은 없었습니다. 창문을 맞혔지요. 아, 정확히 창문을 맞힌 것도 아니었습니다. 활짝 열려 있었으니까요. 그가 쏜 총알은 바깥으로 나갔습니다."

"바깥이요. 그건 어떻게 확인하셨습니까?"

"바깥에서 총알들을 찾아냈거든요."

"오, 그래요?"

"집 뒤 숲에서 말입니다. 나무에 걸려 있던 올빼미 집에서 찾았습니다."

스페레는 가볍게 얼굴을 찡그리며 미소를 지었다. 남자들이 자신의 성공담을 겸손하게 이야기할 때 보통 그렇듯이.

"그렇군요. 그래서 어떻게 됐습니까?"

"세케루드가 침대에 가지고 있던 우지 기관총으로 그레베를 쐈니다. 영상에서 보듯 총알은 그레베의 사타구니와 복부를 맞힙니다.
그러자 그가 권총을 떨어뜨리지만 조금 뒤 다시 주워 세 번째이자
마지막 총알을 발사하는 데 성공합니다. 그 총알이 세케루드의 오
른쪽 눈 바로 위 이마를 맞히죠. 이것이 뇌에 엄청난 피해를 입힙니
다. 영화를 보고 잘못 생각하시는 분들이 많습니다. 머리에 총을 맞
으면 즉사한다고 말이죠. 하지만 세케루드는 죽기 전 마지막으로 한
차례 더 총을 발사합니다. 그게 클라스 그레베의 숨통을 끊은 것이
죠.”

긴 침묵이 뒤따랐다. 아마 PD가 디브바드에게 한 손가락을 들어
보였을 것이다. 시간이 1분 남았으니 이야기를 정리해 결론을 내릴
때가 되었다고 말이다.

오드 게 디브바드가 등받이에 몸을 기댔다. 아까보다 훨씬 긴장
이 풀린 모습이었다.

“그러니까 크리포스에서는 사건의 전말에 대해 한 치의 의심도
없으신 겁니까?”

“없습니다. 물론 세부적인 사항에 대해서는 언제든 불확실한 점
이 있을 수 있겠지요. 약간의 혼란도 함께 말입니다. 예를 들어 범
죄 현장을 다녀간 병리학자는 세케루드의 체온이 놀라울 정도로 빨
리 떨어진 걸 발견했습니다. 체온만 보고 판단하면 그가 죽은 시각
이 거의 24시간 전이라고 추정할 수 있습니다. 하지만 현장에 있던
경찰이 도착 당시 침대 뒤 창문이 열려 있었다는 사실을 지적했습
니다. 그리고 아시다시피 그날은 오슬로의 기온이 처음 영하로 떨어
진 날이었죠. 그런 종류의 불확실성은 언제나 존재합니다. 그건 우

리 업무의 일부와 같죠."

"그렇군요. 그리고 세케루드가 카메라에 잡히진 않았는데요, 세케루드의 머리에 박힌 총알은……."

"예, 그레베가 쏜 글록에서 나온 것이 맞습니다. 과학 수사를 통해 수집된 증거물은 언론에서 말씀하시는 대로 소위 '결정적'이었습니다."

스페레가 다시 미소를 지으며 대답했다.

디브바드가 앞에 놓인 서류를 정리하며 상황에 어울리는 미소를 지어 보였다. 이야기가 제대로 마무리되고 있음을 알리는 표시였다. 이제 남은 것은 브레데 스페레에게 감사의 인사를 하고, 1번 카메라 렌즈를 정면으로 바라본 다음, 두 번째 주제인 농업 보조금으로 넘어가는 것뿐이었다. 하지만 그가 갑자기 멈칫하더니 입이 조금 벌어지고 시선이 아래를 향했다. 귀에 꽂은 이어폰으로 무슨 말이 들려오는 것일까? 뭐 까먹은 거라도?

"마지막으로 한 가지만 더 묻겠습니다. 총을 맞고 살해된 여자에 대해서는 정확히 얼마나 파악이 됐습니까?"

경험 많은 디브바드가 침착하게 물었다.

스페레가 어깨를 약간 움츠렸다.

"많지는 않습니다. 말씀드렸듯이 그녀는 그레베의 애인이었을 거라고 생각합니다. 이웃에서 그가 드나드는 걸 보았다고 증언했습니다. 전과는 없지만 인터폴을 통해 그녀가 아주 오래전, 부모와 함께 수리남에 살았을 때 마약 사건에 연루되었었다는 사실을 알아냈습니다. 당시 그곳 마약상의 여자 친구였는데 네덜란드 특수부대의 습

격을 받고 그가 죽임을 당했을 때 나머지 일당을 소탕하는 데 도움을 주었다고 했습니다."

"당시 기소를 당하진 않았고요?"

"그때는 미성년자였습니다. 임신 중이었고요. 수리남 당국에서는 그녀의 가족을 고향으로 돌려보냈습니다."

"고향이라 하면……."

"어…… 덴마크요. 그때부터 거기에 살았고 저희가 파악하기로는 조용히 지냈던 것 같습니다. 3개월 전 오슬로에 오기 전까지 말이죠. 그러고는 비극적인 최후를 맞았죠."

"네, 정말 비극적 최후네요. 아쉽지만 여기에서 감사의 인사를 드려야겠습니다, 브레데 스페레 경위님."

그가 안경을 벗고 1번 카메라를 들여다본다.

"가격이 얼마나 높아지든 노르웨이에서 직접 토마토를 재배해야 할까요? 이어서 〈뉴스 투나잇〉에서는……."

왼손 엄지로 리모컨의 파워 버튼을 누르자 화면이 꺼졌다. 보통은 오른손 엄지를 쓰지만 마침 그 손이 다른 일로 바쁜 차였다. 곧 피가 통하지 않아 저려 오겠지만 무슨 일이 있어도 그 손을 빼낼 생각이 없었다. 사실 지금 내 오른팔은 세상에서 가장 아름다운 머리를 받치고 있었다. 그 머리가 내 쪽을 보았다. 그리고 날 더 자세히 보기 위해 그녀의 손이 덮고 있던 이불을 젖혔다.

"정말 그날 밤 그 여자를 쏘고 그 침대에서 잤어? 그 여자 옆에서? 침대가 얼마나 넓다고 했지?"

“101센티미터. 이케아 카탈로그에 의하면.”

내가 대답했다.

디아나의 커다란 푸른 눈이 공포에 질려 날 바라보았다. 하지만 내가 오해한 게 아니라면 그 눈빛에는 일종의 존경심도 담겨 있었다. 그녀는 속이 훤히 들여다보이는 이브 생 로랑 네글리제를 입고 있었다. 그건 지금처럼 내 피부를 어루만질 때는 서늘한 느낌을 주었고 내 몸이 그녀의 몸에 밀착되어 있을 때면 마치 타는 듯 뜨거웠다.

그녀가 팔꿈치를 짚고 상체를 일으켰다.

“어디를 쐈어?”

나는 눈을 감고 끙 소리를 냈다.

“디아나! 그 이야기는 하지 않기로 했잖아.”

“그랬지. 하지만 이젠 들을 준비가 되어 있는걸, 로게르. 정말이야.”

“자기야. 그게……”

“안 돼! 어차피 내일이면 경찰 보고서가 발표될 거고 그럼 알기 싫어도 자세한 내용을 알게 될 거라고. 그럴 바엔 당신한테 듣고 싶어.”

나는 한숨을 푹 쉬었다.

“괜찮겠어?”

“물론이지.”

“눈에.”

“어느 쪽 눈?”

“이쪽.”

나는 검지로 그녀의 아름다운 왼쪽 눈썹을 짚었다.

디아나가 눈을 감고 천천히 심호흡을 했다. 들이쉬고, 내쉬고.

"뭘로 쐈어?"

"작은 검정색 권총."

"그건 어디서……?"

"우베의 집에서 찾았어. 거기가 바로 사건이 마무리된 곳이기도 하지. 물론 내 지문은 없었지만."

나는 그녀의 눈썹을 따라 한쪽 볼과 조각 같은 광대뼈 위로 손가락을 움직였다.

"그녀를 쐈을 때 어디에 있었어?"

"복도에."

디아나의 호흡은 이미 눈에 띄게 빨라져 있었다.

"그 여자가 무슨 말을 하진 않았어? 겁에 질려 있었어? 무슨 일이 벌어지는지 알고 있는 것 같았어?"

"모르지. 들어가자마자 쐈거든."

"무슨 기분이 들었어?"

"슬픔."

디아나가 희미하게 미소를 지었다.

"슬픔? 정말?"

"응."

"당신을 클라스의 덫으로 유인하려 했는데도?"

내 손가락이 움직임을 멈추었다. 사건이 끝나고 한 달이나 지난 지금도 아내의 입에서 클라스 그레베의 이름이 나오는 건 듣기 싫었다. 물론 그녀의 말이 옳았다. 로테의 임무는 내 애인이 되는 것이었다. 원래 클라스 그레베를 내게 소개하고, 패스파인더와 면접을 보게 하고, 그다음 그를 택하게 만드는 건 모두 로테의 임무였다. 그녀에게 걸려드는 데 얼마나 걸렸던가? 3초? 그녀가 낚시 줄을 감아 당기는데도 나는 사방으로 물을 튀기며 힘없이 끌려가기만 했다. 그러다가 예상치 못한 일이 벌어졌다. 내가 그녀를 버린 것이다. 아내를 너무나도 사랑한 나머지 헌신적이고 아무런 대가도 원치 않는 애인을 스스로 버린 것이다. 놀랄 노자였다. 그래서 그들은 계획을 수정해야만 했다.

"안됐다는 생각이 들었던 것 같아. 평생 로테를 저버렸던 수많은 남자들 중 내가 가장 마지막 사람이 된 거잖아."

내가 말했다.

그녀의 이름을 듣자 디아나가 가볍게 몸을 움찔하는 것이 느껴졌다. 좋았다.

"다른 이야기할까?"

내가 물었다.

"아니, 지금은 이 이야기를 하고 싶어."

"좋아. 그럼 그레베가 어떻게 당신을 유혹해서 날 조종하는 역할을 맡겼는지 이야기해 보자고."

그녀가 쿡쿡 웃었다.

"좋아."

"그를 사랑했어?"

그녀가 고개를 돌렸다. 그녀의 시선이 내게 오래도록 머물렀다.

나는 같은 질문을 되물었다.

그녀가 한숨을 쉬더니 꼼지락거리며 더 가까이 다가왔다.

"사랑에 빠졌었지."

"사랑에 빠져?"

"나한테 아이를 주겠다고 했거든. 그래서 사랑에 빠졌어."

"그렇게 쉽게?"

"응. 하지만 쉬운 건 아니었어, 여보."

물론 그 말이 맞았다. 쉬운 건 아니었다.

"그래서 이 아이를 갖기 위해 모든 걸 희생시킬 각오가 되어 있었고? 나까지?"

"응. 당신까지."

"내가 목숨을 잃게 되더라도 말이야?"

그녀가 내 어깨에 관자놀이를 기대왔다.

"아니, 그건 아니었어. 자기도 알잖아. 난 그저 그가 자기한테 유리한 보고서를 쓰도록 당신 마음을 돌릴 거라고만 생각했단 말이야."

"정말 그렇게 생각했어, 디아나?"

그녀는 대답하지 않았다.

"정말, 디아나?"

"그래, 그런 거 같아. 난 정말 그렇게 믿고 싶었다는 걸 이해해 줘야 해."

"그래서 기꺼이 자동차 시트에 도미컴이 가득 든 고무 캡슐을 넣어 둔 거야?"

"맞아."

“그럼 차고로 내려온 건 그가 기다리고 있을 곳으로 날 데려가기 위해서였던 거지?”

“이 이야기는 벌써 했잖아. 그 사람은 아무도 위험에 빠지지 않을 거라고 했어. 물론 미친 짓이라는 걸 알았어야 했지만. 어쩌면 그때도 알고 있었을지도 모르겠어. 당신한테는 무슨 말을 해야 할지 정말 모르겠어.”

우리는 침묵 속에 각자의 생각에 잠긴 채 가만히 누워 있었다. 여름이면 정원 나무에 바람과 비가 스치는 소리를 들을 수 있었다. 하지만 지금은 아니었다. 지금은 모든 것이 헐벗고 조용했다. 단 하나 위안이 되는 것이 있다면 다시 봄이 올 것이라는 사실이다. 봄은…… 오겠지.

“그럼 얼마나 사랑에 빠져 있었던 거야?”

내가 물었다.

“내가 무슨 짓을 하고 있는지 깨닫기 전까지. 당신이 돌아오지 않던 날 밤…….”

“그 밤?”

“죽고만 싶었어.”

“그와 사랑에 빠진 걸 말하는 게 아니야. 나랑 말이야.”

내가 말했다.

그녀가 쿡쿡 웃었다.

“당신에 대한 사랑이 멈출 때까지는 알 수가 없겠지.”

디아나는 거짓말을 하는 법이 거의 없었다. 할 줄 모르기 때문이 아니었다. 디아나는 거짓말 솜씨가 아주 좋았다. 그저 그러고 싶은 마음이 없기 때문이었다. 아름다운 사람들은 겉껍질이 필요 없었다. 마음의 상처와 다른 이의 거부로부터 스스로를 보호하기 위해 우리 같은 다른 사람들이 갖추어야 하는 방어기제 같은 것을 배울 필요도 없었다. 하지만 디아나 같은 여자들이 거짓말을 하겠다고 마음을 먹기만 하면 정말 철저하고 유능할 수 있었다. 남자들보다 도덕성이 떨어져서가 아니다. 배신과 기만이라는 술수를 남자보다 훨씬 능숙하게 발휘할 수 있기 때문이었다. 그것이야말로 내가 그날 밤 디아나를 찾아간 이유였다. 그녀가 그 일을 맡을 최적임자라는 사실을 알고 있었으니까.

잠긴 문을 열고 들어가 복도에 서서 잠시 그녀의 발소리를 듣고 있다가 거실로 올라갔다. 그녀의 발소리가 멈추고 전화기가 커피 테이블 위로 떨어지는 소리를 들었다. 그다음으로 반쯤 속삭이는 듯한 그녀의 울먹임이 이어졌다.

"로게르……."

그리고 그녀의 눈에 눈물이 가득 고이는 것도 보았다. 그녀가 몸을 던져 내 목을 끌어안았을 때 나는 그녀를 밀쳐내지 않았다.

"오, 살아 있었어! 하느님 감사합니다! 어제 내내 전화했었어. 오늘도 계속 전화했는데……. 자기 어디에 있었던 거야?"

디아나는 거짓말을 하는 게 아니었다. 날 잃어버렸다고 생각했기 때문에 우는 것이었다. 마치 안락사 시키기 위해 개를 동물병원에 보내는 것처럼 나와 내 사랑을 자기 인생에서 내쳤기 때문이었다. 그녀는 거짓말을 하는 게 아니었다. 내 직감이 그렇게 이야기하고 있었다. 하지만 이미 말한 대로 나는 남의 성격을 잘 파악하는 사람도 아니고 디아나는 거짓말 솜씨가 아주 좋았다. 그래서 그녀가 눈물을 닦으러 화장실에 간 틈을 타 그녀의 휴대전화를 집어 들고 정말 내게 전화를 걸었는지 확인했다. 다만 모든 걸 확실히 하기 위해서였다.

그녀가 돌아왔을 때 나는 모든 걸 이야기했다. 처음부터 끝까지. 내가 어디에 갔었는지, 어떤 사람이었는지, 무슨 일이 일어났었는지. 예술품을 훔친 일, 그레베의 아파트 침대 밑에서 전화기를 발견한 일 그리고 날 완전히 속여 넘긴 로테라는 여자에 대한 것까지 모두 이야기했다. 병원에서 그레베와 이야기를 나누었고, 그것 때문에 그가 로테를 알고 있다는 사실을 깨달았고, 그녀가 그와 한 패고, 내 머리에 발신기가 든 젤을 바른 건 디아나가 아니라 갈색 눈에 창백한 얼굴을 한 그녀였다고, 스페인어를 할 줄 알고 자기 자신의 이야기보다 남들의 이야기를 듣기 좋아하는 통역사 그녀였다고. 그래서 차 안에서 세케루드를 발견하기 전날 저녁부터 머리에 젤이 발라져 있었다고 말이다. 디아나는 이 이야기를 듣는 동안 놀라움이 가득한 눈으로 아무 말 없이 나를 쳐다보기만 했었다.

"병원에서 그레베가 그랬지. 아기에게 다운증후군이 있다는 이유로 내가 당신한테 중절을 강요했다고."

"다운증후군? 어떻게 그런 생각을? 난 그런 말 한 적이……"

몇 분 만에 디아나가 처음 꺼낸 말이었다.

"알아. 그건 내가 로테한테 중절 수술에 대해 이야기할 때 지어낸 거였지. 그녀가 어릴 때 아기를 가졌는데 부모의 강요로 아이를 뗐다고 했거든. 그녀한테 밉보이고 싶지 않아서 다운증후군 이야기를 지어냈었어."

"그러니까 그…… 그 여자가……."

"맞아. 그레베한테 그 이야기를 할 사람은 그녀뿐이었어."

내가 말했다.

그러고선 기다렸다. 그녀가 모든 내용을 흡수할 때까지.

그런 다음 이제부터 무슨 일이 벌어질지, 그녀가 무슨 일을 해 줘
야 하는지 알려 주었다.

그녀는 겁에 질려 날 바라보다 소리쳤다.

"난 못해, 로게르!"

"아니, 할 수 있어. 할 수 있고 그렇게 할 거야, 내 사랑."

새로운 로게르 브론이 말했다.

"하지만…… 하지만……."

"그자는 당신한테 거짓말을 했어, 디아나. 그는 임신을 시킬 수 없
는 몸이야. 불임이라고."

"불임?"

"내가 아이를 줄게. 약속해. 날 위해 이것만 해 줘."

그녀는 거절하고, 울고, 간청했다. 그리고 결국에는 하겠다고 약속
했다.

그날 저녁 살인자가 되기 위해 로테의 집으로 가기 전 나는 디아
나에게 할 일을 알려 주었다. 그녀는 임무를 완수할 것이었다. 한 손
에 코냑 잔을 든 채 아름다운 배신의 미소를 지으며 돌아온 그레베
를 반갑게 맞고, 그에게 잔을 건네고, 미래와 아직 태어나지 않은 아
이를 위해 승리를 자축하는 그녀의 모습을 그려 볼 수 있었다. 그러

고는 아이는 최대한 빨리 갖자고 조르는 것이다. 오늘 밤! 지금 당장!

디아나가 내 젖꼭지를 꼬집는 바람에 움찔 놀랐다.

"지금 무슨 생각해?"

나는 이불을 끌어올렸다.

"그레베가 여기 온 날 밤. 그가 지금 이 자리에 당신과 함께 누워 있던 것."

"그래서 뭐? 당신은 그날 시신과 함께 누워 있었잖아."

원래는 물어보지 않으려 했지만 더 이상은 참을 수가 없었다.

"그래서 그날 같이 잤어?"

디아나가 웃었다.

"묻고 싶은 것 오래 참느라 고생했네."

"했어, 안 했어?"

"이렇게 말하면 되겠다. 캡슐 안에 남아 있던 도미컴을 술에다 타 줬더니 생각보다 약효가 훨씬 빠르더라고. 치장을 하고 침실로 올라오니 이미 세상모르고 자고 있었어. 하지만 다음날엔……."

"질문 취소할게."

내가 재빨리 말했다.

디아나가 내 배를 쓰다듬으며 다시 한 번 웃음을 터뜨렸다.

"다음날 아침엔 정신이 정말 또렷하더라고. 하지만 나 때문은 아니었어. 그의 잠을 깨운 전화 한 통 때문이었지."

"내 전화!"

"맞아. 후다닥 옷을 입고 바로 나가던데."

"그의 총은 어디에 있었어?"

"상의 주머니에."

"그가 나가기 전에 총을 확인했어?"

"그건 모르겠어. 하지만 그랬다 하더라도 몰랐을 거야. 무게는 거의 비슷하니까. 그냥 탄창에 든 총알 중에 가장 위의 것 세 개만 바꿔치기 했거든."

"그래, 하지만 내가 당신한테 준 공포탄에는 끄트머리에 B공포탄 blank cartridge라고 쓰여 있었을 텐데."

"총알을 확인했더라면 그냥 뒷면 back 이라고 쓰여 있는 줄 알았겠지."

두 사람의 웃음소리가 방 안을 채웠다. 그 소리는 너무나도 듣기 좋았다. 모든 일이 계획대로 되고 임신 시약이 양성으로 반응한다면 이제 이 방은 곧 세 사람의 웃음소리로 채워질 것이다. 그리고 다른 소리를 잠재워 주겠지. 아직도 밤마다 날 소스라치게 놀라게 하고 깨우는 그 메아리 소리. 그레베가 쏜 총소리, 총구에서 뿜어지는 불꽃, 디아나가 총알을 바꿔치기 하지 않았을지도 모른다는, 또다시 편을 바꾸었을지도 모른다는 일말의 의구심. 그런 다음 그 메아리. 이미 수많은 실탄과 공포탄, 새것과 오래된 것으로 뒤덮인 마룻바닥에 빈 탄피가 쨍강 하고 떨어지는 소리. 그 덕분에 경찰은 영상이 꾸며낸 것일지도 모른다는 의심은 고사하고 실제 살인에 쓰인 총알을 제대로 찾아내지도 못했지.

"겁이 났었어?"

그녀가 물었다.

“겁이 났냐고?”

“응. 기분이 어땠는지는 말 안 해 줬잖아. 자기는 영상에 나오지도 않았고……”

“영상……? 그럼 인터넷에 돌아다니는 영상을 보았단 말이야?”

나는 그녀의 얼굴을 자세히 보려고 몸을 뒤로 젖혔다.

그녀는 대답하지 않았다. 그때 나는 생각했다. 이 여자에 대해 아직도 모르는 게 많다고. 어쩌면 죽을 때까지 심심하지 않게 해 줄 숨겨진 미스터리가 있을지도 몰랐다.

“그래, 겁이 났어.”

내가 대답했다.

“뭐가? 실탄이 아닌 건 알고 있었잖아?”

“가장 위의 세 개만 아니었지. 세 발을 모두 쏘게 만들어야만 했어. 그래야 경찰이 탄창에 남은 공포탄을 발견하고 우리 계획을 추리하는 불상사가 없을 거 아냐. 그리고 공포탄 세 발을 다 쏜 다음에 실탄을 쏠 수도 있었지. 또 그리로 오기 전에 탄창을 바꿨을 수도 있었고. 아니면 내가 모르는 다른 놈을 데리고 올 수도 있었고.”

다시 침묵이 이어졌다. 조금 뒤 그녀가 속삭이듯 물었다.

“그럼 그것 말고는 무서운 게 없었어?”

그녀가 나와 같은 생각을 하고 있다는 걸 알 수 있었다.

“있었지. 하나 더 무서운 게 있었어.”

그녀를 향해 몸을 돌리며 말했다.

내 얼굴에 느껴지는 그녀의 숨결은 빠르고 뜨거웠다.

“그날 밤 놈이 당신을 죽일 수도 있다는 것. 그레베는 당신과 가

정을 이룰 생각 따위는 없었어. 당신은 위험한 증인이기도 했고. 그
날 밤 그런 일을 시킬 때 당신의 목숨을 위태롭게 한다는 걸 알고
있었어."

"내가 위험에 처했다는 건 나도 처음부터 알고 있었어. 그래서 그
가 돌아오자마자 바로 술을 내밀었고, 당신 전화가 올 때까지 그를
깨우지 않은 거지. 유령의 전화를 받고 나면 곧장 일어나 집을 나설
거라는 사실은 알고 있었어. 게다가 처음 세 개의 총알은 바꿔 놓았
었잖아."

"그건 그렇지."

내가 말했다. 이미 말한 대로 디아나는 소수 그리고 논리와 편안
한 관계를 맺고 있는 여자였다.

그녀가 한 손으로 내 배를 쓰다듬었다.

"그리고 당신이 알면서도 내 목숨을 위태롭게 했다는 게 왠지 마
음에 들어."

"그래?"

그녀의 손이 점점 더 아래로 내려오더니 내 성기를 쓸어내렸다.
그런 다음 음낭을 감쌌다. 마치 무게를 재듯 가볍게 그것을 붙잡고
잡은 손에 살짝 힘을 주었다.

"뭐든지 균형이 가장 중요해. 건전하고 조화로운 모든 관계에도
균형이 중요하거든. 죄책감의 균형, 수치심과 양심의 가책의 균형."

나는 곰곰이 생각하며 이 말을 이해하려 애썼다. 내 머리가 조
금은 무거운 이 생각을 자기 것으로 흡수할 수 있도록. 하지만 이내
포기하고 그녀에게 물었다.

"그럼…… 당신이 날 위해서 스스로 위험을 무릅썼다는 거야? 그게……."

"…… 그게 내가 당신한테 한 짓에 대한 적절한 대가였지. 중절 수술에 대한 대가가 갤러리 E였던 것처럼."

"그러면 당신은 계속 그렇게 생각한 거야?"

"그럼. 당신도 그랬잖아."

"맞아. 참회라고 해야 하나……."

내가 말했다.

"참회, 맞아. 과소평가되긴 했지만 마음의 평정을 얻는 데 있어 그것처럼 좋은 방법도 없으니까."

그녀가 내 음낭을 쥔 손에 조금 더 힘을 주었다. 나는 몸에 힘을 풀고 그 고통을 즐기려 애썼다. 그녀의 체취를 들이마셨다. 아름다운 향기였다. 언젠가는 사람 배설물의 그 끔찍한 악취를 씻어 낼 수 있을까? 언젠가는 구멍 뚫린 그레베의 폐에서 들려온 소리를 잠재울 다른 소리를 들을 수 있을까? 우지 기관총의 손잡이와 방아쇠 그리고 로테를 쏜 검은 로어바우 권총에 우베의 차가운 손가락을 감는 동안 그레베는 초점 없는 눈으로 원망하듯 나를 쳐다보았다. 언젠가는 우베의 식어 버린 살점 맛을 잊게 할 다른 음식을 맛볼 수 있을까? 침대에 앉아 그의 뒷덜미를 있는 힘껏 깨물었었다. 그의 피부에 구멍이 뚫리고 시신의 냄새와 맛이 입 안을 가득 채울 때까지 턱에 힘을 주고 이를 앙다물었었다. 피는 거의 나지 않았다. 헛구역질을 꾹 참고 흘러내린 침을 닦은 다음 물린 자국을 자세히 살폈다. 개에 물린 자국을 찾는 경찰의 눈에는 아마도 그렇게 보일 것이었다. 그런 다음 카메라에 찍히지 않기 위해 침대 머리맡 뒤로 열린 창문으로 기어 나와 재빨리 숲으로 들어갔다. 숲길을 들어선 다음에는 지나는 다른 사람들에게 친근하게 인사를 건넸다. 올라갈수록 차가워지는 공기 덕분에 그레프센토펜까지 가는 내내 땀이 나지 않았다. 나는 거기에 앉아 벌써 겨울에 밀려 사라져 가는 가을 경치와 마을, 피요로드 그리고 빛을 감상했다. 언제나 다가오는 암흑을 예언하는 듯한 빛을.

음경으로 피가 몰리며 단단해지는 것이 느껴졌다.

"어서."

그녀가 내 귓가에 대고 속삭였다.

그녀를 안았다. 체계적이고 철저하게. 임무를 받은 사람처럼, 일을 즐기긴 하지만 여전히 그것을 자신의 임무로 받아들이는 사람. 그리고 시간이 다 되었음을 알리는 사이렌이 울릴 때까지 일을 게을리하지 않는 사람. 마침내 사이렌이 울리고 그녀가 내 양쪽 귀를 부드럽게 손으로 감싼다. 통제의 벽이 무너지고 나는 그녀의 몸속에 뜨거운 생명의 씨앗을 뿌린다. 그러고 나서 그녀는 잠이 들고 나는 그녀의 숨소리를 들으며, 훌륭히 임무를 완수했다는 만족감을 느끼며 누워 있다. 미래가 그 전과 똑같을 수는 없다는 걸 알고 있다. 하지만 비슷해질 수는 있었다. 우리 앞에 삶이 기다리고 있을 것이다. 나는 그녀를 돌볼 것이고, 누구든 사랑할 수 있다. 사실 이것만 해도 꽤 힘든 일이다. 하지만 이제는 안다. 사랑이란 꼭 필요한 것임을. 런던의 안개 속에서 지켜보았던 축구 경기에서 들었던 그녀의 목소리가 메아리친다. '그들은 날 필요로 하니까.'

에필로그

첫눈이 왔다 갔다.

‘칼리돈의 멧돼지 사냥’의 매입 옵션과 전시권이 파리의 한 경매에서 팔렸다는 소식을 인터넷 기사로 읽었다. 구매자는 로스앤젤레스의 게티 박물관으로, 옵션 유효 기간인 2년 내에 홀연히 그림 주인이 나타나 그것을 돌려받기를 원하지 않는 한 그 그림을 구입하여 영구 소장할 수 있을 것이다. 그림이 복제품인지, 아니면 그저 다른 화가가 그린 다른 그림인지 논쟁이 벌어졌다는 것이 간략히 언급되어 있었다. 본디 루벤스가 ‘칼리돈의 멧돼지 사냥’을 그렸음을 증명하는 기록이 없기 때문이다. 하지만 전문가들은 그 그림이 루벤스의 솜씨라는 데 의견을 모았다. 그 그림이 어떻게 발견되었는지, 가격이 얼마인지는 아무 말이 없었다. 출처가 노르웨이였다는 이야기 따위도 실려 있지 않았다.

디아나는 얼마 후 아기가 태어나면 화랑을 혼자 운영하기 힘들 거라 생각했다. 그래서 나와 상의한 다음 재정 관리 같은 실무를 맡아 줄 동업자를 영입하기로 했다. 자기는 예술과 화가들에게 더욱 집중할 수 있도록 말이다. 그리고 우리 집은 팔기 위해 내놓았다. 전원에 가깝고 테라스가 달린 조금 아담한 집이 아이가 자라기에는 더 나을 거라고 생각했다. 그리고 이미 매우 높은 가격으로 구입하고 싶다는 사람도 나타났다. 신문에서 광고를 보자마자 내게 전화를 걸어 바로 그날 저녁 집을 보고 싶다고 한 사람이었다. 문을 열자마자 나는 그 사람을 알아보았다. 코르넬리아니 정장에 모범생 같으면서도 쿨한 안경을 쓴 그 사람.

"우베 방의 최고 작품은 아니군요. 하지만 사겠습니다. 얼마면 될까요?"

그가 나를 데리고 이 방, 저 방을 쓱 본 뒤 말했다.

나는 광고에 나간 금액을 제시했다.

"백만을 더 드리죠. 계약 기한은 내일 모레로 하고."

그가 말했다.

나는 제안을 고려해 보겠다고 답하고 그를 현관까지 배웅했다. 그가 명함 한 장을 건넸다. 직위도 없이 단순히 이름과 휴대전화 번호가 전부였다. 헤드헌팅 회사의 이름은 너무나도 작게 쓰여 있어 사실상 거의 읽을 수 없는 것이나 마찬가지였다.

"한때 이 분야에서 최고 아니셨나요?"

내가 입을 열기도 전에 그가 덧붙였다.

"저희가 사업 확장을 고려하고 있습니다. 전화 드릴지도 몰라요."

‘저희’라. 작은 글씨로 적힌 저희.

나는 그의 제안을 부동산이나 디아나에게 언급하지 않고 계약 이행 기한이 지나갈 때까지 내버려 두었다. ‘저희’로부터 전화도 받지 못했다.

날이 밝기 전에는 일을 시작하지 않는 것이 나의 철칙이다. 평소처럼 이 특별한 날 역시 나는 알파의 주차장에 차를 세우는 마지막 직원이었다. “처음 오는 사람이 꼴찌가 될 것이다.” 이것은 내가 스스로 만들어 적용시킨 나만의 특권이었다. 회사 내 최고의 헤드헌터에게만 주어지는 특권. 이러한 지위는 또한 아무리 늦게 출근을 해도 다른 이가 나의 자리를 빼앗아 갈 수 없다는 뜻이기도 했다. 물론 원칙은 여느 회사처럼 정해진 자리 없이 먼저 온 사람이 원하는 곳에 주차하는 것이긴 하지만.

그런데 이 날만큼은 내 자리에 다른 차가 있었다. 처음 보는 파사트. 아마 그 뒤에 걸려 있는 알파 표지판만 보고 거기에 주차해도 된다고 생각한, 입구 옆 ‘고객 주차장’이라고 쓰인 커다란 표지판을 보지 못하고 지나친 덜떨어진 고객일 것이다.

그래도 조금 마음이 불안해지는 것을 느꼈다. 알파의 누군가가 그런 생각을 품게 된 건 아닐까. 이제 내가 더 이상 이곳의……. 차마 그 생각의 끝을 맺을 수가 없었다.

짜증을 내며 다른 자리를 찾고 있는데 사무실 건물에서 한 남자가 나오더니 파사트가 있는 방향으로 향하는 것이 보였다. 파사트를 모는 사람 특유의 걸음걸이로 나오는 그를 본 나는 안도의 한숨을 쉬었다. 라이벌이 아니라 단순히 우리를 찾아온 고객이 분명했다.

보란 듯이 파사트 앞에 차를 대고는 의기양양하게 기다렸다. 역시 오늘도 즐거운 하루가 될 모양이었다. 이 바보한테 한소리 해 줄 수도 있겠다 싶었다. 아니나 다를까, 그 남자가 내 창문을 두드렸다. 고개를 돌리자 코트를 입은 그의 배 언저리가 눈에 들어왔다.

느긋하게 2초쯤 기다리다가 창문 버튼을 눌렀다. 유리창이 천천히 내려갔다. 내가 바라는 것보다는 조금 빠르긴 했지만.

"이보세요……."

나의 의도적으로 느린 "무슨 일이신가요, 고객……?" 소리가 나오기도 전에 그가 먼저 입을 열었다. 나는 그의 얼굴을 제대로 쳐다보지 않고 표지판 좀 잘 보고 다니라는 잔소리를 늘어놓을 준비를 했다.

"차 좀 빼 주시겠습니까? 나갈 길을 막고 계시군요."

"오히려 그쪽이 제 길을 막고 계신 것 같은데요, 고객……."

그제야 외부 소음이 내 귀에 닿았다. 나는 창문 밖을 올려다보았다. 심장이 거의 멈춰 버렸다.

"물론이죠. 바로 빼 드리겠습니다."

창문 닫는 버튼을 마구 더듬었지만 평소 멀쩡하기만 한 내 운동신경은 홀연히 사라져 버린 것만 같았다.

"잠깐만요. 우리 만난 적 있지 않습니까?"

브레데 스페레가 물었다.

"그럴 리가요."

나는 침착하고 여유롭게 낮은 목소리로 말하려고 애썼다.

"그래요? 분명 만난 적이 있는 것 같은데요."

젠장. 시체실에서 만난 몬센 형제의 8촌을 어떻게 기억할 수가 있지? 물론 그 사람은 머리가 없었고 시골뜨기처럼 차려입었지만 이 사람은 풍성한 머리에 에르메네질도 제냐 수트에 갓 다린 보렐리 셔츠를 입고 있다. 하지만 너무 티 나게 그를 피하려고 하면 안 된다는 것쯤은 알고 있다. 그러면 그도 방어적으로 나올 테고, 마침내 날 기억해 낼 때까지 머리를 굴리게 될 테니까. 나는 숨을 크게 들이쉬었다. 피곤했다. 이상할 정도로 많이. 오늘은 내가 약속을 지키기로 되어 있는 날인데. 내가 한때 자랑했던 평판에 어울리는 사람이라는 걸 증명하는 날인데.

"그러게 말입니다. 솔직히 말하면 당신도 어딘가 낯이 익은데요?"

내가 말했다.

처음 그는 나의 이런 반응이 조금 얼떨떨한 것 같았다. 하지만 이내 자신을 언론이 사랑하는 인물로 만들어 준 그 호감 가는 미소를 지어 보였다.

"텔레비전에서 보신 모양이군요. 그런 이야기를 늘 듣습니다."

"맞아요. 그럼 저도 텔레비전에서 보셨나 보군요."

내가 말했다.

"오, 그래요? 그럼 어떤 프로그램에 나오셨는지……?"

그가 호기심을 보이며 물었다.

"당신이 나온 그 프로그램이었나 보죠. 절 본 적 있다고 하는 것 보니. 그런데 텔레비전 스크린이 서로를 볼 수 있는 유리창은 아니잖아요? 카메라가 있는 그쪽은 오히려 음…… 거울 같다고 해야 하나?"

이 말을 들은 스페레가 한층 더 헷갈린다는 표정을 지었다.

"하하, 농담입니다. 차 빼죠. 좋은 하루 보내세요."

내가 말했다.

나는 유리창을 올리고 후진 기어를 넣었다. 스페레가 오드 게 디브바드의 새 아내랑 놀아난다는 소문이 있었다. 그의 전부인과 놀아났었다는 소문도 있었다. 그런 식이라면 디브바드와도 무언가 있을지 모를 일이었다.

주차 공간을 빠져나가기 전, 스페레의 차가 잠깐 멈췄다. 2초간 우리의 차는 앞유리 대 앞유리로 서로를 마주 보고 있었다. 그의 눈을 보았다. 그는 자신이 방금 내 농담에 깜빡 속아 넘어갔다는 걸 이제야 깨달았다는 표정으로 나를 쳐다보았다. 나는 친근하게 고개를 까닥여 그에게 인사를 보냈다. 다음 순간 그가 액셀러레이터를 밟고 주차장을 나섰다. 나는 룸미러를 쳐다보며 속삭였다.

"안녕하신가, 로게르."

나는 사무실로 들어가 귀청이 떨어질 정도로 큰 소리로 "좋은 아침이야, 오다!"라고 외쳤다. 페르디난드가 쪼르르 달려왔다.

"그 사람들 왔어?"

내가 물었다.

"응. 준비 다 됐어. 그건 그렇고 경찰이 왔다 갔어. 키가 크고, 금발에, 꽤 음…… 잘생긴."

그가 내 뒤를 따라 종종걸음 치며 말했다.

"왜 왔대?"

"클라스 그레베가 면접에서 뭐라고 했는지 묻더라고."

"죽은 지 한참 됐잖아. 아직도 조사 중이래?"

"그 살인 사건은 아니고. 루벤스 그림 때문이라나 봐. 그걸 누구한테 훔쳤는지 알아내질 못했대. 아무도 나서질 않았거든. 그래서 지금은 그가 누굴 접촉했는지 알아보고 있대."

"오늘 신문 못 봤어? 그게 진품이 맞는 건지 또 의심하고 있던데. 어쩌면 훔친 게 아닐 수도 있지. 누구한테 물려받은 걸 수도 있고."

"아무튼 희한해."

"그래서 경찰한텐 뭐라고 했어?"

"우리 면접 기록을 줬지. 별로 흥미를 보이진 않더라고. 무슨 일 있으면 또 연락하겠대."

"그래서…… 연락이 왔으면 좋겠지?"

페르디난드가 좋아 죽겠다는 듯 까르르 웃었다.

"아무튼 그건 네가 잘 처리해 주리라 믿어, 퍼디."

내가 말했다.

그의 사기가 올라갔다 내려오는 것이 느껴졌다. 어떤 일을 맡고 책임감이 생겨 사기가 쭉 올라갔다가, 퍼디라는 아이 같은 별명을 듣고 다시 뚝 떨어졌다가. 무슨 일이든 균형이 중요하니까.

복도 끝에 다다랐다. 나는 문 앞에 멈춰 넥타이를 점검했다. 그들은 마지막 면접 준비를 마치고 이미 안에 앉아 있었다. 이제 쾅 하고 도장만 찍으면 되었다. 우리 고객만 그 사실을 모를 뿐이지 적임자는 이미 선정되고, 임명되었으니까. 하지만 딱하게도 고객은 아직도 자기한테 결정권이 있는 줄로만 알고 있었다.

"그럼 지금부터 정확히 2분 뒤에 그 사람을 들여보내. 100 하고도 20초 후에 말이야."

내가 말했다.

페르디난드가 고개를 끄덕이고 손목시계를 내려다보았다.

"마지막으로 하나만. 그 여자 이름은 이다야."

그가 말했다.

나는 문을 열고 안으로 들어갔다.

의자가 바닥에 긁히는 소리와 함께 그들이 자리에서 일어섰다.

"기다리게 해서 죄송합니다. 여러분. 누가 제 주차 공간에 차를 댔지 뭡니까."

나는 내게 내밀어진 세 사람의 손을 차례대로 붙잡고 흔들었다.

"그거 짜증나는 일이죠."

패스파인더의 회장이 말하며 데려온 홍보실장을 흘깃 쳐다보았다. 그도 열심히 고개를 끄덕였다. 직원을 대표하는 노조 간부도 와 있었다. 싸구려 흰색 셔츠에 붉은색 V넥 스웨터를 받쳐 입은 그는 허접한 일을 하는 일종의 기술자가 분명했다.

"면접자 분이 12시에 임원 회의가 있다고 하니 얼른 시작하는 게 좋겠죠?"

탁자 맨 끝에 자리를 잡으며 내가 말했다. 반대쪽 끝은 이미 그 사람을 위해 준비되어 있었다. 한 시간 반 후면 그들이 흡족해 하며 패스파인더의 새로운 CEO로 임명하게 될 그 사람. 인상을 돋보이게 할 조명이 이미 준비되어 있었고, 그가 앉을 의자는 우리들 것과 똑같지만 다리가 약간 더 길었다. 그리고 그를 위해 사 둔 머리글자가 박힌 가죽 서류가방에 금색 몽블랑 펜까지 이미 차려 두었다.

"그러시죠. 그런데 그 전에 한 가지 고백할 게 있습니다. 아시다시

피 우리는 클라스 그레베가 아주 마음에 들었었거든요."

회장이 말했다.

"네. 완벽한 후보를 찾아 주셨다고 생각했었습니다."

홍보실장도 덧붙였다.

"외국인이지만 여기서 태어난 사람처럼 노르웨이어를 했죠. 그리고 당신이 그를 배웅하는 동안 우리끼리 네덜란드 사람이 우리보다는 수출 시장을 더 잘 이해하고 있다고도 이야기했었습니다."

회장이 말했다. 그의 목이 마치 뱀처럼 둘둘 말려 들어갔다.

"그리고 조금 더 국제적인 경영 스타일을 지닌 사람이니까 배울 점도 있을 거라고요."

홍보실장이 또 덧붙였다.

"그래서 당신이 돌아와 그가 적합한 사람인지 모르겠다고 했을 때 사실, 음…… 상당히 놀랐었습니다. 로게르 씨."

"그래요?"

"네. 우리는 당신도 긍정적인 쪽으로 판단하고 있다고 생각했거든요. 이런 말을 한 적은 없지만 사실 당신과 계약을 취소하고 그레베를 직접 접촉할까도 생각했었습니다."

"그래서 그렇게 하셨어요?"

나는 반쯤 미소 지으며 이렇게 물었다.

"저희가 궁금한 건 그 사람이 어딘가 이상하다는 걸 어떻게 알아채셨느냐는 겁니다."

홍보실장이 회장과 잠깐 눈빛을 교환하더니 내게 환한 미소를 보내며 물었다.

"우리는 까맣게 모르던 걸 어떻게 본능적으로 알아낸 겁니까? 어떻게 사람을 그렇게 잘 알아볼 수 있죠?"

회장이 큰 소리로 헛기침을 하며 물었다.

나는 천천히 고개를 끄덕였다. 그리고 가지고 있던 서류를 5센티미터 정도 탁자 중앙으로 밀었다. 그런 다음 등받이에 몸을 푹 기댔다. 의자가 뒤로 휘었다. 많이는 아니고 아주 조금. 나는 창밖을 내다보았다. 그 빛을. 그리고 조금씩 다가오고 있는 어둠을. 100초. 이제 방 안은 매우 조용했다.

"그게 제가 할 일인걸요."

내가 말했다.

고개를 돌리지 않았지만 세 사람이 의미심장한 고갯짓을 주고받는 것이 눈가로 보였다. 그래서 내가 덧붙였다.

"그리고 이미 생각해 둔 사람이 있습니다. 그 사람보다 훨씬 낫지요."

세 사람이 나를 향해 몸을 돌렸다. 난 준비가 되어 있었다. 공연이 시작되기 몇 초 전에 지휘자가 느끼는 기분이 이러하리라. 자신의 지휘봉만 쳐다보는 오케스트라 단원의 눈빛 그리고 등 뒤로 서서히 작아지는 관객들의 소음.

"그래서 오늘 여기 모신 겁니다. 오늘 만나게 될 사람은 새로운 혜성입니다. 노르웨이뿐 아니라 국제 경영계라는 하늘에서 말이죠. 지난번 미팅 때만 해도 그를 지금 회사에서 빼오는 건 거의 불가능하리라고 생각했습니다. 그는 그야말로 지금 회사에서 성부, 성자, 성신과도 같은 사람이니까요."

나의 시선이 그들의 얼굴을 차례대로 훑었다.

"일단 지금 많은 걸 약속드릴 순 없지만 그의 마음을 조금 흔들어 놓았다는 것 정도는 말씀드리겠습니다. 우리가 그를 잡을 수만 있다면……."

나는 야릇한 꿈, 아련한 유토피아 같은 것을 암시하듯 눈을 굴렸다. 하지만……. 이내 회장과 홍보실장이 기다렸다는 듯 점점 더 가까이 다가오기 시작했다. 팔짱을 끼고 앉아 있던 노조 간부마저도 탁자에 양손을 올려놓고 몸을 숙였다.

"누구요? 누구?"

홍보실장이 속삭였다.

100초 그리고 20초.

문이 열렸다. 그리고 그가 거기 서 있었다. 알파를 통하면 15퍼센트 할인을 받을 수 있는 북스타드바이엔의 카미카제 수트를 입은 서른아홉의 그. 들여보내기 전에 페르디난드가 그의 오른손에 살색 파우더를 조금 발라놓았다. 그는 긴장하면 손에 땀이 나니까. 하지만 그는 무슨 일을 해야 하는지 이미 잘 알고 있었다. 내가 이미 어떻게 하면 좋을지 아주 세세한 부분까지 일러 주었으니까. 관자놀이 부근을 티 나지 않게 회색으로 염색한 그는 한때 에드바르 뭉크의 '브로치'를 소장하고 있던 사람이다.

"예레미아스 란데르를 소개합니다."

내가 말했다.

나는 헤드헌터다. 그리 힘든 일은 아니지만 난 그중의 최고다.

한 차례 신나게 롤러코스터를 타고 내린 듯한 기분이다. 바람에 나부껴 제멋대로 이리저리 뻗친 머리는 이제 차분히 가라앉았고 저 높이 레일 위에 두고 온 것만 같은 뱃속도 슬슬 제자리를 찾아가고 있지만 롤러코스터를 타는 동안 느꼈던 스릴과 청량감은 아직도 머리 한 구석을 떠나지 않는다.

이 책을 옮기고, 그러니까 읽고 느낀 기분은 이랬다. 아니, 솔직히 말해 롤러코스터를 타는 시간은 조금 짧다 싶다. 조금 더 긴 버전으로 이야기하자면 스릴 넘치는 게임을 하되 쉬지 않고 단번에 처음부터 끝까지 이어온 듯한 기분이다. 중간 중간 내리막을 미끄러지듯 아무 노력을 들이지 않고 술술 넘어가다가는, 사방이 잔뜩 막혀 '아, 이 난관을 도대체 어떻게 해결하면 좋담' 하는 생각이 절로 들다가, 게임 속 미션을 마치고 마침내 목표 지점까지 달려와 결승 테이프를 끊은 기분이다.

한 권의 범죄소설이기도 하지만 읽고 쓰는 내내 나 역시 게임 한복판에 뛰어든 것처럼 느끼게 해 준 이 책은 노르웨이의 베스트셀러 작가 요 네스뵈의 소설이다. 노르웨이의 수도 오슬로 출신인 이 작가는 경제학을 전공해 한때 저널리스트와 주식 중개인으로 일하다가 완전히 분야를 바꾸어 지금은 범죄소설 및 동화를 쓰는 한편, 디 데레^{Di Derre}라는 록밴드의 보컬이자 작곡가로 활동하기도 하는 다재다능한 사람이다. 해리 홀이라는 탐정을 주인공으로 한 연작과 그 외의 여러 작품을 합쳐 노르웨이에서만 150만 부 이상의 책이 판매되었고, 전 세계 40개 국어로 번역된 그의 책이 우리나라에 소개된 것은 이번이 처음이다.

일인칭 화자로서 이 책을 이끌어 나가는 로게르 브룬은 헤드헌터다. 그는 진실을 교묘히 감춰 자신에게 유리한 쪽으로 몰아가고, 다른 사람을 설득하고, 원하는 대로 조종하는 데 발군의 실력을 발휘해 자신의 분야에서 최고로 인정받고 있다. 하지만 개인적으로는 키가 작고(그 사람에 따르면 신장은 누구에게나 상당히 중요한 신체적 특성이다), 별 볼일 없는 집안 출신에, 아버지에 대한 콤플렉스로 똘똘 뭉친, 심리적으로 어딘가 불안한 사람이다. 그리고 화랑을 운영하는 아름다운 아내와 넓고 멋진 집에서의 화려한 생활을 위해 늘 열심히 일하는 것처럼 보이지만 비밀리에 또 다른 일을 하고 있다. 바로 직장과 아내의 고객들을 통해 얻은 정보로 고급 예술품을 훔쳐 파는 것이다. 과분할 정도로 키도 크고 아름다운 아내가 자신을 사랑한다는 사실에 끊임없이 회의를 품고, 자괴감 때문에 그토록 아이를 갖고 싶어 하는 아내의 바람을 야멸치게 무시하는 그는 아내를 위한 보상으로 화랑을 선물했고, 적자를 면치 못하는 화랑과 둘이 다 쓰지도 못할 정도로 넓은 집을 유지하기 위해 부가적인 수입이 필요했던 것이다. 여느 때처럼 고객들에게 유능한 인재를 소개하고 예술품을 훔쳐 짭짤한 부수입을 올리고 있던 그에게 어느 날 거부할 수 없는 유혹이 다가온다. 유력한 기업의 CEO 자리에 딱 어울릴 남자와 그 사람이 가지고 있다는 사라진 루벤스의 대작 '칼리돈의 멧돼지 사냥'이었다. 하지만 그림을 훔치는 과정에서 그 사람과 아내가 불륜을 저지르고 있다는 사실을 깨닫고 쩨쩨한 복수의 일환으로 그를 CEO로 추천하지 않는데, 바로 거기에서 이 소설의 중심 사건이 시작된다. 단순히 승부욕 강하고 체력 좋은 군인 출신 기업가인 줄 알았던 그가 알고 보니 치명적인 추적과 살상 능력을 자랑하는 또 다른 의미의 '헤드헌터'로서 자신의 목숨을 노리고 있다는 것이다.

그때부터 소설은 급물살을 타며 주인공이 맞부딪치는 각종 난관과 사건을 현실감 넘치게 묘사한다. 처음에는 순전히 목숨을 건지기 위해 발버둥 치던 주인공이 자신의 콤플렉스를 정확히 알아보고, 그것에 떳떳이 맞섬으로써 스스로 변모하는 것은 물론, 목숨을 건지고, 원하던 복수를 하고, 마지막에는 경찰의 추적까지 교묘히 따돌리고 유유히 본래의 자리로 돌아가는 과정이 긴박감 있게 펼쳐진다.

책장을 넘기다 보면 주인공을 막아서는 장애물들이 너무나도 많고 높아 '도대체 이 사람이 이 역경을 어떻게 헤쳐 나갈까?' '이 소설의 결말은 과연 어떻게 될까?' 하는 생각이 절로 든다. 하지만 주인공에게 불리하게 작용할 것만 같은 그 모든 증거와 사건들이 마치 퍼즐 조각 맞추듯 하나씩 맞아 들어가면서 대단원의 막으로 이어지는 것을 보고 나면 작가의 천재성에 감탄을 금치 못할 것이다. 따지고 보면 비열하고, 남을 이용하며, 실제로는 고상한 척하는 도둑에 불과한 그에게 동정심을 느끼면서 그가 어떤 식으로든 모든 것을 이기고 살아남기를, 적을 물리치고 승리자가 되기를 바라고 있음을 깨닫게 될 것이다.

책을 읽다 보면 중간 중간 꽤 잔인하거나 지나치게 사실적이어서 조금 역겹게 느껴지기까지 하는 장면들이 있다. 하지만 손에 땀을 쥐게 하는 빠른 전개와 긴장감, 흥미로운 캐릭터들을 즐기다 보면 그런 장면들이 작가의 뜻을 정확히 전달하고 화끈한 이야기의 절정까지 끌고 나가기 위해 빠뜨릴 수 없는 장치임을 그리고 다소 선정적으로 느껴지는 설정과 전개가 실은 지극히 현실적이고 심리적으로 심오한 표현을 위한 치밀한 도구임을 깨닫는다.

또한 언어나 지리, 관습 등이 우리에게는 비교적 낯설고 먼(지리적으로 따져도 이 말은 사실이다) 노르웨이라는 나라에 대해 전에 없던 흥미를 갖게 될 것이다. 실제로 이 책을 옮기는 과정에서 노르웨이에 대해 얼마나 모르고 있었는지 그리고 그곳에 대해 무언가 알아내는 것이 얼마나 힘든 일인지 깨닫게 되었다. 이 자리를 빌려 여러 가지 도움을 주신 주한 노르웨이 대사관 전주리 문화공보관께 감사의 말을 전한다.

책은 끝났지만 로게르 그가 지금은 어떤 생활을 하고 있는지 문
득 궁금해진다. 헤드헌터로서 1인자 자리는 굳건히 지키고 있는지,
잘난 척하기 좋아하는 미남 형사의 추적은 무사히 피했는지, 그 사
건 이후 아내와의 관계는 어떻게 되었는지, 참 무엇보다도 도둑질이
라는 나쁘지만 스릴 넘치는 일은 결국 포기했는지 아니면 아직도
남몰래 이어가고 있는지 알고 싶다. 이 재능 있고 날카로운 작가의
작품이 더 많이 국내에 소개되었으면 하는 바람을 전하며 글을 마
친다.

2011년 5월
구세희

헤드헌터

펴낸날	초판 1쇄 2011년 7월 1일
	초판 8쇄 2017년 1월 12일

지은이	요 네스뵈
옮긴이	구세희
펴낸이	심만수
펴낸곳	(주)살림출판사
출판등록	1989년 11월 1일 제9-210호

주소	경기도 파주시 광인사길 30
전화	031-955-1350 　　팩스 031-624-1356
홈페이지	http://www.sallimbooks.com
이메일	book@sallimbooks.com

ISBN　978-89-522-1569-7　03890

※ 값은 뒤표지에 있습니다.
※ 잘못 만들어진 책은 구입하신 서점에서 바꾸어 드립니다.